Patrick Fischer Naudin

D'orage et de ferveur
Le rêve new-yorkais

Livres édités

Saut Sabbat. Editions Orphie, 2003.

Nuits blanches. Almathée, 2004.

Traque en pays émerillon. Editions Orphie, 2005.

Au gré des vents et marées, la Manche, (nouvelles). Almathée, 2006.

Yavedehundi, la montagne sacrée. Editions Orphie, 2009.

Femmes d'aujourd'hui, femmes d'ailleurs, (nouvelles). Editions Persée, 2010.

Talwaken, la montagne qui brille. Editions Orphie, 2011.

Orval ou le mystère de la tour des braconniers. Editions Publibook, 2012 puis Demdel éditions en 2020.

Retour de nulle part. Editions Publibook, 2013.

Nostradamus et l'intrigante prophétie d'Orval. Editions Publibook, 2014.

Tant de moments heureux. Les sentiers du livre, 2015.

Sur la trace des Amamaliyas, les hommes-feuilles. Editions Orphie, 2016.

L'enfant-oiseau dans les nuits blanches. Demdel éditions, 2017.

Taquile et le lion de Lucerne. Editions Complicités, 2018.

Chilam Balam, le prêtre-jaguar. Editions Complicités, 2019.

Nouragues. Editions Sydney Laurent, 2020 puis Nombre 7 éditions en 2023.

Et Saint-Pierre et Miquelon me fut conté. Les éditions mon autre France, 2021.

D'orage et de Ferveur. Edilivre, 2023.

Rapa et le Bougainville, une mission peu ordinaire. Editions Complicité, 2024.

© Patrick Fischer Naudin

ISBN papier : 978-2-3225-3313-8

Patrick Fischer Naudin

D'orage et de ferveur

Le rêve new-yorkais

New York s'offre à Eilleen
à travers une opportunité surprenante

Eilleen Quingsley, jeune américaine de 16 ans, était étudiante à l'université UVM du Vermont qui se situait à Burlington, sur les rives du lac Champlain. Elle était la plus jeune étudiante de son université et, à ce titre, la mascotte de celle-ci. Petite, fine, blonde aux yeux d'un bleu lumineux, elle était très jolie et attirait les regards mais n'en avait pas conscience.

Elle se trouvait à New York avec son amie Brit ainsi que leur professeure de dessin et de peinture et le groupe d'étudiants qui suivait ses cours à l'université du Vermont.

Ils étaient une quinzaine à effectuer ce voyage d'étude et avaient déjà visité le Metropolitan Museum of Art, le Guggenheim Museum, assisté à une conférence sur l'histoire de l'art ainsi qu'à une comédie musicale à Broadway. Ils étaient également allés admirer une sculpture assez imposante de Pablo Picasso, portrait de Sylvette, exposée à l'extérieur de l'université de New York, ce qui avait permis à la professeure de leur faire un cours sur ce célèbre artiste inventeur du cubisme.

Se retrouver entourée de tous ces buildings plus hauts les uns que les autres s'avérait être très impressionnant pour la jeune étudiante. Les musées étaient fabuleux mais leur visite prenait cependant beaucoup de temps.

La matinée du troisième jour était libre. Brit, qui était déjà une artiste-peintre accomplie, en avait profité pour présenter ses œuvres à deux galeries d'art. Elle s'était fait accompagnée d'Eilleen. La troisième galerie était différente car elle comprenait un atelier pour dessiner et peindre où se trouvaient un homme et une femme. Brit

se présenta ainsi que son amie en indiquant d'où elles venaient et précisa :
– Eilleen n'a pas d'œuvre à vous montrer car elle commence la peinture mais elle est très prometteuse.
– Qu'elle fasse un dessin sur la vision qu'elle a de New York, suggéra l'homme.

Eilleen se rappela sa visite à Central Park lorsqu'elle était venue à New York pour assister à l'intervention de Greta Thunberg devant l'Organisation des Nations Unies, et la vue incroyable sur les gratte-ciels depuis le bassin du parc.

Cependant, elle était réticente.
« Pourquoi faire ce dessin ? s'interrogeait-elle.

Elle n'en comprenait pas le but. Le dessin, la peinture étaient pour elle un moyen de passer du temps avec son amie Brit.

Elle était contente d'avoir découvert la peinture sous ses principales formes ainsi que les grands peintres, les courants. Sa culture générale s'en trouvait enrichie. Elle aimait aussi faire plaisir en réalisant un dessin à des personnes qui lui étaient chères, Manie Georgette, Andrew, Laureen. Elle songea qu'elle n'avait jamais dessiné pour Tyler qui était pourtant son petit ami. Mais, dans l'immédiat, elle était tournée vers un but précis, réussir son année universitaire à l'université du Vermont, la première année étant, selon ce qu'elle avait entendu dire, la plus difficile.
– Fais le pour moi, insista Brit en lui mettant une petite pression sur le poignet, car elle avait vu qu'elle rechignait à faire le dessin.

Eilleen avait le sentiment que son amie qui était également sa professeure particulière, ne lui disait pas tout et elle trouvait que la femme la dévisageait avec un peu trop d'insistance, ce qui la gênait. Cependant, pour ne pas décevoir Brit, elle s'exécuta. Elle fut tout de suite inspirée et son trait de crayon était rapide et sûr. Le dessin fut vite terminé. Brit eut alors ce commentaire.
– Eilleen maîtrise très bien le pastel et commence à bien s'exprimer à la peinture à l'huile.
– Qu'elle nous fasse quelque chose au pastel alors, demanda la femme.

La jeune fille prit pour modèle Brit en train de peindre en y associant une jeune femme de type asiatique qui avait servi de modèle lors d'un cours de peinture et qui l'avait bien inspirée. Toutefois, au lieu de représenter un peintre peignant son modèle, elle situa ce dernier au-dessus et légèrement en retrait du peintre, le doigt tendu vers lui faisant jaillir une grande étincelle, en une sorte de fondu-enchaîné.

En un peu plus d'un quart d'heure son dessin au pastel était terminé.

– Impressionnant, s'exclama la femme. Quelle créativité alors que vous êtes si jeune, c'est fou.

– Quel talent ! surenchérit l'homme.

– Vous vous trompez, répliqua Eilleen sans se laisser démonter par les compliments. Brit a du talent, moi, je gribouille.

La femme éclata de rire avant de déclarer :

– J'aimerais gribouiller comme vous. Mais la réalité vraie est que vous avez un style très surprenant, bien à vous, ce qui est inattendu et rare. Vous êtes tout simplement une perle rare.

S'adressant à Brit :

– Quel est son parcours ?

Brit allait commencer à répondre mais Eilleen fronça les sourcils en la fixant droit dans les yeux, tout en se raidissant. Celle-ci comprit le message, pas question de révéler à ces inconnus qu'elle avait passé une grande partie de son enfance et de son adolescence dans une institution religieuse à y suivre son enseignement puisqu'elle y était restée de 6 ans à 15 ans révolus.

– Disons qu'Eilleen n'avait jamais eu l'occasion, avant d'entrer à l'université, de s'intéresser au dessin. Cette matière est toute récente pour elle.

– Je vous veux dans mon école, s'écria la femme.

Devant le regard éberlué de la jeune fille, elle lui expliqua :

– Je m'appelle Deborah Spencer. Je dirige l'académie des arts de New York. Je cherche à y intégrer des talents neufs qui savent faire preuve de créativité afin d'offrir un nouveau regard sur le dessin et la peinture. Vous correspondez parfaitement à ce profil car ce que vous faites est tout sauf classique.

Toutefois, Eilleen répliqua :
– Seules pour moi mes études comptent.
– Oui, je sais. Neufs étudiants ou étudiantes sur dix me font cette réponse. Aussi mon école est mixte. Les élèves pourront suivre leur cursus universitaire tout en développant leur sens artistique. Et elle loge ses élèves. Elle a son propre internat.
– Une sorte de structure sport-étude à l'échelle de la culture et des Beaux-Arts ? suggéra Eilleen en pensant à celle qu'avait intégré son petit ami Tyler au Texas.
– Oui, tout à fait, il s'agit exactement de ce concept centré sur la peinture, en y ajoutant la sculpture qui est une expression artistique importante à nos yeux.
– Votre école est à New York même ?
– Oui, à Manhattan, au cœur de New York, car c'est à New York que tout se passe. Vous allez pouvoir fréquenter des milieux intellectuels et le monde artistique à SoHo, TriBeCa et Greenwich Village.
– Euh, j'ai 16 ans, je ne pense pas avoir le droit de fréquenter ces milieux dans les endroits que vous avez cités.
– Mais si. Pas seule bien sûr. Vous irez avec moi et puis, je ne doute pas que Brit acceptera de vous accompagner dans mon école où elle sera la bienvenue. Vous avez raison, elle a beaucoup de talent. Et bien sûr, pour vous, il n'y aura aucun frais d'inscription

Eilleen, encore stupéfaite des propos de madame Spencer, regarda Brit d'un air interrogatif.
– On en parlera à l'hôtel, si tu veux bien, indiqua celle-ci.

Elles partageaient la même chambre d'hôtel. Cependant, Eilleen n'était toujours pas convaincue et ne souhaitait pas se laisser entraîner dans des chemins aventureux.
– A l'université du Vermont, je bénéficie d'une bourse et une structure privée paie tous les autres frais. Cette double prise en charge financière est très importante pour moi.

– Ne vous inquiétez pas pour les questions matérielles, l'école se charge de tous les frais et vous aurez droit à un ordinateur portable.

Et comme madame Spencer avait remarqué que la jeune fille était habillée très simplement, ce qui l'avait surprise, elle ajouta afin d'être plus convaincante :
– Et on pourra même vous aider financièrement pour l'habillement selon une somme maximale fixée à l'avance si cela s'avère nécessaire.
– Un ordinateur portable ? réagit Eilleen.
– Oui, bien sûr, je suppose que vous en avez déjà un mais là vous aurez droit au dernier Appel le plus en pointe. Steeve Job, le fondateur de la société Appel, soutenait l'académie des arts en lui fournissant des ordinateurs. Son successeur à la tête d'Appel, Tim Cook, continue de le faire.
– Non, je n'ai pas d'ordinateur.

Et d'avouer dans ce qui fut presque un murmure :
– Je n'ai pas l'argent nécessaire pour m'en acheter un.

Madame Spencer fut à peine surprise par cette affirmation. Elle s'étonna cependant :
– Ah bon ! Mais l'université où vous êtes n'a pas pensé à vous en fournir un ? Un ordinateur portable me paraît un outil indispensable pour étudier où que vous soyez.
– Euh, non. Le doyen de l'université, qui est également mon tuteur, ne me l'a pas proposé. Peut-être a-t-il pensé que j'en possédais un.
– Il aurait dû s'assurer que c'était le cas. Il s'agit là d'une grosse lacune. On ne laisse pas une étudiante sans ordinateur portable équipé d'une connexion internet pour faire des recherches. Je précise que ce portable sera à vous. Il vous sera offert ainsi que l'abonnement à internet. Et puis, si vous n'avez pas trop d'argent, alors je pourrai augmenter sensiblement la somme pour l'habillement qui intégrera les chaussures et en y ajoutant le coiffeur car votre coupe de cheveux vous va très bien. Ce n'est pas un problème, nous sommes une école privée avec de gros moyens. Et, bien sûr, toutes les fournitures pour dessiner et peindre sont prises en charge par l'académie, ce qui est normal pour une école d'art.

Eilleen était estomaquée par ce que venait d'annoncer la femme. Elle n'en revenait pas.
– Ce que vous me proposez là est sidérant !
– Un talent créatif comme le vôtre alors que vous êtes jeune, nous ne devons pas le laisser s'échapper. Mais je voudrais surtout vous persuader d'une chose. A l'académie des arts, vous serez entourée au quotidien d'artistes, de peintres, de sculpteurs, d'intellectuels, cet environnement s'avère très stimulant, il procure un enrichissement énorme, votre niveau s'en trouvera élevé d'une manière subliminale. Vous ne trouverez jamais cet esprit créateur dans une université classique.
« Ce que vient de décrire cette femme ressemble à la situation qu'a connu Tyler, songea-t-elle. A UVM, il n'arrivait pas à concilier sport de haut niveau et études, d'où sa décision de partir dans une structure conçue pour cela dans le but de franchir un palier.

Elle se laissa aller à dire :
– Je vous avouerai que votre proposition est très intéressante, pas seulement pour l'ordinateur mais également pour les habits et les chaussures car je reconnais que le fait de ne pas disposer de beaucoup d'argent constitue pour moi un problème. Et puis, je comprends parfaitement que le fait de côtoyer d'autres artistes puisse être source de stimulation intellectuelle. A l'université du Vermont, grâce à la bibliothécaire, je lis de grands écrivains mais je n'ai personne avec qui en parler, la plupart des étudiantes passant leur temps dans des fêtes étudiantes ou à regarder des séries, alors que j'aimerais débattre des idées et des thèmes que ces auteurs développent.
– Fêtes étudiantes où vous n'allez pas je suppose et séries que vous ne regardez vraisemblablement pas.
– Oui effectivement.
– Vous êtes vraiment faite pour intégrer l'école que je dirige. C'en est stupéfiant. Alors, qu'en dites-vous ?

Après un silence, Eilleen répondit :
– Je dois en parler avec Brit. Je n'avais jamais envisagé de quitter

l'université du Vermont, aussi votre proposition est un choc pour moi.
– Je ne veux pas être péjorative avec votre université mais qu'elle n'ait pas su mettre à votre disposition un ordinateur portable avec une connexion internet me navre. Je vais être très directe avec vous. Ne perdez pas votre temps, ni votre talent qui est indéniable, dans le Vermont, venez à New York. Et comme vous êtes jeune, vous serez sous ma protection directe.

La très inattendue proposition de Greta Thunberg

En fin d'après-midi de ce troisième jour du séjour d'Eilleen à New York, et après avoir visité le Museum Modern Art, le MOMA, elle se brancha sur un ordinateur de l'hôtel et entra en communication avec Greta Thunberg grâce à Skype. Elle lui avait envoyé par mail la photo reprise par les journaux nationaux où elles apparaissaient toutes les deux suite à leur rencontre à l'ONU après l'intervention de la jeune militante suédoise.
– Je suis très contente de l'impact de cette photo, lui annonça-t-elle. Elle m'a permis de faire une conférence de presse et je profite de mon passage à New York pour participer à une émission de télévision. Je dois aussi prendre part à une marche pour le climat samedi matin. Les organisateurs ont souhaité que je sois en tête de cortège.
– Je vois que tu es très engagée, c'est remarquable.
– Beaucoup moins que toi. Mon ami m'a dit que sans doute la presse en Europe avait relayé la photo.
– Non, très peu, c'est dommage. J'ai beaucoup aimé notre rencontre à New York mais celle-ci a été beaucoup trop brève. J'aimerais mieux te connaître. Je dois intervenir devant le parlement européen à Bruxelles dans un mois, ce serait l'occasion parfaite pour que tu viennes en Europe. A deux, et avec toi, Américaine, alors que ton président est climato-sceptique, l'intervention aurait plus d'impact. Et puis, après, tu pourrais venir chez moi, en Suède, passer quelques jours dans ma famille. Sache que ta venue me ferait très plaisir.
– Mais mon ami m'a dit que lorsque tu es venue à New York, tu as traversé l'Atlantique en voilier. Je t'avouerai que je ne sais même pas ce qu'est un voilier. La seule fois où j'ai mis les pieds sur un bateau, c'était pour aller voir la statue de la liberté.
– Au moins, toi, tu es franche. Je reconnais que l'expérience a été as-

sez effrayante donc je t'en exonère sans problème. Tu pourras venir en avion.
– Je suis un peu gênée de te l'avouer mais je suis une étudiante boursière. Je n'ai pas d'argent pour payer un billet d'avion pour l'Europe.
  Après un silence, elle tint à préciser :
– Ne crois pas que je cherche des prétextes pour ne pas venir même si je n'avais jamais songé à aller en Europe jusqu'à présent. Je voudrais cependant te poser une question, crois-tu vraiment que ma présence pourrait t'aider dans ta démarche ? Je t'avoue que j'en doute un peu.
– Oui parce que tu es une jeune fille de 16 ans, ce qui démontre que les jeunes Américaines sont impliquées dans la lutte contre le dérèglement climatique et pour la protection de la planète. Ta présence prouverait que je ne suis pas un cas isolé. Les personnes d'un certain âge pensent que les jeunes filles n'ont pas de jugeote, que leur seul souci est de s'amuser, de s'acheter des habits à la mode et qu'elles passent leur temps à regarder des séries télévisées ou à faire la fête. Ton engagement prouve le contraire et casse ces idées fausses. Pour le billet d'avion, peut-être pourrais-tu demander à la fondation de Bill et Melinda Gates de le financer.
– Mais Greta, je ne connais pas ces gens !
– Si tu participes à une émission à la télévision, on peut penser qu'eux vont te connaître. Avec les Gates, nous portons le même combat mais avec une approche différente. Si tu le souhaites, et si tu es d'accord pour venir en Europe, je pourrais appeler le directeur de la fondation pour toi.
– Je veux bien être à tes côtés pour défendre cette cause si juste qu'est la lutte contre le dérèglement climatique. Pour moi, ce serait un très grand honneur. Cependant, je t'avoue que je serais très gênée si je devais appeler moi-même.
– Je comprends, ne t'inquiète pas. Je suis sans doute indiscrète mais tu as dit deux fois ton ami. Il s'agit de ton petit ami ?
– Oui, Tyler. Il est dans une structure sport-études rattachée à l'université d'Austin, au Texas, pour devenir footballeur professionnel.

– Oh, très bien. Tu es jeune pourtant. Moi, je n'ai pas encore de petit ami attitré. Et tu es de nouveau à New York.
– Je suis un cours de dessin et de peinture dans mon université et notre professeure a organisé un séjour de quatre jours pour découvrir les musées de New York et assister à des conférences sur l'art. Le groupe repart samedi matin, moi, je reste un jour de plus pour participer à la marche pour le climat et à l'émission de télévision.
– Tu peins ? Tu es une artiste ?
– Je débute. Artiste est un bien grand mot.
– Je décèle chez toi beaucoup de modestie alors que, de toute évidence, dans ton université, tu es très appréciée, j'ai même eu le sentiment que tu y étais une véritable icône. Je suis sûre que tu as du talent. Cette modestie te rend attachante à mes yeux. J'ai hâte de te voir afin que nous puissions faire plus ample connaissance.
   Après un silence, elle ajouta :
– Je m'occupe de ton billet d'avion, c'est promis.
– Merci Greta.
– De rien Eilleen.

Eilleen n'en revenait pas, Greta Thunberg voulait qu'elle soit à ses côtés pour une intervention devant une grande instance européenne située à Bruxelles.
Elle regarda sur son portable où était Bruxelles qui s'avéra être la capitale de la Belgique.
« Je n'ai jamais entendu parler de ce pays, se dit-elle.
   Elle allait devoir étudier sérieusement la carte de l'Europe.

Le soir de ce troisième jour, le groupe dînait au Per Se, un restaurant très huppé fréquenté par des artistes et ayant une vue sur Central Park. La professeure demanda à Brit :
– Alors, chère Brit, vos contacts avec les galeries d'art se sont-elles avérées fructueuses ?
– C'est surtout Eilleen qui a eu un contact intéressant. L'académie des arts de New York souhaite l'avoir pour élève.

– Quoi ? Mais les frais d'inscription sont très élevés, plus de 35 000 dollars je crois !
– Pas pour elle. Et l'académie lui offre un ordinateur portable Appel dernier cri et un crédit pour acheter des vêtements.
– Je suppose Eilleen que vous avez déjà un ordinateur comme toutes les étudiantes et que vos parents vous donnent de l'argent pour acheter des vêtements, aussi je ne vois pas trop l'intérêt de ces mesures pour vous.
– Je n'ai jamais eu d'ordinateur portable. Je suis boursière et, ma situation parentale étant compliquée, c'est la grand-mère de mon petit ami ainsi que ma tante qui me donnent de l'argent pour me permettre d'aller chez le coiffeur et d'acheter des vêtements.
– Ah, je vois que la situation est plus difficile que je ne croyais. UVM aurait dû vous fournir un ordinateur portable.
– La directrice de l'académie des arts le pense également. Le doyen de l'université connaît mon parcours mais il ne l'a pas proposé. Sans doute n'y a-t-il pas pensé.
– Qu'allez-vous faire ?
– Vous avez dit que pour progresser, il fallait intégrer une école des Beaux-Arts. J'avoue que je suis sensible aux conditions matérielles proposées parce qu'il m'est difficile de dépendre financièrement de la grand-mère de mon ami, je ne connais pas ses moyens financiers et je ne suis rien pour elle. Et surtout, la directrice a dit que je serai sous sa protection et a indiqué que Brit pouvait aussi intégrer l'académie.
– Quoi ? Ce que vous me dites là est fou !
– Brit et moi, nous devons en discuter ce soir. Rien n'est décidé. J'ai eu l'impression que la responsable de l'académie des arts voulait à tout prix que j'intègre la structure qu'elle dirige. Elle me considère comme une perle rare. Et j'avoue que je suis assez tentée.
– Vu la réputation de l'académie des arts de New York et les conditions inouïes de recrutement, je serais vous, je n'hésiterais pas une seconde.
– Oui mais vivre à New York représente un gros challenge pour moi. Aussi, je suis encore un peu hésitante.

– Demain, après avoir visité la cathédrale St Patrick et la cathédrale Saint John the divine et assister à la seconde conférence sur l'art, nous irons à Central Park. Du restaurant, nous ne pouvons en voir qu'une petite partie. Vous verrez, le parc est très grand et de toute beauté et il est à la disposition des New-Yorkais en plein centre de la ville.
– Je connais. Je suis venue il y a un mois pour assister à une conférence sur le réchauffement climatique à l'ONU où Greta Thunberg intervenait.
– Ah mais oui, la fameuse photo qui est parue dans tous les journaux nationaux où on vous voyait côte à côte Greta Thunberg et vous. Nous avons avec nous ce soir une jeune militante célèbre dans toute l'Amérique du Nord. C'est fabuleux. Bon, oublions l'académie des arts et profitons de cette soirée dans ce beau restaurant Per Se.

Eilleen constata toutefois, au cours de la soirée, que la professeure ne la regardait plus avec le même regard. Elle y lisait beaucoup de perplexité et peut-être un peu d'admiration aussi.

De retour à l'hôtel, Eilleen demanda à Brit :
– Tu en penses quoi de la proposition de la directrice de l'académie des arts ?
– Je dirais qu'il s'agit d'une chance inespérée. Moi j'aurai la possibilité de faire des expositions dans la ville où tout se passe. La notoriété est alors à portée de main avec les ventes qui peuvent suivre. Et toi, tu pourras progresser dans un contexte très favorable. Cette proposition apparaît donc très bénéfique. Mais je comprends la réaction de la femme et de l'homme, la réalisation que tu as faite au pastel était incroyable de créativité.
– Merci de me faire ce compliment. Je reconnais que j'étais inspirée. J'ai trouvé que la femme me regardait avec beaucoup d'insistance et tout ce qu'elle a annoncé paraît presque trop beau aussi je n'irai pas à l'académie des arts si tu ne viens pas. De toute façon, y aller seule n'aurait pas de sens..
– Je n'ai rien remarqué d'anormal dans le comportement de madame

Spencer. Sache que quand une université détecte un très bon élément, elle fait le maximum pour l'attirer chez elle. Là, il est clair que la responsable de l'académie te veut dans son école car tu as su faire preuve de créativité, donc elle fait le maximum pour te décider à venir.
– Peut-être est-ce moi qui me suis fait des idées et je n'étais pas au courant de ces pratiques des universités. D'un autre côté, je me dis aussi qu'entre New York et Burlington, il y a une heure trente minutes en avion. Je peux en prendre un le vendredi soir, passer la nuit chez mon amie Laureen et prendre le bus le lendemain matin afin d'aller chez la grand-mère de Tyler qui, tu le sais, est ma mamie. Donc je ne me priverais pas d'aller la voir en venant à New York. Reste mon père et Tyler.
– Tu as raison de regarder l'aspect humain de ce choix potentiel. Tu as un talent inné et je voulais savoir ce qu'en pensaient des experts. Je ne savais pas que la directrice de l'académie des arts de New York serait un des deux experts. Et je ne m'attendais surtout pas à ce qu'elle te fasse cette proposition. Puisqu'ils m'acceptent à l'académie, je serai à tes côtés.
– Je suis contente de ta décision qui m'ouvre des perspectives particulièrement intéressantes. Tyler voulait que je me rapproche du Texas. Comme il n'est pas question pour moi d'aller dans une université de cet État, j'exhausse son vœu. Quant à mon père, peut-être pourra-t-il venir à New York une fois tous les quinze jours. Il est médecin, il doit avoir les moyens financiers de le faire.

Après un silence, Eilleen ajouta :
– Je ne te cache pas Brit que l'aspect financier de la proposition de madame Spencer est important pour moi. Dépendre de la grand-mère de Tyler pour m'habiller ou aller chez le coiffeur est délicat, gênant même. Or je me suis engagé par écrit à ne pas demander d'argent à mon père biologique parce que sa femme pensait que je voulais être reconnue par lui uniquement pour une histoire d'argent. Je vois comment les autres étudiantes sont habillées, j'essaie de ne pas être envieuse mais cette situation est pesante.

– Je te comprends parfaitement. Je te le répète, si tu veux intégrer cette école, je serai avec toi, je te suivrai.
– Alors je vais dire oui. Si pour toi c'est une chance, alors ce l'est également pour moi. Lundi, je demanderai un rendez-vous avec le doyen d'UVM pour lui faire part de ma décision. Je lui poserai aussi la question pour l'ordinateur portable. Prendre des notes en cours directement sur le portable pour les relire ensuite dans un bus ou chez Mamie, serait très pratique, pouvoir faire des recherches sur internet également. Toutes les étudiantes procèdent ainsi. Enfin celles qui s'intéressent au cours. Moi, je dois manipuler trente-six feuilles qui finissent par se mélanger. Je me sens pénalisée.
– Je peux donc appeler la directrice de l'école pour lui dire qu'on accepte son offre ?
– Oui, tu peux l'appeler.
– Je le ferai demain. C'est Tyler qui va être surpris. Tu ne lui en parles pas avant ?
– Tyler ne sait pas que je suis à New York. Je ne voulais pas qu'il vienne se mettre entre nous deux. J'apprécie énormément Tyler mais ce genre de décision, je la prends seule. Je ne veux pas dépendre de lui ou de personne d'autre pour diriger ma vie.
« Eh bien, songea Brit, quelle détermination. Et elle n'a que 16 ans. Elle me sidère. En même temps, j'en conclus qu'elle n'est pas vraiment amoureuse de lui, sinon elle ne raisonnerait pas ainsi.

L'entretien avec Tyler sur l'avenir d'Eilleen

Eilleen avait un point qu'elle voulait évoquer avec Brit qui militait, selon elle, à ce qu'elle n'appelle pas Tyler.
– Il y a un élément qui m'irrite avec Tyler, bien qu'il soit au Texas, il a toujours un regard sur ce qui se passe à UVM grâce à ses copains qui lui racontent tout. Du coup, je me sens surveillée. Bon, je n'ai rien à me reprocher. Je suis une étudiante studieuse qui ne sort pas souvent de l'université et qui, surtout, ne va pas aux fêtes étudiantes. Laureen m'a indiqué le numéro du bus pour se rendre au centre-ville mais j'ai du mal à me décider. Et j'ai peur d'être tentée dans les magasins et de faire des dépenses pas trop utiles. Alors, je suis persuadée qu'il va être contre l'idée que j'aille vivre à New York car il ne pourra plus savoir ce que je fais.
– Tu penses vraiment qu'il serait ainsi à te faire surveiller ?
– J'ai ce sentiment. Peut-être que je me trompe.
– Je pense effectivement que tu te trompes. Il sait qu'il peut te faire entièrement confiance.
– Oui, c'est vrai, mais maintenant que tu m'as appris à être à l'aise avec les garçons, les choses ont changé. Je leur parle, je plaisante et je ris avec eux. Mon nouveau comportement avec les étudiants peut générer des questions.
– Que tu sois désormais ainsi avec eux est une très bonne chose. Ton comportement est tout simplement normal.

Brit était préoccupée par ce que venait de dire Eilleen et, après un moment de réflexion, elle lui dit :
– Appelle Tyler quand même, ce sera plus correct. Le mettre devant le fait accompli ne me paraît pas la meilleure des solutions.
– Hum, bon d'accord. J'ai toujours suivi tes conseils jusqu'à présent, il n'y a pas de raison que je ne continue pas à le faire d'autant que

nous allons être ensemble à New York. Et puis, tu as sans doute raison.

Eilleen appela donc Tyler devant Brit.
– Bonjour Tyler, je t'appelle car il m'arrive quelque chose d'assez étonnant et je voudrais avoir ton avis avant de décider quoi que ce soit.

Elle reprit sa respiration avant de poursuivre :
– Tu sais que je prends des cours de dessin. Je le fais pour avoir une vision de l'histoire de l'art et pour passer du temps avec mon amie Brit. Mais je n'ai jamais considéré que cette matière puisse être plus importante que mes études.

Après un nouveau silence, elle précisa :
– Brit a du talent mais pas moi. Et voici qu'une école de dessin et de peinture de New York veut m'avoir dans ses effectifs en me proposant des conditions d'entrée particulièrement avantageuses. Je suis en pleine réflexion aussi je voudrais avoir ton avis. Qu'en penses-tu ?
– Je ne comprends pas pourquoi tu quitterais UVM.
– L'école me fournirait un ordinateur portable. Tu sais que je n'en ai pas. Je suis la seule étudiante de toute l'université à prendre des notes de cours à la main et l'université n'a jamais rien fait pour m'en procurer un. J'en ai marre de passer pour une plouc ! Et puis, il y a la question des vêtements. L'école m'allouerait une dotation annuelle pour que je puisse m'acheter des habits. Tu sais qu'actuellement, je dépends totalement de ta grand-mère, ce qui, tu le conçois, est très délicat.
– Oui, je sais. Mais c'est quoi cette école pour t'offrir de telles conditions afin que tu l'intègres ?
– Il s'agit d'une structure qui concilie art et études comme toi ta structure sport-études.
– D'accord mais elle a un nom.
– L'académie des arts de New York.

Il y eut un silence. Tyler devait être en train de regarder ce qu'était cette école sur internet avec son portable.

– Je vois qu'il s'agit d'une école privée avec des frais d'inscription très élevés. Je ne comprends pas trop là.
– Oui, mais il n'y aura aucun frais d'inscription pour moi. La directrice de l'académie des arts a dit qu'il fallait que j'arrête de perdre mon temps dans le Vermont et que, comme j'étais jeune, elle me prendrait sous sa protection.
– Donc tu es tentée. Vivre à New York ne te fait pas peur ?
– Oui, je suis tentée et je serai plus proche de toi.
– C'est vrai qu'il y a des vols directs entre Austin et New York. Mais tu te rends compte, UVM perdrait sa mascotte, son héroïne, sa figure emblématique. Ce serait un sacré choc. Une telle chose me paraît impossible.
– Certes Tyler mais comprends une chose, là, actuellement je suis une pauvre cloche qui n'a pas d'argent, pas d'ordinateur, ne peut pas s'acheter des vêtements comme elle veut. C'est pesant. Et rappelle-toi que je me suis engagée auprès de mon père par écrit à ne pas lui demander d'argent. Je suis coincée alors que je vais bientôt avoir 17 ans. J'aimerais m'habiller autrement et de temps à autre pouvoir faire des cadeaux à ta grand-mère, à toi, à Brit.
– Donc tu veux accepter uniquement pour des raisons matérielles.
– Pas uniquement. Je serai entourée d'artistes, de personnes qui baignent dans la culture et selon la directrice, cet environnement s'avérera très stimulant, très enrichissant.
– Toute cette histoire est bien étrange. Tu dois quand même avoir du talent pour qu'une telle école te fasse des ponts d'or pour que tu acceptes de l'intégrer.
– J'ai dit que je gribouillais, ils ont répondu que j'étais une perle rare. C'est comme pour toi finalement. Tu as bien quitté UVM pour aller dans une meilleure structure, plus adaptée à tes souhaits. Et toi-même tu m'as dit que l'université du Vermont n'avait pas un très bon niveau.
– J'ai toujours su que tu étais une perle rare. Oui, je confirme que le niveau d'UVM n'est pas terrible.
– Merci de me le dire. Je voulais te prévenir de cette proposition

très tentante. Et être à New York ne m'empêchera pas d'aller voir ta grand-mère, je peux te l'assurer.
– J'ai bien compris que tu ne voulais plus être une plouc, ni une pauvre cloche, ce qui est louable et je ne peux qu'approuver cette volonté. Aussi tu as mon feu vert si tu veux intégrer cette école. Merci de m'avoir appelé pour m'en informer. J'apprécie.

Quand il eut raccroché, Eilleen dit à son amie :
– Tu avais raison Brit. Il valait mieux que je lui en parle avant. Maintenant, il va falloir que je lui annonce que Greta Thunberg souhaite que j'aille la soutenir en Europe.
– Chaque chose en son temps, déclara Brit. Je suis quand même plus tranquille que tu aies obtenu son feu vert même si j'ai bien compris aussi que tu souhaitais décider seule de ton avenir et que tu n'attendais pas son accord.

Eilleen regarda son amie avec un regard interrogatif puis elle eut ce commentaire :
– J'ai appris un mot au cours d'une de mes lectures il n'y a pas si longtemps, qui est pirouette. Tu te doutes que je n'ai jamais eu l'occasion de faire des pirouettes dans ma jeunesse. Mais j'ai comme l'impression que là, tu viens de réussir une jolie pirouette.

L'appel d'Eilleen avait laissé Tyler très perplexe. Pourquoi une école privée huppée de New York voulait-elle avoir Eilleen dans ses effectifs ? Il y avait un mystère quelque part.

Il devait s'avouer qu'il ne s'était pas intéressé à cette histoire de cours de dessin et ne lui avait jamais posé de questions sur cette activité. Elle, de son côté, après l'avoir informé qu'elle prenait des cours de dessin, n'en avait plus reparlé.

Elle avait peut-être espéré qu'il l'interroge sur ses progrès, ce qu'il n'avait pas fait. Il décida d'appeler son ami Andrew.
– Dis voir Andrew, est-ce que tu sais quelque chose sur l'activité de dessin d'Eilleen ?
– Mais, Tyler, je ne comprends pas ta question. Tu n'as pas vu son dessin dans le salon de ta grand-mère ?

D'orage et de ferveur – Le rêve new-yorkais

– Euh, non, je n'ai pas fait attention.
– Eilleen, quand elle est venue nous remercier ta grand-mère et moi, pour lui avoir permis de sortir du trou noir dans lequel elle s'enfonçait après son agression, a fait deux dessins, un pour ta grand-mère, un pour moi. J'ai fait encadrer le dessin destiné à ta grand-mère et je l'ai accroché là où elle voulait qu'il soit, à savoir dans le salon.
– Et alors ?
– Que veux-tu dire par et alors ?
– Je souhaite avoir ta conclusion sur les dessins d'Eilleen, est-ce qu'ils sont bons, est-ce que ce n'est pas terrible ?
– Tyler, tu devrais vraiment être plus attentif à ce que fait Eilleen. Tu es mon ami aussi je me permets de te dire que parfois tu donnes l'impression de vivre dans ta bulle et que ce que font les autres, tu t'en fiches royalement. Pour répondre à ta question, Eilleen a un réel talent. C'en est stupéfiant. Je suis très surpris que tu ne le saches pas.

Tyler se sentit mortifié. Il eut comme le sentiment de ne pas avoir été à la hauteur de sa petite amie.
– Pourquoi me poses-tu cette question ? demanda Andrew.

Tyler devait la vérité à son ami.
– L'académie des arts de New York semble déterminée à l'avoir dans ses effectifs.
– Je ne suis pas surpris. J'espère qu'Eilleen va dire oui.
– Elle est très tentée. Je pense qu'elle va accepter la proposition de l'école.
– Voilà une bonne nouvelle. La prochaine fois que tu vas chez ta grand-mère, n'oublie pas de regarder son dessin.
– Et je pourrais voir celui qu'elle t'a fait.
– Désolé Tyler. Ce dessin, elle l'a fait pour moi personnellement parce que, ainsi qu'elle le dit, je lui ai fait revoir la lumière. Il ne se partage pas.
– Eh bien, vous avez des secrets tous les deux ?
– Non Tyler, il n'y a aucun secret entre nous. Tu m'as donné une mission à accomplir, je l'ai faite dans le respect du pacte qui nous lie toi et moi. Et tu vois, je te parle de ce dessin, je ne t'en cache pas l'exis-

tence. Tu es allé chez ta grand-mère, un dessin d'Eilleen s'y trouvait, tu ne l'as pas vu. Aussi, la prochaine fois, ouvre tes yeux. Allez, je te laisse, j'ai du travail qui m'attend. Bonne continuation.

Et Andrew raccrocha laissant Tyler stupéfait. Eilleen avait du talent et il ne le savait pas.

Il ne comprenait pas trop l'attitude d'Andrew. Pourquoi refuser de lui montrer ce qui n'était, après tout, qu'un simple dessin ? Mais bon, il n'allait pas se fâcher avec lui pour si peu. L'important était qu'il ait bien accompli la mission qu'il lui avait confiée et qu'Eilleen soit totalement guérie du traumatisme subi lors de cette tentative de viol par ce Brandon McKulick.

Eilleen à New York ! Qui aurait pu penser cela ! Lui qui avait espéré qu'elle accepterait d'intégrer une université du Texas, c'était raté. Mais il la comprenait. Elle allait pouvoir s'habiller comme elle le souhaitait. Et l'argent que lui donnait sa grand-mère lui servirait à se faire plaisir ou à faire plaisir aux autres sous forme de cadeaux. Elle avait une telle générosité en elle qu'elle devait être frustrée de ne pas pouvoir offrir un cadeau à une personne qu'elle aimait. Oui, elle n'avait aucune raison de refuser cette chance qui s'offrait à elle grâce à ce talent qu'il ne lui connaissait pas.

Il serait temps qu'il s'intéresse de près à ses dessins en lui demandant par exemple de lui en faire un.

Dernière journée avec Brit
et la professeure à New York

Lorsque Eilleen partit avec Brit, la professeure et les membres du groupe pour se rendre à la cathédrale St Patrick, son regard sur la ville de New York avait changé. Dire qu'elle allait vivre dans cette immense ville, aussi incroyable qu'il puisse y paraître, uniquement parce qu'elle avait fait un dessin au pastel un peu original.

Elle avait conscience qu'elle prenait un virage important dans sa vie mais elle ne pouvait pas laisser passer cette chance.

Tyler était dans le vrai lorsqu'il soulignait que les conditions matérielles offertes entraient en très grande partie dans son choix. L'histoire de l'ordinateur portable était en soi ridicule, elle s'en était toujours passée jusqu'à présent, et pourtant elle devenait symbolique car cet ordinateur lui permettrait d'accéder à un autre statut, celui non plus d'une fille pauvre qui n'avait même pas les moyens de s'en payer un, mais d'une fille normale.

A l'université du Vermont, le clivage pauvres-riches n'apparaissait pas, les familles riches envoyant leurs enfants dans des universités beaucoup plus huppées, mais ses lectures lui avaient ouvert les yeux sur cette question.

Elle avait regardé sur internet ce qui se disait sur l'académie des arts de New York. Celle-ci reconnaissait l'importance de l'éducation classique par le dessin, la peinture et la sculpture. Elle retrouvait ce que lui avait dit Brit lorsqu'elles avaient fait connaissance en déplorant qu'Eilleen n'ait jamais eu d'approche des arts plastiques dans son éducation. Elle devait tout à Brit dans ce domaine puisque c'était elle qui lui avait proposé de l'accompagner au cours de dessin et avait passé ensuite beaucoup de temps à la conseiller.

Finalement, Brit avait eu raison d'insister pour qu'elle appelle Tyler avant qu'elle prenne une décision définitive sur son avenir. Il était son petit ami, par respect pour lui et pour tout ce qu'il avait fait pour elle depuis qu'ils se connaissaient, elle se devait de l'informer et de recueillir son avis. Elle devait se rappeler qu'il lui avait donné beaucoup de confiance en elle, car elle savait qu'il ne la jugerait pas mais au contraire, la soutiendrait en toutes circonstances. Il l'avait énormément aidée à se construire, à s'affirmer, quand elle avait pu accéder au monde extérieur, au monde libre que symbolisait l'université après avoir été enfermée entre les hauts murs de l'institution religieuse de Manchester pendant tant d'années.

Quand Tyler et elle se retrouvaient et qu'elle l'apercevait, si beau, son cœur se mettait à battre beaucoup plus vite et une intense bouffée de joie intérieure l'envahissait. Et quand ils étaient enfin l'un près de l'autre, elle aimait saisir son bras musclé tant pour avoir un contact physique avec lui que pour se hisser sur la pointe des pieds car, il était grand et elle petite. Elle lui disait alors :
– Tu vas bien mon beau quarterback ?

Et elle tendait ses lèvres vers lui, lèvres qu'il s'empressait d'embrasser.

Elle ne se considérait pas comme belle, même si des personnes comme son amie Laureen ou Sheryl, sa colocataire à l'université du Vermont, lui disaient qu'elle était jolie, mais elle ne les croyait pas. L'important était que Tyler la voyait belle, elle le lisait dans son regard, et ce constat la réjouissait.

Avec Tyler, tout était magique aussi bien quand ils roulaient dans sa belle voiture de sport rouge, une Ford Mustang, que lorsqu'ils se retrouvaient ensemble dans une église, étant tous deux catholiques, afin de partager cette foi en Dieu en se tenant la main.

Elle avait longtemps pensé que Tyler, qui était la vedette de l'université du Vermont, n'était pas fait pour elle, trop séduisant, avec un corps de rêve comme disait sa cousine Morgan, trop tout en quelque sorte alors qu'elle se considérait comme insignifiante. Mais lui s'était épris d'elle et avait multiplié les rencontres. Laureen et

Morgan avaient affirmé qu'il était amoureux d'elle, et elle s'était finalement faite à l'idée qu'ils puissent sortir ensemble, ce qui était le cas désormais.

La cathédrale St Patrick, située en plein cœur de Manhattan, était impressionnante puisqu'elle pouvait accueillir 3000 personnes. Le point le plus haut de l'église était à 100 mètres du sol.

La professeure avait inclus cet édifice dans le programme pour leur montrer deux autres formes de l'art, les vitraux et la sculpture. Elle y alla de ses explications :
– Cette cathédrale, la plus grande de style néogothique d'Amérique du Nord, possède 3700 magnifiques vitraux dont certains réalisés par des maîtres-verriers de l'école de Chartres en France. Elle est dotée d'une rosace spectaculaire de huit mètres de diamètre, œuvre de Charles Connick. Vous pourrez aussi admirer une piéta copiant celle de Michel Ange mais trois fois plus grande.

Pendant que le groupe visitait le monument, la professeure s'approcha d'Eilleen et de Brit.
– Quelle est votre décision au final ?
– Nous acceptons l'offre de l'académie des arts, répondit Brit. J'en ai informé sa responsable ce matin.
– Je ne peux qu'approuver votre décision.

Puis, se tournant vers Eilleen.
– J'ai entendu dire que vous aviez su résister à cet odieux individu qui vous a agressée grâce à votre foi en Dieu. Sachez que la cathédrale St Patrick est à six, sept minutes à pied de l'académie des arts.

Eilleen apprécia cette précision. Elle regretterait le prêtre qui l'avait si bien conseillée et qui avait su arracher à monsieur Quingsley son secret, à savoir qu'il n'était pas son père biologique. Mais elle avait toujours déploré que l'église soit si loin de l'université, à tel point qu'elle avait envisagé d'acheter un vélo d'occasion pour pouvoir s'y rendre plus facilement.

Elle précisa à la professeure.
– Je vous demanderai de garder cette information pour vous s'il vous

plaît. Je solliciterai un rendez-vous auprès du doyen dès lundi matin. Je souhaite qu'il apprenne cette nouvelle de mon départ de ma propre bouche.
– Oui, bien sûr, c'est logique. Je vous promets de garder le silence. Si l'on considère votre statut de plus jeune étudiante de l'université et votre aura à UVM, il va avoir un choc.

Ils restèrent une demi-heure dans la cathédrale puis allèrent visiter une cathédrale célèbre pour ses dimensions, toujours à Manhattan, Saint John the divine. Deux chiffres donnaient le tournis, sa longueur était de 186 mètres et sa hauteur de 38. Enfin, ils se dirigèrent vers le lieu de la deuxième conférence sur l'art qui traitait de la peinture italienne avec un point particulier sur Caravage.

Pendant que le conférencier développait son sujet, Eilleen remercia en pensée la professeure de dessin qui avait toujours insisté pour que la première partie de son cours soit consacrée à la connaissance de l'histoire de l'art et des grands peintres. Elle pouvait suivre avec intérêt et sans trop de difficulté la conférence grâce à cette première approche qu'elle avait déjà eue. Sinon, elle aurait été noyée sous les noms et les courants de peinture.

Ils mangèrent ensuite dans une cafétéria puis prirent le métro pour aller à Central Park. Ce fut une grande aventure pour la jeune fille qui n'avait jamais pris ce mode de transport. Heureusement qu'elle était avec le groupe.

Ensuite, ils se promenèrent plus d'une heure dans Central Park et ses écureuils. Elle apprécia beaucoup plus la balade que la fois précédente où elle était stressée, ne voulant pas trop s'éloigner du lieu de rendez-vous qu'un chauffeur de taxi qui l'avait emmenée au parc lui avait fixé afin de la ramener à l'hôtel où elle logeait.

Pour finir cette extraordinaire visite culturelle de New York, la professeure les emmena au Whitney Museum of American Art, qui se concentrait uniquement sur l'art américain.

Enfin pour clôturer ces quatre jours, ils mangèrent dans un restaurant à Greenwich village, à l'ambiance bohème avec ses maisons en briques rouges et ses clubs de jazz.

Eilleen et tous les membres du groupe se sentaient loin, très loin de Burlington. Ils étaient dans un autre monde
– Ce séjour à New York a été fabuleux, déclara Eilleen à la professeure, et superbement bien organisé. J'ai beaucoup apprécié les visites des musées qui sont tellement impressionnants et le thème des deux conférences était parfaitement choisi.
– Merci, je suis contente que ce séjour à New York vous ait plu. J'ai passé beaucoup de temps à tout organiser. Mais si vous êtes satisfaite, j'en suis récompensée.

Dire qu'elle avait longtemps hésité à s'inscrire. Si Andrew ne lui avait pas donné une somme d'argent assez conséquente après que tous les meubles qu'il avait confectionnés et amenés au marché de Rutland aient été vendus, elle n'aurait de toute façon pas pu payer la part qui restait à la charge des étudiants.
– Brit, qu'en penses-tu ?
– Ce fut un beau séjour, très intéressant et bien organisé, se contenta de dire cette dernière.

Brit ne s'était jamais montrée très causante, sa cousine Morgan disait que c'était la fille la plus malaimable de l'université, mais elle était son amie et elle peignait magnifiquement. Et le fait qu'elle ne parle pas beaucoup ne l'avait jamais dérangée.

Une rencontre surprenante

Après le départ de Brit de l'hôtel, tôt le samedi matin, Eilleen se sentit seule. Elle ne voulait pas rester dans la chambre d'hôtel à attendre l'heure de la marche pour le climat. Elle décida de sortir se promener dans Manhattan. Elle serrait son petit sac à main où elle avait rangé son portable sous son bras.

Elle se demanda si Brit saurait s'adapter à New York, Brit qui avait enclenché un processus sans lui en parler auparavant. Avait-elle imaginé sa conclusion ? Espérait-elle celle-ci ? Eilleen n'avait pas les réponses à ses questions, cette dernière ne s'étant pas épanchée sur le sujet.

Brit était la première amie qu'elle avait eue à son entrée à l'université du Vermont. A l'institution religieuse, comme il était interdit de parler avec une autre élève plus de cinq minutes, règle dont la raison lui échappait, elle n'avait jamais pu se faire d'amies. Puis Brit lui avait proposé qu'elles deviennent amies. Elle lui avait fait découvrir son atelier, ses peintures si belles. Jamais elle ne pourrait en vouloir à Brit.

Eilleen croyait fortement en Dieu, ce dernier régissait sa vie et guidait ses pas. Il n'y avait pas de hasard. Quoi que Brit ait pensé faire, Dieu était derrière sa décision.

Elle ne marchait pas depuis dix minutes lorsqu'un jeune homme l'aborda.
– Ce que tu fais n'est pas prudent. Une jeune fille ne se promène pas dans la rue avec un sac à main apparent. Elle risque de se le faire voler.
– Même en plein jour le matin à Manhattan ? s'étonna-t-elle.
– Tu te trouves à New York et il est tellement visible que tu viens de la campagne.

– Je ne viens pas de la campagne, je suis étudiante à l'université de Burlington qui est déjà une ville importante.
– Ah, très bien. Où se trouve Burlington ?
– Dans le Vermont. Je crois plutôt que vous prenez prétexte de cette question de sécurité pour m'aborder. Je vous préviens, j'ai un petit ami !

Le jeune homme, il devait avoir 24 ou 25 ans, éclata de rire.
– Si jeune et déjà prise. Zut, moi qui croyais avoir toutes mes chances. Non, plus sérieusement, seule ta sécurité me préoccupe. Tu sais ce qu'est un vol à l'arraché ? Un type passe en courant et t'arrache ton sac à main et pfuit, il s'est envolé.
– J'ai 16 ans quand même, bientôt 17. Enfin, pas tout de suite.
– D'accord, tu parais si jeune. Je ne sais pas pourquoi mais ton visage me dit quelque chose. Que dirais-tu de boire un verre avec moi afin qu'on fasse connaissance.
– Pourquoi j'accepterais ?
– Je suis étudiant en médecine et New-Yorkais de souche. Entre étudiants, tu n'as rien à craindre. Et puis, je voudrais bien savoir pourquoi ton visage ne m'est pas inconnu.
– Mon père est médecin.

Pour la première fois Eilleen parlait de son père à quelqu'un et elle fut fière de dire sa profession. Le jeune homme lui inspirait confiance tout en étant sympathique et comme elle allait bientôt habiter New York, il n'était peut-être pas inintéressant qu'elle fasse connaissance avec un vrai New-Yorkais.
– Je veux bien mais je vous rappelle que j'ai déjà un petit ami.
– Tu peux me tutoyer. Rassure-toi, je ne chercherai pas à te draguer, même si tu es très belle.
– Hum, dire ces paroles, n'est-ce pas déjà un peu me draguer ?
– Non, c'est de l'admiration, tes yeux bleus sont sidérants. Mais tu n'aimes pas les compliments à ce que je vois.
– Ils me mettent mal à l'aise. Et ce n'est pas vrai, je ne suis pas belle.
– Si tu le dis. Viens, on va aller dans ce café en face.

Une fois qu'ils furent installés, il se présenta :

– Steven McCarthy. Je suis en troisième année de médecine. Ton père est médecin où ?
– A Manchester, dans le New Hampshire. Je suis née dans cette ville. Je m'appelle Eilleen Quingsley.
– Eilleen Quingsley, la jeune militante dont la photo avec Greta Thunberg est parue dans tous les journaux en première page ! Je me disais bien que ton visage ne m'était pas inconnu. Eh bien, quel hasard !
– Je participe à une marche pour le climat à 11 heures. Le point de départ est à l'entrée de Central Park.
– Vas-y en taxi, c'est plus simple. Tout le monde à New York se déplace en taxi.
– J'ai pris le métro hier pour la première fois, j'ai été très impressionnée.

    Il avait commandé deux cocas.
– Tu es à New York uniquement pour la marche ?

    Elle lui expliqua les raisons de sa venue à New York.
– Tu es une artiste ?
– Je peins. En fait, j'ai accepté ton invitation car je vais intégrer l'académie des arts de New York et je me suis dit que ce serait bien si je connaissais déjà un New-Yorkais.
– L'académie des arts, rien que ça ! Tu dois avoir du talent pour intégrer une école aussi prestigieuse.
– Un peu, apparemment.

    Il rit.
– Tu es incroyable. Et au moins, tu es franche. Je veux bien être ton guide à New York. Mais ton ami, il ne sera pas avec toi. ?
– Il vient d'intégrer une structure sport-étude au Texas.
– Ah, ce n'est pas la porte à côté.

    Eilleen regarda l'heure sur son portable.
– Je ne vais pas tarder à y aller.
– Tu n'as pas de montre ?
– Non, je n'en ai jamais eu.
– Pas de montre ni de gourmette, ni de collier ou de bague, pas de maquillage ni de rouge à lèvres ou vernis à ongle, pas de tatouage

et encore moins de piercing, ne consulte pas son portable toutes les trente secondes, et en jupe et corsage boutonné haut. Tu es très classique.
– Oui, est-ce un problème ?
– Nullement. C'est juste pas très commun de nos jours où énormément de jeunes filles se promènent en jean déchiré. En même temps, je suis sûr que si tu allais chez une esthéticienne, tu mettrais New York à tes pieds.
– Que veux-tu dire par là ? Pourquoi j'aspirerais à une telle chose ? Et c'est quoi une esthéticienne ?
– Euh, tu ne sais pas ce qu'est une esthéticienne ? Tu dois venir d'une autre planète, ce n'est pas possible autrement.

    Cette remarque ne plut pas à la jeune fille.
– Je m'en vais. Je trouve que tu n'es pas sympathique avec moi.

    Et elle se leva.
– Combien je dois pour la consommation ?
– Mais non, c'est moi qui paie. Je te présente toutes mes excuses, je n'aurais pas dû dire cette ânerie. Et je t'accompagne jusqu'à ta marche, d'accord ?
– Bon, je veux bien. Mais il ne faut plus dire des choses comme tu as dit là.

    Le jeune homme mit sa main sur son cœur en disant :
– C'est promis, c'est juré.

    Quand ils furent dans le taxi, il demanda :
– Tu intègres quand l'académie ?
– Dans dix jours, je pense.
– Et après la marche, tu as prévu quoi ?
– Je passe à la télévision. Le rendez-vous est à 16 heures.
– Ah super. La télévision, ben dis-donc, ce n'est pas rien ! Et quelle télé ?
– CNN.
– Hum, la chaîne d'information la plus importante des États-Unis. Je constate qu'avec toi, c'est toujours le top niveau. Et après ?

– Après, rien, je fais ma valise. Je prends l'avion pour Burlington demain matin.
– Accepterais-tu que je te fasse visiter des lieux emblématiques de New York, SoHo, Greenwich Village, TriBeCa, Chinatown, Little Italy et West Village où se trouve le plus beau jardin de la ville, Washington Square Park ?

Eilleen retrouvait les noms que la responsable de l'académie avait cités plus d'autres qui faisaient rêver. Toute la magie de New York se retrouvait dans ces noms. Elle fut tentée. Avec un New-Yorkais, les visites seraient forcément différentes de ce qu'elle avait vécu la veille avec le groupe.
– Je veux bien à une condition.
– Laquelle ?
– Que tu n'oublies pas que j'ai un petit ami et que tu ne cherches pas à me draguer.

Le jeune homme éclata de rire.
– Tu es extraordinaire. Promis. Je t'attendrai à la sortie de CNN.

Une marche et un passage à la télévision qui marquent

Lorsque Eilleen arriva à Central Park, plusieurs centaines de personnes étaient déjà rassemblées, certaines brandissant des pancartes avec des slogans qui alertaient sur la nocivité des gaz à effet de serre et d'autres sur l'importance de préserver la nature. Des journalistes étaient présents aussi qui la reconnurent et voulurent avoir une interview. Elle répéta ce qu'avait dit Greta Thunberg lorsqu'elles avaient parlé ensemble deux jours auparavant, en évoquant aussi l'échange avec les étudiants qui avait eu lieu à l'ONU après l'intervention de la jeune suédoise devant les Nations Unis, et les autres pistes d'action qui avaient alors été envisagées.

Elle parlait avec assurance et voyait que Steven qui était resté assez près d'elle et écoutait ce qu'elle disait, paraissait très surpris.

Dès la fin de l'interview, les organisateurs de la marche se précipitèrent vers elle et se présentèrent. Elle fut dirigée en tête de cortège et la marche débuta.

Tout en marchant, Eilleen ressentait un sentiment de mécontentement. Encore une fois, elle s'était fait piéger. Elle s'était pourtant promise de ne plus jamais laisser apparaître qu'elle ne connaissait pas le sens d'un mot en demandant ce qu'il voulait dire. Elle devait noter dans sa tête le mot inconnu et regarder ensuite son sens sur internet avec son portable. Ce n'était pas compliqué !

Sa mauvaise connaissance des mots de la vie courante provenait de son trop long séjour auprès des bonnes sœurs qui vivaient dans leur propre monde qui avait peu à voir avec la vraie vie, celle du monde extérieur comme elle disait lorsqu'elle vivait à l'institution religieuse.

Elle n'avait presque plus de lacunes désormais. Depuis qu'elle avait pu acheter un portable avec l'argent de Mamie Georgette, elle avait rapidement fait des progrès. Le portable apportait plus de facilité pour elle. Avant, elle devait noter le mot ou l'expression inconnue et se rendre à la bibliothèque de l'université afin de consulter internet sur un des ordinateurs en libre-service.

Et là, comme elle trouvait le jeune homme assez sympathique, elle avait baissé la garde et elle n'y avait pas échappé. Quand même, lui dire qu'elle venait d'une autre planète juste parce qu'elle ne connaissait pas le mot esthéticienne ! Il y avait été fort. Elle aurait dû lui répondre, effectivement, je suis une martienne. Elle avait manqué de réparti !

D'un autre côté, ce jeune homme ne l'intéressait pas mais il pouvait s'avérer utile par sa connaissance de New York. Et puisqu'il acceptait de jouer ce rôle de guide, pourquoi ne pas en profiter ? Au moins, elle avait été franche et claire avec lui. Il ne devrait pas y avoir d'ambiguïté entre eux.

D'avoir pensé au portable, l'avait ramenée à la grand-mère de Tyler, sa Mamie désormais. Le jour où Tyler lui avait fait rencontrer Mamie Georgette était un jour béni car elle l'avait tout de suite adoptée, disant que puisque sa mère était morte à sa naissance, que son père ne venait quasiment jamais la voir, qu'elle n'avait pas de grands-parents, elle serait sa grand-mère de substitution. Et depuis, elle lui avait donné beaucoup d'amour, cet amour qu'elle n'avait pas connu dans sa prime jeunesse.

La marche avait aidé Eilleen à retrouver de la sérénité. Elle avait oublié le petit accroc avec Steven et pensait à Greta Thunberg. Quel engagement à 16 ans, c'était fou. Elle constituait un vrai modèle pour toutes les personnes, jeunes et moins jeunes, qui défilaient avec elle pour sensibiliser contre le réchauffement climatique.

Il s'agissait de sa première marche pour le climat mais sans doute pas la dernière. New York était l'endroit idéal pour sensibiliser les opinions.

La marche dura une heure trente minutes. Heureusement qu'Eilleen avait pris l'habitude de faire des marches dans la montagne avec Andrew et Tyler qui duraient plus d'une heure.

Ensuite, un grand pique-nique fut organisé où elle fut très entourée. Elle avait conscience de la grande solidarité qui existait entre toutes les personnes présentes qui partageaient les mêmes convictions. Aucun alcool n'était servi et tout se faisait dans la plus grande simplicité, quelques saucisses grillées, des chips, des sandwichs au pain de mie.

Eilleen se sentait bien parmi les personnes présentes. Ils paraissaient former une grande famille soudée. Elle n'avait jamais ressenti cette impression auparavant. Même à l'université du Vermont où elle était pourtant chouchoutée par les autres étudiantes, elle n'avait pas eu ce sentiment.

Il fallut bien, à un moment, se quitter. Les organisateurs la remercièrent chaudement d'être venue. Elle revint à son hôtel car il était prévu qu'une voiture de CNN vienne l'y chercher afin de l'emmener dans l'immeuble où aura lieu son intervention. Elle allait participer à une émission où une personnalité qui avait marqué l'actualité de ces dernières semaines était présentée aux téléspectateurs.

Tout se déroula ensuite comme dans un rêve éveillé. Un chauffeur lui fit traverser New York dans une grosse voiture, une jeune femme qui se présenta comme étant attachée de presse, l'attendait à l'entrée de l'immeuble où apparaissait en gros CNN pour l'accueillir. Elle fut emmenée au maquillage où une autre jeune femme lui mit de la poudre sur la peau du visage afin d'éviter qu'elle brille, puis le présentateur qui serait avec elle sur le plateau lui expliqua comment était conçue l'émission, lui détailla son déroulé et les questions qu'il allait poser.

Tout était clair, précis. Eilleen allait pouvoir développer les thèmes qui lui étaient chers mais parler aussi de la place qu'occupait la religion dans sa vie et de la chance qu'elle avait d'être à l'université. Elle évoquerait sa rencontre avec Greta Thunberg et la marche pour le climat de ce matin.

D'orage et de ferveur – Le rêve new-yorkais

La jeune femme qui l'avait accueillie à l'entrée de l'immeuble resta avec elle jusqu'à ce qu'elle accède au plateau.

Le présentateur la mit à l'aise d'emblée en plaisantant avec elle et en la faisant rire, ce qui la détendit complètement. Il souligna quand même qu'il était rare qu'il reçoive dans son émission une personnalité si jeune, ce qui l'amena à donner son âge.

Après, elle enchaîna avec aisance les réponses aux questions, argumentant quand il le fallait, mettant de la conviction dans ses paroles.

Elle resta cinquante minutes sur le plateau mais le temps lui parut avoir passé vite tant elle était dans ses sujets.

A la fin de l'émission, le présentateur la félicita, lui disant qu'elle avait été brillante et très convaincante.

Ensuite, la même jeune femme qu'à son arrivée la raccompagna, lui demandant quand elle prenait l'avion et que si elle le souhaitait, une voiture pouvait l'amener à l'aéroport, ce qu'elle accepta volontiers.

A la sortie de l'immeuble, Steven était là, qui attendait. Elle s'était demandée s'il allait tenir parole, mais oui !
– J'ai pris ma voiture, comme nous allons passer d'un quartier à l'autre, ce sera plus pratique, lui dit-il. Comment se sont passées la marche et ta télé ?
– Très bien toutes les deux. A la marche, il y avait beaucoup de monde et j'ai trouvé une grande solidarité entre toutes ces personnes engagées dans ce combat pour sauver la planète. Et l'émission s'est très bien passée. Le présentateur était sympathique et m'a bien expliqué comment elle allait se dérouler et après tout a été parfait.

Après un silence, elle ajouta :
– J'ai conscience que l'émission n'était pas programmée à une heure de grande écoute, mais j'ai eu le temps de bien développer tous les thèmes qui me tenaient à cœur.
– C'est CNN quand même, la chaîne la plus regardée aux États-Unis. Et tu t'exprimes avec beaucoup d'aisance devant les micros. On voit que tu n'es pas impressionnée du tout.

– C'est vrai, je n'ai jamais eu de problème de ce côté-là. Je suis la plus jeune étudiante dans mon université et j'ai été honorée comme telle. J'ai dû prendre la parole devant tous les étudiants et étudiantes et les professeurs quinze jours après mon arrivée. Je n'avais jamais pris la parole en public mais j'ai bien su maîtriser l'exercice et depuis je continue sur ma lancée.
– Bravo alors. Être à l'aise pour parler en public n'est pas donné à tout le monde.
– J'avais pensé que tu ne viendrais pas. Après tout, on ne se connaît pas et tu as sans doute d'autres choses plus intéressantes à faire que de me faire découvrir New York, d'autant que je ne t'ai pas laissé d'espoir quant à la possibilité de me conquérir.

Steven éclata de rire.
– Toi, tu es directe. Mais tu es une jeune fille tellement étonnante, si peu ordinaire, que je me suis dit que tu avais encore beaucoup de choses à me faire découvrir de toi.
– Ah oui, la fille qui vient d'une autre planète, la martienne !
– Je vois que tu m'en veux toujours.
– Non, je m'en veux d'avoir laissé échapper que je ne connaissais pas ce mot.
– D'accord. Je m'excuse encore d'avoir dit cette bêtise. Je te propose d'oublier cet incident afin que nous puissions bien profiter de ta soirée découverte de New York underground.
– Tu as raison, oublions cet incident. Je suis prête à te suivre.

Une soirée new-yorkaise mémorable

Steven commença la visite de la ville de New York par Chinatown, où une foule considérable se pressait dans des rues étroites et colorées. La plupart des Chinois étaient en costume traditionnel. Puis ce fut Little Italy, quartier très typé où les gens parlaient une langue chantante qui la projetait déjà dans cette Europe qu'elle allait découvrir bientôt.

Dans ces deux quartiers, elle se sentit totalement dépaysée.

Il l'emmena ensuite à Washington Square Park avant qu'il ne fasse nuit. Le jardin était effectivement très beau et un lieu potentiel pour être avec son père, s'il acceptait de venir à New York la voir.

Steven voulut l'inviter à manger dans un des nombreux restaurants de charme de West Village mais elle trouva que dîner en tête à tête avec lui créerait une situation trop intimiste et refusa. Ils se retrouvèrent alors à TriBeCa dans un café fréquenté par des écrivains et des intellectuels. Elle fut enchantée de pouvoir échanger sur les grands auteurs qu'elle avait lus. Tout partit d'un propos sur Hemingway comparé à Steinbeck, elle se mêla à la discussion, trop heureuse de cet échange, et la suite fut savoureuse.

Les jeunes hommes riaient de son enthousiasme à citer des auteurs russes et américains. Ils lui signalèrent que la littérature française qu'elle n'avait pas encore pu aborder, était très riche également.

Ils en profitèrent d'être dans ce café pour manger sur le pouce.

Tyler se manifesta à ce moment-là. Il voulait l'appeler mais elle lui répondit par SMS qu'elle préférait le lendemain. Là, elle était occupée. Elle n'en dit pas plus mais il dut penser qu'elle était avec Laureen car il n'insista pas.

Ensuite, Steven lui fit découvrir une boite de jazz à SoHo. Pour la première fois, elle franchissait la porte d'un tel établissement empli

de musique. Le serveur lui demanda ce qu'elle voulait boire et fut tout surpris lorsqu'elle lui répondit :
– Un verre d'eau.
Comme Steven l'interrogea en arquant un sourcil, elle répondit :
– Je ne bois pas d'alcool.
– J'aurais dû m'en douter vu ton âge. Tu viens danser.
Eilleen n'avait jamais dansé de sa vie mais elle regarda comment faisaient les autres et s'y mit. Steven riait de la voir si pleine d'ardeur.
– Tu es incroyable, lui glissa-t-il à l'oreille. Et puis, toi, tu ne consultes pas ton portable toutes les deux minutes comme le font 99 % des filles mais tu profites pleinement de ce que je te fais découvrir. Et c'est très agréable.
Puis :
– Tu apprécies ta soirée ?
– Oui, beaucoup. Je croque avec plaisir dans la Grosse Pomme, répliqua-t-elle.
– Je m'en aperçois !
Mais ce fut la soirée des premières car, alors qu'ils se promenaient dans les petites rues de Greenwich Village, elle consulta son portable et s'aperçut qu'il était plus de minuit. Le temps avait filé. Elle ne s'était jamais couchée aussi tard. Elle dit à Steven qu'elle devait rentrer à l'hôtel.
– Pour New York, c'est tôt. Tu sais qu'on dit que New York est la ville qui ne dort jamais.
– Mais pour moi, il est tard. Personnellement, j'ai besoin de dormir.
Ce séjour à New York se terminait en apothéose grâce à Steven.
Alors qu'il la ramenait vers l'hôtel, il s'inquiéta de savoir comment elle se rendrait à l'aéroport le lendemain, ce dont elle lui sut gré.
– CNN a prévu de mettre à ma disposition un chauffeur mais merci de t'en soucier et surtout merci pour cette superbe soirée.
– C'est cool de la part de CNN. Tout le plaisir a été pour moi. De voir tant briller tes yeux aura été ma plus grande récompense de la soirée.
Une fois arrivés devant l'hôtel, et alors qu'elle allait descendre, il lui dit :

D'orage et de ferveur – Le rêve new-yorkais

– Promets-moi une chose. Lorsque tu seras installée à New York, accepte que nous puissions passer d'autres soirées comme celle-ci ensemble.

Eilleen n'avait pas de raison de refuser. Il s'était montré attentif avec elle mais jamais pressant, tenant sa parole de ne pas chercher à lui faire des avances. Et il lui avait fait passer une soirée qu'elle n'était pas prête d'oublier.
– D'accord, je te le promets.

Il lui donna une carte avec son numéro de portable écrit dessus.
– Bon retour à ton université.
– Merci. Euh, je voulais te dire, je n'ai rien d'extraordinaire, je suis juste une étudiante comme il y en a tant aux États-Unis qui essaie d'être studieuse afin de réussir son année universitaire.

Et elle sortit du véhicule laissant Steven pantois.

Pendant le vol ramenant Eilleen à Burlington, elle se remémora ce qui s'était passé pendant le mois qui s'était écoulé entre ses deux séjours à New York.

Un événement marquant avait d'abord eu lieu ce fameux week-end avec Tyler où ils s'étaient embrassés pour la première fois alors qu'ils étaient partis se baigner au lac Champlain. Ses premiers baisers ! Elle avait souvent rêvé que Tyler et elle s'embrassaient et c'était devenu réalité.

Après, Tyler hésitait sur la conduite à tenir. Fallait-il annoncer que désormais ils sortaient ensemble ou garder cette nouvelle situation secrète ? Elle avait tranché, disant que Mamie Georgette s'en apercevrait tout de suite que quelque chose avait changé entre eux et elle avait pris l'initiative de le lui annoncer. Par contre, le lendemain, lorsqu'elle avait marché avec Tyler et Andrew, elle avait adopté la même attitude que les fois précédentes où ils s'étaient promenés dans la montagne, se mettant au milieu d'eux mais ne s'approchant ni de l'un, ni de l'autre et se montrant enjouée avec Tyler comme avec Andrew. Elle supposait que Tyler avait annoncé à Andrew l'évolution de leur relation mais rien cependant dans l'attitude de ce dernier ne le laissa paraître.

Ensuite, le lundi eut lieu la conférence de presse en présence du doyen de l'université. Les journalistes étaient nombreux et elle savait que la tentative d'agression sexuelle qu'elle avait subie de la part de Brandon McKulick serait abordée. Elle comptait sur le doyen pour l'aider à répondre aux questions sur ce point et il avait très bien tenu son rôle et elle se rendit compte aussi que les journalistes ne cherchaient pas à la mettre en difficulté. Ils voulaient qu'elle apparaisse comme une héroïne qui avait, grâce à sa force mentale, su résister à son agresseur et permis son arrestation, l'arrestation en fait d'un prédateur sexuel qui avait commis de nombreux viols sur des étudiantes.

Le mardi, elle avait vu pour la première fois son père en tête à tête. Elle était très émue, très tendue aussi. Ils ne se connaissaient pas et avaient tout à découvrir l'un de l'autre. Elle avait préparé un pique-nique et ils restèrent un peu plus d'une heure et demie dans le beau et grand parc qui ne se trouvait pas trop loin de l'université. Ils avaient passé un bon moment mais elle n'avait pas vraiment réussi à se détendre bien qu'il lui ait dit plusieurs fois que tout allait bien en lui touchant la main. Il lui avait assuré que le pique-nique était une très bonne idée. Mais elle fut incapable de le tutoyer et encore moins à lui dire papa. Elle avait bien vu qu'il en était déçu et s'était promis de faire un effort lorsqu'ils se reverraient le vendredi.

Le mercredi, elle avait passé du temps à la bibliothèque. La bibliothécaire lui avait préparé un livre de Jorge Luis Borges et un autre, car assez petit, de Luis Sepulveda, auteurs sud-américains. Puis, le soir, elle avait peint avec Brit pendant trois heures. Le jeudi, elle avait suivi les deux heures de cours de dessin qui étaient pour elle un vrai moment de détente et de créativité.

Elle avait essayé de passer un peu de temps avec Sheryl à qui elle devait d'avoir retrouvé son père grâce à sa capacité à effectuer des recherches sur internet.

Le vendredi, elle reçut son père à l'université car elle voulait lui faire partager son quotidien. Elle s'était dit qu'elle serait plus détendue si elle le recevait là où elle vivait tous les jours. Elle fut autorisée à l'amener à la chambre qu'elle partageait avec Sheryl et lui présenta cette dernière. Elle lui montra la bibliothèque, le réfectoire puis ils s'installèrent à l'extérieur. Elle avait préparé des sandwichs. Elle avait l'impression de se sentir un tout petit peu plus à l'aise avec lui d'autant qu'il se montrait très gentil avec elle. Il réussit à la faire rire deux fois.

Brit lui avait indiqué à juste raison qu'il fallait qu'elle soit patiente. Ils avaient 16 ans à rattraper, ce qui demandait forcément du temps.

Après coup, elle s'était dit que des sandwichs, ce n'était peut-être pas assez pour son père. Elle, elle mangeait peu mais lui, c'était un homme. Elle allait devoir se résoudre à aller au restaurant. Elle pensa alors à celui qui proposait du poisson grillé au bord du lac Champlain où Tyler l'avait amenée deux fois. Voilà la solution ! Elle espérait que son père aimait le poisson. Elle le connaissait si peu !

Les moments avec le père d'Eilleen

Le samedi soir, elle avait passé une délicieuse soirée avec Laureen. Elles s'entendaient vraiment très bien. Elles suivaient toujours le même programme, celui qui enchantait Eilleen, faire les courses, cuisiner, prendre le temps de manger dans la cuisine, faire la vaisselle puis passer au salon où Laureen mettait de la musique en sourdine. Elles pouvaient alors commencer à discuter.

Avec Laureen, Eilleen pouvait tout dire mais aussi l'interroger. Celle-ci avait beaucoup plus d'expérience qu'elle avec les garçons. Mais Laureen voulait aussi qu'elle lui parle de son activité à l'université. Pour elle, ce sujet était important.

Ensuite, comme elles l'avaient souvent fait, elles avaient dormi dans le même lit puis, Laureen l'avait emmenée le dimanche matin à l'église en voiture afin qu'elle puisse assister à la messe. Au cours de celle-ci, elle s'était recueillie avec ferveur et avait communié.

A la fin de l'office, elle avait rejoint le prêtre et l'avait informé du résultat des recherches sur son père. Il en avait été très satisfait.
– Je suis content pour vous que vous ayez retrouvé votre père biologique. Je suppose que tout se passe bien avec lui.
– Oui, tout est parfait. Je n'oublie pas que c'est grâce à vous si je me suis lancée à sa recherche. Si vous n'aviez pas pris l'initiative d'aller voir monsieur Quingsley, j'aurais sans doute ignoré toute ma vie qu'il n'était pas mon vrai père.

Mais elle voulait surtout évoquer avec lui un sujet qui la préoccupait, la vision du prêtre sur les baisers échangés avec Tyler.
– Il est normal, avait-il répondu qu'un couple qui s'aime veuille échanger des baisers. Il s'agit là de la manifestation de cette complicité amoureuse. Ce n'est pas un péché. Mais il faut s'arrêter là.

Les relations charnelles sont bien sûr interdites mais également les caresses sur le corps.

Cette réponse l'avait rassurée.

– Merci mon père de vos précisions. C'est bien ainsi que j'entendais agir.

Tyler était revenu deux fois du Texas pendant le mois écoulé.

La première fois, ils étaient allés au Québec le samedi après-midi. Elle avait retrouvé le plaisir de rouler dans la Ford Mustang mais aussi ces policiers en uniforme rouge et leur large chapeau et surtout ce parlé particulier avec le fort accent, ainsi que l'ambiance chaleureuse qu'elle ressentait dans cette province. Tyler les avait amenés dans une ville assez grosse, Sherbrooke, où ils avaient visité le marché de la gare, avaient pu goûter du sirop d'érables et des bleuets et s'étaient promenés bras dessus-bras dessous dans le parc Jacques-Cartier.

Dans cette ville, existait un spa assez réputé mais ils manquaient de temps pour tenter l'expérience qui aurait pourtant bien plu à Eilleen.

Le dimanche matin avait été consacré à la messe et à appeler la grand-mère de Tyler. Puis, ils avaient profité de la proximité du lac Champlain pour s'y baigner l'après-midi.

La seconde fois, ce fut Mamie Georgette qui eut droit à leur visite après qu'ils se furent baignés dans le lac Champlain. Ils avaient pu faire une très plaisante balade en vélo et une longue marche le lendemain avec Andrew et Tyler dans la montagne, Andrew qui vint ensuite déjeuner chez Mamie Georgette. Elle s'activa beaucoup en cuisine à côté de la veille femme qui la regardait très souvent en lui souriant, manifestant sa joie de l'avoir avec elle.

Pour Eilleen, ce déjeuner avec Tyler et Andrew était toujours un moment très plaisant.

Tyler et Eilleen avait su trouver des occasions pour s'isoler et elle s'était délectée des baisers qu'ils avaient échangés. Elle y prenait d'autant plus de plaisir qu'elle savait maintenant qu'ils ne constituaient pas un péché. Ensuite, ils se tenaient par la main en se regardant dans les yeux.

Tout allait bien entre eux mis à part certaines exigences de Tyler qui la mettaient mal à l'aise.

Ainsi, quand ils étaient en voiture, il voulait toujours poser sa main sur sa cuisse et elle trouvait ce geste gênant et refusait. Et des fois, il la serrait trop et leurs corps se touchaient de manière embarrassante, jamais de face mais quand même, et deux fois, il avait effleuré ses fesses. A chaque fois, elle s'était arrêtée en fronçant les sourcils tout en le regardant. Il s'était excusé en disant qu'il ne l'avait pas fait exprès. Elle ne l'avait cependant pas cru et lui avait rappelé qu'elle voulait en rester aux baisers même si elle, quand ils s'embrassaient, aimait lui caresser la joue et même parfois le cou. Toutefois, ce n'était pas le corps donc elle pouvait se le permettre.

Bien sûr, elle savait qu'elle pouvait lui faire confiance, il ne chercherait jamais à franchir certaines étapes avec elle, mais ces petits gestes la mettaient mal à l'aise.

Les semaines s'étaient donc enchaînées et son père avait tenu parole, venant la voir deux fois par semaine. Elle avait conscience de l'effort qu'il faisait puisqu'il venait en voiture de Manchester. Il la félicita d'avoir trouvé ce restaurant pour qu'ils se voient, la vue sur le lac étant superbe.

Il faisait tout pour la détendre, être proche d'elle. Et tout doucement, leur relation s'était normalisée. Elle se forçait à le tutoyer mais n'arrivait toujours pas à l'appeler papa. Elle lui avait annoncé pour Tyler. Il l'avait félicitée, lui disant que Tyler lui paraissait un jeune homme bien, trouvant quand même qu'elle était encore jeune pour s'engager dans une relation amoureuse.

Elle lui avait demandé un soir qu'il lui parle de sa mère car de voir son père la renvoyait en permanence à cette dernière. Il lui avait dit qu'elle était une jeune femme lumineuse, comme elle. Il restait toujours frappé par leur ressemblance, mais qu'il la connaissait assez peu finalement. Il faudrait demander à monsieur Quingsley, lui seul pouvait vraiment lui parler de sa mère.

Il évoquait souvent ses autres enfants et avait souhaité qu'elle fasse leur connaissance. A force de la presser, elle avait fini par accepter. Et le week-end suivant, elle irait avec Tyler dans la maison de son père à Manchester où elle verrait ses deux demi-frères et sa demi-sœur. Et elle allait lui annoncer qu'elle allait vivre à New York. Pour son voyage en Europe, elle attendrait d'être sûre que son billet d'avion soit pris en charge pour en parler à Tyler et à son père.

L'avion avait entamé sa descente vers Burlington. Laureen avait insisté pour venir la chercher à l'aéroport. Elles allaient passer un moment ensemble avant qu'elle ne retourne à l'université. Elle avait quatre jours de cours à rattraper, des étudiantes de son groupe lui avaient laissé leurs notes sur des clés USB, elle irait les lire sur un ordinateur à la bibliothèque puisqu'elle avait la clé, et surtout un rendez-vous à demander au doyen dès lundi matin.

Elle se demanda si elle ne faisait pas une erreur en quittant UVM, où elle se sentait parfaitement acceptée et si à l'aise, uniquement pour une question d'ordinateur et de vêtements. Elle se fit quand même la réflexion qu'elle était peut-être un peu trop dans la facilité à l'université du Vermont car elle n'éprouvait aucune difficulté à suivre les cours. Puis elle se dit que Tyler avait bien osé partir loin pour pouvoir progresser dans ce qui était sa passion, le football américain. La professeure et Brit disaient qu'elle avait un style bien à elle, aussi elle allait faire comme Tyler, elle allait partir de Burlington pour progresser dans le dessin et la peinture.

Les états d'âme du père d'Eilleen

Il avait failli renoncer plusieurs fois. Ces allers-retours en voiture entre Manchester et Burlington avaient-ils un sens ? Faire tous ces kilomètres pour voir une jeune fille presque adulte qui avait surgi brutalement dans sa vie et qui avait beaucoup de mal à vraiment se comporter comme une fille avec son père, se montrant incapable de l'appeler papa, le laissait perplexe.

Elle faisait des efforts, il devait le reconnaître. Il avait apprécié l'idée du pique-nique dans ce beau parc la première fois qu'il était venu comme il avait apprécié qu'elle veuille lui présenter l'université où elle étudiait. Mais tout ceci avait-il un sens face aux difficultés que l'arrivée de cette nouvelle fille dans sa vie provoquait ?

Son épouse était toujours très hostile à Eilleen malgré le papier que cette dernière avait signé qui cassait un de ses principaux arguments, à savoir qu'elle ne l'avait retrouvé uniquement que pour lui soutirer de l'argent. Elle lui avait interdit de lui donner de l'argent. Son épouse prétendait qu'Eilleen était une fille vicieuse et sournoise, qu'elle se donnait des airs innocents pour mieux tromper son monde et manipuler les gens afin de les mettre à ses pieds, comme ce doyen de l'université qui lui mangeait dans la main.

Il n'était pas d'accord avec elle.

Au début, il devait le reconnaître, il se méfiait, après tout il ne la connaissait pas. Mais il avait vu qu'Eilleen est douce, assez réservée, il n'était pas facile de la faire rire mais elle avait un bon fond et était croyante aussi. C'est vrai qu'elle paraissait innocente, petite, menue, très jolie et donnant envie qu'on la protège mais elle ne trichait pas. Elle lui avait dit qu'elle ne recherchait que la tendresse d'un père dont elle avait été privée jusqu'à présent et il la croyait car il la sentait sincère dans sa démarche.

Son épouse lui reprochait d'avoir cédé à la pression du doyen, ce qui n'était pas tout à fait faux. Ce dernier avait tellement bien pris la défense de sa fille qu'il avait été favorablement impressionné. Quand une personne aussi importante qu'un doyen d'université vous dit que votre fille est une brillante étudiante, très sérieuse et très impliquée dans la vie de l'université, le père que vous êtes ne peut qu'être fier de son enfant.

Oui, cette fille surgie du passé lui posait beaucoup de problème alors même que sa liaison avec sa mère avait été plus que brève. Cette dernière s'était jetée dans ses bras, il n'y avait pas d'autre mot. Elle était belle, elle était jeune et avait un très beau corps et il avait cédé à l'appel de la chair. Il la soupçonnait d'avoir provoqué cette liaison pour se faire faire un enfant. D'ailleurs, la naissance de sa fille neuf mois après accréditait ses soupçons.

Quand elle était venue le voir pour lui dire qu'elle attendait un enfant de lui et qu'elle aurait aimé qu'il quitte sa femme pour aller vivre avec elle, il lui avait ri au nez. Il s'était montré odieux avec elle, il devait le reconnaître et c'était en partie à cause de cette culpabilité qu'il traînait depuis qu'il avait accepté de reconnaître Eilleen comme sa fille et d'assumer sa paternité.

Ses deux plus grands enfants avaient très mal accueilli la nouvelle.
– C'est quoi cette pouf ? avait lancé Mick. Qu'elle reste où elle est, on n'a pas besoin d'elle.
– Elle veut me voler mon père, s'était plainte Kylie. Je ne veux pas que tu t'attaches à elle.

Ils avaient 22 et 19 ans, il avait pensé qu'avec l'âge qu'ils avaient la nouvelle de sa paternité reconnue passerait facilement. Il s'était trompé.

Mick avait même suggéré qu'elle avait des vues sur lui. L'imbécile ! Mais quand il verrait son petit ami, un beau jeune homme et un athlète en plus, il comprendrait qu'il avait dit une grosse bêtise, une de plus, malheureusement.

Le petit Bryan, du haut de ses 5 ans, ne comprenait pas ce qui arrivait. Qui était cette grande sœur qui tombait du ciel ?

Lorsqu'il avait vu la photo de sa nouvelle fille s'étaler en première page de tous les journaux, il avait été très surpris mais fier d'elle aussi. Elle était une militante, une jeune fille engagée dans des combats justes ! Aussi avait-il montré sa photo en pensant que ce serait un atout pour la faire accepter.
– Voici votre demi-sœur, avait-il lancé à ses enfants qui étaient réunis à la maison en leur tendant le journal.

Ils avaient d'abord regardé la photo d'un air ahuri. Leur demi-sœur en première page d'un journal national !
– C'est la moche ? avait demandé Mick.
– Non, c'est l'autre.

Pour une fois, Mick n'avait pas su quoi dire.
– Je la déteste, s'était écriée Kylie. Tu ne vas pas m'abandonner pour elle mon petit papa chéri.

Il avait trouvé que sa fille en faisait un peu trop, même s'il savait qu'elle avait beaucoup souffert du divorce.
– Elle est très jolie, avait constaté Bryan.

Son épouse y était allée de son commentaire acerbe.
– Encore une qui cherche à faire son intéressante en se prétendant militante, uniquement pour avoir sa photo dans les journaux. C'est du grand n'importe quoi !

Oui, il se posait beaucoup de questions. Il sentait une telle hostilité ! Ne valait-il pas mieux abandonner ? Certes, il s'agirait d'un deuxième abandon puisqu'il avait cru comprendre que monsieur Quingsley, après l'avoir mise très jeune dans une institution religieuse, n'était plus allé la voir.
– J'ai vu mon père deux fois en dix ans, avait-elle affirmé devant le doyen.

Et puis un soir, son ex-épouse l'avait appelé et sa position sur cette affaire avait été très surprenante, peut-être parce qu'elle était enseignante dans un lycée et qu'elle côtoyait des jeunes filles de l'âge d'Eilleen à longueur d'année :
– C'est quoi cette histoire que les enfants me racontent. Tu aurais une autre fille ?

– Oui, c'est exact.
– C'est prouvé ?
– J'ai fait faire un test de paternité, il n'y a pas de doute.
– Quel âge a-t-elle ?
– 16 ans.
– Ce qui veut dire que tu m'avais trompée. Salaud ! Mais attends, 16 ans, mais oui, je me souviens parfaitement de cette période où tu étais très troublé, tu n'étais plus toi-même à tel point que j'ai cru que tu allais me quitter. Tu étais donc au courant forcément.
– Sa mère était venue me le dire mais je n'y ai pas vraiment cru d'autant qu'à la naissance de l'enfant, son mari l'a reconnue.
– Comment s'appelle-t-elle ?
– Eilleen Quingsley.
– Pourquoi alors cette apparition soudaine ? Sa mère pourrait-elle être derrière ?
– Sa mère est décédée à sa naissance. Elle a cru pendant toutes ces années que le mari de sa mère était son vrai père puisqu'elle portait son nom. Mais, en même temps, il l'avait mise très jeune dans une institution religieuse et ne venait jamais la voir. Elle s'est donc posée des questions sur son attitude et il a fini par avouer qu'il n'était pas son père. Elle a alors entrepris des recherches et m'a trouvé.
– Et quelles sont les motivations qui l'ont poussée à faire ces recherches ?
– Elle voudrait connaître la tendresse d'un père.
– Bon, je peux la comprendre, c'est une adolescente finalement et sans mère qui plus est. Mais son apparition ne serait pas liée à une histoire d'argent ?
– Elle a signé un papier où elle s'engage à ne me demander aucun argent et à ne réclamer aucune part d'héritage.
– Ah bon, mais est-ce toi qui avais demandé ce papier ?
– Non, l'initiative lui en revient afin de prouver que sa démarche est sincère et désintéressée.
– Ce n'est pas commun de prendre une telle décision surtout à son âge. Et ses grands-parents du côté de sa mère, ils ne se sont pas manifestés pour l'avoir avec eux. En général, c'est ce qui se passe.

D'orage et de ferveur – Le rêve new-yorkais

– On lui a fait croire pendant longtemps qu'ils étaient morts de chagrin et quand elle a découvert qu'ils étaient bien vivants, ils n'ont pas voulu la recevoir car elle est la fille du péché.
– Eh bien, voilà une jeune fille qui n'a pas dû avoir beaucoup d'affection dans son enfance. Et elle est où en ce moment ?
– A l'université UVM du Vermont à Burlington.
– A 16 ans ?
– Elle est la plus jeune étudiante de son université. Et selon le doyen, elle est très brillante et très sérieuse. Mais je peux te dire qu'elle est aussi très déterminée. Quand elle est venue me voir à l'hôpital, elle m'a dit qu'elle attendait de moi que j'assume pleinement ma paternité.

Son ex-femme rit.
– Tu as dû être drôlement surpris ! Et qu'en dit ta chère et tendre épouse ?
– Qu'Eilleen est une fille vicieuse et sournoise, une manipulatrice. Mais je pense qu'elle se trompe.
– Comment elle est physiquement, petite, grande, blonde, brune ?
– Petite et pas bien grosse, plutôt frêle même. Elle est blonde et a des yeux bleus étonnants. Je reconnais qu'elle est attachante et jolie également, c'est indéniable, mais en même temps, elle a du caractère cependant c'est à peine si elle arrive à me tutoyer et elle me dit père.
– Mais enfin, Stewart, son attitude est tout à fait normale. Elle commence seulement à te côtoyer. Moi, plus tu me parles d'elle, plus j'ai envie de la connaître cette jeune fille. Il faut que tu fasses en sorte que je la vois. Ou plutôt non, je veux que tu viennes avec elle.
– Mais à quel titre ? Et qu'aurais-tu fait à l'époque si je t'avais avoué cette aventure et ses conséquences ?
– Sa mère étant décédée et toi étant son père, et ses grands-parents ne se manifestant pas, je l'aurais accueillie chez nous et je l'aurais élevée comme ma fille. Cette enfant n'était pour rien de tes turpitudes. S'il te plaît, fais ce que je te demande.

Ce souhait très inattendu de la mère de deux de ses enfants l'amena à revoir sa position. Il continuerait à assumer son rôle de père auprès d'Eilleen Quingsley.

Discussion avec Laureen

Lorsque Eilleen et Laureen se retrouvèrent, elles se firent une accolade et la bise puis se dirigèrent vers le parking.
– Alors ton séjour à New York ? demanda Laureen.
– Très intéressant et très surprenant également.
– En tout cas, tu as la mine réjouie.
– J'ai une nouvelle à t'annoncer qui va te surprendre, je vais aller vivre à New York.
– Toi vivre à New York ? C'est fabuleux.
– Oui, je ne sais pas pourquoi mais la responsable de l'académie des arts de New York veut à tout prix que je devienne une de ses élèves.
  Elles étaient montées dans la voiture de Laureen qui prit la direction du centre de Burlington.
– Moi, je sais pourquoi. Il suffit que je regarde les dessins que tu m'as faits pour me dire à chaque fois que tu as un talent fou. Ils l'ont découvert et ont été conquis.
– Si tu le dis. En tout cas, dans dix jours, j'intègre l'académie des arts. Mais j'ai bien prévu de continuer à venir te voir.
– Parfait. Et qu'as-tu fais de beau à New York ?
  Elle lui détailla tout ce qu'elle avait fait les quatre premiers jours.
  Quand elle eut fini, elles étaient arrivées à l'appartement de Laureen. Celle-ci lui montra les deux dessins que son amie avait réalisés qu'elle avait fait encadrer. Elles s'approchèrent. Dans leurs cadres, et mis ainsi en évidence dans le salon, Eilleen les trouva réussis. Elle avait créé des zones d'ombre qui rehaussaient les sujets, et ce style qui lui était propre, ressortait bien.
– Je suis contente qu'ils te plaisent, dit-elle.
  Après un silence, Eilleen se lança dans la fin du récit de son séjour à New York :

– Le samedi s'est avéré pour moi une journée très particulière et inattendue.
– Ah ? Raconte-moi.

Elles se mirent assises dans le canapé.
– J'ai participé à une marche pour le climat en tête de cortège et ensuite à une émission de télévision.
– Tu es passée à la télévision ?
– Oui, à CNN dans une émission où ils font un zoom sur une personne qui a marqué l'actualité. L'interview dure 50 minutes.
– Je tacherai de la rechercher pour la regarder en replay.

Comme Eilleen l'interrogeait du regard, Laureen lui expliqua ce qu'était un replay.
– Ah, c'est pratique. Mais je voulais surtout te parler de la soirée géniale que j'ai passée hier. Figure-toi que je me promenais dans Manhattan lorsqu'un jeune homme m'aborda sous le prétexte que je n'étais pas en sécurité, ce que, tu te doutes, je n'ai pas cru.

Et elle lui raconta la suite.
– Je me suis couchée à minuit et demi. C'est la première fois que je me couche aussi tard.
– Quand tu vivras à New York, te coucher tard risque de t'arriver souvent.
– Et pour la première fois, j'ai rencontré des personnes avec qui j'ai pu échanger sur les grands auteurs que j'ai lus.
– Des intellectuels, quoi.
– Oui, tout à fait, ils s'y connaissaient en littérature, tu peux me croire. Et finalement, c'est bien pratique d'avoir un petit ami. J'ai pu sortir avec un vrai New-Yorkais sans risque. J'ai dit à Steven, je veux bien passer la soirée avec toi mais j'ai un petit ami alors il ne faut pas chercher à me draguer.

Laureen éclata de rire.
– Un petit ami ne sert pas qu'à servir de prétexte. Mais bon, je vois ce que tu veux dire. Et il a accepté ?
– Oui, il avait promis, il a tenu parole.
– Eh bien chapeau ! Tenir sa parole n'a pas dû être évident pour lui.

– Pourquoi ? Tu penses qu'il ne peut pas y avoir une relation amicale entre un garçon et une fille ?
– Avec une fille aussi belle et intéressante que toi, je ne crois pas, non.
– Ne dis pas de telles paroles. Je ne suis pas belle. Tyler a dit une phrase qui m'a touchée : ce qui est important, c'est la beauté intérieure. Bon, il a ajouté, toi, tu es belle intérieurement et extérieurement et il m'a offert une rose. Il m'a sûrement fait ce compliment pour me flatter.
– Eh bien, il sait faire de beaux compliments et avoir de beaux gestes ton Tyler. Moi, aucun garçon ne m'a jamais fait un aussi beau compliment, ni offert une rose.

Eilleen fronça légèrement les sourcils, ce dont se rendit compte Laureen.
– Rassure-toi, je ne suis pas jalouse de toi. Une telle chose n'arrivera jamais. J'ai Peter et tout va bien entre nous. Je suis contente, on s'entend bien. Tu es une jeune fille extraordinaire et tu mérites ce qui t'arrive, tu mérites Tyler.
– Ce que tu me dis est important. Je ne voudrais pas qu'il y ait le moindre problème entre nous et surtout pas de la jalousie. Tu sais que j'ai beaucoup souffert de la jalousie de ma cousine Morgan parce qu'elle ne comprenait pas pourquoi Tyler voulait sortir avec moi et pas avec elle. Elle ne pouvait pas accepter l'idée que Tyler me préfère à elle. C'est à cause d'elle et de sa jalousie que j'ai subi une tentative de viol. Je ne veux plus revivre ce cauchemar.
– Eilleen, crois-moi, je ne souhaite qu'une seule chose, c'est que Tyler et toi, vous soyez heureux. Vous formez un si joli couple. Et avec tout ce que tu as subi depuis ton enfance, tu mérites d'avoir du bonheur dans ta vie.
– Merci Laureen de me dire ces paroles. Et puis, tu as su houspiller Tyler et lui dire ses quatre vérités et je t'en remercie car tu as contribué à ce qu'il est aujourd'hui.
– Tu sais, je ne suis qu'une petite vendeuse qui n'a pas fait beaucoup

d'études et j'ai toujours trouvé stupéfiant que toi, une brillante étudiante, tu m'accordes du temps, ton attention.
– Chut, il ne faut pas raisonner ainsi. Tu es mon amie, j'ai beaucoup d'estime pour toi et je suis très fière d'avoir ton amitié. J'ai une chance inouïe d'être à l'université, tu n'as pas eu cette chance mais tu es riche de tant de choses. Oui, l'important, c'est notre amitié qui est forte. Le reste n'existe pas, il ne faut pas y penser.
– Merci de me tenir de tels propos. C'est vrai, tu as raison, seule notre amitié compte. Il ne faut pas se laisser influencer par rien d'autre.

Elles s'étreignirent puis Eilleen s'exclama :
– Et si on cuisinait ? Qu'en dis-tu ? Nous avons un peu de temps avant que je retourne à l'université.
– Je te reconnais bien là. Avec plaisir.
– J'aimerais bien faire un cake aux olives.
– Très bonne idée.

Eilleen retrouvait là le plaisir qu'elle avait de cuisiner. A l'université, elle n'en avait pas l'occasion, et encore moins quand elle avait séjourné à l'institution religieuse.
– C'est mieux de cuisiner en mettant ses cheveux en chignon, c'est plus hygiénique, lui fit remarquer Laureen.
– Mais comment fait-on un chignon ?

Laureen le lui montra avec cette dextérité qu'elle avait avec les cheveux tout en lui expliquant. Elle eut tôt fait de faire le chignon.
– Cette forme de coiffure te va très bien. Ton visage qui est fin et délicat s'en trouve complètement dégagé et ta beauté et tes yeux bleus si magnifiques sont ainsi bien mis en avant.

Après l'avoir observée, elle s'exclama :
– Qu'est-ce que tu es belle ! Tu es vraiment trop chou.

Et elle lui effleura les lèvres d'un léger baiser.

Le lien fort avec le tuteur

De retour à l'université, Eilleen avait appelé Tyler. Elle n'évoqua pas son séjour à New York, s'arrangeant pour le faire parler lui, de ce qui se passait dans son sport-études. Puis, elle était allée dire bonjour à Brit. Cette dernière avait souhaité qu'elle refasse pour elle le dessin au pastel qu'elle avait réalisé pour la responsable de l'académie des arts car cette dernière était partie avec. Elle s'était exécutée avec la joie de faire plaisir à son amie. Elle signa de son prénom, de son nom et data.
– Tu es un ange, lui avait dit Brit. Je trouve que cette réalisation au pastel est encore plus réussie que la première.

Puis elle s'était dirigée vers la chambre qu'elle partageait avec Sheryl. Elle avait trouvé, comme prévu, les clés USB sur son lit et, après avoir parlé un peu avec elle, lui demandant comment s'étaient passés ces quelques jours où elle avait été absente, elle était partie à la bibliothèque pour travailler à rattraper les cours sur un ordinateur en libre-service.
– Si j'avais un ordinateur portable à moi, je serai dans ma chambre, ce serait plus simple et plus convivial, se dit-elle.

Heureusement que la bibliothécaire, bravant le règlement, lui avait donné une clé de la bibliothèque, elle pouvait ainsi accéder aux ordinateurs même le dimanche. Elle était cependant impressionnée, et pas trop rassurée, d'être seule dans un si grand espace, même si elle avait refermé à clé une fois entrée. Elle travailla sans s'arrêter et sans penser à manger tellement elle était concentrée, jusqu'à 23h15. Les prises de notes étaient très différentes suivant les étudiantes mais elles avaient le mérite d'exister.

Grâce à Sheryl qui lui avait affirmé avec beaucoup de sérieux qu'une étudiante ne se couchait jamais avant 23 heures 30, ou alors ce n'était pas une étudiante, alors qu'à son entrée à l'université, gardant les habitudes prises à l'institution religieuse, Eilleen se couchait à 22 heures, elle avait pu rallonger ses journées. En général, en soirée, elle lisait les livres des auteurs que lui recommandait la bibliothécaire pendant que Sheryl regardait ses séries sur son portable avec ses écouteurs afin de ne pas la déranger.

« Encore une bonne séance de travail demain soir, et j'aurai rattrapé les cours de ces quatre jours, pensa-t-elle.

Elle aurait pu faire l'impasse de ce rattrapage puisqu'elle allait bientôt quitter UVM mais sa conscience l'incitait à ne pas céder à la facilité.

Le lundi, elle passa au secrétariat du doyen de l'université afin de solliciter un rendez-vous. Elle savait qu'il allait être déçu. Il avait tant fait pour elle mais elle se disait que si elle laissait passer cette chance d'aller à l'académie des arts, peut-être qu'elle le regretterait toute sa vie. Et il y avait son père aussi. Il ne pouvait pas continuer à faire deux fois par semaine la route entre Manchester et Burlington. Ce trajet représentait trop de contraintes et de fatigue, elle en avait bien conscience.

Elle retrouva ensuite avec beaucoup de plaisir les étudiantes et les étudiants qui continuaient à lui témoignaient leur sympathie et à discuter avec elle. Elle se dit que si Brit ne l'avait pas incitée à être plus ouverte et détendue avec les garçons, elle n'aurait pas su accepter l'invitation de Steven à passer une soirée ensemble.

Lors de ses premières semaines à l'université, elle était très sauvage, craintive même, avec les garçons. Comment toutefois s'en étonner, elle avait vécu tant d'années dans un monde uniquement de femmes, qu'elle avait mis un peu de temps à s'habituer à la présence de ceux-ci. S'y ajoutait le fait que la mère supérieure de l'institution religieuse et sa tante l'avaient mise en garde contre le comportement des garçons, l'incitant à ne pas les approcher.

Que de chemin parcouru depuis. Désormais, elle n'avait plus aucune crainte et était capable de parler de manière détendue avec eux, de plaisanter et de les taquiner même.

Peu de temps avant la fin de la matinée, elle reçut la réponse du doyen, il la recevrait le lendemain en fin de matinée, juste après la fin du dernier cours.

Le soir, elle essaya de se montrer plus causante avec Sheryl. Elle savait que celle-ci avait des vues sur un garçon.
– Tu en es où avec le garçon qui te plaisait ? Tes fameux travaux d'approche ont-ils abouti ?
– Pas encore mais je progresse, on passe de plus en plus de temps ensemble. Je pense que je l'intéresse. Je fais attention à ne pas brusquer les choses et à agir avec finesse afin de ne pas tout faire capoter.
– D'accord. Et les pom-pom girls ?
– Tout va bien. On a un match mercredi après-midi à animer.

Eilleen se dit qu'elle irait peut-être même si depuis que Tyler était parti au Texas son intérêt pour le football avait faibli. Elle partit ensuite pour la bibliothèque avec les clés USB de ses camarades de cours qui contenaient leurs notes. Elle réussit à terminer leur lecture à une heure pas trop tardive.

La matinée du lendemain passa vite et l'heure du rendez-vous avec le doyen de l'université arriva. Eilleen était nerveuse. Comment allait-il réagir ? Elle se le demandait.

Il la fit entrer dans son bureau.
– Que puis-je pour vous ? demanda-t-il.
– Voilà, je suis venue vous avertir que je vais quitter l'université du Vermont. Une école privée de New York qui associe les Beaux-Arts et les études m'a proposé des conditions très avantageuses pour l'intégrer et j'ai dit oui.
– Ah décidément, après Tyler Delorme qui est parti dans un sport-études au Texas, vous aussi vous cédez aux sirènes de cette formule hybride. Et quelles sont, si je ne suis pas indiscret, ces conditions avantageuses ?
– En premier lieu, ils vont m'offrir un ordinateur portable avec une connexion internet. Dans la discussion qui s'est créée, ils ont considéré comme anormal qu'UVM n'ait pas mis à ma disposition un or-

dinateur portable, sachant que je n'avais pas les moyens financiers d'en acheter un.
– Et pour vous, est-ce un point important ?
– C'est-à-dire que je suis la seule étudiante à prendre des notes de cours à la main, toutes les autres ont un ordinateur portable pour faire ce genre de travail. Et lorsque je prends le bus ou l'avion, l'ordinateur portable est très pratique pour réviser les cours, je n'aurai plus à manipuler un tas de feuilles.
– Je connaissais votre situation mais je n'ai pas voulu faire de passe-droit. Je gère 1600 étudiants et étudiantes. Si je favorise une étudiante, je prête le flanc à la rumeur, ce que je ne veux pas.
– La rumeur, mais sur quel sujet ? Je ne comprends pas.
– Vous, vous êtes une jeune fille honnête, droite. Aussi, vous ne pouvez pas imaginer quelles rumeurs pourraient circuler. Personnellement, je suis très prudent dans ce domaine. Mais, avez-vous bien réfléchi concernant votre choix de quitter UVM ?
– Oui, j'ai pesé le pour et le contre. C'est une chance qui se présente à moi, j'ai considéré que je ne pouvais pas la laisser passer.
– Alors, je m'incline. Mais, quelque part, je m'y attendais. Tous les retours que j'ai de vos professeurs dans le cadre du contrôle continu montrent que vous êtes au-dessus des autres étudiants.
– Peut-être tout simplement parce que je ne vais pas aux fêtes étudiantes, que je ne passe pas mon temps à regarder des séries et que j'écoute avec beaucoup d'attention les professeurs.
– Non, vous êtes une étudiante très brillante et si un autre cadre vous permet de pleinement vous épanouir, alors j'accepte volontiers que vous le rejoigniez et je vous souhaite bonne chance. Mais je ne vais pas vous laisser partir sans marquer le coup. Je vais organiser vendredi une cérémonie officielle afin de vous honorer avant votre départ.
– Merci de votre réaction positive et aussi pour ce geste à travers cette cérémonie à l'occasion de mon départ. Je suis très touchée.

Après un silence, elle ajouta :
– Je vous dois tant. Sachez que je vous suis très reconnaissante pour

tout ce que vous avez fait pour moi. C'est grâce à vous si je suis encore à l'université et si mon père biologique vient me voir. Oui, je vous serai éternellement reconnaissante pour ce que vous avez fait pour moi.

Alors le doyen se leva, contourna son bureau et lui mit la main sur son épaule tout en disant :
– Je ne vous oublierai jamais.

Lorsqu'il avait fait ce même geste, la fois précédente, alors qu'elle se trouvait dans son bureau en présence de son père et de son épouse très agressive envers elle, elle avait eu très envie de poser sa main sur la sienne mais n'avait pas osé. Cette fois-ci, elle n'hésita pas une seconde et mit sa main sur sa main.
– Moi non plus mon cher tuteur, murmura-t-elle.

Elle était très émue.

Où Eilleen et son père commencent à mieux se connaître

Le mardi soir, Eileen devait passer la soirée avec son père. Elle décida de l'emmener au centre-ville de Burlington puisque c'était a priori la dernière fois qu'il venait dans cette ville.

Alors qu'ils marchaient dans la rue piétonne très animée, elle lui annonça pour New York.
– Eh bien, voici une nouvelle très surprenante, s'étonna-t-il.
– Ce départ est également très inattendu pour moi. J'espère que vous, enfin que tu pourras venir me voir à New York, ne serait-ce qu'une fois ou deux fois par mois. J'ai visité un très beau jardin où on pourrait aller se promener.
– Il faut que je regarde les horaires des avions mais oui, sur le principe, bien sûr.
– Je suis désolée et je m'en excuse de ne pas arriver à vous, à te tutoyer facilement. Je fais un blocage.
– Mon ex-épouse m'a affirmé que cette situation était tout à fait normal. Il fallait laisser du temps.
– Ah vous avez parlé de moi à votre ex-épouse ?
– Non, c'est elle qui m'a appelé à ton sujet. Notre fils et notre fille lui avaient parlé de toi, elle a donc souhaité savoir qui était cette fille qui sortait de nulle part et avoir des renseignements sur toi. Elle veut te rencontrer. Elle s'appelle Lynn, elle est professeure dans un lycée.
– Je ne sais pas trop ce qu'est un lycée, sans doute comme une petite université. Mais vous vous entendez bien avec elle malgré le divorce ?
– Disons que notre relation s'est apaisée. Nous avons pris en compte l'intérêt de nos enfants.

– C'est une bonne chose je crois.
– Oui, je pense.

Elle n'osa pas demander directement qui avait la responsabilité de la rupture. Elle essaya de le savoir d'une manière détournée.
– Vous, vous vous êtes remarié et elle aussi ?
– Non. En tout cas, il n'y a pas d'homme qui vit avec elle. Elle est discrète sur sa vie privée. Je ne sais rien.
« Donc, pensa-t-elle, il est responsable du divorce.

Il ne voulut pas lui répéter ce qu'avait dit son ex-femme sur le fait qu'elle l'aurait accueillie comme sa fille car il eut peur que cette affirmation ne fasse plus de mal que de bien à Eilleen.
– Nous ne pourrons pas nous voir vendredi, lui dit celle-ci, car le doyen organise une cérémonie officielle à l'occasion de mon départ.
– D'accord. Tu vas prendre la parole ?
– Oui, pour remercier les étudiantes de m'avoir acceptée comme j'étais. Au début, elles se sont beaucoup moquées de moi mais je ne leur en veux pas, j'étais tellement différente d'elles, puis elles ont fini par m'accepter comme j'étais car je n'ai jamais cherché à les imiter. Quant aux étudiants, je les remercierai d'avoir été sympathiques avec moi bien que j'aie toujours refusé de leur faire la bise.
– Tu devais être la seule à ne pas leur faire la bise.
– Oui, c'est vrai.

Elle rit d'un rire qu'il trouva charmant.
– Mais tu viens bien samedi à Manchester ?
– Oui, je viendrai avec Tyler, il va m'emmener en voiture.
– Pas de problème de mon côté que ton petit ami soit là.
– Je voudrais vous poser, oh, désolé, te poser une question car le doyen de l'université a dit quelque chose que je n'ai pas compris.
– Oui, vas-y.
– Il a dit qu'il n'avait pas voulu que l'université me fournisse un ordinateur portable car il aurait créé un passe-droit et que le fait de favoriser une seule étudiante pouvait alimenter des rumeurs. De quelles rumeurs parlait-il ? Je lui ai dit que je ne comprenais pas mais il n'a pas précisé.

– Hum, je pense qu'il évoquait de possibles rumeurs malveillantes qui auraient laissé entendre qu'il pourrait y avoir une liaison entre lui et l'étudiante qu'il a favorisée.
– Une, une liaison ? Mais une telle chose est impossible.
– Sans doute mais le problème, c'est qu'une fois la rumeur lancée, elle peut faire beaucoup de mal car le soupçon s'installe.
– Ah je comprends mieux pourquoi il a dit qu'il était très prudent sur cette question. Mais je n'imagine pas qu'une telle chose puisse arriver.

Il regarda sa fille, interrogatif. Certes, il y a quelques mois, elle vivait encore dans une institution religieuse, mais quand même, ne pas être capable d'imaginer quelle rumeur pouvait circuler si un doyen favorisait une jeune étudiante, surtout jolie, était assez sidérant. Il ne fit cependant aucun commentaire pour ne pas la vexer.

Elle avisa une taverne qui proposait toutes sortes de plats et proposa de manger là.
– Vivre à New York ne te fait pas peur ?
– Non, pas trop. Je n'y serai pas seule puisque mon amie Brit m'accompagne. Elle est une merveilleuse artiste-peintre. Elle a beaucoup plus de talent que moi.
– Mais c'est toi qui as été choisie ?
– Oui.
– Et vous allez dormir où avec Tyler ?
– Moi, j'ai ma chambre chez ma tante et Tyler dormira dans un motel qui n'est pas très loin.
– Ta tante qui n'est plus vraiment ta tante.
– Si, elle restera à jamais ma tante car elle a toujours été formidable avec moi. Elle a été ma seule visite une fois par mois pendant des années à l'institution religieuse, alors que je ne voyais plus mon père, enfin celui que je croyais être mon père, depuis des lustres. Et cette visite pour moi était très importante. Ma tante est ma mère de substitution, rien ne changera sur ce point.

Sa voix était chargée d'émotion lorsqu'elle prononça ces paroles.
Après un silence :

– Ah mais je vois ce qui transparaît derrière votre question. Vous vous enfin tu t'interroges sur ma relation avec Tyler. Après tout, tu es mon père et je suis mineure. C'est donc normal.
– Je reconnais que je me suis posé des questions.
– Nous n'échangeons que des baisers. J'ai demandé au prêtre, il a dit que ce n'était pas un péché mais qu'il ne fallait rien faire d'autre.
– Et Tyler est d'accord ? Se limiter aux baisers ne lui pose pas de problème ?
– Pourquoi en rester aux baisers poserait un problème à Tyler ? C'est ma volonté et il la respecte. Vous savez, nous partageons des valeurs fortes qui nous lient.
– Quelles valeurs par exemple ?
– Nous ne buvons pas d'alcool, nous ne fumons pas, nous ne prendrons jamais de drogue, nous n'allons pas aux fêtes étudiantes où les filles et les garçons se saoulent et après font n'importe quoi, nous voulons être droit dans la vie, ne pas avoir de mauvaises pensées ou de mauvais sentiments envers les autres mais au contraire, les respecter. Et il est également important de savoir remercier avec sincérité et de savoir éprouver de la gratitude.

Elle s'arrêta un instant, avant de conclure.
– Et puis Tyler me donne beaucoup de confiance et les fois où nous nous retrouvons à la messe à chanter des cantiques en se tenant par la main dans la foi de Dieu, c'est tellement fort.

Son père vit que son visage était comme illuminé lorsqu'elle disait ces paroles. Il eut du mal à trouver les mots pour commenter ce qu'elle venait de dire. Ces propos étaient tellement inattendus, tellement éloignés du comportement des jeunes filles actuelles.
– Eh bien, je te découvre à travers ce que tu racontes. Tu ne m'avais pas encore dit ces belles choses.
– Non, c'est vrai.
– J'avais été très impressionné par ce qu'avait dit le doyen de l'université sur toi et ce que tu viens de dire là m'impressionne encore plus.

Elle fut gênée soudain du regard neuf de son père sur elle, elle

s'était trop livrée, elle s'en voulut. Elle essaya de minimiser ses paroles.
– J'ai simplement la foi en Dieu et donc je fais attention à ne pas commettre un des sept péchés capitaux dans la vie de tous les jours.
Puis, elle plongea la tête dans le menu et choisit un plat au hasard.
– Jambon braisé, lança-t-elle.
Quand elle était en plein air ou dans le restaurant de poissons du lac où elle était allée deux fois avec Tyler, la situation était différente. Elle restait prudente et assez neutre dans ses propos.
Son père s'était rendu compte de sa gêne.
– Je suis content que tu te sois confiée à moi comme tu l'as fait. C'était important et ne peut que nous rapprocher.
Il appela la serveuse et commanda.
Ils mangèrent presque en silence. Il tenta deux fois de lui parler mais elle ne répondit pas. Il n'arrivait pas renouer un dialogue détendu avec elle. Elle s'était fermée comme une huître. Déconcerté, il fut encore une fois découragé et à nouveau tenté de tout abandonner. En plus, faire un aller-retour New York-Manchester sur une soirée n'était vraisemblablement pas possible. Il devrait alors passer une nuit sur place et prendre un avion très tôt le lendemain matin.
Soudain, elle demanda :
– Vous croyez en Dieu ?
Sa réponse fut spontanée :
– Un médecin croit d'abord à la capacité de la médecine à sauver des vies mais Dieu n'est jamais très loin.
– C'est une belle réponse. J'ai fait la connaissance à New York d'un étudiant en 3ème année de médecine. Il est né dans cette ville. Si vous venez me voir à New York, je vous le présenterai.
« Avait-elle lu en lui ? se demanda-t-il. Avait-elle vu ses doutes ? Cette envie qui l'avait pris de tout abandonner ? La formulation de sa dernière phrase n'était certainement pas innocente.
Il répondit d'une voix assurée.
– Je viendrai te voir à New York, tu peux en être certaine.
Elle lui sourit alors, d'un sourire timide, puis déclara :

– Je m'excuse pour tout à l'heure, j'ai eu un mauvais passage. Je n'avais pas ressenti ce genre de désarroi depuis longtemps. En général, je suis toujours gaie, enjouée, mais la situation est compliquée pour moi. Ainsi, vous avez dit que ma tante ne serait plus ma tante, mais pour moi, c'est totalement impossible.

Sa voix avait légèrement tremblé en prononçant ces derniers mots, ce qui prouvait que son émotion était grande. Il comprit son erreur.
– Excuse-moi, j'ai dit une ânerie. Bien sûr que ta tante sera toujours ta tante, surtout si elle s'est comportée comme une mère avec toi. Je reconnais que la situation n'est pas non plus facile pour moi. Je pense que mon ex-femme peut nous aider tous les deux à être plus proches.
– Pourquoi le pensez-vous ?

Alors, il se décida à lui dire la phrase, il considérait qu'il n'avait plus de raison de la lui cacher après ce qu'il venait de lui dire.
– Mon ex-épouse a dit que puisque j'étais ton père et que ta mère était décédée et que tes grands-parents ne voulaient pas de toi, si je lui avais avoué pour toi, elle t'aurait prise avec nous et t'aurait élevée comme si tu étais sa propre fille.

Eilleen regarda son père, éberluée. Comment une femme qui ne la connaissait pas pouvait prononcer une phrase aussi généreuse ? C'était sidérant ! Elle eut soudain hâte de la rencontrer.

Pleurs et angoisses

Dans la nuit, la phrase de l'ex-épouse de son père lui revint en tête et alors elle apparut à Eilleen particulièrement cruelle car elle ne pouvait s'empêcher de comparer l'enfance qu'elle avait eue à celle qu'elle aurait pu avoir auprès de l'ex-épouse de son père. Comment ne pas songer que si son père qui savait que sa mère attendait un enfant de lui, s'était battu pour assumer sa paternité, elle aurait eu une enfance normale. En plus, elle avait parfaitement lu dans son attitude au restaurant qu'il était prêt à l'abandonner. C'était pour cette raison qu'elle n'avait pas hésité à le mettre au pied du mur pour New York.

Il avait osé dire que la situation n'était pas facile pour lui ! A ce moment-là, il ne fallait pas faire d'enfant en dehors des liens du mariage. Et s'il avait eu un peu de bon sens et de retenue, il n'aurait pas répété cette phrase, car ce qu'elle sous-entendait, c'est-à-dire sa lâcheté, lui aurait sauté aux yeux.

Elle essayait de lutter contre les larmes qui montaient devant le constat amer que son père était prêt à l'abandonner à tout moment mais elle n'y arriva pas. Sheryl l'entendit sangloter, alluma sa lampe de chevet et vint s'asseoir sur son lit, lui touchant l'épaule.

– Ton rendez-vous avec ton père s'est mal passé ?

– J'ai bien vu à son attitude qu'il voulait tout arrêter. Je suis trop encombrante pour lui, je lui pose trop de problèmes. Lui aussi, il veut m'abandonner.

– Ah c'est moche. S'il savait quelle jeune fille délicieuse tu es, il n'aurait pas cette envie.

– Et ce week-end, il faut que j'aille voir son dragon de femme qui me rappelle la femme de mon ancien père qui est le pire cauchemar de mon enfance tellement elle m'a brutalisée.

– Peut-être qu'elle n'est pas aussi mauvaise.

– Tu imagines qu'elle est venue jusqu'à l'université pour m'agresser, me piétiner, alors je pense qu'elle est encore pire que l'autre.

Après un autre sanglot, elle avoua :
– Toute cette histoire de nouvelle famille me mine. J'aurais mieux fait de ne pas rechercher qui était mon vrai père finalement.

Sheryl essayait de la calmer en lui caressant les cheveux.
– Tu vas faire la connaissance de tes demi-frères et de ta demi-sœur. C'est une bonne chose.
– Tu crois ?
– Mais oui, tu verras, c'est super d'avoir des frères et sœurs.
– Si tu le dis.
– Je le sais, nous sommes quatre enfants à la maison. Un frère et une sœur devant moi et une petite sœur après moi. On s'entend très bien. Il y a beaucoup de complicité entre nous et on fait de nombreux jeux ensemble. C'est vraiment chouette. Ma petite sœur est très espiègle et donc très amusante. On rit bien ensemble. Oui, c'est formidable d'avoir des frères et sœurs.

Sans vraiment s'en rendre compte, Eilleen s'était mise à écouter attentivement Sheryl parler de ses frères et sœurs et, du coup, elle s'était calmée.
– Excuse-moi de t'avoir réveillée, finit-elle par dire.
– Mais non, ce n'est rien. Une coloc se doit de consoler sa partenaire de chambre quand celle-ci ne va pas bien.
– Tu as sans doute raison pour les frères et sœurs. Merci Sheryl de m'avoir apporté ton soutien et surtout du baume au cœur avec ta gentillesse.

Le lendemain matin, Eilleen avait retrouvé un semblant de moral d'autant que le soir, elle avait la séance de peinture avec Brit avec la perspective de terminer le tableau à quatre mains. Ce serait son premier tableau même s'il avait été peint pour moitié par Brit.

Avant que Sheryl parte en cours, elle la remercia encore pour sa sollicitude.

En fin de matinée, elle reçut un mail de Greta Thunberg.

– J'ai obtenu l'accord pour la prise en charge du billet d'avion et aussi pour les frais liés à l'hébergement. La fondation va t'appeler.

Et effectivement, dans l'après-midi, en plein cours, la secrétaire du doyen vient la chercher pour un appel important. Quand elle prit le téléphone, une voix de jeune femme lui dit :
– Veuillez patienter, je vous passe madame Gates.

Une voix de femme :
– Bonjour, je suis Melinda Gates, je vous ai vu sur CNN, je vous ai trouvée admirable dans votre engagement et si attachante. Vous avez la fraîcheur et l'enthousiasme de la jeunesse, c'est formidable. Je souhaiterais vous rencontrer afin que nous fassions connaissance. Bill aussi veut vous voir.
– Euh d'accord, je vais bientôt habiter New York, ce sera peut-être plus facile pour se voir.
– Parfait. Vous serez où ?
– A l'académie des arts.
– Nous saurons donc où vous trouver. J'ai donné mon accord pour le billet d'avion ainsi que pour les frais d'hôtels. Je trouve très bien que vous, une jeune Américaine, puissiez être présente aux côtés de Greta Thunberg devant le parlement européen. Et puis, les voyages forment la jeunesse.
– Merci.
– Je vous laisse car j'ai cru comprendre que vous êtes en cours.
– Oui, c'est vrai.

Eilleen retourna très vite rejoindre la salle de cours tout en se disant :
« Je vais aller en Europe, je vais aller rejoindre Greta. C'est fou !
– Rien de grave ? demanda le professeur.
– Non, non.

Elle aurait été très gênée de donner la raison de cet appel, mais heureusement le professeur n'insista pas. La secrétaire du doyen fut moins discrète. En une demi-heure, toute l'université savait que Melinda Gates, l'épouse du fameux Bill Gates, le milliardaire fondateur de Microsoft, avait appelé Eilleen Quingsley à l'université.

Dans la soirée, elle appela sa tante afin de l'avertir qu'elle serait à Manchester le week-end qui venait.

– Tu pourras dormir à la maison, tu sais que je t'y accueille toujours avec beaucoup de plaisir, lui répondit-elle. Et je précise que Morgan ne sera pas là.

– Merci ma tante. Je serai contente de te revoir. A samedi.

Puis elle retrouva Brit avec toujours la même joie. Elle lui annonça pour le billet d'avion.

– Eh bien, ce qui t'arrive est incroyable, s'exclama cette dernière.

Elles s'attelèrent aux dernières finitions du grand tableau à quatre mains. En moins d'une demi-heure, il était fini. Elles n'eurent plus qu'à signer de leurs initiales en bas du tableau. Puis Brit mit une toile plus petite sur le chevalet et se mit sur le côté.

– Toi toute seule maintenant. On commence par l'acrylique.

Eilleen se concentra deux minutes en fermant les yeux afin de savoir ce qu'elle allait peindre. Elle visualisa aussitôt les paysages magnifiques qu'elle avait vus dans la montagne lors de ses marches avec Andrew et Tyler. Elle se mit à la tâche sous la houlette de Brit qui lui prodiguait ses conseils.

En peignant, elle oubliait tout, à part Brit si présente à ses côtés. Plus de stress, plus de peur ni d'angoisse. Le monde extérieur n'existait plus. Sauf qu'en choisissant de peindre une vue qu'elle avait pu contempler en présence de ses deux hommes comme elle aimait se dire dans sa tête, ils furent soudain présents à ses côtés.

Son pinceau courait sur la toile alors qu'elle se voyait marcher au milieu d'eux, sa petite taille se trouvant accentuée par la grandeur de ses deux compagnons. Son cœur battait soudain plus vite. Une joie forte l'habitait.

Devant une Brit sidérée par sa dextérité, sa vitesse pour peindre, elle travailla plus de trois heures sans discontinuer. Il fallut que Brit l'arrête en lui disant qu'il était déjà tard, elle y aurait vraisemblablement passé la nuit.

Quand elle réussit enfin à prendre un peu de recul en se levant de sa chaise, elle vit que le tableau avait pris forme.

– Eh bien tu étais inspirée. Je n'avais jamais vu une telle rapidité dans l'exécution d'un tableau. Encore deux ou trois séances comme celle-ci et il sera terminé. Tu arriveras toujours à me surprendre.
Après un silence, elle ajouta :
– Maintenant, il faut que tu arrives à quitter ton tableau sinon tu vas dormir avec et donc en fait tu ne vas pas dormir. Pense à autre chose de totalement différent.

Eilleen se remémora alors sa soirée à New York avec Steven. Elle en fut étonnée. Pourquoi penser à lui ? Il était sympathique certes mais elle avait déjà assez d'hommes dans sa vie avec Andrew et Tyler. Pourtant cette soirée l'avait tellement enchantée qu'elle sut qu'elle renouvellerait l'expérience. Elle se revit danser, elle qui, auparavant, n'avait jamais dansé de sa vie. C'était inouï et cela grâce à une rencontre fortuite.

Elle avait le sentiment que sa vie s'accélérait, devenait pleine d'intérêt. Oui, elle avait eu raison d'accepter la proposition de la responsable de l'académie des arts car à New York s'ouvrait une nouvelle vie pour elle.
– C'est fait Brit. Je me suis libérée du tableau. Tu as eu raison de me le dire, j'étais prise dedans. Merci de ta patience. Bonne nuit.
– Bonne nuit ma poulette.

Où il est question de nudité

Lors de ses cours du jeudi, Eilleen éprouva un sentiment de nostalgie. Elle ne verrait plus les professeurs qu'elle côtoyait depuis quelques mois et qu'elle avait appréciés. Son programme l'amènerait à être à UVM jusqu'à mardi de la semaine suivante et mercredi elle intégrerait l'académie des arts plus pour prendre ses marques puisque le vendredi à midi, l'école fermerait ses portes pour enjamber Noël et Nouvel an.

Le jeudi soir, lorsque Brit et elle arrivèrent au cours de dessin, la première chose que la professeure demanda :
– Est-ce que je peux annoncer la bonne nouvelle au groupe ? Vous avez vu le doyen maintenant.
– Oui, vous pouvez, répondit Eilleen.
   Les élèves étaient tous rassemblés dans la première salle.
– Chers étudiants et étudiantes, j'ai une grande nouvelle à vous annoncer, Brit et Eilleen vont nous quitter très prochainement pour intégrer l'académie des arts de New York. Eh oui, aussi incroyable qu'il puisse y paraître, nous avons parmi nous deux artistes qui ont été repérées grâce à leur talent qui est grand, par un des plus hauts niveaux qu'il puisse exister dans l'étude de l'art. Imaginez, l'académie des arts de New York, il n'y a rien de plus beau !.
   Puis, après un silence :
– Applaudissez-les car vous les voyez pour la dernière fois parmi nous. Après, New York leur tendra les bras.
   Ce que fit le groupe.
– Il ne me viendrait même pas à l'esprit de vous donner une dernière fois des conseils, déclara la professeure. Faites-vous plaisir et

Eilleen, surprenez-nous encore comme vous avez su si bien le faire au cours de ces derniers mois.

Le modèle était une jeune femme rousse habillée de manière légère et aux cheveux assez courts. Eilleen décida de faire une peinture à l'acrylique afin de mieux faire ressortir les couleurs. Elle multiplia la jeune fille par trois avec un effet miroir. Son style si particulier ressortait bien, donnant au dessin un côté étrange.

« Dire que je suis arrivée dans ce cours de dessin complètement novice et que maintenant, je maîtrise les principales techniques. Je me permets même des fantaisies.

Soudain, la professeure qui était passée derrière elle pour regarder son travail lui dit :
– Votre idée de miroir est excellente mais pour que l'effet de contraste joue à plein, il faudrait que la jeune femme apparaisse nue de face dans celui-ci. En plus, comme elle est rousse, ce serait du plus bel effet.

Eilleen rougit fortement. Mais non, que racontait la professeure ? Elle ne voulait pas peindre une jeune femme nue ! Elle baissa la tête, très gênée. Cependant, la professeure insista :
– Vous voulez que je demande au modèle de prendre la pose que je suggère.
– Non, non, surtout pas, dit-elle d'une voix affolée.

Pour un peu, elle aurait jeté son pinceau et la palette et se serait enfuie. Heureusement, Brit qui avait toujours un œil sur sa jeune amie qui était aussi son élève, intervint.
– Arrêtez, vous voyez bien que vous mettez Eilleen très mal à l'aise.
– Mais la nudité dans l'art n'a rien de choquant !
– Je sais, je le lui ai déjà dit mais Eilleen est jeune et elle n'est pas encore en mesure d'aborder cette question de manière sereine.

Brit vit que la professeure était vexée et essaya d'arrondir les angles.
– Votre idée de contraste est bonne, on doit pouvoir trouver un compromis. La jeune femme pourrait apparaître de dos mais légèrement de biais, ce qui laisserait voir un sein qui serait en partie couvert par

un voile qui tomberait jusque dans le dos en cachant partiellement les fesses.
– Effectivement, vous avez raison. C'est un bon compromis, répondit cette dernière d'un ton sec.

Et elle s'éloigna.

Le modèle, qui avait suivi la conversation, prit la pose suggérée par Brit.
– Est-ce ainsi que vous voulez que je sois ?
– Oui, très bien. Mettez votre main sous votre sein.

Le modèle s'exécuta.
– Parfait. Eilleen, est-ce que cette pose te convient ?

Cependant, Eilleen ne répondit pas, baissant toujours la tête.

Alors Brit lui mit la main sur l'épaule, geste rare chez elle qui ne la touchait quasiment jamais à part la petite pression sur le poignet lorsqu'elles se retrouvaient, mais elle voyait que sa jeune protégée avait été affectée par l'incident qui venait de se passer. Elle se pencha à son oreille et lui murmura :
– Retrouve ton calme, respire bien. La professeure n'a fait qu'une simple suggestion. Elle n'a pas souhaité te choquer. Nous sommes à un cours de dessin, ce cours que tu aimes tant, tout va bien. Respire bien.

Sa voix était douce, apaisante.
– Respire bien, retrouve toute ta sérénité. Je suis avec toi, tout va bien.

Eilleen finit par se sentir un peu mieux et redressa la tête afin de regarder la jeune femme qui servait de modèle. Celle-ci lui sourit, comme pour l'encourager. La pose du modèle était, malgré tout, assez provocante mais il s'agissait de la proposition de Brit aussi elle l'accepta. Alors, elle reprit son pinceau et commença à nouveau à peindre. Au bout d'une minute, elle se tourna vers Brit.
– Merci Brit, ta proposition est parfaite. Et surtout merci pour m'avoir si bien aidée à retrouver mon calme.

A la fin du cours, la professeure montra le tableau à l'acrylique réalisé par Eilleen et eut ce commentaire :
– Ce qui est toujours étonnant chez Eilleen, c'est sa créativité avec toujours son style particulier qui en fait une artiste à part. Bravo à notre jeune élève.
Puis, elle la prit à part.
– Maintenant que vous allez intégrer une école des Beaux-Arts, il va falloir que vous arriviez à mieux gérer votre rapport à la nudité. C'est indispensable. Prenez votre tableau avec vous car il est vraiment époustouflant. Bonne chance à vous pour la suite.

Alors qu'elles revenaient vers le dortoir des filles, Brit, qui avait entendu le propos de la professeure, dit à Eilleen.
– La professeure a raison, il faut que tu puisses aborder la nudité dans la peinture de manière sereine. A l'académie des arts, tu peux te retrouver avec un modèle homme qui soit nu.
Eilleen se rappela alors les paroles provocatrices de sa cousine sur cette question.
– Imagine que ce soit Tyler qui pose nu comme modèle, que ferais-tu ? Tu t'enfuirais à toutes jambes, je suppose.
Or, c'était ce qu'elle avait failli faire, jeter ses ustensiles de peinture loin d'elle et s'enfuir, alors que le modèle n'était même pas nu devant elle ! Mais la simple idée qu'il puisse l'être l'avait complètement paniquée.
Oui, elle avait un sérieux problème à régler maintenant qu'elle avait choisi de rejoindre l'académie des arts. Elle aurait dû y penser avant de dire oui et chercher à le résoudre. Maintenant, elle se retrouvait au pied du mur.
– Il y a peut-être une solution, dit Brit. De nombreuses personnes pratiquent le naturisme, c'est du nudisme en fait. Des couples avec leurs enfants, des personnes âgées se retrouvent sur des plages qui leur sont réservées et se promènent dans le plus simple appareil. Pour elles, la nudité correspond à une philosophie de vie. Elle est tout à

fait naturelle. Il faudrait que tu puisses aller passer un ou deux jours sur une de ces plages et après ton problème serait réglé.
— Ah, je ne savais pas que des gens se promenaient nus sur des plages. Effectivement, ce que tu suggères pourrait être la solution. Mais tu viendrais avec moi sur cette plage n'est-ce pas ?
— Non, Eilleen, ne me demande pas une telle chose, je ne pourrai pas.

La jeune fille allait demander la raison de ce refus, mais elle avait perçu comme de l'affolement dans la réponse très spontanée de Brit et aussi une lueur de peur dans son regard. Elle préféra ne pas insister.

Mais, du coup, le problème restait entier. Elle ne se voyait pas aller toute seule sur une plage de naturistes. Elle pourrait éventuellement demander à Laureen. En lui expliquant bien ce qui était en jeu, elle comprendrait. Après, elle devrait chercher où trouver une plage où le naturisme se pratiquait.

Il aurait quand même été beaucoup plus simple que Brit, qui connaissait l'origine de son problème et qui avait identifié la solution, la mette en œuvre avec elle ! Elle ne comprenait pas les raisons qui avaient poussé cette dernière à refuser si rapidement et d'un air quelque peu affolé, ce qui ne ressemblait pas du tout à son amie, elle toujours si calme et si maîtresse d'elle-même. Son attitude était bien étrange.

Comme il n'était pas trop tard, Brit lui suggéra de reprendre le tableau qu'elle avait commencé la veille. Elle accepta mais en lui disant qu'il fallait qu'elle s'arrête plus tôt car elle voulait parler à Sheryl de son départ. Elle aurait dû déjà l'avoir fait et celle-ci ne comprendrait pas qu'elle ne lui en parle pas avant la cérémonie officielle prévue le lendemain.
— On se donne deux heures et demie. Es-tu d'accord ?
— Oui, très bien.

Les adieux d'Eilleen à Sheryl

Lorsque Eilleen entra dans la chambre qu'elle partageait avec Sheryl, celle-ci regardait un film ou une série sur son portable.
– Sheryl, je suis désolée de t'annoncer que tu vas devoir te chercher une autre coloc.
– Ah, enfin, tu te décides à me parler de ton départ !
– Oui, excuse-moi, j'aurais dû le faire dès mon retour dimanche soir. Mais j'étais un peu stressée avec ces cours à rattraper et puis, après, tout s'est enchaîné.
– Chut, ne t'excuse pas, tu m'en parles ce soir donc c'est bien. Mais tu es rentrée tard hier soir, je voulais t'attendre et je me suis endormie.
– Brit m'a lancé sur un tableau et si elle ne m'avait pas arrêtée, j'y aurais passé la nuit.
– Peinture à l'huile ?
– Acrylique pour une question de séchage rapide mais je maîtrise assez bien la peinture à l'huile désormais.
– Tu es une vraie artiste. J'aimerais bien que tu me fasses un dessin, que j'ai un souvenir de toi.
– Oui, je veux bien.

Elle prit le gros bloc à dessin que Brit lui avait donné et, après avoir réfléchi une minute, se mit à dessiner tout en regardant Sheryl. Elle réalisa trois portraits d'elle, un en pom-pom girl, un en messager et un où elle apparaissait espiègle, les trois figures tendant la main vers l'autre avec un effet tourbillon. Elle s'étonnait elle-même de l'aisance avec laquelle elle dessinait désormais.

Elle signa, data et lui donna le dessin.
– Waouh, quel talent tu as ! Et quelle originalité ! Ton dessin est tout simplement magnifique. Oui, tu es bien une artiste et je comprends

mieux qu'une grande école d'art de New York ait voulu t'avoir en son sein. Un grand merci.

Elle lui fit la bise de manière très spontanée. Puis, tout en baissant la tête, elle lui confia :
– Tu sais, je resterai marquée à jamais par ce qui a failli t'arriver à cause de mon silence et parce que je t'ai proposé d'être ma nouvelle coloc sans réfléchir aux conséquences de cette proposition. Je m'en voudrai toujours. De même que la grande peur que j'ai eue en te voyant inconsciente, le visage tuméfié, devant la porte de Brit me hantera toute ma vie.
– Il faut pourtant que tu arrives à oublier. Moi, j'ai réussi. Il y a deux choses positives qui ressortent de cette tentative d'agression. Elle a permis l'arrestation d'un prédateur sexuel doublé d'un vendeur de drogue et elle a renforcé ma foi en Dieu. Et au passage, elle a éjecté Morgan, sa méchanceté et sa jalousie, de ma vie. Et puis, je t'adore comme coloc, tu es la gentillesse même, toujours pleine de sollicitude, tu es parfaite.

Après un silence, elle ajouta plus grave :
– En même temps, je sais que je n'aurais pas pu vivre avec cette atrocité si Brandon avait réussi à abuser de moi. A cette heure-ci, je ne serais plus de ce monde. Et j'ai failli sombrer deux fois, une sorte de grand trou noir qui me happait. C'était terrifiant. Ce fut une dure épreuve, oui, une très dure épreuve. Mais, je ne peux pas m'empêcher de penser à toutes ces étudiantes qui, elles, ont été violées et ont dû garder cette horreur enfouie au fond d'elles car elles ne savaient pas où se tourner pour trouver du secours. Et en plus, elles vivaient dans la peur de ce type et de son couteau. Oui, c'est une bien sombre histoire. C'est pour qu'elle ne puisse jamais se reproduire que je milite pour qu'une cellule d'écoute pour les étudiantes qui auraient été victimes d'une agression sexuelle ou de paroles déplacées soit mise en place dans toutes les universités des États-Unis.

Elles gardèrent le silence un long moment puis Eilleen s'exclama :
– Oublions Brandon et retrouvons le sourire. Je suis contente que mon dessin te plaise.

– Oui, il me plaît énormément. Il est tout simplement magnifique.
– Il faudra le faire encadrer pour qu'il ressorte bien. Et si on préparait la cérémonie officielle de demain. Aide-moi à choisir la robe et les escarpins que je vais mettre.

Elle alla chercher les deux robes et les escarpins achetés par l'université.
– Les deux sont superbes, remarqua Sheryl mais je préfère celle-là et ces escarpins-là. Et si tu veux, je pourrai te maquiller.
– Je ne me suis jamais maquillée. Pourquoi pas, mais il faut que ce soit léger.
– Et je pourrai te prêter une chaîne en or avec une perle pour mettre autour de ton cou et une gourmette pour mettre à ton poignet.
– Oui, merci. C'est très gentil.

Dire qu'elle, elle n'avait aucun bijou. Amer constat.
– Raconte-moi cette histoire de Melinda Gates, s'écria Sheryl. Toute l'université en parle.

Elle lui expliqua.
– Tu vas aller en Europe ?
– Oui, je n'en reviens encore pas.
– C'est formidable.

Elles continuèrent à deviser encore longtemps.

Le vendredi matin, Eilleen reçut un message du secrétariat du doyen de l'université. Il l'invitait à déjeuner. Elle devait le rejoindre dans son bureau juste après la fin des cours.

Lorsqu'il la reçut, il lui dit :
– Nous allons aller déjeuner avec les professeurs mais avant j'ai quelque chose à vous dire.

Il toussota un peu. Eilleen remarqua qu'il n'était pas très à l'aise.
– Voilà, j'ai réfléchi à vos propos sur la question de l'ordinateur portable et vous aviez tout à fait raison. Puisque je connaissais votre situation, j'aurais dû faire en sorte que l'université mette à votre disposition un ordinateur portable afin que vous soyez sur un pied d'égalité avec les autres étudiantes. Je me suis caché derrière cette

histoire de possibles rumeurs. C'était ridicule de ma part. Je m'en veux. Heureusement, vous avez su surmonter ce handicap en étant la plus brillante de nos étudiants et étudiantes de première année.

Il toussota encore.

– Pour rattraper mon erreur, j'ai décidé de vous offrir les deux robes de soirée et les escarpins achetés par l'université. A New York, je suis bien certain qu'elles vous serviront souvent. Et de toute façon, vu que vous êtes petite et fine, je pense qu'on aurait eu du mal à les adapter à une autre étudiante.

Eilleen n'en revenait pas.

– Un grand merci. Elles sont si belles et les escarpins également. Vraiment, quel beau cadeau !

Elle ne pensait pas qu'à New York, ces robes de soirée seraient utilisées par contre, elle se verrait bien chez Mamie Georgette lors du déjeuner du dimanche avec Andrew et Tyler mettre une telle tenue pour voir les yeux des trois personnes qui lui étaient le plus cher briller. Bien sûr Andrew ne ferait aucun compliment car toujours sur la réserve, mais Tyler serait émerveillé même s'il l'avait déjà vue dans cette tenue, et sa Mamie aux anges et rose de plaisir.

A ce moment-là, le doyen reprit cette phrase qu'il avait déjà prononcée une fois :

– Vous faire plaisir me fait plaisir. Venez, allons déjeuner.

Le déjeuner se déroula dans une ambiance très cordiale. Eilleen était beaucoup plus détendue que la seule fois où elle avait mangé avec les professeurs, où elle était très crispée, ne se sentant pas à sa place. Pour elle, les professeurs étaient des personnes qu'il fallait respecter et écouter avec beaucoup d'attention car ils détenaient le savoir.

Elle n'oubliait jamais qu'elle n'était qu'une simple étudiante en premier année d'université et qu'elle avait tout à prouver.

Elle n'avait plus qu'à assister aux cours de l'après-midi puis à se préparer pour la cérémonie officielle. Comme elle en avait pris l'habitude, elle n'écrirait pas son discours, elle voulait rester spontanée, mais savait ce qu'elle voulait dire.

Sheryl tournait autour d'elle comme un papillon autour d'une fleur. Eilleen avait déjà mis la robe de soirée et elle achevait de la maquiller et d'arranger sa coiffure. Puis, elle lui mit le collier et tout changea. Le collier et la perle étaient tellement splendides. Elle n'avait jamais vu des bijoux aussi beaux et ils rehaussaient magnifiquement l'éclat de la robe.

    Sheryl lui mit la gourmette à son poignet. Tout était parfait.
– Qu'est-ce que ces bijoux sont beaux, je n'en reviens pas de l'effet qu'ils font sur moi.
– L'effet sur toi est prodigieux. Tu les aimes ?
– Oui, vraiment, je les trouve magnifiques.
– Alors, je te les donne.
– Quoi ? Non, Sheryl, merci pour ce geste si généreux mais je ne peux pas accepter. Ce n'est pas possible. Ils doivent coûter une fortune.
– Qu'importe. Tu es mon amie, tu es une jeune fille formidable, tu m'as fait un très beau dessin et j'ai envie de te faire plaisir. Et ces bijoux te rendent plus belle encore que tu ne l'es d'habitude.
– Merci, ton geste me touche beaucoup mais je ne peux pas accepter. Ce n'est pas possible.
– Alors je te les prête pour ton séjour à New York. Ici, je n'ai aucune occasion de les mettre alors que toi, je suis sûre que tu vas en avoir plein d'occasions. Tu me les rendras une fois ton séjour terminé, d'accord.
– Bon, d'accord, je veux bien accepter que tu me les prêtes. Et ne crois pas que je ne saurai pas te retrouver pour te les rendre quitte à lancer un détective à tes trousses.

    Sheryl rit puis déclara :
– Je suis un peu triste car bientôt je ne pourrai plus t'admirer mais en même temps, je suis contente pour toi car tu vas vivre une belle aventure. Et je suis tout à fait certaine que tu vas devenir célèbre car tu dessines vraiment trop bien.

D'orage et de ferveur – Le rêve new-yorkais

– Merci pour tes mots si gentils. Tu me manqueras, ta bonne humeur me manquera. Bon, je crois qu'il est temps d'y aller.
– Je t'accompagne jusqu'au salon d'honneur.

La cérémonie officielle vue par d'autres regards

Ils arrivèrent légèrement en retard, le doyen de l'université avait déjà commencé son discours. Une jeune fille blonde, petite et paraissant très jeune, en robe de soirée et escarpins avec un très beau collier avec une perle autour du cou, se tenait à côté de lui dont il faisait l'éloge, énumérant ses mérites.
– C'est elle sur l'estrade ?
– Oui.
– Qu'elle est belle. Ses yeux bleus sur sa blondeur, c'est sidérant !

Ils se turent pour écouter le doyen. Puis la jeune fille prit la parole. Elle ne lisait pas sur un papier un discours écrit à l'avance mais parlait avec assurance. En même temps, dans son propos transparaissaient beaucoup d'humilité et de gratitude. Elle remerciait les étudiantes et étudiants de l'avoir acceptée comme elle était. Elle développa une assez longue séquence sur son séjour à l'université du Vermont.
– Eh bien, je n'en reviens pas de la façon dont cette fille s'exprime en public, avec quelle aisance et avec un tel accent de sincérité. J'ai rarement vu une telle maîtrise.

Puis la jeune fille se mit à faire de l'humour, ce qui fit rire la salle.
– Je vous avouerai qu'avant d'entrer à UVM, je ne savais pas ce qu'était l'humour. Sans doute, vous penserez que cela paraît invraisemblable mais c'est la vérité. Je ne vous expliquerai pas les raisons de cette ignorance, c'est un secret. Mais grâce à vous tous, et surtout, grâce aux garçons, j'ai appris à faire de l'humour et je suis très heureuse de le partager avec vous ce soir.

Une ovation immense envahit le salon d'honneur.
– Mon dieu, mais quelle enfant merveilleuse et c'est ta fille Steward, c'est ta fille ! J'en ai des frissons dans tout le corps.

Un garçon cria :

– Melinda Gates t'a appelée avant-hier. Dis-nous pourquoi ?
– C'est vrai, j'ai parlé avec Melinda Gates avant-hier. J'ai participé récemment à une émission de télévision sur CNN qui mettait en avant une personne qui a marqué l'actualité. Elle l'a vue et a tenu à me dire qu'elle avait beaucoup apprécié les arguments que j'y ai développés. Surtout, elle m'a annoncé que la fondation Bill et Melinda Gates acceptait de financer un billet d'avion afin que je puisse aller à Bruxelles où j'interviendrai aux côtés de Greta Thunberg devant le parlement européen afin de défendre les mesures à prendre pour lutter contre le réchauffement climatique. Dans un peu moins d'un mois, je serai en Europe !

Des acclamations immenses saluèrent cette annonce.
– Eh bien, là, je suis sidérée. Ta fille est non seulement adorable mais quel charisme elle dégage.

Cependant la jeune fille reprit la parole.
– S'il vous plaît, les amis de Tyler, je vous demande de ne pas lui en parler. Je n'ai pas encore eu le temps d'évoquer ce voyage avec lui. Je le vois demain. Je le lui annoncerai. Laissez-moi la primeur, merci.
– Tyler, c'est son petit ami ?
– Oui.
– Comment est-il ?
– Je te laisserai le découvrir. Mais tu ne seras pas déçue. Je dois admettre qu'ils forment un très joli couple même s'ils sont tout en contraste car il est grand.

A ce moment– là, la jeune fille cria :
– Je vous aime tous. Vous resterez dans mon cœur à tout jamais.
– Quelle jeune fille merveilleuse et si incroyable. Elle sait prononcer des phrases qui touchent. Comme j'aurais aimé que tu me parles d'elle à sa naissance. J'aurais été tellement heureuse de l'élever comme ma fille.

Eilleen, à sa descente d'estrade, fut très entourée. Tous les étudiants et les étudiantes voulaient lui serrer la main et lui parler ce qui prit un temps assez long.

– Ta fille est bien la reine de la soirée, constata la femme. Avançons-nous qu'elle nous voit.

Lorsque l'étau se desserra autour d'Eilleen et qu'elle put souffler, elle aperçut son père avec une femme qu'elle trouva belle et qui la fixait, un sourire aux lèvres.
– Vous ici, s'exclama-t-elle en s'approchant d'eux.

Son regard restait fixé sur la femme. Ce n'était pas l'épouse de son père.

Ce dernier se tourna légèrement vers celle-ci pour la présenter.
– Voici Lynn, mon ex-épouse, la mère de ton demi-frère Mick et de ta demi-sœur Kylie. Elle voulait à tout prix faire ta connaissance et quand elle a appris qu'une cérémonie en ton honneur pour ton départ de l'université était prévue, elle a fortement insisté pour être présente.
– Bonsoir Eilleen, dit la femme. Je suis très heureuse de faire ta connaissance.

Sa voix était très chaleureuse et elle la dévorait des yeux.
– J'ai le sentiment que tu es très aimée dans ton université.
– C'est vrai. Ils me considèrent comme une icône ou une héroïne, ou les deux.
– Eh bien, ce n'est pas commun. Nul doute qu'ils ont raison.
– Mais pourquoi avoir fait tous ces kilomètres ? On se voit demain.
– Je suis bien contente d'être venue te découvrir dans ton univers, t'entendre parler au micro devant cette foule d'étudiants, te voir adulée par toute une université dans cette superbe robe de soirée qui te met si bien en valeur. Tu as une aisance pour parler en public qui est sidérante. Et le superbe collier que tu portes renforce ta beauté qui est grande.
– Merci de me dire de si belles paroles. C'est l'étudiante avec qui je partage la chambre qui me l'a prêté.
– Hum, très bien. Oui, franchement, je ne regrette pas tous ces kilomètres. Et l'occasion était trop belle de me replonger dans l'ambiance d'un campus. Je suis ravie d'être là ce soir.
– Et vous, vous ne dites rien, père ?

Lynn vit Steward se crisper. Alors, elle posa un bras sur les épaules d'Eilleen en une douce étreinte et lui dit :
– Tutoie ton père et dis-lui papa. Fais-le pour moi.

Eilleen regarda Lynn dans les yeux et comprit que cette femme ne voulait que son bien.
– Excusez-moi, euh excuse-moi euh papa. Je suis contente que tu sois venu.
– Eh bien voilà. Bravo, tu l'as dit. Répète-le, papa.
– Papa.
– C'est parfait.

Eilleen se tourna vers Lynn. Elle voulait lui dire ce qu'elle avait sur le cœur.
– Vous avez prononcé une phrase très belle mais qui m'a fait beaucoup pleurer.
– Ah, il t'a répété cette phrase que j'ai dite. Il n'aurait pas dû. Bien sûr qu'elle t'a fait pleurer. C'est logique. Mais appelle-moi Lynn et tutoie-moi, s'il te plaît.
– Merci Lynn, je t'apprécie déjà beaucoup.

Alors Lynn prit Eilleen dans ses bras et la serra contre elle.
– Moi aussi, Eilleen, je t'apprécie déjà beaucoup. Maintenant, vas rejoindre tes camarades. Tu te dois à eux, c'est ta fête ce soir.

Eilleen s'éloigna mais se retourna pour leur faire un petit signe de la main.

Quand elle fut de nouveau entourée par les étudiants et les étudiantes, Steward s'exclama :
– Tu as réussi un petit miracle, pour la première fois, elle me dit enfin papa.
– Je ne sais pas pourquoi, j'ai senti que je devais venir ce soir. Et elle a été très sensible à ta présence.
– Elle ne l'a pas trop montrée.
– Eilleen est une jeune fille pudique qui ne montre pas facilement ses sentiments. Et ce n'est plus non plus une gamine, ne t'attends pas à ce qu'elle te saute au cou.
– Et dire que j'ai failli renoncer à elle. Elle était tellement distante

avec moi. Elle ne se livrait pas. J'ai été à deux doigts de mettre fin à notre relation.
– Renoncer à une fille aussi adorable serait de la folie. Le problème, vois-tu, est que je pense qu'elle a perçu que tu étais prêt à l'abandonner.

Steward se rappela la question d'Eilleen sur sa venue à New York. Oui, il le savait qu'elle avait vu qu'il avait failli renoncer à elle.
– Chérie-la bien. Elle le mérite.
– Il faut que je trouve un équilibre avec mes autres enfants.
– Je t'aiderai pour notre fils et notre fille. Quant à Bryan, il a 5 ans, il va l'adorer et elle aussi.

Après avoir encore regardé Eilleen toujours très entourée, Lynn dit :
– Bien, il est temps de rentrer. Quelle joie je ressens d'avoir fait la connaissance de ta fille dans le contexte de l'université ! Et puis, tu sais ce qu'il te reste à faire.
– Euh, non, quoi ?
– Offrir à ta fille qui le mérite bien un collier avec une perle aussi joli que celui qu'elle porte ce soir ainsi qu'une gourmette comme celle qu'elle avait au poignet qui lui a vraisemblablement été également prêtée puisqu'elle est assortie au collier. Le fait qu'elle se soit engagée à ne pas te demander de l'argent ne t'empêche pas, toi, de lui faire des cadeaux.

Après un moment, elle ajouta :
– Je suis certaine qu'avec l'enfance qu'elle a eue, elle n'a aucun bijou à elle. J'ai remarqué qu'elle n'avait même pas de montre. Il est peut-être temps de rattraper le temps perdu.

Des moments savoureux avec Sheryl et Tyler

Eilleen avait été enchantée par sa soirée d'adieu. Comme il était bon de voir autour d'elle autant de sympathie, de chaleur amicale et elle sentait que cet élan vers elle était sincère. Pas trace de jalousie chez personne, ils étaient tous heureux pour elle qu'une école prestigieuse de New York l'ait remarquée au point de la vouloir dans ses effectifs. Elle était leur mascotte et ils étaient fiers d'elle.

Ce qui lui faisait le plus plaisir dans son expérience à UVM était d'avoir réussi à être naturelle avec les garçons, à être capable de les côtoyer sans avoir peur de leur regard sur elle, de leur parler d'égal à égal, de plaisanter avec eux. Elle ne les craignait plus comme au début, n'était plus farouche mais au contraire aimable, enjouée avec eux.

Forcément, comme ils savaient tous qu'elle sortait avec Tyler, leurs rapports s'en trouvaient clarifiés. Ils ne pouvaient être qu'amicaux.

Elle avait été agréablement surprise de voir son père avec son ex-épouse. Comment avait-il pu quitter une femme aussi pleine de charme pour épouser un dragon ? A moins que ce ne soit elle qui l'ait quitté.

Elle avait été impressionnée par cette femme. Quand celle-ci lui avait dit : tutoies ton père et dis-lui papa, elle n'avait pu qu'obtempérer. Elle prendrait plaisir à la revoir. Dans ce week-end qu'elle allait subir par obligation pour faire plaisir à son père, il y aurait au moins ce rayon de soleil.

– Tu vas bien ? lui demanda Sheryl qui voyait bien qu'Eilleen était préoccupée. Tu es inquiète pour ton week-end ?
– Oui, c'est vrai. Heureusement, Tyler sera là.
– Tu sais que tu as été fabuleuse hier soir. Quand tu as lancé, je vous

aime tous, vous restez dans mon cœur à tout jamais, j'en suis restée totalement abasourdie et j'ai eu des frissons dans tout le corps.
– Merci de me le dire. Je n'avais pas prévu de lancer cette phrase puis elle a jailli tout à coup. Un cri du cœur. Tu sais que ton collier a fait beaucoup d'effet, j'ai eu plein de compliments dessus.
– C'est vrai que ta robe de soirée est superbe mais il manquait un beau collier pour vraiment la mettre en valeur et sublimer la jeune fille qui était dedans.
– Eh bien, Sheryl, tu m'en dis de belles choses ce matin.
– Tu les mérites.
– Tu es sûre pour le collier et la gourmette si tu me les prêtes qu'ils ne vont pas te manquer ?
– Oui, j'en suis sûre. En plus, ils vont tellement bien avec la robe, ce serait trop dommage de les dissocier.
– D'accord alors, je vais les prendre avec moi. Je t'avoue que je n'ai aucun bijou à moi.
– Je l'avais deviné d'où mon souhait de te les donner.
– C'est très gentil à toi mais tu sais que je ne peux pas accepter.
– Oui, je l'ai parfaitement compris.

Eilleen, qui était assise sur son lit, se leva et étreignit Sheryl en lui faisant la bise.
– Encore un grand merci pour la coloc parfaite que tu as été et pour ce prêt. A chaque fois que je mettrai ces bijoux, j'aurai une pensée très forte pour toi.

Puis, se dégageant :
– Bon, je file sous la douche et après je m'habille, l'heure tourne.

Tout en étant sous la douche, Eilleen réfléchissait à la façon dont elle allait s'habiller. Elle aurait bien aimé que Tyler la voit en jean. Ce serait la première fois, il ne l'avait vue qu'en jupe. Cependant, les paroles que Morgan avait prononcées la fois qu'elle l'avait vue en jean la freinaient.
– Tu as un petit derrière super mignon et tellement sexy dans ton jean, avait-elle lancé.

Elle était même allée jusqu'à dire qu'habillée ainsi, elle allait rendre fou tous les garçons de l'université !

Si ce que Morgan avait dit était vrai, mais avec elle comment savoir, il valait sans doute mieux ne pas tenter Tyler en se mettant en jean. D'un autre côté, il l'avait vue en maillot de bain qui était quand même moins habillé qu'un jean. Mais l'effet était peut-être différent.

Cependant, elle aimerait bien le surprendre et des filles en jean, il en voyait forcément tous les jours, alors pourquoi hésiter ?

Elle mettrait donc le jean avec le corsage car il ferait plus habillé qu'un t-shirt.

Quand Tyler arrêta la Mustang dans l'enceinte de l'université, elle se trouvait en haut de l'escalier. Elle attendit qu'il sorte du véhicule avant de commencer à descendre les marches afin qu'il ait le temps de bien voir sa tenue du jour.

Lorsqu'elle arriva en bas de l'escalier, il s'avança vers elle en s'exclamant :
– Oh là, Eilleen en jean, incroyable. Je n'en crois pas mes yeux.
– Comment tu me trouves ? lui lança-t-elle.

Elle posa sa valise et fit un tour sur elle-même en levant les bras.
– Sublime. Eh bien pour une surprise, c'est une surprise. Et ce jean te va à ravir. Je suis scotché.
– Je suis contente qu'il te plaise.
– C'est toi qui me plaît. En jean ou en jupe, tu es toujours sexy.

Elle lui tendit ses lèvres pour le remercier de ce compliment. Le baiser fut bref car ils étaient sous le regard de nombreuses personnes.

Il lui ouvrit la portière côté passager et puis prit sa valise pour la mettre dans le coffre, monta dans la Mustang et démarra.
– Ta semaine s'est bien passée ? demanda Eilleen.
– Oui, mais rien de particulier à signaler. Et toi, ta cérémonie de départ ?
– Ce fut une très belle cérémonie. J'espère que tes amis ont tenu leur langue concernant une annonce que je dois te faire.

D'orage et de ferveur – Le rêve new-yorkais

– Ils m'ont effectivement dit que tu devais m'annoncer quelque chose mais ne m'ont pas dit quoi.
– Ah, ouf, je leur avais demandé de ne rien dire. Ils m'ont écoutée. Va à l'endroit où on a la vue sur le lac, je te le dirai là.
– En attendant qu'on arrive, raconte-moi ta soirée. On m'a dit que tu avais un superbe collier.

Elle lui conta tout dans le moindre détail. Lorsqu'ils arrivèrent au promontoire, elle venait de parler de la présence de son père et de son ex-épouse. Ils sortirent du véhicule et regardèrent le lac.
– Il serait peut-être temps qu'on s'embrasse pour de bon, fit Eilleen.
– Mes baisers te manqueraient-ils ?
– Oui, énormément.

Ils s'embrassèrent en un long baiser puis Tyler lui dit :
– J'aimerais te serrer dans mes bras. En fait, je rêve tous les jours de te serrer dans mes bras.

Elle allait lui dire qu'elle en avait également envie mais trouva cette formulation osée. Aussi, se contenta-t-elle de dire :
– D'accord, faisons-le.

Il la prit dans ses bras et la serra fort, lui donnant des baisers sur le front, les tempes. Elle laissa aller son corps contre celui de Tyler tout en mettant ses bras dans son dos. Cette façon de faire était nouvelle pour eux. Leurs corps se touchaient pour la première fois, créant une sensation qu'Eilleen trouva exquise. Elle sentait sa poitrine s'écraser contre le torse puissant de Tyler mais elle s'arrangeait pour que jamais leurs bassins n'entrent en contact. Elle se demanda pourquoi ils s'étaient privés de cette étreinte depuis qu'ils sortaient ensemble.
– Je suis bien dans tes bras, lui avoua-t-elle.
– Et moi, j'adore te serrer contre moi.

Par contre, pour s'embrasser, ils devaient se reculer car elle était trop petite et lui trop grand pour qu'ils puissent le faire lorsqu'ils se serraient l'un contre l'autre.

Ils restèrent un long moment à savourer ces doux moments si délicieux, alternant baisers et corps serrés l'un contre l'autre. De temps à autre, la main de Tyler lui caressait le dos descendant jusqu'à ses

D'orage et de ferveur – Le rêve new-yorkais

reins mais elle laissait faire, ces caresses au-dessus des vêtements n'avaient pas de conséquence si ce n'était d'être agréables, comme lorsqu'elle caressait la joue et le cou de son petit ami quand ils s'embrassaient, ce dont elle ne s'était pas privée depuis qu'ils avaient commencé à le faire.

Ce fut Tyler qui le premier reprit pied dans la réalité.
– Je crois qu'il va falloir qu'on y aille si on ne veut pas arriver à la nuit tombée.
– Oui, tu as raison.

Ils remontèrent dans la voiture et Tyler prit la direction de Manchester.
– Qu'as-tu à m'annoncer ?
– Un prochain voyage en Europe.

Et elle lui donna les dates et les détails du séjour.
– C'est dommage, j'ai mon anniversaire juste au milieu de ton séjour en Europe.
– Je ne sais même pas quel âge tu as.
– J'aurai 19 ans. Mais comment vas-tu gérer cette absence qui va durer plusieurs jours avec l'académie ?
– Je n'en ai aucune idée. Maintenant, j'estime que je porterai le message de la jeunesse américaine à l'Europe, en tout cas, c'est le souhait de Greta. Donc on peut considérer qu'il s'agit d'une mission nationale et l'académie ne saurait s'opposer à une mission nationale.
– Il s'agit effectivement d'un bon angle d'attaque et je ne doute pas que tu sauras argumenter auprès de la responsable de ton école.
– Tu sais que ce n'est pas mon combat initial même s'il est aussi important pour moi. J'ai développé les principaux arguments de mon combat dans …

Oups, elle avait failli dire dans l'émission de CNN, elle se reprit :
– Dans l'interview que j'ai donnée en présence du doyen à l'université.

Elle se dit que ce serait sans doute plus simple de dire à Tyler qu'elle avait participé le samedi à New York à une marche pour le climat et ensuite à une émission de télévision à CNN. Mais immanquablement, il poserait la question :

– Et tu es allée à New York uniquement pour ces deux événements ?
Et elle ne saurait pas mentir.
« Bon, la situation est un peu compliquée, songea-t-elle.
A ce moment-là, Tyler changea de sujet de conversation.
– Au fait, en parlant d'académie des arts et donc de dessin, ce serait bien que tu m'en fasses un pour moi.
– Ah tiens, tu t'intéresses à mon travail d'artiste ? Je pensais que tu me ferais un commentaire pour le dessin que j'ai réalisé pour ta grand-mère, mais non, rien. Mais c'est bien, je suis contente de ton intérêt et je te ferais avec plaisir un dessin.

Tyler ne pouvait décemment pas lui avouer qu'il n'avait pas remarqué le dessin. Il se contenta donc de la réponse positive d'Eilleen, tout en se disant qu'il serait temps qu'il s'intéresse d'un peu plus près à ce qu'elle faisait, cette histoire de voyage en Europe en étant une nouvelle preuve.

Il reconnaissait qu'Eilleen s'était montrée conciliante et avait bien réagi, n'insistant pas trop sur son absence d'intérêt pour ses activités artistiques. Encore une qualité à mettre à son actif.

La visite chez le père d'Eilleen

C'est Tyler qui sonna. Il tenait à la main un jouet pour le gamin qu'il avait proposé d'acheter dans une station-service. Il avait souhaité payer, elle l'en avait remercié, il ne lui restait plus beaucoup d'argent sur la dernière somme que Mamie Georgette lui avait donnée.

Elle se tenait un peu sur le côté mais en retrait.

Ce fut son père qui ouvrit la porte.

– Entrez, fit-il.

Lorsqu'ils pénétrèrent dans la maison, elle se colla à Tyler, se cachant en grande partie derrière lui, pleine d'appréhension. Elle vit l'épouse de son père qui ouvrait la bouche d'étonnement, tellement la surprise était grande. Elle attendait un petit bout de femme, elle se retrouvait devant un grand et beau jeune homme.

Eilleen aperçut son plus jeune demi-frère, Bryan qui la fixait. Elle trouva tout de suite qu'il était craquant.

Elle se décida à se montrer en s'avançant.

– Bonjour, je suis Eilleen. Voici mon petit ami, Tyler. Il est quarterback dans une équipe de football au Texas.

– Bonjour à vous tous, lança ce dernier.

Elle vit son autre demi-frère et sa demi-sœur qui se tenaient côte à côte sur le côté. Ils ne s'étaient pas encore remis de l'apparition de Tyler et paraissaient toujours troublés.

Tyler se dirigea vers Bryan et lui donna le jouet.

– De la part d'Eilleen, ta sœur.

– Enfin, c'est Tyler qui a payé. Moi, je suis une étudiante boursière. Je n'ai pas d'argent.

– C'est pour cette raison que tu es venue chercher mon père, affirma Mick.

« Pourquoi cette histoire d'argent revient-elle toujours sur la table ? se demanda-elle.

Elle se tourna vers son père.

– Vous ne leur avez pas dit père, euh pardon tu ne leur as pas dit, papa.

– Eilleen s'est engagée par écrit à ne me demander aucun argent. Donc, je ne lui en donne pas.

« Comment fait-on pour vivre sans argent ? se demanda Kylie, interloquée.

Eilleen se dirigea vers la femme de son père et lui dit bonjour mais sans chercher à lui serrer la main. Puis, elle s'agenouilla devant son petit demi-frère.

– Bonjour Bryan. Tu es bien mignon. Je t'aime déjà.

Et elle lui toucha la joue. Il lui fit un grand sourire.

Elle se dirigea ensuite son autre demi-frère qui n'était pas très grand mais costaud et sa demi-sœur qui n'était pas d'une grande beauté.

– Bonjour Mick, bonjour Kylie. Je suis heureuse de faire votre connaissance. Peut-être peut-on se faire la bise ?

– La bise ? Non mais quoi encore ? s'insurgea Mick et il s'écarta brusquement.

« Bon, ce n'est pas gagné, songea Eilleen.

L'épouse de son père dont elle ne connaissait pas le prénom intervint.

– Mick, tu es sous mon toit, tu te tiens correctement s'il te plaît.

– Oui, bon ça va, je suis plus un gamin, j'ai 22 ans, répondit-il d'une voix hargneuse.

Kylie baissait la tête en la regardant par en dessous. Eilleen n'insista pas. Elle revint auprès de Tyler.

« Heureusement que nous sommes arrivés vers 16 heures et qu'on n'a pas à manger avec eux, sinon ce repas aurait été insupportable.

Elle se demanda ce qu'elle faisait là.

– Vous avez fait bonne route, demanda son père pour essayer de détendre l'atmosphère.

– Oui, sans problème. Et puis, avec la Mustang, c'est facile.
– Quoi, tu as une Ford Mustang ? s'écria Mick. Tu me la montres ?
– Si tu veux, répondit Tyler.

Et ils sortirent ensemble.

– Merci d'être venu à la cérémonie hier, j'ai apprécié, dit Eilleen en s'adressant à son père.

Celui-ci eut alors une réaction qui surprit la jeune fille. Il releva les sourcils et fit chut avec son doigt sur sa bouche. Comme son épouse disparut dans une pièce qui était sans doute la cuisine, il lui glissa rapidement à l'oreille.

– N'en dis pas trop, ma femme croit que j'y suis allé seul.
– Ah, d'accord.

Celle-ci revint avec une bouteille et la posa sur la table.

– Kylie, tu peux apporter des verres, s'il te plaît. Bryan, sors les petits gâteaux.

– Mettez-vous assis, ajouta-t-elle en ne s'adressant à personne en particulier. Kylie, va chercher ton frère et le jeune homme.

– Il s'appelle Tyler, c'est mon petit ami, précisa Eilleen avec un grand sourire.

– Oui, on avait compris, se rembrunit la femme.

Lorsque tout le monde fut autour de la table, la femme commença à servir la boisson qui était pétillante.

– Je ne bois pas d'alcool, dit Eilleen en mettant la main sur son verre.
– Moi non plus, précisa Tyler.
– Il n'y a que les mauviettes qui ne boivent pas d'alcool, lança Mick.
– Tu me vois comme une mauviette ? demanda Tyler d'une voix calme en le regardant droit dans les yeux.
– Euh non, non bien sûr.
– Je suis un sportif de haut niveau et, à ce titre, je dois avoir une hygiène de vie d'un athlète, ce qui exclut l'alcool, précisa Tyler.
– Moi, je n'ai que 16 ans et je n'ai jamais bu d'alcool et quand je vois les étudiantes qui vont aux fêtes étudiantes boire jusqu'à être ivres-mortes, je préfère ne pas le faire.

D'orage et de ferveur – Le rêve new-yorkais

– Raconte-nous la cérémonie d'hier qui était donnée en ton honneur, demanda son père.

Elle s'exécuta en essayant de ne pas trop se mettre en avant.

Lorsqu'elle eut terminé, son père demanda à Tyler de leur parler de son quotidien de sportif.

Quand il eut fini, ils avaient tenu un peu plus d'une heure.
– Je vais ramener Mick et Kylie chez eux, j'emmène Eilleen et Tyler avec moi, annonça alors son père.

– A quel titre ils iraient chez ton ex ? questionna d'une voix agressive la femme de son père.

– Ben, il m'a paru normal qu'Eilleen voit la mère de ses demi-frère et sœur.

– Non, ce n'est pas normal du tout. Je ne vois pas pourquoi ta fille irait chez ton ex.

Eilleen voyait que son père perdait pied.
« Ce dragon ne va pas m'empêcher de voir Lynn, se dit-elle.

Elle décida de prendre les choses en main.
– C'est moi qui ai souhaité voir Mick et Kylie là où ils vivent tous les jours afin d'essayer de me rapprocher d'eux, affirma-t-elle. Merci de votre accueil.

Et elle se leva et, se dirigeant vers la porte, elle lança :
– Vous venez, papa, Tyler, Mick et Kylie.

Et elle sortit sans même se retourner. Elle entendit un grand bruit de chaises qu'on repoussait.
« Bon, ils me suivent, c'est bien, pensa-t-elle.

Mick voulut aller avec Tyler dans la Mustang alors que Kylie en toute logique resta avec son père. Tyler les ayant perdus de vue, ils arrivèrent en premier chez Lynn. Celle-ci les attendait. Sa fille monta directement dans sa chambre, la mine sombre. Elle la suivit.
– Qu'est-ce qui ne va pas ? lui demanda-t-elle.
– Mais tu ne vois pas, elle est si belle, si intelligente, elle est complètement canon en jean et en plus, elle sort avec un garçon tellement

craquant, hyper sexy. C'est fou et c'est insupportable pour moi. Je ne lui arrive pas à la cheville.
– Allons, tu te fais des idées, tu as pleins d'atouts pour toi. Ne jalouse pas ta demi-sœur, elle n'a que 16 ans, c'est une adolescente qui se cherche, c'est tout.
– Je ne pense pas qu'elle se cherche, mais alors pas du tout.

Tout à coup, il y eut du bruit en bas.
– Ah ils sont arrivés, je vais les accueillir.

Elle descendit rapidement les escaliers. Cependant, quand elle aperçut Tyler, elle ralentit sa marche afin de pouvoir mieux l'observer.
– Eh bien, quel beau jeune homme, se dit-elle. Et comme dit Kylie, sexy, très sexy même.

Elle se dirigea vers Eilleen.
– Eilleen ! Tu vas bien depuis hier soir ?
– Oui, très bien. Je te présente Tyler, mon petit ami.
– Enchanté. Vous avez beaucoup de chance d'avoir Eilleen pour petite amie.
– C'est ce que je me dis tous les jours. Eilleen est une perle rare.
– Hum, beau compliment. Eilleen, peux-tu aller voir Kylie dans sa chambre et trouve les mots afin que vous vous entendiez bien.

Eilleen monta les escaliers et trouva la chambre de sa demi-sœur. Elle frappa légèrement et entra.
– Tu as une très jolie chambre, lança-t-elle.

Elle s'approcha de Kylie.
– Je voulais te dire que je ne suis pas venue pour te voler ton papa, qui est aussi un tout petit peu le mien. Je vais habiter à New York aussi je ne le verrai que rarement alors que toi, habitant Manchester, tu le verras tous les jours. Et je te le dis avec beaucoup de sincérité, je souhaiterais vraiment que nous soyons proches.

Après un silence, elle ajouta :
– Tu sais toutes les filles disent, oh, elle sort avec un super garçon mais j'ai longtemps pensé que Tyler n'était pas pour moi, il est tellement beau et sûr de lui alors que moi je me considérais comme insignifiante.

– Insignifiante, toi ?
– Oui, pendant longtemps et il y a encore peu de temps, je me voyais ainsi. Tu sais, je ne suis pas belle mais, pour une raison que j'ignore, Tyler s'est épris de moi et a fait en sorte qu'on se voit souvent. Il a cherché à me surprendre. Nous avons vécu de superbes moments cependant j'étais encore réticente, je ne voulais pas qu'une relation entre nous puisse nuire à mes études. Il a insisté alors j'ai accepté de baisser mes défenses et de sortir avec lui et j'en suis très heureuse car il est formidable.

Kylie regardait Eilleen avec de grands yeux éberlués. Comment pouvait-on hésiter une seule seconde à sortir avec un garçon comme Tyler ?

Eilleen lui posa la main sur l'avant-bras.
– Il ne faut surtout pas être jalouse. La jalousie est le pire des sentiments. Moi, je ne suis qu'une simple étudiante en première année universitaire. J'ai tout à prouver. Et de toute façon, tu n'as pas à être jalouse de moi, tu es très belle, bien plus belle que moi, et tu as un très beau corps avec juste la grandeur qu'il faut, pas comme moi qui suis trop petite et trop maigre. Et puis, tu aussi tu dois avoir un petit copain.
– Euh, merci de me faire ces compliments. Personne ne m'avait dit de si belles choses. Oui, j'ai effectivement un petit ami.
– Je suis bien certaine que ta maman te l'a souvent dit. Moi, je n'ai pas pu dire maman puisque ma mère est morte à ma naissance. Elle a l'air formidable ta mère. Tu as bien de la chance.

Puis, après un moment de silence :
– Viens, descendons ensemble afin de montrer à ta mère mais aussi à notre père qu'on s'entend bien toutes les deux.

Kylie était tellement surprise par les paroles d'Eilleen, par sa modestie et par cette main tendue vers elle de manière si spontanée, qu'elle ne sut que répondre :
– Oui, d'accord.

Où on reparle de monsieur Quingsley
et de la vraie vie

Eilleen se sentait beaucoup mieux chez Lynn que chez le dragon. Même son père semblait plus détendu. Il y avait là un mystère qui intriguait fortement la jeune fille. Pour quelles raisons s'étaient-ils séparés ? A moins qu'une personne assez faible comme son père ait besoin de quelqu'un de fort à ses côtés pour faire une sorte d'équilibre.

Lynn parla de son métier d'enseignante, un métier qu'elle aimait beaucoup. Cependant, Kylie lui fit une remarque dont Eilleen vit qu'elle ne lui fit pas trop plaisir :
– Quand notre mère rentre à la maison, on aimerait qu'elle arrive à accrocher son costume de professeure au porte-manteau pour devenir une simple maman.

A ce moment-là, Mick dit qu'il allait rejoindre ses potes et partit très vite. Eilleen se dit qu'elle n'avait pas réussi à établir un vrai contact avec lui. Il était subjugué par Tyler, mais il la regardait avec indifférence, voire même avec une pointe d'hostilité. D'un autre côté, il avait 22 ans, il était déjà quelqu'un de mûr. En plus, avant de partir, il avait lancé une réflexion non dénuée de fondement.
– Comment peux-tu être notre demi-sœur, tu ne portes pas le même nom que nous ?

Heureusement, son père partait aussi et ne rebondit pas sur cette question de nom. Pour une raison qu'elle ne s'expliquait pas, elle voulait continuer à s'appeler Quingsley.

Peu de temps après, Lynn lui avait demandée :
– Ne te sens-tu pas un peu perdue ?

Sur le coup, elle se demanda ce que l'ex-épouse de son père voulait dire, parlait-elle de cette nouvelle famille qu'elle découvrait ?

– Euh, oui, la situation est un peu compliquée.
– Non, je pensais à ce qu'a dit Mick. Tu ne voudrais pas savoir pourquoi cet homme qui n'est pas ton père t'a reconnue comme sa fille ?
– C'est vrai que je me suis souvent posée la question.
– Je pense personnellement que si tu veux avancer dans la vie, il faudra que tu aies un entretien avec celui que tu as considéré pendant très longtemps comme ton père. Et puis, il pourrait te parler de ta mère.
– Je ne sais pas. J'ai toujours eu peur que si j'allais le voir, il m'enferme chez lui puisque sa seule ambition à mon sujet était que je m'occupe de ses quatre enfants et que je fasse le ménage et la cuisine.
– Eh bien, tu avais un drôle de père, s'exclama Kylie.

Après un temps, Lynn dit :
– Je pense que ce temps-là est révolu puisqu'il a avoué depuis ne pas être ton père. Mais si tu as peur, je veux bien t'accompagner.
– Merci de ta proposition. Je vais y réfléchir.

A ce moment-là, Kylie annonça qu'elle avait rendez-vous avec des amies.
– J'ai été très contente d'avoir fait ta connaissance, lui assura-t-elle. Tu es une demi-sœur très sympathique.
– Merci de me le dire. Toi aussi, tu es très sympathique.

A la grande surprise d'Eilleen, Tyler se leva à son tour, il voulait aller faire une course et en avait pour une heure.

« Quelle course peut-il bien avoir à faire à Manchester ? se demanda-t-elle.

Mais il était déjà parti et elle se retrouva seule avec Lynn.
– C'est bien, dit cette dernière, nous allons pouvoir faire plus ample connaissance.

Elle la fixait d'une manière appuyée.
– A te voir ainsi, tu donnes l'impression d'être très innocente. Je sais par Steward que tu as passé de longues années dans une institution religieuse et puis, tu n'as que 16 ans. Mais, en même temps, tu sors avec un garçon, et quel garçon ! J'avoue que je trouve ce paradoxe assez étonnant.

Eilleen bougea sur sa chaise, gênée.
– Eilleen, tu peux me faire confiance. Je ne souhaite qu'une chose, être ton amie, même s'il y a une différence d'âge assez importante entre nous. D'ailleurs, moi-même, j'aimerais bien te confier un secret car peut-être pourrais-tu m'aider.
– Je ne pensais pas que le fait que je sois innocente se voyait autant. Il faut savoir qu'il y a huit mois, je ne savais même pas ce qui se passait entre un garçon et une fille lorsqu'ils sortent ensemble. Et puis, Tyler et moi, on échange juste des baisers, c'est tout.
– Ah d'accord, c'est rare de nos jours qu'un garçon et une fille qui sortent ensemble en restent au stade des baisers.
– Il s'agit de ma volonté et Tyler la respecte.
– Il faut qu'il tienne beaucoup à toi pour accepter cette condition. Mais en même temps, on voit qu'il est un garçon très bien, très droit.
– Je veux rester pure aussi même les caresses sur le corps sont interdites. Et encore plus le reste bien entendu. Mais ce matin, pour la première fois, on s'est serré l'un contre l'autre et j'ai trouvé cela très agréable.
– Très bien et en même temps assez sidérant. Je ne crois pas avoir une seule lycéenne dans toutes les classes où j'enseigne qui suive une telle démarche.
– Je sais, ma cousine Morgan disait que j'étais très vraisemblablement la seule fille vierge de toute l'université. Mais ce que font ou pensent les autres filles ne m'intéressent pas du tout. J'ai mes propres valeurs et je base ma vie sur elles.
– Eh bien, je vois que tu es très déterminée, c'est étonnant. Bravo. Je ne peux que t'approuver.
« Quelle personnalité chez cette jeune fille, se dit Lynn, c'est incroyable. Kylie a raison, elle ne se cherche pas du tout. Elle est ancrée dans ses convictions et elle avance sans s'occuper des autres, sans chercher à les copier.
– Mais assez parlé de moi, dit Eilleen. Tu as dit que tu voulais me confier un secret. Je t'écoute. Et puis, je ne te cache pas que je suis

très curieuse de savoir ce qui a pu se passer entre mon père et toi pour que vous vous soyez séparés.
– J'hésite à te le dire.
– Parce que je suis innocente ?
– Euh, oui.
– Si tout le monde prend prétexte de cette innocente pour ne jamais rien me dire, je n'avancerai pas dans la vie. Je ne souhaite pas être innocente, je souhaite être une fille normale. Si tu veux qu'on soit amie, il faut que tu comprennes ce point. C'est important. Je vais bientôt avoir 17 ans et je ne connais rien à la vie.
– C'est vrai, tu as tout à fait raison. En même temps, ce que je vais te révéler est très délicat. Tu es la première personne à qui j'en parle. Cependant, te dire ce secret répondra à la question que tu te poses. Mais d'abord, je dois t'expliquer une chose que tu ignores sans doute puisque pour l'église, il n'y a qu'un couple possible qui est formé par un homme et une femme. Mais dans la vraie vie, c'est différent, il y a des couples formés par des hommes qui s'aiment ou des femmes qui s'aiment et qui vivent ensemble. Ces femmes, on les appelle des lesbiennes.

Eilleen, en entendant ce mot, se rappela brusquement que Brit avait affirmé qu'elle était lesbienne avant de dire un peu plus tard qu'elle avait dit une grosse bêtise. A l'époque, elle ne savait pas ce que ce mot voulait dire. Toutefois, que Brit soit lesbienne expliquerait son comportement toujours très prudent dans ses contacts physiques avec elle et son refus de l'accompagner sur une plage de naturistes.

Lynn continuait son explication.
– Je suis tombée follement amoureuse d'une personne. C'est pour cette raison que j'ai quitté Stewart. Je ne le supportais plus, lui et ses exigences. J'ai pris prétexte de rumeurs comme quoi il m'avait trompée pour demander le divorce. Je ne pouvais plus vivre avec lui, c'était devenu impossible car la personne dont je suis tombée amoureuse est une femme.

Eilleen ouvrit de grands yeux ébahis devant cette révélation en laissant échapper un oh. Lynn précisa.

– Je ne me considère pas comme lesbienne. Je n'aime pas les femmes. J'aime une femme, c'est différent.

Après un silence, elle demanda :
– J'espère que tu ne me juges pas mal. Que tu n'es pas choquée.
– Euh, non, enfin, je ne savais déjà pas que ce que tu m'as expliqué entre des hommes ou des femmes existait alors là, je suis plus que surprise.
– Je peux t'assurer que je n'aurais jamais imaginé qu'un jour je tomberai amoureuse d'une femme moi qui ai été mariée avec un homme, qui ai eu des enfants. Non, jamais. Puis c'est arrivé. Ce fut totalement inattendu.
– D'accord mais euh pourquoi tu me fais toutes ces confidences ?
– Parce que je voudrais que tu en parles à Kylie. Moi, j'ai essayé, je n'y arrive pas.
– Mais pourquoi vouloir lui en parler ?
– Je souhaite que la femme que j'aime vienne vivre ici, avec moi. Mick ne comprendra jamais. Je suis horrifiée par ce qu'il est devenu, macho comme ce n'est pas possible. Mais Mick a 22 ans, il travaille. Il est temps qu'il quitte la maison et devienne autonome, ce qui n'est pas le cas de Kylie. Tu es une jeune fille intelligente. Je savais que tu réussirais à amadouer Kylie, à faire en sorte que vous soyez proches. Alors fais le pour moi. Parle-lui en. Toi, tu en es capable.

S'il y avait bien une chose à laquelle Eilleen ne s'attendait pas, c'était la tournure de cette conversation.

Puis, avec un petit sourire, Lynn conclut :
– Tu as souhaité être moins innocente, voilà, c'est fait. Tu entres de plain-pied dans la vraie vie.

Lynn ne croyait pas si bien dire car Eilleen venait de découvrir que la jeune femme avec qui elle allait partir vivre à New York aimait les femmes !

Eilleen et son frère Bryan

Un coup de klaxon se fit entendre.
– C'est Tyler je suppose. On doit aller chez ma tante passer la soirée. J'ai bien entendu ce que tu souhaites de moi. Je ferai le maximum pour y arriver.
– Vous venez déjeuner demain ?
– Oui, c'est prévu ainsi.
– Bien, bonne soirée Eilleen, à demain. N'oublie pas, c'est un secret. La seule personne avec qui tu peux en parler, c'est Kylie.
– Oui, j'ai compris. Bonne soirée Lynn. A demain.

Lorsque Eilleen monta dans la Mustang, elle aperçut un bouquet de fleurs sur le siège arrière et Tyler lui tendit une rose rouge.
– Tu as disparu brusquement, lui fit-elle remarquer.
– J'ai senti que cette femme qui nous a accueilli voulait te parler en tête à tête.
– Ah, d'accord. Effectivement, c'était le cas. Tu avais bien deviné. Au passage, elle s'appelle Lynn.
– Je ne te demanderai pas ce qu'elle t'a dit car je connais par cœur ta réponse favorite.
– Tu commences à bien me connaître on dirait.
  Elle prit la rose et la mit devant sa bouche.
– Tu n'as pas peur des épines qui piquent ? lui demanda-elle avec un sourire.
  Une fois, alors qu'ils se rendaient chez la grand-mère de Tyler, celui-ci avait arrêté la voiture en pleine nature afin qu'ils puissent s'embrasser. A un moment donné, Tyler voulait continuer à l'embrasser alors qu'elle voulait rejoindre Mamie Georgette au plus vite. Elle

avait mis la branche de la rose qu'il lui avait offerte peu de temps auparavant devant sa bouche en lui disant :
– Qui s'y frotte s'y pique !

Tyler la regarda d'un drôle d'air ce qui la fit éclater de rire. Elle s'exclama :
– Je plaisantais, excuse-moi. Je te remercie pour cette belle rose, pour ce geste très galant. Je l'apprécie énormément.

Puis d'ajouter :
– C'est bien aussi d'avoir pensé à ma tante. Je suis bien certaine que ces fleurs lui feront très plaisir.

Tyler s'arrêta au bout d'à peine 200 mètres.
– On ne va pas s'enfermer tout de suite chez ta tante. Prenons un peu de temps pour nous.
– D'accord.

Elle posa la rose sur le tableau de bord et ils s'embrassèrent, elle très vite lui caressant la joue et le cou. Elle restait cependant vigilante. Lorsqu'elle considéra la main de Tyler qui lui caressait le côté, trop proche de son sein, elle la prit pour la repousser dans son dos. Tyler émit un léger grognement, Elle arrêta le baiser pour dire :
– Rappelle-toi, zone interdite.
– Oui, pas de souci. J'étais encore loin de ta poitrine.
– Je préfère quand même que ta main soit dans mon dos.
– Bon, d'accord, murmura-t-il, conciliant.

S'embrasser dans la voiture n'était pas si aisé et ils ne pouvaient pas se serrer l'un contre l'autre, ce qui frustrait Eilleen. Aussi, au bout d'une vingtaine de minutes, elle dit :
– Je crois qu'il est temps d'aller chez ma tante.

Celle-ci les accueillit avec chaleur et fut enchantée du bouquet de fleurs qu'elle s'empressa de mettre dans un vase.
– Comment allez-vous ? Venez dans le salon, je suis sûre que vous avez plein de choses à me raconter.
– Je crois que c'est surtout Eilleen qui a beaucoup de nouvelles à vous annoncer, précisa Tyler.

La jeune fille mit au courant sa tante des derniers événements et il y eut beaucoup d'exclamations incrédules de la part de celle-ci.
– Eh bien, que de changements, s'exclama-t-elle.
– Dernier changement par rapport à la dernière fois, annonça Eilleen.
Et elle posa sa main sur celle de Tyler.
– Ce changement, je l'avais deviné. Il suffit de voir comment vos yeux brillent quand vous vous regardez pour comprendre.
– Et Morgan ?
– Elle a rompu avec Jimmy. Elle sort avec un étudiant de son université. Elle va venir avec lui à Noël.
« Ce qui signifie que je vais devoir trouver un autre lieu pour dormir, se dit Eilleen. Aussi bien, j'irai au motel où loge Tyler ce soir.
– Si on passait à table, suggéra sa tante.
Le repas fut très détendu et très agréable. Une fois Tyler parti à son motel, sa tante lui demanda :
– Tu es heureuse ?
– Oui, très. C'est vraiment formidable de sortir avec Tyler.
– Je suis contente pour toi.
Eilleen lui parla de la suggestion de Lynn d'aller parler à monsieur Quingsley.
– Elle a raison. Il est temps que vous ayez une explication tous les deux. Et il vaut mieux te faire accompagner par une personne qu'il ne connaît pas. Tu pourrais le voir quand ?
– Le matin du jour de Noël, l'après-midi, je prends le bus pour Burlington.
– Bien, je vais voir avec lui.
– Ne dis pas à Morgan que je suis à Manchester à Noël. En fait, le mieux, c'est que tu ne lui parles pas de moi.
– Hum, d'accord.
Sa tante alla chercher une enveloppe qu'elle lui remit.
– Tiens, je t'ai mis un peu d'argent. Je me suis dit qu'il pourrait t'aider.
– Merci, ce n'est pas de refus. J'ai beaucoup de frais. Heureusement que les vols intérieurs ne me reviennent pas trop chers avec mon statut d'étudiante.

Puis :
– Tu sais que ce jean a été acheté avec l'argent que tu m'avais donné lors de mon entrée à l'université. Tu as été depuis tant d'année ma bonne fée et je t'en suis énormément reconnaissante. Tu resteras à jamais ma tante adorée.

Et elle prit sa tante dans ses bras et la serra contre son cœur.

Le dimanche matin, son père avait prévu qu'ils se voient dans un parc avec Bryan. Tyler était parti faire du sport. Le gamin voulait jouer mais Eilleen ne savait pas trop comment faire, n'ayant jamais joué de sa vie. Lui cependant savait et prit les opérations en main. Et pendant plus d'une heure, ce ne furent que des cris et des fous rires.

Lorsqu'enfin Eilleen s'assit près de son père, toute essoufflée, elle s'écria :
– Bryan est trop incroyable. Je l'adore.
« Ainsi, Lynn avait vu juste, pensa Stewart.

Bryan dit à son père :
– Kylie ne veut jamais jouer avec moi, aussi je suis très content d'avoir une autre sœur pour pouvoir jouer. Et puis, elle est très jolie, beaucoup plus que Kylie.
– Chut Bryan, il ne faut pas dire ce genre de chose. Kylie est très jolie, moi, je suis juste un peu jolie.
– Ce n'est pas vrai, c'est toi la plus belle, tes yeux bleus sont comme le ciel. Tu es ma sœur tombée du ciel et je t'aime beaucoup.

Stewart intervint.
– Brian, tu n'as pas à dire de telles choses. Tes deux sœurs sont toutes les deux jolies, c'est tout.
– Bien papa.
– Je suis contente de pouvoir passer Noël avec lui, il est adorable. Euh, j'aurai une question, que fait Kylie ?

Son père, s'adressant à son fils :
– Bryan, tu peux aller jouer sur le toboggan là-bas, j'ai quelque chose à dire à ta sœur.

Lorsque le gamin se fut éloigné :

– Kylie s'est fait renvoyée de sa première année d'université. Elle n'y faisait rien si ce n'était s'amuser et mettre le bazar. Elle suit une formation qualifiante en communication sans beaucoup de motivation. En fait, le divorce a fait beaucoup de mal. Kylie a été très perturbée et ne s'en est pas vraiment remise et Mick est devenu anti-femme. Pour lui, toutes les femmes sont des pétasses et des euh, je ne sais pas si je peux te dire le mot.
– Si, vas-y.
– Des salopes.
– Je ne connais pas ce mot.
  Elle prit son portable et regarda le sens.
– Oh, fit-elle, choquée.
– Et dire que je ne sais toujours pas la raison pour laquelle elle m'a quitté.
– Elle m'a dit que tu avais eu une liaison.
– Ce qui est faux. Une femme a cherché à sortir avec moi, j'ai refusé et pour se venger, elle a balancé une fausse rumeur sur les réseaux sociaux. Je l'ai expliqué à Lynn mais elle n'a rien voulu savoir et son avocat s'en est donné à cœur joie.
– Tu t'es remarié, tu as un garçon adorable, remarqua-t-elle pour consoler son père qu'elle sentait très affecté.
– Oui, tu as raison, il faut essayer de voir le bon côté des choses.
  Bryan, qui revenait à ce moment-là en courant, sauta dans les bras d'Eilleen qui le serra contre elle en lui mettant une grosse bise sur la joue.
– Mais c'est qu'il est trop mignon, ce garçon, dit-elle en lui ébouriffant les cheveux.
– Et toi, tu es trop super, ma sœur qui descend du ciel, s'écria-t-il. Je suis trop content d'être avec toi.
– Et avec papa aussi !
– Oui, avec papa aussi.
  Et il saisit le bras de son père et le tira vers lui.
  Le gamin, blotti dans les bras de sa sœur, n'avait pas envie de

bouger, elle non plus même s'il était un peu lourd, et leur père les regardait d'un air autant étonné qu'attendri.
– Je suis content que tu sois là, dit-il
– Moi aussi, je suis contente d'être là, papa.
 Elle avait lu dans son regard.
« Et dire que j'ai failli l'abandonner, avait-il pensé.
 Ils restèrent ainsi une bonne dizaine de minutes puis le portable d'Eilleen sonna.
– Ah, Tyler commence à s'impatienter. Bryan, désolé, mais il va falloir que j'aille le rejoindre.
– Nous aussi, nous devons y aller. Ta maman doit également commencer à s'impatienter.
 Le gamin ne protesta pas et ils quittèrent le parc, Bryan entre eux deux, donnant la main à son père et à sa sœur en les regardant à tour de rôle tout en leur souriant.

La mission d'Eilleen

Tyler attendait, adossé à la Mustang. Eilleen sortit de la voiture de son père et envoya un bisou avec la main à Bryan qui lui répondit par un petit signe de la main.
– A voir ton visage rayonnant, tu as passé un agréable moment avec ton petit frère, constata Tyler.
– Je t'avoue que je ne m'attendais pas à ressentir une telle joie à son contact. C'est fou comme ce gamin est attachant.
   Puis d'ajouter de manière spontanée :
– Il donne envie d'avoir des enfants.
– Hein !
– Oui, enfin, peut-être pas tout de suite.
– Ah ! Bien. Tu me rassures. J'avais cru comprendre que tu voulais décrocher un diplôme universitaire. Les deux projets ne sont pas trop compatibles.
– Rabat-joie !
– En tout cas, je découvre que tu as la fibre maternelle.
– Je le découvre également. Bryan a suscité beaucoup d'émotions en moi.
– Je le constate. Mais peut-être parce que c'est la première fois que tu te trouves en présence de tes frères et sœurs.
– Non, en sortant de l'institution religieuse, je suis restée huit jours auprès des enfants de mon premier père mais je n'ai jamais ressenti d'émotion particulière.
– C'est amusant que tu dises mon premier père.
– Oui, bizarrement, c'est ainsi que je le ressens. De même que ma tante sera toujours ma tante. Je le lui ai d'ailleurs dit. Quand mon père, le deuxième, m'a dit, la personne que tu appelles ta tante n'est

pas ta tante, j'ai éprouvé un grand moment de désarroi puis je lui ai dit, non, c'est impossible, ma tante sera toujours ma tante !
– Eh bien, cette dualité est assez étonnante. Et concernant les enfants de ton premier père puisque c'est ainsi qu'il faut l'appeler, peut-être qu'instinctivement tu as su qu'ils n'étaient pas tes vrais demi-frères et demi-sœurs.
– Peut-être. Tu sais, pendant 16 ans, j'ai cru que monsieur Quingsley, dont je porte le nom, était mon père. Je ne peux pas effacer ce que je croyais d'un simple revers de main. D'ailleurs Mick a souligné que je ne portais pas le nom de mon vrai père.
– Tu as raison, effectivement. En tout cas, je retiens que tu veux des enfants.
– Oui, beaucoup, toute une tribu !

Et elle se glissa dans les bras de son boyfriend et étreignit son corps musclé.
– Cette perspective ne te fait pas peur j'espère.
– Avec toi, rien ne me fait peur.
– Hum, très bien répondu. Il n'y a plus qu'à s'entendre sur le nombre d'enfants et tout sera parfait.

Tyler la regarda en fronçant les sourcils.
– Bon, je plaisantais bien sûr. Je trouve que vous manquez d'humour monsieur Delorme.
– Sans vouloir te vexer Eilleen, je trouve cette discussion surréaliste. Hier, parce que ma main, tout en étant encore loin, s'était un peu approchée de ta poitrine, tu as dit non, je veux ta main dans mon dos et là tu me parles d'avoir des enfants. Euh, rassure-moi, tu sais comment on fait les enfants ?
– Tyler, tu n'es pas gentil. Oui, je sais, Morgan m'a expliqué. Embrassons-nous pour mettre fin à cette discussion qui n'a pas lieu d'être.

Ce qu'ils firent.

Au bout d'un certain temps, Eilleen dit :
– Tyler, excuse-moi pour tout à l'heure, j'ai dit beaucoup de bêtises.

Je ne sais pas pourquoi, d'avoir tenu Bryan dans mes bras a provoqué en moi des émotions que je ne connaissais pas.
– C'est ton petit frère et il est adorable, c'est normal. Et tu viens de découvrir que tu étais une jeune femme capable de donner la vie et que tu avais la fibre maternelle.
– Oui, tu as raison. Merci de ta compréhension. Il faudra que tu me conseilles sur le cadeau que je peux offrir à un gamin de 5 ans pour son Noël.
– J'ai ma petite idée mais mets-toi d'accord avec ton père sur cette question afin de ne pas acheter deux fois le même cadeau.
– C'est vrai. J'ai tellement peu d'expérience dans ce domaine.

Ils étaient cinq autour de la table, Lynn, Kylie et Mick, Tyler et Eilleen. Seul Mick buvait de l'alcool, en l'occurrence de la bière. La discussion était assez détendue même si Eilleen se montrait très prudente dans ses propos lorsqu'elle s'adressait à Mick. Celui-ci avait souhaité que Tyler parle de la vie au Texas, ce qui avait meublé la conversation.

Eilleen fit rire tout le monde lorsqu'à un moment donné, parlant de l'instant où elle était entrée dans la maison de son père, elle avait dit :
– Je me suis servie de Tyler comme bouclier contre le dragon.
– Qui appelles-tu le dragon ? demanda Lynn.
– L'épouse de mon père.
– Ah Win ! Elle est effectivement un peu spéciale, peu agréable, répondit Kylie.

Eilleen leur raconta comment celle-ci était venue l'agresser dans le bureau du doyen de l'université du Vermont.
– Aller faire le déplacement jusqu'à Burlington pour essayer de me réduire en miettes et faire en sorte qu'il n'y ait aucune relation possible entre mon père et moi, voilà ce qu'elle a osé faire.

Elle se reprit en regardant Kylie et Mick.
– Entre notre père et moi.
– Personnellement, elle m'énerve à me rappeler constamment à l'ordre, s'insurgea Mick.

– C'est sûr qu'elle n'est pas cool, constata Kylie. Finalement, le terme dragon est bien trouvé, il colle parfaitement à sa personnalité.

Cette conversation centrée sur une personne qu'aucun des trois n'appréciait, avait détendu l'atmosphère.

Arrivés au désert, Kylie, sous prétexte qu'elle devait surveiller son poids, se leva de table et se dirigea vers la porte qui menait à sa chambre. Eilleen attendit deux minutes et lui emboîta le pas.

Elle tapa à la porte de la chambre de sa demi-sœur et s'avança.
– Dis voir, je voulais te parler d'un truc. Est-ce que tu es choquée toi par le fait que des femmes puissent aimer des femmes ?
– Les lesbiennes ? Tu sais, maintenant il y en a beaucoup même des actrices célèbres comme Kristen Stewart.

Eilleen ne savait pas qui était cette actrice mais là n'était pas le sujet.
– Et si une personne proche de toi aimait une femme, comment réagirais-tu ?
– Une personne proche de moi ?
– Oui, une femme proche de toi.
– Euh, ce n'est pas toi par hasard ?
– Non, moi, je suis une jeune fille et je sors avec Tyler. Une femme très proche de toi.
– Une femme très proche de moi, mais euh je ne vois pas, euh attends tu ne veux pas dire ma …
– Si ta mère. Elle a essayé de t'en parler plusieurs fois mais elle n'y est pas parvenue. Elle craignait ta réaction.
– Ouh là, c'est vertigineux ce truc et il explique tellement de choses.
– Elle ne s'y attendait pas, cet événement complètement improbable lui est tombé dessus brusquement mais elle est très amoureuse d'une jeune femme et elle voulait que tu le saches.
– D'accord, eh bien dis-donc, quelle surprise !
– Elle espère que tu comprendras.
– Oui, oui, moi, je peux comprendre. C'est Mick qui ne comprendra pas, il passe son temps à taper sur les gouines, les tapettes qu'il exècre. Pour lui, c'est une abomination.

– Je ne connais pas les mots que tu as prononcés, que veulent-ils dire ?
– Il s'agit d'une manière très péjorative de qualifier les gais, les lesbiennes. Je conçois qu'à l'université, on ne prononce pas de tels mots.
– Non, effectivement. L'important n'est pas Mick mais toi. Si tu peux la comprendre et accepter ce qu'elle vit, elle en serait très soulagée.
– J'ai des amies à qui une telle chose est arrivée. Et puis, c'est ma mère et je l'aime. Oui, je peux accepter l'idée qu'elle puisse être amoureuse d'une femme, même si cette nouvelle constitue un sacré choc.
– C'est bien. Attends un moment que Mick ne soit pas là pour évoquer le sujet avec elle. Il faut que l'initiative vienne de toi.
– D'accord. J'ai compris. Je le ferai. Ma mère a dit que tu étais une sorte d'icône dans ton université.
– Oui, c'est vrai, à UVM, je suis très appréciée tant par les filles que par les garçons.
– Je n'en suis pas étonnée. Tu es une fille bien. Je suis ravie de t'avoir comme demi-sœur.
– Merci de tes paroles. Être acceptée par toi est très important pour moi.
– Sans aucune restriction.
– Alors, c'est parfait. Je vais redescendre. Je pense qu'on ne va pas tarder à repartir pour Burlington car après Tyler doit prendre l'avion pour rentrer au Texas.
– D'accord, je t'accompagne.

Eilleen n'avait pas souhaité répéter ce que Lynn avait dit concernant Mick. Ce n'était pas son problème

Les enseignements du week-end à Manchester

Tyler et Eilleen venaient de quitter Manchester et roulaient en direction de Burlington.
– Alors, quel bilan tires-tu de ton week-end ? demanda le jeune homme.
– D'abord, Tyler, je souhaite de te dire un grand merci pour avoir accepté de m'accompagner. Tu ne peux pas t'imaginer comment t'avoir à mes côtés s'est avéré précieux. Et puis, je dois t'avouer que pouvoir dire voici Tyler, mon petit ami était très plaisant.
– Oui, je peux comprendre. Mais encore ?
– Bryan est un enfant adorable qui manque vraisemblablement d'affection. Je l'ai senti à la façon dont il m'a serrée lorsqu'il s'est blotti dans mes bras. Nous sommes restés cinq bonnes minutes collés l'un à l'autre en une tendre étreinte qu'il ne voulait pas voir s'arrêter. Il a fallu que notre père intervienne moi, je n'osais pas. Un tel moment de tendresse n'a pas dû lui arriver souvent. Kylie est une fille un peu perdue et très facilement manipulable. Il a suffi de quelques flatteries dont je ne suis pas très fière pour la retourner en ma faveur cependant je suis contente qu'elle m'ait acceptée comme sa demi-sœur. Lynn, pour le coup, c'est l'inverse, j'ai le sentiment de m'être bien fait manipuler. Elle est forte dans ce domaine-là. Et puis, j'ai appris quatre nouveaux mots très surprenant.
– Ah oui, lesquels ?
– Pétasse, salope, tapette et gouine et ces quatre mots sont à relier au même individu, Mick, qui, apparemment, détesterait les femmes. Là, il était subjugué par toi donc tu ne t'en es pas trop aperçu mais je vais m'en méfier. De toute façon, il m'a bien fait comprendre qu'il ne me considérait pas comme sa demi-sœur.

– Eh bien, les week-ends dans ta famille sont particulièrement enrichissants en termes de vocabulaire à ce que je vois.
– Plus que tu ne le crois puisque j'ai découvert avec stupéfaction que des hommes ou des femmes pouvaient s'aimer entre eux et même vivre ensemble. J'avoue que cette révélation m'a énormément choquée. J'en suis restée abasourdie.
– C'est vrai qu'aujourd'hui, le couple, ce n'est plus seulement un homme et une femme comme le prône la religion chrétienne. Il faut accepter cette réalité car elle fait partie de notre société moderne. Ces couples homosexuels peuvent se promener dans la rue enlacés et même élever des enfants, ils ne se cachent plus comme ils devaient le faire auparavant.
– C'est ce que m'a dit Lynn. Reste mon père. Tu as vu comme il perdait pied devant son épouse lorsqu'elle est devenue agressive. J'ai eu mal pour lui.
– Ah oui, ce moment très cocasse où tu t'es levée et tu es partie sans te retourner en disant vous venez papa, Tyler, Mick et Kylie. Tu es pas mal en chef de bande, même Mick a suivi le mouvement sans une seconde d'hésitation. Je peux t'assurer que l'épouse de ton père en est restée médusée mais après, elle était furieuse et t'a fusillée du regard. C'est sûr qu'après cette séquence, elle ne va pas t'aimer.
– Elle ne m'aimait déjà pas avant cet épisode, aussi il n'y aura rien de changer. Mais elle n'a pas à parler à mon père devant ses enfants de cette façon. C'est terriblement humiliant pour lui et très gênant pour nous. Cette façon de se comporter nous met au supplice. Mais surtout, j'ai bien vu que mon père aimait encore Lynn. J'ai essayé de le consoler comme j'ai pu.
– J'en conclus que Lynn est à l'origine de la séparation.
– Oui, elle ne le supportait plus.

Eileen préférait ne pas révéler la vraie raison de la séparation entre son père et Lynn. Après tout, cette question ne concernait pas Tyler. De toute façon, elle avait promis à Lynn de n'en parler à personne à part Kylie.

Eilleen ruminait dans la voiture. Elle s'en voulait terriblement. Qu'avait-elle été évoquer d'avoir des enfants avec Tyler ? Ils sortaient ensemble depuis à peine un mois et demi et ne s'étaient même pas encore dit des mots doux comme je t'aime ou mon amour et voilà qu'elle partait dans un délire d'enfant !

Heureusement, Tyler n'avait pas trop mal réagi, cherchant à la comprendre, à positiver et sa question lui demandant si elle savait comment on concevait les enfants était un moyen de lui remettre les pieds sur terre.

Elle avait l'impression, ces derniers temps, de ne plus arriver à contrôler ses émotions. Il y avait eu l'épisode du modèle lors du dernier cours de dessin où elle avait été prise de panique au point d'être à deux doigts de s'enfuir de la salle de dessin, puis ce grand moment de désarroi qu'elle avait connu avec son père au sujet de sa tante, et là, un enfant se blottissait dans ses bras et tout explosait, lui faisant perdre l'ensemble de ses repères.

Certes, elle n'avait jamais connu auparavant ce moment si particulier, si tendre, où l'enfant s'abandonne dans les bras de la personne qui lui veut du bien. Il y avait de quoi être troublé. Cependant, de là à aller dire que cette situation donnait envie d'avoir des enfants ! Non, ce n'était pas possible !

Pauvre Tyler, elle lui en faisait voir de toutes les couleurs. Elle le regarda pendant qu'il conduisait. Il s'en aperçut.
– Pourquoi me regardes-tu ainsi ? demanda-t-il.
– Je me demandais si tu souffrais.
– Si je souffrais ? Pourquoi te poses-tu cette question ?
– J'ai dit à mon père et à Lynn que nous n'échangions que des baisers et ils t'ont tous les deux plaint énormément comme si tu subissais un véritable supplice de ma part.

Tyler éclata de rire.
– Non, je ne souffre pas car sortir avec toi est la meilleure chose qui me soit jamais arrivée et échanger des baisers avec toi est sublime et je sais pertinemment que tu n'es pas prête à aller au-delà. Et puis, ce qui se passe entre nous ne concerne que nous. Les gens ne peuvent

pas comprendre les nombreuses valeurs que nous partageons et qui nous lient si fortement.
– Tu as raison, dorénavant, je ne dirai plus jamais à personne ce qui se passe entre nous.

Les derniers moments d'Eilleen à l'université du Vermont

Arrivés à Burlington, Tyler et Eilleen avaient passé un tendre moment dans les bras l'un de l'autre. Après de nombreux baisers échangés, elle finit par lui confier ce qu'elle ressentait :
– Tyler, je voulais te dire combien je suis heureuse d'être avec toi, ainsi dans tes bras, et combien j'apprécie ta présence et nos baisers.
– Merci de me le dire. Et moi, je suis très content que tu aies accepté que je puisse te serrer dans mes bras. J'en rêvais et je suis comblé.

Elle fut satisfaite qu'il le lui dise car elle continuait à faire en sorte que leurs bassins ne se touchent pas et elle avait eu peur à un moment donné qu'il en soit frustré.
– J'ai compris, après ma discussion avec Lynn, que ce n'était pas commun qu'un garçon accepte de rester au stade des baisers. Elle a dit qu'il fallait que tu tiennes beaucoup à moi pour accepter de telles limites.
– Ce qui est vrai, je tiens énormément à toi. Et je savais dès le départ qu'en sortant avec toi, il y aurait ces limites car je sais quelle enfance tu as eue et je n'oublie pas que tu n'as que 16 ans. Je les accepte sans problème dès l'instant où elles me permettent de sortir avec toi. Et je te l'ai dit dans la voiture, échanger des baisers avec toi est sublime.
– Alors c'est bien, je suis rassurée. Nous sommes parfaitement en phase et je m'en réjouis.

Ensuite, ils avaient réglé les derniers détails pour la semaine suivante.

Eilleen lui ayant indiqué qu'elle ne pourrait pas dormir chez sa tante, il lui dit qu'il se chargerait de lui réserver une chambre au motel où il passait la nuit d'habitude lorsqu'il venait à Manchester.

– Je te souhaite une bonne installation à New York.
– Merci. Et toi, bon retour au Texas. Et encore merci d'avoir accepté de m'accompagner dans cette découverte de ma nouvelle famille.

Il était temps pour eux de se quitter mais ils avaient déjà en tête la perspective de se retrouver chez la grand-mère de Tyler la semaine suivante.

Le lundi matin, Eilleen alla en cours normalement mais l'après-midi, elle dut aider Brit à protéger tous les tableaux et dessins. Un déménageur viendrait les prendre mardi dans l'après-midi et les emmènerait par la route jusqu'à New York. Brit avait contracté un prêt bancaire pour financer le déménagement.

Brit disposait de deux grandes valises où il y avait encore de la place. Eilleen put y ranger ses affaires, gardant la petite valise qu'elle prendrait avec elle en cabine dans l'avion pour y mettre les robes de soirée, les escarpins, les bijoux prêtés par Sheryl, des sous-vêtements et ses affaires de toilette.

Elle avait hésité à emmener les robes que monsieur Quingsley lui avait achetées mais Brit lui dit qu'elle pourrait trouver une couturière à New York qui saurait les retailler. Elle les prit donc même si pour elle, elles étaient les vestiges d'un autre temps.

Le soir, elle passa un bon moment avec Laureen dans son appartement. Elle lui fit part de son plan pour aller voir la grand-mère de Tyler lorsque ce dernier ne pourrait pas revenir du Texas. Prendre l'avion jusqu'à Burlington le vendredi en fin d'après-midi, passer la soirée avec elle, dormir chez elle et prendre le Greyhound tôt le samedi matin pour se rendre chez Mamie Georgette.
– Tu pourras venir quand tu voudras, tu seras toujours la bienvenue. Passer une soirée avec toi est toujours un plaisir. Et puis, ce ne sera pas la première fois que nous dormirons dans le même lit et que je t'amènerai à la gare routière, lui assura Laureen.

Eilleen souhaitait ne pas rentrer trop tard à l'université car elle voulait parler à Sheryl de ses demi-frères et de sa demi-sœur. Laureen

la ramena en voiture à l'université. Elles s'étreignirent longuement avant de se quitter.
– Tu es une amie fantastique, lui murmura Laureen à l'oreille.
– Et toi, une amie en or, lui répondit Eilleen.

Lorsqu'elle fut avec Sheryl, elle lui fit part de son sentiment mitigé après ce week-end passé dans sa famille.
– Je suis déçue que ma demi-sœur ne m'ait pas spontanément bien accueillie. Il a fallu que j'aille l'amadouer. En ce qui concerne Mick, qui a 22 ans, il ne me considère pas comme sa demi-sœur parce que je ne porte pas le nom de notre père. Quant au petit Bryan, je vais te dire quelque chose qui va te paraître étrange, j'ai peur de trop m'attacher à lui.

Elle lui raconta ce qui était arrivé dans le parc et le trouble qu'elle avait ressenti, sans évoquer toutefois ce qui s'était passé ensuite avec Tyler au sujet de potentiels enfants.
– C'était la première fois que tu tenais un garçonnet dans tes bras, d'où ton émotion. Je peux comprendre ce que tu as ressenti.
– Même lorsque nous sommes sortis du parc, Bryan s'était mis entre notre père et moi et nous donnait la main, je sentais mon cœur battre fort.
– Eh bien, effectivement. C'est surprenant l'effet qu'il t'a fait.
– Il faut dire qu'il est vraiment adorable. Il m'appelle ma sœur tombée du ciel. Il n'arrive pas à comprendre comment une grande sœur peut surgir ainsi, tout à coup, dans sa vie.
– C'est amusant et je me doute qu'il doit être très mignon pour que tu réagisses ainsi. Il y a une solution simple, tu espaces tes visites. Une fois tous les quatre mois par exemple.
– Oui, c'est sans doute une bonne solution. De toute façon, financièrement, je ne pourrais pas multiplier les voyages en avion.

Cette nuit-là, Eilleen rêva de Bryan. Ils couraient dans un bois en se tenant la main. A un moment donné, elle s'était adossée à un arbre et le gamin avait sauté dans ses bras, nichant sa tête dans son cou et la serrant fort. Elle l'avait alors serré également contre elle et ils étaient restés ainsi très longtemps, leurs cœurs battant à l'unisson.

Au petit jour, lorsqu'elle se réveilla, elle fut déçue de ne pas avoir rêvé de Tyler et de ses baisers et inquiète de l'emprise qu'avait pris Bryan sur elle au point de venir troubler ses rêves.

Dans la matinée, elle assista à ses derniers cours à l'université du Vermont car elle avait décidé l'après-midi d'aller à la bibliothèque puis de se promener dans le beau parc qu'elle aimait bien. Elle fit ses adieux à ses camarades de cours.

UVM resterait ancrée en elle car c'était en ses murs qu'elle avait tout appris et découvert internet et le dessin.

Elle déjeuna ensuite avec le doyen et les professeurs ce qui lui permit de les remercier encore pour les synthèses qu'ils avaient rédigées des cours qu'elle avait manqués lors de son absence suite à l'agression dont elle avait été victime de la part de Brandon McKulick, et de leur dire au revoir. Ils lui souhaitèrent bonne chance tout en affirmant qu'ils la regretteraient car des étudiantes aussi sérieuses et brillantes qu'elle, étaient peu nombreuses.

Elle passa dans la foulée voir la bibliothécaire pour lui exprimer sa gratitude pour lui avoir fait découvrir tant de grands écrivains et pour avoir toujours été si serviable avec elle, allant même jusqu'à lui donner une clé de la bibliothèque afin qu'elle puisse s'y rendre le dimanche, clé qu'elle lui rendit.

– Vous avez toujours été d'une aide précieuse pour mes recherches d'ouvrages. Vous êtes pour beaucoup dans mes excellents résultats à l'université.

La jeune femme rougit de plaisir. Elle lui offrit un livre d'un grand écrivain français, Jules Verne, vingt mille lieues sous les mers. Eilleen allait pouvoir lire son premier auteur français ! Elle se rappela que les intellectuels qu'elle avait rencontrés à TriBeCa lui avaient dit que la littérature française était riche.

Enfin, elle se rendit au parc botanique. Cette promenade avait une valeur symbolique pour elle. C'était en effet à la sortie de ce parc qu'elle avait rencontré pour la première fois Tyler. Celui-ci l'avait surpris une autre fois en l'attendant à cette même sortie, alors qu'elle ne s'y attendait pas du tout. Morgan lui avait affirmé que s'il l'avait attendue à la sortie du parc alors qu'il n'était pas sûr qu'elle y soit, il devait être fortement épris d'elle, ce qui s'était avéré exact. Dans ce même parc, elle avait accueilli son père la première fois où ils s'étaient retrouvés ensemble, apprenant à se connaître. Elle avait préparé à cette occasion un pique-nique avec l'aide de Laureen et son père lui avait dit qu'il appréciait cette initiative, ce qui lui avait fait très plaisir.

Les premiers pas à l'académie des arts de New York

Eilleen réfléchissait à sa relation avec Tyler et se disait que ce qui se passait entre eux était assez étonnant. Au début de celle-ci, tout en ayant beaucoup d'estime pour lui, elle ne ressentait pas vraiment d'élan amoureux envers Tyler. Elle était sortie avec lui parce qu'elle lui devait beaucoup, surtout pour la confiance qu'il lui avait donnée, et pour lui faire plaisir, puisqu'elle savait qu'il était épris d'elle. Et puis, pour faire plaisir également à sa grand-mère, qui souhaitait fortement qu'ils sortent ensemble.

Elle devait reconnaître que maintenant, elle se sentait complètement amoureuse de son boyfriend. C'était la raison pour laquelle elle avait accepté sans hésitation qu'il la prenne dans ses bras. Et elle espérait qu'elle arriverait bientôt à vaincre cette réticence qu'elle avait encore en elle afin que leurs corps se touchent entièrement, bassins y compris.

Il ne s'agissait pas de caresses sur le corps qui étaient interdites, de toute façon ils restaient entièrement habillés, mais, pour elle, serrer le corps de son petit ami contre elle faisait partie de cette complicité amoureuse dont avait parlé le prêtre de l'église catholique de Burlington, le père William, au même titre que les baisers ou se promener main dans la main. Ces moments s'avéraient nécessaires au développement d'une relation sentimentale harmonieuse entre un homme et une femme.

D'avoir pensé au père William l'amena à l'appeler pour lui annoncer son départ de Burlington et le remercier pour tout ce qu'il avait fait pour elle.

Lorsqu'elle revint à l'université, elle passa voir Brit. Sa chambre était vide, le rideau totalement tiré, plus de chevalet, plus de tableaux exposés. Elle comprit que le moment du départ était arrivé. Son cœur se serra, une partie de sa vie s'achevait, partie où elle s'était découverte, épanouie. L'inconnu l'attendait.

Cette nuit-là, Eilleen rêva de Tyler. Il portait Bryan sur ses épaules lors d'une promenade dans les montagnes du Vermont. Elle marchait à côté et donnait la main au gamin. Puis, il y eut une autre scène où Tyler et elle étaient face à face et voulaient s'embrasser mais Bryan était au milieu d'eux et les empêchait de le faire.
« Le petit démon nous a empêchés d'échanger des baisers, pensa-t-elle à son réveil.

Cependant, un grand sourire illuminait son visage en pensant à son petit frère.

Brit et Eilleen se trouvaient dans le bureau de la responsable de l'académie des arts de New York, madame Spencer. Elles avaient pris un avion tôt le matin pour rejoindre la Grosse Pomme. UVM avait eu la délicatesse de mettre un chauffeur à leur disposition pour se rendre à l'aéroport, dernier geste du doyen de l'université du Vermont en faveur d'Eilleen.
– Bienvenue à l'académie des arts de New York, dit madame Spencer. Le temps de travail est réparti de la manière suivante. Trois demi-journées sont consacrées à l'art, le reste du temps aux cours. Je vous préviens tout de suite, le rythme est soutenu. Cependant voilà qui ne devrait pas faire peur à notre jeune Eilleen. Le doyen de l'université que vous venez de quitter a transféré vos dossiers ce matin et il y est mentionné : bien qu'étant la plus jeune étudiante de sa promotion, Eilleen Quingsley en est aussi la plus brillante et arrive première au contrôle continu.

Après un silence où elle observa la jeune fille qui avait légèrement rougi, la femme reprit :
– Bravo, je vous félicite. Continuez sur votre lancée à l'académie des arts et tout sera parfait. Mais en même temps, j'ai un petit reproche à vous faire. Lorsque nous nous sommes vues la dernière fois, vous

avez omis de me préciser trois choses : que vous êtes une jeune militante célèbre dans tous les États-Unis qui participe à des marches pour le climat, que vous alliez participer à une émission de télévision sur CNN et que vous connaissiez Melinda Gates.

Eilleen resta interloquée par ce que venait d'énoncer la responsable de l'académie des arts. Elle tint cependant à rétablir la vérité.
– Je ne connais pas personnellement madame Gates, nous avons juste échangé quelques mots au téléphone.
– J'ai regardé l'émission sur CNN. Je peux vous dire que vous y étiez remarquable, très posée, développant parfaitement vos arguments. Vraiment, quel aplomb alors que vous êtes si jeune ! Je tenais à vous le faire savoir. Et pour votre information, Melinda Gates m'a appelée. Elle veut vous connaître personnellement. Aussi, elle organise en votre honneur une grande réception à l'hôtel Plaza jeudi prochain.
– Mais c'est que…
– Je sais, vous ne serez pas à New York. Madame Gates a dit qu'il suffisait que vous donniez l'adresse où vous résiderez, elle enverra un chauffeur qui vous amènera à l'aéroport le plus proche où un jet privé vous attendra. Vous dormirez au Plaza qui est un palace de bonne facture et le lendemain en fin de matinée vous serez chez vous. Je ne vous cache pas que vous avez là une chance extraordinaire qui se présente à vous. Jamais aucune de mes élèves à l'académie n'a eu une telle considération.

« Comme sa fondation va prendre en charge le billet d'avion et les hôtels pour mon séjour en Europe, je peux difficilement refuser, pensa-t-elle.
– Très bien, je donnerai l'adresse.
– Avez-vous une tenue adaptée pour ce genre d'événement ? Il s'agit d'une soirée de haute tenue.
– Oui, l'université du Vermont a payé deux robes de soirée et des escarpins pour des cérémonies officielles où, en tant que plus jeune étudiante de la promotion, je me trouvais aux côtés du doyen, et ces robes et escarpins m'ont été offerts.
– Ah, la tradition de la mascotte de l'université UVM du Vermont !

Tradition très connue dans tous les États-Unis. Je préfère vous prévenir, votre réputation vous a précédée et tous les élèves de l'école n'ont qu'une hâte, faire votre connaissance. Vous n'avez aucune chance de passer inaperçue.

Après un silence, madame Spencer ajouta :
– Bien, si nous passions aux détails de votre installation à toutes les deux à l'académie.

Installation à l'académie des arts de New York

La responsable de l'académie des arts de New York les regarda toutes les deux avant de poursuivre :
– Nous allons d'abord voir la question des chambres. Vous pouvez avoir une chambre seule ou bien être ensemble. Les chambres individuelles disposent d'un lavabo. Celui-ci n'est pas présent dans les chambres doubles où tout ce qui est lavabo, douche, toilettes est collectif.
– A l'université du Vermont, Brit bénéficiait d'une chambre individuelle, aussi il est normal qu'ici, elle ait également une chambre individuelle, déclara Eilleen. Moi, par contre, je suis habituée à loger avec une autre étudiante, je trouve que c'est bien.

Brit ne fit aucun commentaire.
– Bien, voici une question de réglée. Au niveau des avantages, les élèves de l'académie ont un accès permanent et gratuit au Metropolitan Museum of Art. Et vous percevrez votre ordinateur à 14 heures, un informaticien sera là pour vous aider à la prise en main. Des cours d'informatique sont possibles en plus de vos cours. Vous pouvez bénéficier également de cours de self-défense, je vous conseille de vous y inscrire. Il y en a un tous les jours à 16 heures. Donc vous pourriez commencer aujourd'hui.
– Ces cours de self-défense peuvent s'avérer amusants, lança Eilleen en direction de Brit.
– Non, apprendre à se défendre pourrait surtout vous être très utile, la reprit la responsable de l'école. Une jeune fille blonde, qui est pe-

tite et toute menue, qui fait très jeune et qui est jolie, vous représentez une cible parfaite d'autant que vous avez l'air de...
– Débarquer de la campagne, je sais, on me l'a déjà dit.
– Non, j'allais dire que vous paraissez très innocente. Aussi, ces cours me paraissent particulièrement adaptés pour vous.
– Brit, on y va ? Je sais que toi tu en as beaucoup moins besoin que moi, mais je veux que nous y allions toutes les deux.
– Je ne vois pas trop l'intérêt de…
– S'il te plaît.
Brit leva les mains en signe d'impuissance.
– Bon, je capitule.
– Parfait. Repassez à mon bureau dix minutes avant et je vous emmènerai au centre sportif où ont lieu les cours.
La responsable de l'académie continua :
– Autre point, les habits. Avant de mettre en œuvre la mesure, vous devrez signer une déclaration sur l'honneur que vous n'utiliserez l'argent mise à votre disposition que pour acheter uniquement des vêtements et des chaussures et pour vous en plus le coiffeur. Après, la somme est mise à votre disposition sur un compte bancaire. Vous en possédez un ?
Signe négatif de tête d'Eilleen.
– Vous savez vous servir d'une carte de crédit ?
Nouveau signe négatif de la tête d'Eilleen.
La responsable de l'académie essaya de cacher sa surprise. Des jeunes filles de 16 ans qui ne disposaient pas d'une carte bancaire et ne savaient pas comment celle-ci fonctionnait ne devaient pas être très nombreuses.
– Bon, ce n'est pas un problème. Mon secrétariat va s'occuper de toutes les formalités pour vous ouvrir un compte en banque et obtenir votre carte de crédit et la première fois, vous viendrez avec moi, je vous montrerai. Brit, vous avez ce qu'il faut, je suppose.
– Oui, effectivement.
– Je vais me permettre une question subsidiaire Eilleen, n'en soyez pas choquée mais avez-vous de l'argent avec vous ?

– Oui, ma tante m'en a donné.
– Bien. Sachez qu'il existe à l'académie un fonds de secours qui permet de dépanner un ou une étudiante en cas de problème financier. N'hésitez pas à l'utiliser. Et n'oubliez pas que je suis à votre entière disposition. Eilleen, comme je vous l'ai indiqué lorsque nous nous sommes vues la première fois, en raison de votre jeune âge, vous êtes sous ma responsabilité directe. N'hésitez jamais à venir me voir. Un dernier point qui a trait à la sécurité à l'extérieur de l'académie. Si vous voulez sortir et que vous devez marcher dans la rue, vous prévenez dix minutes avant mon secrétariat, le temps de vous trouver trois étudiants pour vous accompagner. Nous sommes à New York et il vaut mieux prévenir que guérir. Maintenant, je vais vous faire visiter l'académie.
« Steven avait donc raison, songea Eilleen. Il avait bien pour souci ma sécurité.

Pendant une heure, elles montèrent et descendirent dans ce qui était trois très grands bâtiments reliés par des passerelles, découvrant les salles de cours, les salles dédiées à l'art, des ateliers pour la peinture, la sculpture, le graphisme, le réfectoire, les sanitaires, les chambres, bien plus grandes et plus meublées qu'à l'université du Vermont, la bibliothèque, deux salles dédiées à l'informatique, des espaces de détente et de discussion, la salle de sport et un jardin intérieur.

Tout parut beau à Eilleen qui ouvrait de grands yeux émerveillés. On se trouvait dans un autre monde que celui d'UVM.
– Maintenant, je vais vous laisser aller manger. Une personne viendra vous indiquer vos numéros de chambre. Et à 14 heures, rendez-vous en salle informatique pour la remise de l'ordinateur. Et à 15 h 50, passez à mon bureau afin que je vous emmène là où a lieu le cours de self-défense. Bon appétit et bonne installation à l'académie des arts de New York.

Elles étaient en train de se restaurer lorsque Eilleen demanda à Brit.
– L'école te plaît ?

– Oui, beaucoup, rien à voir avec UVM.
– Je suis contente alors.
– Pourquoi ?
– C'est moi qui t'ai entraînée dans cette aventure, rappelle-toi, j'ai dit sans Brit, ma présence dans cette académie n'a pas de sens et, bon, Tyler a raison, j'ai accepté principalement parce que les conditions matérielles proposées étaient très avantageuses.
– Tu n'as pas à t'inquiéter pour moi. Mais je n'en suis pas revenue de ce qu'a écrit le doyen de l'université du Vermont sur toi. Je ne savais pas que tu étais aussi brillante.
– J'ai expliqué au doyen que je n'avais aucun mérite. Je ne vais pas aux fêtes étudiantes, je ne regarde pas les séries télévisées, je ne vais même pas au cinéma et j'écoute attentivement les cours et après je les révise. Tu vois, c'est simple.
– Tu as d'abord le mérite d'être une jeune fille sérieuse et travailleuse. Et je n'ai aucun doute sur le fait que tu sois également brillante.
– Je me consacre à fond à mes études parce que je sais que j'ai une chance inouïe d'être à l'université. Je pense que les autres étudiants ou étudiantes n'ont pas vraiment conscience de cette chance.
– Tu as raison. Je me rappelle que trop l'épisode où celui que tu croyais être ton père à l'époque a voulu te retirer de l'université pour t'enfermer chez lui afin que tu t'occupes de ses quatre enfants et que tu fasses en plus la cuisine et le ménage ! Je ne pense pas qu'il y ait beaucoup d'étudiantes qui aient eu à vivre une telle situation.
– Heureusement, grâce au doyen de l'université, j'ai pu échapper à ce sort funeste. Et depuis ce jour, je me dis : quelle chance j'ai d'être à l'université.
– De ce que j'ai vu, nous sommes passées quand même assez rapidement, le potentiel offert par l'académie est assez impressionnant. Donc pour toi comme pour moi, notre présence en son sein ne peut être que bénéfique.
– Et la nourriture est meilleure.
– J'espère alors que tu vas en profiter pour prendre un peu de poids.
   Eileen fit la grimace.

– Je sais que ce que je te dis ne te fait pas trop plaisir, mais je trouve que tu as maigri ces derniers temps. Déjà que tu n'étais pas bien grosse lorsque je t'ai rencontrée pour la première fois. Accepte pour moi de manger un peu plus s'il te plaît et en ne sautant pas de repas.
– Bon, je vais essayer.

A ce moment-là, un homme arriva avec leurs numéros de chambre et les clés qui allaient avec.
– Vos bagages sont déjà dans vos chambres. Mais vous ne serez pas au même étage puisque les chambres seules sont au deuxième étage et les chambres à deux au troisième.
– Bien, merci. Allons voir ces chambres.

Elles commencèrent par la chambre de Brit. Celle-ci était grande, spacieuse.
– Parfait s'exclama Eilleen, il y a assez de place pour créer un atelier de peinture pour que nous puissions continuer à peindre ensemble.
– Ah, ainsi, c'était donc ton idée !
– Oui, je veux continuer à peindre avec toi, Brit. Quand je peins avec toi, je suis heureuse. Et j'aurai toujours besoin de tes conseils. Toi, tu me connais bien, tu sais me guider.
– D'accord. Sache que moi aussi j'aime bien peindre avec toi, même si tu as fait tellement de progrès que je me demande parfois si j'ai encore quelque chose à t'apprendre.
– C'est toi l'artiste, ce n'est pas moi, et j'aurai toujours besoin de tes conseils.
– Alors je vais créer un coin atelier comme tu le souhaites.
– Merci Brit. Allons découvrir ma chambre. Je ne sais pas si ma coloc sera là.

Lorsqu'elles accédèrent à l'étage, elles croisèrent dans l'escalier plusieurs jeunes filles et garçons qui s'exclamèrent :
– Bonjour Eilleen, bienvenue à l'académie.
– Heureux de t'avoir avec nous, Eilleen.
– Bienvenue à l'académie, Eilleen.
– Tu ne passes pas inaperçue, constata Brit.

– Quel changement par rapport à mon entrée à l'université du Vermont !

Arrivée devant la porte de la chambre qui lui était assignée, Eilleen frappa, une voix avec un drôle d'accent lui répondit. Lorsqu'elle entra, elle se trouva face à une jeune fille un peu plus grande qu'elle mais avec beaucoup de formes, très brune, qui n'était manifestement pas américaine.
– Bonjour, je m'appelle Gabriella, je suis Italienne. Et toi, tu es Eilleen, la jeune militante américaine amie de Greta Thunberg.

Eilleen qui avait commencé à étudier la carte de l'Europe en vue de son prochain voyage à Bruxelles sut dire :
– C'est en Europe.
– L'Italie, c'est Rome où mes parents habitent, le Vatican, le pape François, la chapelle Sixtine.
– Et beaucoup de grands peintres italiens que j'ai étudiés.
– Oui, tout à fait. Nous sommes une cinquantaine d'étudiants et étudiantes étrangers à l'académie des arts.

Aucun étudiant étranger n'était présent à l'université du Vermont, aussi pour Eilleen, avoir une coloc qui ne soit pas américaine constituait une grande nouveauté. Elle songea qu'être avec une jeune fille venant d'Europe pourrait être très enrichissant pour elle.
– Voici Brit, mon amie. Elle peint merveilleusement bien.

Cependant, celle-ci lui dit :
– Je te laisse avec ta nouvelle coloc. Passe me prendre pour aller à la salle informatique.
– D'accord.

Elle regarda la chambre. Celle-ci était beaucoup plus vaste que celles d'UVM. Elle était même dotée d'un canapé deux places avec une table basse et des petits tableaux étaient accrochés aux murs ainsi que des posters. Elle déballa les quelques affaires qu'elle avait dans sa petite valise. Quand Gabriella vit les robes de soirée, elle en resta estomaquée et s'extasia :
– Quelles superbes robes. Je n'en ai jamais vu d'aussi belles. Mais, tu n'as que ces affaires là ?

– Non, mes autres vêtements sont chez Brit. Je vais aller les chercher.
– Tu veux que je vienne avec toi pour t'aider.
– Oui, je veux bien. Il faut qu'on s'organise pour que tu me parles tous les jours pendant une heure de ton pays, de sa culture, de ses grands auteurs. Je suis allée à Little Italy et j'ai eu un avant-goût de ton pays et il me fait rêver.
– Oh, je veux bien. Ce sera avec grand plaisir. Je sens qu'on va superbement bien s'entendre toutes les deux.

Un ordinateur portable et un cours de self-défense

Le voici donc le fameux ordinateur portable à l'origine de la discorde, à tout le moins de la polémique entre UVM et l'académie des arts de New York. Malgré toute l'estime qu'elle lui portait, Eilleen avait tendance à considérer que le doyen de l'université avait fait une erreur de jugement. Elle était doublement boursière, personne n'aurait trouvé anormal qu'un ordinateur soit mis à sa disposition !

C'était vrai qu'il était beau, cet Apple et l'académie le lui offrait, ce qui était inouï ! Elle n'était plus la pauvre fille, incapable de se payer un ordinateur portable, elle en possédait désormais un !

Elle se rendait compte qu'elle changeait, devenant plus sensible à ce genre de détail, plus exigeante aussi, alors qu'à son entrée à l'université, ce point ne l'aurait pas touchée.

Elle avait été trop longtemps la fille à part et rêvait de normalité et la possession de l'ordinateur portable en faisait partie. Brit, quant à elle, avait refusé l'ordinateur portable de l'académie, disant qu'elle en possédait un qui lui convenait.

Oui, cette histoire d'ordinateur portable avait pesé dans sa décision d'intégrer l'académie des arts mais comme l'avait souligné Brit, le potentiel de celle-ci était bien plus important que celui de l'université du Vermont et ne pourrait que leur être favorable.

Le technicien passa presque une heure à bien lui expliquer les différentes fonctions de l'appareil et comment se servir des logiciels qui y étaient intégrés. Il lui créa une adresse mail et lui rappela que des cours existaient pour approfondir ses connaissances.

Ensuite, elle-même resta encore une demi-heure à être sur son nouvel outil informatique, appréciant la rapidité de la connexion internet, puis elle le remit dans la house et le porta dans sa chambre. Elle demanda alors à Gabriella de lui apprendre ses premiers mots d'italien, les mots les plus courants. Elle répétait derrière elle deux fois le mot à voix haute afin de bien le mémoriser.

Après, Gabriella voulut savoir d'où elle venait. Eilleen afficha une carte des États-Unis sur l'ordinateur portable pour lui montrer où se situaient le New Hampshire, le Vermont et Burlington avec le lac Champlain. Elle lui raconta la tradition de la mascotte à UVM, d'où les deux robes de soirée.
– Mais quel âge as-tu ? Tu parais si jeune.
– J'ai 16 ans et demi. Enfin, pas encore mais presque.
– Moi, j'ai 22 ans, bientôt 23.

Puis, la jeune Italienne lui parla de sa passion, la sculpture qu'elle pratiquait depuis un peu plus de trois ans. Elle était venue se perfectionner à New York.
– Et toi ?
– Moi, je suis une novice. Je dessine depuis quatre mois et je me suis mise à la peinture il y a moins de trois mois.
– Ah bon, mais euh, excuse-moi de te poser cette question qui va te paraître saugrenue, que fais-tu à l'académie alors ?
– La responsable de l'académie des arts a insisté pour que j'intègre son école. Elle a dit que j'étais faite pour celle-ci.
– Eh bien, ce que tu me dis est incroyable. Tu dois avoir beaucoup de talents alors car il n'est pas facile de rentrer à l'académie des arts de New York.

Devant la perplexité évidente de sa compagne de chambre, Eilleen se dit :
« Il va peut-être falloir que je change de discours car j'ai le sentiment de créer beaucoup d'incompréhension.

Lorsque Brit et Eilleen entrèrent dans le bureau de la responsable de l'académie, celle-ci demanda à cette dernière :
– Alors, contente de votre ordinateur portable ?

– Il est vraiment très bien et la connexion internet fonctionne parfaitement. Oui, je suis contente. Un grand merci madame et aussi un grand merci de m'avoir mise avec une coloc italienne. Quelle excellente idée ! Je lui ai demandé de me parler tous les soirs de son pays et je viens de prendre ma première leçon d'italien.
– Eh bien, vous ne perdez pas de temps. Effectivement, je fais en sorte que les pensionnaires américaines soient avec des pensionnaires étrangères. Idem pour les étudiants. Venez, je vais vous emmener à la salle de sport où se passe le cours de self-défense.

– Osez plus. Engagez-vous, libérez-vous, soyez méchante, rentrez-lui dedans. Allez, on lui fait mal !

L'instructrice n'arrêtait pas de pousser Eilleen, de l'exhorter à se libérer, d'être plus agressive, mais elle n'obtenait pas beaucoup de résultat. La jeune fille était très timorée dans ses gestes.
– Ce n'est pas parce que vous êtes petite et frêle que vous ne pouvez pas arriver à mettre votre adversaire par terre.
Puis :
– Pensez à quelqu'un que vous n'aimez pas, que vous voudriez mettre cul par-dessus tête. Allez, massacrez-le.

Brit, qui était face à Eilleen, vola dans les airs et frappa durement le sol en retombant.
– Bravo, formidable. Vous voyez que vous pouvez y arriver.
– Oh pardon Brit. Je ne voulais pas te faire mal.
– Je ne sais pas à qui tu as pensé, dit la jeune femme en se relevant difficilement, mais je ne voudrais pas être à sa place.
– J'ai pensé à Mick mon demi-frère qui déteste les femmes et moi en particulier.

L'instructrice félicita Eilleen.
– Ce que vous venez de réussir à faire doit vous donner confiance en vous. C'est ainsi que vous devez agir, avec détermination. Allez, recommencez, mais vous allez changer de partenaire, histoire de laisser votre amie Brit récupérer, parce que là, je reconnais que vous l'avez bien secouée.

Pendant les trois-quarts heures suivants, Eilleen s'évertua à bien faire les prises de défense sur les conseils avisés de l'instructrice. Celle-ci leur dit que pour donner plus de force à l'acte de self-défense, il ne fallait pas hésiter à l'appuyer d'injures du style espèce de gros connard et d'autres du même style. Eilleen ouvrait de grands yeux, n'ayant jamais entendu de telles insultes.

A la fin de la séance, l'instructrice la félicita :
– Vous êtes une bonne élève, très appliquée. C'est bien. Je sens que vous commencez à prendre confiance en vous. J'espère que vous reviendrez demain.
– Oui, sans problème, le cours me plaît bien. Mais euh, il faut vraiment dire les mots là. Je n'ai jamais prononcé de tels mots.
– Il ne vous est jamais arrivé en vous énervant de prononcer des insultes ?
– Je me suis un peu énervée une fois mais sans dire de gros mots. Je me suis très vite reprise et je suis allée m'excuser.

L'instructrice regarda la jeune fille, complètement éberluée par ce qu'elle venait de lui révéler.
« Il y a tellement de candeur dans ses paroles mais elle ne s'en rend pas compte, pensa-t-elle.
– Vous verrez en fonction de la situation mais si celle-ci est tendue, n'hésitez pas à enfoncer le clou en prononçant ces insultes ou d'autres qui vous viennent par la tête.
– Mais, c'est que je ne connais pas d'injures ou d'insultes !
« D'où peut bien sortir cette jeune fille qui dit ne s'être énervée qu'une seule fois dans sa vie et encore qu'un peu ? Tout le monde connaît des injures, tout le monde sauf elle ! C'est vrai qu'on lui donnerait le bon dieu sans confession.
– Essayez de retenir celles que j'ai dites alors.

Puis, se tournant vers Brit :
– J'espère que vous reviendrez aussi, chère Brit.

Elle lui lança un regard appuyé qu'Eilleen capta et qui la surprit par son intensité, regard qui surprit également Brit .
– J'accompagnerai Eilleen, répondit-elle simplement.

Lorsque Eilleen sortit du cours de self-défense, elle vit en consultant son portable, qu'elle avait deux appels en absence, sa tante et Tyler. Elle rappela sa tante qui l'informa que son frère acceptait de la recevoir ce dimanche à 9h15. Elle envoya aussitôt un SMS à Lynn pour l'informer de la date et de l'heure du rendez-vous.

Elle appela son père dans la foulée pour le cadeau qu'elle voulait offrir à Bryan. Celui-ci lui demanda si tout se passait bien pour elle puis lui indiqua les cadeaux qu'ils avaient prévus de faire à leur fils.
– Mais tu ne dois pas te sentir obligée de lui faire un cadeau, tu lui en as déjà fait un lorsque tu es venue ce week-end.
– Si, j'y tiens absolument.

Elle se dit que ce serait bien si elle faisait aussi un petit cadeau à son père. Une cravate peut-être. Pour la première fois de sa vie, elle allait faire des cadeaux ! Elle allait devoir constituer une liste des personnes à qui elle voulait faire un cadeau. Elle piocherait dans l'argent qu'Andrew lui avait donné pour les payer car il y avait peu de chance que l'argent que sa tante lui avait donné suffise.

Elle rappela ensuite Tyler qui voulait savoir comment se déroulait son installation.
– Tout se passe bien et les chambres sont nettement mieux qu'à UVM. Devine ce que j'ai fait cet après-midi.
– Je ne sais pas. Dis-moi.
– J'ai pris un cours de self-défense. J'ai retourné Brit comme une crêpe. J'ai eu peur de lui avoir fait mal. Et puis, j'ai une coloc italienne, c'est super.
– Je vais t'appeler Wonder Woman désormais. Mais je constate que tu ne regrettes pas d'avoir intégré l'académie des arts. C'est vrai que pouvoir échanger avec des étudiants étrangers est un plus important.
– Pour l'instant, il n'y a que du positif par rapport à l'université du Vermont. Tu devais me donner des idées pour le cadeau pour Bryan.

Il lui indiqua ce à quoi il pensait. Soudain, elle eut envie de lui parler de son rêve.
– Nous étions dans la montagne dans le Vermont. Tu portais Bryan

sur tes épaules et je lui tenais la main. Mais le petit chenapan nous a empêché de nous embrasser, dit-elle en riant.

– Si tu rêves de lui, c'est que tu l'aimes beaucoup ce que je savais déjà. Pourquoi tu ne demandes pas à ton père de nous le confier pour trois ou quatre jours ? Il aurait ainsi de petites vacances.

– Tu penses que c'est possible, il n'a que 5 ans ?

– Oui, il sera en sécurité avec nous. Parles-en à ton père, tu verras sa réaction. Mais après, s'il dit oui, il faudra recueillir l'avis du gamin pour être sûr que partir de chez lui ne lui fait pas peur.

Eilleen n'en revenait pas de la suggestion de Tyler, elle-même n'y ayant pas songé. Saurait-elle s'occuper de son petit frère pendant plusieurs jours ? Après réflexion, elle se dit que oui d'autant qu'il y aurait Mamie Georgette pour l'aider et finalement cette idée lui plut énormément.

Elle envoya un SMS à Steven pour lui annoncer son arrivée à New York. Il lui proposa qu'ils se voient le lendemain soir, ce qu'elle accepta tout en lui précisant qu'elle ne souhaitait sortir qu'une heure.

Quand elle passa dans la chambre de Brit, celle-ci qui avait reçu son déménagement, avait installé l'atelier de peinture.

– Oh, c'est parfait, s'exclama Eilleen.

– Je propose que nous allions manger un peu et qu'après, tu reprennes le tableau que tu as commencé.

– Il faut vraiment aller manger ? On va perdre du temps or à 22 heures 30, 22 heures 40 au plus tard, je souhaite être dans ma chambre afin que Gabriella me parle de son pays.

– Bon, alors je vais t'installer et après, pendant que tu commenceras à peindre, j'irai te chercher à manger. Tu es d'accord ?

– Oui, très bien, mais ramène peu de chose, tu le sais, je mange peu le soir. Et merci Brit pour avoir installé si vite l'atelier de peinture. C'est vraiment très bien. Je sens que je vais être inspirée.

Deuxième jour à l'académie des arts de New York

Le lendemain matin, Brit et Eilleen avaient assisté pendant trois heures à leur premier cours sur l'art, un cours sur l'acrylique qu'Eilleen trouva trop technique. Pour les cours sur l'art, elles allaient être ensemble puis chacune retrouverait son niveau pour les cours universitaires.

Elles n'étaient pas encore astreintes à suivre les cours, cette obligation serait pour la rentrée après l'interruption pour les fêtes de fin d'année.

Eilleen alla voir ensuite la responsable de l'académie, elle voulait que celle-ci l'aide à trouver un magasin pour acheter le cadeau de Bryan.
– Alors, ce premier cours sur l'art ? demanda madame Spencer.
– Euh, intéressant.
– Réponse polie pour me faire comprendre que ce cours ne vous a pas passionné.
– Ce cours était très théorique or la professeure à UVM a dit qu'il ne fallait pas que je perde mon temps à apprendre la théorie puisque j'ai d'instinct un style propre. Et Brit est une artiste accomplie, qu'elle suive ce genre de cours n'a pas de sens.
– Hum, voilà qui mérite réflexion et vous avez bien fait d'être aussi franche. Je sens que je vais devoir définir pour vous un programme spécifique.
– Ce serait sans doute une bonne chose. Je ne suis cependant pas venue vous voir pour parler des cours mais pour vous demander où je peux trouver un magasin de cadeau pour un enfant.
– Je vais vous emmener. Quel âge à l'enfant ?
– 5 ans. C'est mon demi-frère.
– Vous avez déjà une idée pour le cadeau ?

– Mon petit ami m'a fait des suggestions.

C'est ainsi qu'Eilleen put acheter le cadeau de Bryan tout en les exonérant elle et Brit des cours théoriques sur l'art.

Lorsqu'elle déjeuna avec Brit, elle lui expliqua :
– La responsable de l'académie accepte l'idée que nous ayons un enseignement à la carte que nous définirons avec tous les professeurs qui enseignent l'art. Elle va organiser une réunion à cet effet. Je pense que c'est bien, non ?
– Oui, Cette proposition a du sens. Nous travaillerons à la préparation de cette réunion ensemble à l'avance. Il faut que les professeurs comprennent que tu as un style et une créativité à toi qu'il convient de laisser s'épanouir avec juste de petites touches correctives lorsque cela s'avère nécessaire.
– Ce que tu sais si bien faire.
– Oui, mais je ne suis pas professeur. Et il y a des techniques comme le collage ou l'utilisation du sable par exemple, qui sont intéressantes à connaître.
– Tu as raison. Nous préparerons cette réunion ensemble en amont. Tu sais que madame Spencer veut que je l'appelle Deborah. Je t'avoue que j'ai un peu de mal mais comme j'ai vu qu'elle y accordait de l'importance, je vais faire un effort. Elle m'a emmenée dans un magasin incroyable, Mays Departement Store. Il est sur dix étages, tu te rends compte ! Heureusement qu'elle était là pour me guider, je m'y serais perdue.
– Elle avait dit qu'elle s'occuperait de toi personnellement, je constate qu'elle tient parole, c'est bien.

Lorsque Eilleen passa au secrétariat, une jeune femme lui donna une enveloppe :
– Votre carte d'étudiante.

Puis, elle lui demanda de signer l'attestation sur l'honneur que la somme qui serait mise à sa disposition sur le compte bancaire à son nom ne serait utilisée que pour l'achat de vêtements, de chaussures et pour payer le coiffeur.

– C'est obligatoire, déclara la jeune femme mais on voit bien que vous êtes l'honnêteté même. Tenez, signez aussi les documents pour l'ouverture du compte bancaire et pour l'obtention de la carte de crédit. Je vais les expédier dans la foulée et dès demain matin, vous pourrez aller faire du shopping.

Eilleen sortit son portable et regarda le sens du mot shopping, ce qui surprit fortement la jeune femme.
– Euh, vous faites quoi là ?
– Je regarde le sens du mot shopping. Je n'ai jamais entendu ce mot.
– Oh, vous auriez pu me poser la question.
– Je suis toujours un peu gênée d'avouer que je ne sais pas le sens d'un mot. La dernière fois, j'ai dit à un garçon que je ne connaissais pas le mot esthéticienne et il a répondu que je venais vraisemblablement d'une autre planète.
– Ah, euh, effectivement, ce n'était pas très gentil de sa part. Peut-être qu'à la campagne, il n'y a pas d'esthéticienne.
« Encore une personne qui croit que je viens de la campagne, songea Eilleen. Pourtant Manchester et Burlington sont déjà des villes assez importantes. Je vais finir par croire que pour les New-Yorkais, tout le reste des États-Unis, c'est la campagne.
– Voulez-vous que je vous emmène chez une esthéticienne ? Ainsi, vous verrez ce que c'est. Vous êtes très jolie mais après être passée entre les mains d'une esthéticienne, vous mettrez tout New York à vos pieds.
– C'est exactement ce que le garçon a dit. Ce à quoi j'ai répondu que je n'avais nullement l'intention de mettre New York à mes pieds. Quelle idée ! Euh, encore que, je dois participer à une soirée à l'hôtel Plaza la semaine prochaine, c'est peut-être l'occasion.
– A l'hôtel Plaza ?
– Oui, Melinda Gates veut donner une soirée en mon honneur.
– Euh, l'épouse de Bill Gates ?
– Oui. Je précise que je ne la connais pas. Nous nous sommes juste parlées au téléphone. Mais, j'y pense, la question est réglée puisque je n'ai presque plus d'argent après avoir acheté les cadeaux pour Noël.

D'orage et de ferveur – Le rêve new-yorkais

Il me reste juste assez pour payer mon billet d'avion et le bus que je vais prendre pour aller de Manchester à Burlington.
– Peut-être peut-on demander à la responsable de l'académie l'autorisation exceptionnelle de prendre un soin esthétique sur votre budget ?
– Vous croyez ? Ce soin n'est pas vraiment une nécessité.

Mais déjà la jeune femme avait pris son téléphone et appelait madame Spencer. Elles échangèrent un petit moment puis elle raccrocha.
– Madame Spencer ne veut pas déroger à la règle. Elle préfère vous offrir ce soin esthétique car il semblerait que cette soirée au Plaza est très importante pour vous. Je vais prendre rendez-vous demain à 11 heures. Par ailleurs, elle a dit que vous lui réserviez l'après-midi pour faire du..du...
– Du euh je ne sais pas.
– Shopping ! Elle veut vous montrer en fait comment utiliser la carte de crédit. Vous n'en aviez jamais eue ?
– Non, je ne sais pas à quoi elle peut ressembler.

La jeune femme sortit de son sac un portefeuille et lui montra plusieurs cartes de crédit.
– Ah d'accord.
– Par ailleurs, vous devez me donner l'adresse du lieu où vous serez jeudi matin.
– Oui, c'est vrai. Je vais demander à mon petit ami car je serai chez sa grand-mère et je ne connais pas son adresse.

Eilleen envoya un SMS à Tyler qui répondit dans la foulée. Elle montra l'adresse à la jeune femme qui la recopia.
– Bien, je vais la donner à madame Spencer. C'est elle qui se chargera de la communiquer à madame Gates. Eh bien, nous avons réglé plein de choses, c'est super.
– En fait, je suis venue vous voir car je souhaite me rendre à pied à la cathédrale St Patrick puis après au Metropolitan Museum of Art.

Aussitôt une autre secrétaire appuya sur un bouton et parla dans un micro.
– Qui veut accompagner Eilleen Quingsley à la cathédrale St Patrick puis au Met ?

D'orage et de ferveur – Le rêve new-yorkais

Ils furent une douzaine à se proposer.
– Vous avez du succès, déclara la secrétaire. Parfois, pour certaines étudiantes, nous avons du mal à trouver un étudiant qui accepte de les accompagner. Vous allez devoir choisir.

Elle choisit un Brésilien de Rio de Janeiro, Joao, un étudiant irlandais de Dublin, Patrick, et un Français de Perpignan, Emmanuel. Elle promit aux autres qu'elle penserait à eux la prochaine fois car elle avait l'intention d'aller souvent à la cathédrale et au Metropolitan Museum of art.

– Pas de souci, bonne sortie Eilleen, répondirent-ils en cœur.

Pendant qu'elle marchait dans la rue entourée des trois étudiants, elle leur demanda de présenter de manière assez courte la ville d'où ils venaient. En même temps, sur son portable, elle situait cette ville dans le pays de l'étudiant.

La cathédrale St Patrick se trouvait à six minutes de l'académie des arts, rien à voir avec les 50 minutes nécessaires pour aller à pied de l'université du Vermont à l'église catholique de Burlington.

En venant dans cet édifice religieux, Eilleen avait un but précis, se présenter au prêtre de permanence, ce qu'elle fit.
– Bonjour mon père, je viens d'arriver à New York où je vais résider. J'arrive de Burlington où le prêtre de l'église catholique, le père William, était mon confesseur. Je souhaite venir régulièrement à la messe, en semaine et le week-end bien sûr, lorsque je serai à New York.
– Bienvenue à la cathédrale st Patrick, mon enfant, je suis le père Stanley. Si vous souhaitez un confesseur ici, j'assumerai cette fonction avec plaisir.

Il lui indiqua les horaires des messes. La première messe à 7 heures l'intéressa.
– Je suis heureux de vous accueillir dans notre diocèse.
– Merci mon père.
– Allez dans la paix du Christ.

Et il la bénit.

Eilleen était particulièrement contente de ce premier contact chaleureux avec le prêtre. La proximité de la cathédrale St Patrick lui offrait la possibilité d'aller à la messe même en semaine. Elle pouvait se rendre au Met avec ses trois compagnons de route où elle allait montrer sa carte d'étudiante où figurait sa photo, carte dont elle était, elle devait le reconnaître, assez fière. A l'université de Burlington, elle avait juste eu droit à un papier valant attestation de son statut d'étudiante.

Les étudiants qui l'accompagnaient lui parlèrent de Cantor Garden, un jardin panoramique sur le toit du musée. Ils s'y rendirent. Eilleen fut impressionnée de la vue qu'ils avaient sur New York depuis ce toit et elle trouva le jardin très bien agencé.

Nouveau cours de self-défense et ses conséquences

Eilleen avait compris ce que l'instructrice du cours de self-défense attendait d'elle. Elle était plus à l'aise et s'engageait plus, faisant preuve d'une fluidité de mouvements et d'une rapidité dans l'exécution des prises qui devenaient intéressantes. Il lui manquait cependant encore de l'agressivité.

En même temps, Eilleen était attentive à ce qui se passait entre l'instructrice et Brit. Tyler aurait sans doute dit que celle-ci faisait du rentre dedans à Brit qui essayait de garder une certaine distance

Durant la seconde partie du cours, un homme entra avec un couteau en bois et commença à simuler des attaques qu'il fallait contrer. Très vite, Eilleen se trouva déstabilisée, ses mouvements devenant désordonnés. Brit, qui avait compris le problème, essaya de la soutenir.

– Ne pense pas à lui, essaie de faire juste comme il faut les mouvements de défense.

L'instructrice, voyant qu'il y avait un problème, s'approcha de Brit.
– Que se passe-t-il ?
– Eilleen a subi une agression par un individu qui avait un couteau avec lequel il l'a menacée. L'agression a été très violente, expliqua cette dernière.
– Bon sang, il fallait me le signaler.

Elle réagit alors très rapidement et alla se coller quasiment contre la jeune étudiante.
– Ne pense à rien, recopie uniquement mes gestes.

La voix était ferme, presque dure et le vouvoiement avait disparu.
– Vas-y, Freddie, continue de nous attaquer. Il faut qu'elle arrive à se libérer de sa crainte.

Puis à Eilleen :

– Fais comme je fais, vas de l'avant, sois souple sur tes jambes. Maintenant reviens en arrière et ensuite contre.

Des larmes commencèrent à ruisseler sur les joues de la jeune fille mais l'instructrice ne la lâchait pas, son corps collé au sien.
– Tu dois surmonter ta peur et ton angoisse et faire les mêmes mouvements que moi, vas-y. Tu es une combattante, une guerrière, il n'y a plus de peur, plus d'angoisse, tu contres et tu attaques comme je fais.

Elle montrait les mouvements et Eilleen essayait de les reproduire.
– Tu es une guerrière, tu n'as plus peur, tu combats pour vaincre. Il n'y a plus de peur, plus d'angoisse, tu es ferme sur tes jambes et tu es agressive car tu es une guerrière, tu es la plus forte.

Peu à peu, les larmes cessèrent de couler sur le visage d'Eilleen, ses gestes retrouvèrent de la fluidité, l'agressivité en plus. L'instructrice se dégagea en douceur, mettant progressivement de la distance entre leurs corps, tout en continuant à guider la jeune fille de la voix.
– Oui, c'est bien. N'oublie pas que tu es une guerrière, une combattante, fais bien les mouvements mais sois rapide. Travaille ton esquive aussi. Tu es petite, il t'est donc facile d'esquiver et d'attaquer tout de suite après. Tes grandes forces, ce sont tes esquives et ta rapidité. Et souple sur les jambes. Sois vive et agressive.

Et encore :
– Continue, c'est bien. Tu es une combattante qui maîtrise son sujet. Allez, il faut attaquer. Esquive et attaque.

Elle finit par s'approcher de Brit.
– Je vois bien qu'elle est encore très traumatisée par son agression. Il faut faire attention et me prévenir avant dans ces cas-là.

Puis, sans détour :
– Elle est quoi pour toi ?
– Juste une jeune fille qui était perdue à son entrée à l'université et que j'essaie de soutenir et de conseiller du mieux que je peux. Tu as bien su gérer la situation.
– C'est mon métier. Il est vrai qu'elle est attachante. On a envie de l'aider, de la protéger mais si on veut qu'elle avance dans la vie, il ne

faut pas trop la protéger. C'est la raison pour laquelle je l'ai poussée à aller au-delà d'elle-même.
– Elle a un petit ami qui est très bien et qui lui apporte beaucoup de confiance en elle.
– Oh, alors c'est parfait.
Et la jeune femme sourit à Brit.

Une fois qu'elles furent de retour dans la chambre de Brit, Eilleen lui dit :
– Elle a l'air sympathique la prof de self-défense et elle semble bien t'aimer. Je te donne ma bénédiction.
– Hein, que me racontes-tu là ?
– Brit, moi, je veux que tu sois heureuse comme je suis heureuse avec Tyler et je ne veux surtout pas être un frein à ton bonheur. J'ai appris le week-end dernier que deux femmes pouvaient s'aimer et je me suis souvenue alors du mot que tu avais prononcé tout au début de notre rencontre, mot que je ne connaissais pas à l'époque. De toute évidence, l'instructrice semble très intéressée par toi. Si c'est réciproque, alors vas-y sans t'occuper de moi. Je ne serai pas choquée je peux te l'assurer. Et si tu es heureuse, alors je serai aussi heureuse.
– Eh bien, je ne m'attendais pas du tout à ce que tu me tiennes de tels propos !
– Brit, tu es mon amie, ma première amie. Je veux vraiment que tu comprennes que je ne veux être un frein pour personne ni pour Tyler, ni pour toi. Tyler hésitait à partir au Texas pour tenter sa chance comme quarterback à cause de moi. Je lui ai dit, si tu laisses passer ta chance, tu peux le regretter toute ta vie, donc tu dois partir au Texas. Et toi Brit, je ne veux pas que tu t'empêches de faire ce qu'il faut pour accéder à un potentiel bonheur sous prétexte de me protéger. Je ne le veux surtout pas. Je suis une grande fille maintenant, qui sait se gérer. Bon, c'est vrai, j'ai pleuré tout à l'heure, mais sans doute fallait-il un jour en passer par là pour chasser mes peurs et affronter mes angoisses comme l'a dit l'instructrice.
Puis, après un moment de silence, d'ajouter :

– Brit, dis-moi que tu as bien reçu mon message.
– J'ai bien reçu ton message et je t'en remercie. J'avoue que je ne suis pas insensible aux avances que me fait l'instructrice.
– Eh bien bravo ! J'ai bien vu qu'elle n'attendait qu'une chose, que tu lui dises oui.

Eilleen revit avec plaisir Steven. Il vint la chercher en voiture à l'académie, ce qui allégea la sécurité autour d'elle. Il l'emmena à TriBeCa, dans un des nombreux cafés peuplés d'intellectuels.
– Tu prends quoi ?
– Un verre d'eau ou un thé.
– Bon, on va opter pour un thé.
   Et il passa commande.
– Alors, ton installation se passe bien ? demanda-t-il.
– Les choses se mettent en place. Mais pour l'instant, le vrai intérêt pour moi, ce sont les étudiants étrangers. J'apprends énormément de choses sur le monde grâce à eux. Ainsi, j'ai une coloc italienne, alors j'apprends l'italien. Lors de mon prochain séjour en Europe, j'espère pouvoir aller à Rome.
– Ah, tu vas en Europe ?
   Elle lui expliqua le but de ce voyage.
– Et la jeune étudiante qui n'a rien d'extraordinaire, qu'a-t-elle d'autre d'extraordinaire à m'annoncer ?
   Elle rit puis lui parla de la soirée en son honneur au Plaza Hôtel.
– Rien que ça ! De plus en plus sidérant ! Tu sais ce que c'est le Plaza Hôtel.
– Non, aucune idée.
– C'est un palace où la chambre doit coûter 1200 dollars la nuit.
– Ah oui, quand même ! Écoute, moi je suis invitée à y passer une nuit donc le prix, ce n'est pas mon problème.
– Tu as bien raison de raisonner ainsi.
– Et figure-toi que demain, je vais chez une esthéticienne, ainsi, je saurai ce que c'est.

– Tu mènes la vie de château pendant que certain étudiant en médecine s'épuise à la tâche.
– C'est vrai que c'est très injuste, je le reconnais.
– Non, je plaisantais, ce qui t'arrive est super et je suis bien content pour toi. Mais tu peins en ce moment ?
– Oui, je suis sur un tableau. Il est presque terminé. Une fois que tu m'auras ramenée, je dois appeler mon père et après, je m'y mets.
– Tu ne manges pas ?
– Non, perte de temps.
– C'est vrai que je l'avais remarqué pendant notre soirée de la dernière fois. Tu es vraiment quelqu'un à part par rapport aux jeunes femmes que je connais. Tu ne bois pas d'alcool, tu ne fumes pas, tu sais évoquer de grands écrivains et forcément tu connais tous les grands peintres. Si tu continues sur ta lancée, bientôt tu seras polyglotte et tu es une artiste par-dessus tout. Et tu es toujours aussi peu accro à ton portable.

Eilleen arqua les sourcils. Steven comprit tout de suite.
– Qui parle plusieurs langues.
– Ah d'accord. Et alors, ta conclusion ? Hormis l'hypothèse que je viendrais d'une autre planète ?
– Avec une telle richesse en toi, tu es la jeune femme la plus intéressante que j'ai jamais rencontrée de ma vie.
– Hum, c'est un compliment un peu dangereux que tu me fais là.
– Pourquoi dangereux ?
– Par rapport au fait que tu ne dois pas me draguer, que nous devons juste être amis.

Eilleen se rappela alors les paroles de Laureen. Avec une fille aussi belle et intéressante que toi, il ne peut pas y avoir de relation amicale entre un homme et toi. Ce que lui démontrait Steven avec sa déclaration. Elle décida de mettre fin à cette discussion qui commençait à prendre une tournure gênante, et de rejoindre un groupe d'une quinzaine de personnes qui se trouvait de l'autre côté du café.
– Tu viens, je vais aller parler littérature avec ces personnes là-bas.

Et elle se leva et se dirigea vers le groupe. Lorsqu'elle fut près d'eux, une jeune femme lui fit une place en lui faisant signe qu'elle prenne une chaise et vienne se mettre là. Au début, elle écouta puis s'inséra en douceur dans la discussion.

Au bout de 50 minutes, elle se leva et leur fit un petit signe de la main.
– Je dois y aller mais j'ai été contente de parler avec vous.
– Comment t'appelles-tu ? demanda la jeune femme.
– Eilleen.
– Reviens quand tu veux. C'était trop cool d'échanger avec toi.

Steven avait pris une chaise et s'était assis derrière elle car personne ne lui avait fait une place pour qu'il entre dans le cercle. Elle lui dit en se dirigeant vers la sortie :
– J'adore parler littérature et j'apprécie particulièrement l'ambiance de cet endroit. Merci de m'y avoir amenée.

Où il est question de Bryan

Dans la voiture, alors que Steven la ramenait, et voyant qu'il n'était pas très causant, Eilleen tint à préciser sa pensée :
– Steven, j'apprécie beaucoup ta compagnie et tu sais m'emmener dans des endroits qui font tout le charme de New York et que j'aime énormément, mais je te l'avais dit d'emblée, j'ai un petit ami, je suis très heureuse avec lui. Entre nous, il ne pourra jamais y avoir qu'une relation amicale. Si tu ne sais pas accepter cette idée, alors on ne se verra plus, c'est tout.
– Tu es radicale.
– Oui. Par honnêteté vis à vis de Tyler, mon petit ami, je ne peux pas accepter les paroles que tu as prononcées tout à l'heure. Aussi à toi de voir.
– Donc aucun compliment alors ?
– Aucun.
– Bon d'accord. Disons que les paroles de tout à l'heure m'ont échappé.
   Ils étaient arrivés à l'académie.
– Très bien. Bonne soirée.
   Il n'avait pas encore répondu qu'elle était déjà descendue de voiture et s'éloignait sans se retourner.
« Avec Eilleen, songea-t-il, jamais de bises ni même de serrement de main, sans doute là aussi par honnêteté vis à vis de son petit ami. Ce dernier a bien de la chance.

Dès qu'Eilleen trouva un endroit tranquille dans les locaux de l'académie, elle appela son père, lui raconta son rêve et lui soumit l'idée de Tyler.
– Mais il n'a que 5 ans !

D'orage et de ferveur – Le rêve new-yorkais

– Oui, c'est vrai toutefois avec Tyler, sa grand-mère et moi pour veiller sur lui, il ne risquera rien. En plus, l'endroit où vit sa grand-mère est assez isolé. Il n'y a pas de route, juste un chemin.
– Hum. Et quel serait le programme alors ?
– On partirait tous les deux en car jusqu'à Burlington où Tyler nous attendrait. On irait se baigner au lac Champlain.
– Bryan ne s'est jamais baigné.
– Il serait peut-être temps à 5 ans qu'il découvre les joies de la baignade et on commencerait à lui apprendre à nager.
– D'accord, et ensuite ?
– On irait directement chez la grand-mère de Tyler. Il sera gâté comme jamais avec Mamie Georgette. Et puis, je pourrai jouer avec lui et en plus des balades dans la montagne, on regardera s'il peut faire du vélo.
– Bryan n'a encore jamais fait de vélo.
– Papa, j'ai attendu d'avoir 16 ans pour découvrir les joies de pouvoir nager et faire du vélo. Je ne voudrais pas qu'il arrive la même chose à mon petit frère.
– Ton demi-frère.
– Pour moi, il s'agit de mon petit frère et je l'aime de tout mon cœur.
– Je l'ai bien vu la dernière fois au parc. Et lui aussi, il t'aime très fort. Il n'arrête pas de demander quand il pourra te revoir.
– Je ne voudrais pas dire des choses qui ne me regardent pas mais j'ai eu le sentiment qu'il était en manque d'affection.
– Il se trouve que sa mère n'est effectivement pas très affectueuse. Donc tu ne te trompes pas.
– Il me semble qu'il est important qu'un enfant ait de l'affection dans sa prime jeunesse. Enfin, je ne sais pas, j'avance en terrain inconnu, je n'ai jamais eu d'affection dans ma propre jeunesse, juste la bonté des sœurs.
– A y bien regarder, je pense que sortir Bryan du cocon où sa mère le tient enfermé afin qu'il puisse découvrir d'autres choses ne peut que lui faire du bien. Et puis je sais que tu pourras lui apporter beaucoup

de cette affection qu'il n'a pas. Donc pour moi, c'est d'accord mais tu te doutes que sa mère a son mot à dire, et là ce n'est pas gagné.
– Parle-lui en quand même en précisant que Tyler et moi, on ne quittera pas Bryan des yeux. Il ne risquera rien avec nous.
– Je te promets de lui en parler.
– Merci papa. Fais un gros bisou de ma part à Bryan.

Lorsque Eilleen arriva dans la chambre de Brit, elle avait le cœur en fête.
– Qu'est-ce qui te réjouit ainsi ? demanda cette dernière.
Elle lui raconta.
– Eh bien, j'espère pour toi que ton père réussira à convaincre son épouse de vous confier l'enfant. Et ton ami new-yorkais ?
– Ah Steven ! Il m'a fait une déclaration qui voulait dire que j'étais la femme de sa vie alors que j'ai passé mon temps à lui expliquer que j'avais un petit ami et que j'étais heureuse avec lui. C'est navrant car je vais être obligée d'arrêter de le voir alors qu'il m'emmène dans des endroits que j'adore car pour moi ils représentent l'âme de New York et je ne suis pas sûre de savoir les retrouver sans lui.
– Pourquoi te priver de lui et de ce New York underground qu'il te fait découvrir ? Je suppose que tu sais le tenir à distance.
– Oh oui que je sais le tenir à distance. Si tu avais vu comme je l'ai rembarré ! Je lui ai dit que je n'avais pas du tout aimé ses paroles et que je ne pouvais pas les accepter.
– Et qu'a-t-il répondu ?
– Qu'elles lui avaient échappé.
– Je crois que tu l'as bien remis à sa place donc j'aurais tendance à dire que ce serait dommage de te priver de sa connaissance du New York que tu aimes.
– D'accord. Tu sais Brit que je suis tes conseils car ils sont toujours judicieux. Donc c'est ce que je ferai. Et toi ?
– Ah, secret.
– Bon, je respecte. Pas de souci. On se met à la peinture ?
– Oui. On fait comme hier pour la nourriture ?

– Oui, mais prends-en moins s'il te plaît. Pour le tableau, j'y aurais bien ajouté des personnages.
– Ce serait une erreur. Il n'a pas été conçu au départ à cet effet. Achève-le d'autant qu'il est presque terminé, et tu en refais un autre où tu intègres tes personnages dès le départ.
– Très bien, je vais faire comme tu me dis.

Eilleen termina le tableau, son premier tableau à la peinture à l'huile, et prit plaisir à le signer de son prénom et de son nom puis à le dater. Pour le tableau à deux mains, elles avaient juste mis leurs initiales et la date. Puis, sans plus attendre, elle entama les sous-couches du second tableau où elle comptait peindre Tyler portant Bryan et elle à côté, tenant la main de l'enfant tout en surveillant l'heure car, elle voulait rejoindre Gabriella pour sa leçon d'italien et pour qu'elle lui parle de son pays.

Lorsqu'elle l'eut retrouvée, celle-ci lui prêta un dictionnaire italien-américain.
– Il peut t'aider.
– Merci.

Ce fut alors qu'Eilleen eut une idée. La question de Gabriella, que fais-tu à l'académie ? l'avait perturbée. Elle allait lui montrer son tableau et aussi la peinture à l'acrylique qu'elle avait faite à UVM avec la jeune femme rousse qui servait de modèle.
– Viens, je vais te montrer quelque chose, lui dit-elle.

Arrivées devant la porte de Brit, elle frappa :
– Oui, c'est qui ?

Elle entrouvrit la porte, Brit était en train de peindre.
– C'est moi avec Gabriella. Elle s'interrogeait sur les raisons de ma présence à l'académie des arts. Je me suis dit que la meilleure réponse était de lui montrer le tableau que je viens de terminer.
– Tu as tout à fait raison et montre-lui le tableau à deux mains ainsi que l'acrylique.

Eilleen fit entrer Gabriella qui découvrit l'atelier de peinture.

– Eh bien, si je m'attendais à trouver un atelier de peinture dans une chambre, s'exclama-t-elle.

Elle lui montra son tableau et la toile à l'acrylique et Brit le tableau à deux mains. La jeune Italienne ouvrait de grands yeux :
– Incroyable, je n'en reviens pas, Je suis estomaquée.
– Brit, montre-lui deux ou trois tableaux de toi.

Brit s'exécuta.
– Brit a beaucoup de talent, commenta Eilleen.
– C'est ce que je vois. Que c'est beau. Mais je ne vous cache pas que je trouve le tableau à quatre mains époustouflant avec ses nuances de ton et de style tout en contraste mais se mariant parfaitement. Et ton tableau, Eilleen, est sublime. Quant à la peinture à l'acrylique, mon dieu, j'en ai des frissons tellement elle est originale. Eilleen, je m'excuse d'avoir eu ces paroles maladroites qui semblaient remettre en cause la justification de ta présence à l'académie des arts. Maintenant, je comprends pourquoi vous êtes là toutes les deux. Vous n'êtes pas des artistes en devenir, vous êtes déjà de vrais artistes avec beaucoup de talent.

Lorsqu'elles furent revenues dans leur chambre commune, Gabriella était toujours confuse.
– J'espère que tu sauras me pardonner mes paroles qui étaient, je m'en rends compte maintenant, à la limite de la correction.
– Ce n'est rien, c'est oublié. Dis-moi franchement ce que tu penses de mon tableau et n'hésite pas à le critiquer si tu penses que c'est nécessaire. Je veux la vérité car il n'y a qu'ainsi qu'on peut progresser.
– Je te l'ai dit, il est sublime et je le pense vraiment. Il y a quelque chose dans ta peinture que je n'avais encore jamais vu, comme un style bien à toi. Mais c'est beau, c'est très beau. Et dire que tu n'as que 16 ans !
– Merci de ton regard et de tes impressions sur ce que je viens de réaliser. Sache qu'il s'agit-là de mon premier tableau à la peinture à l'huile.
– Et bien, ce que tu me dis est tout simplement incroyable. Je suis sidérée. Quel talent tu as, c'est fabuleux.

Le voyage en Europe se prépare

Le vendredi matin, Eilleen chercha à voir la responsable de l'académie pour l'informer du voyage en Europe. Celle-ci la reçut et, après l'avoir écoutée attentivement, la rassura.
– Votre demande d'absence est tout à fait justifiée et ne pose aucun problème. Il ne peut pas y avoir meilleure ambassadrice que vous pour représenter les États-Unis devant le parlement européen. Je ferai en sorte que des supports de cours vous soient envoyés par mail. C'est tout l'intérêt d'avoir un ordinateur portable. Toutefois, pour voyager en dehors des États-Unis, il vous faut un passeport, document que vous n'avez pas, je suppose.
– Non, effectivement.
– Voyez avec une de mes secrétaires. Elle va remplir le document en ligne ainsi la demande partira aujourd'hui.

Eilleen se retrouva donc devant la même jeune femme que la veille. Une fois le formulaire de demande affiché sur l'écran, celle-ci se mit à poser des questions auxquelles Eilleen répondait, tout en remplissant les cases.
– Nom, prénom, date de naissance, lieu de naissance ?
– Sexe et couleur des yeux je sais. Vous avez de la chance d'avoir des yeux de ce beau bleu. Avec votre blondeur, ils ressortent parfaitement, c'est du plus bel effet.
– Merci.
– Taille ?
– Euh je ne sais pas.
– Vous n'avez pas passé récemment de visite médicale qui vous aurait permis de connaître votre taille et votre poids ?
– Non, je n'ai jamais passé de visite médicale.
– Bon, à l'estime, je dirais 1 mètre 53 ou 54 et 44 ou 45 kilos.

D'orage et de ferveur – Le rêve new-yorkais

– Prénom et nom de jeune fille de votre mère et sa date et son lieu de naissance ?
– Susan Miller. Il y a de fortes probabilités pour qu'elle soit née à Manchester dans le New Hampshire. Mais je ne connais pas sa date de naissance.
– Vous ne pouvez pas l'appeler afin d'avoir le renseignement ?
– Elle est décédée à ma naissance.
– Oh, pardon, désolé. Bon, on va laisser un blanc pour l'instant.
– Nom de votre père, Quingsley. Son prénom, sa date et son lieu de naissance s'il vous plaît.
– Eh bien, j'ai découvert récemment que monsieur Quingsley n'était pas mon vrai père. Mon père s'appelle Stewart Copeland.
– Ah, c'est compliqué votre histoire.

Une des deux autres secrétaires intervint :
– Savez-vous si votre père biologique, monsieur Copeland, a entrepris des démarches pour vous reconnaître ?
– Pas à ma connaissance.
– Alors, j'en déduis qu'officiellement monsieur Quingsley est toujours votre père puisqu'il vous a reconnue.
– Même s'il a été déchu de ses droits parentaux ?
– Ce qui compte, c'est ce qui est inscrit à l'état civil.
– Ah, je ne savais pas. Je ne connais pas son prénom, ni sa date de naissance et comme il est pasteur, je doute qu'il ait un portable.
– C'est mission impossible votre truc. On ne va pas y passer la nuit, s'impatienta la jeune femme.
– Mais c'est que je ne sais pas comment recueillir ces renseignements !

Eilleen commençait à être au supplice.

Alors la troisième secrétaire qui ne s'était pas exprimée jusque là, lui dit :
– Venez vous asseoir près de moi, on va procéder à des recherches sur internet.

Une fois la jeune fille assise à côté d'elle, elle commença à la questionner.
– Savez-vous quel âge avait votre mère lors de son décès ?

– 23 ans.
– Plus vos 16 ans, voyons voir. Ah voilà, j'ai trouvé sa date de naissance.

Elle la communiqua à sa collègue.
– Votre père, enfin l'officiel, exerce où et dans quelle religion ?
– A Manchester également, chez les protestants.

Très vite, elle eut le premier renseignement.
– Bon, nous avons déjà son prénom, il était facile à trouver, il n'y a qu'une église protestante à Manchester. Le prénom de votre père non biologique mais officiel est Matthew. Voyons pour sa date de naissance.

La recherche fut un peu plus longue, mais la femme finit par trouver la date de naissance.
– Voilà, avec un peu de patience, on y arrive, dit-elle en lançant un regard éloquent à sa collègue.

Puis elle lui tapota le genou en lui souriant.
– Un grand merci. J'avoue que j'étais perdue, concéda Eilleen.
– Les éléments que vous nous avez donnés montrent que vous n'avez pas dû avoir une enfance facile. Vous avez d'autant plus de mérite d'être une belle jeune fille pleine de douceur, si attachante et qui donne envie qu'on l'aide.

« Quel imbroglio, pensa Eilleen. Finalement, quand je disais à Tyler que j'avais deux pères, je ne me trompais pas. En plus, je n'ai pas envie de changer de nom, même si ce n'est pas logique puisque, du coup, monsieur Quingsley sera toujours mon père officiel. Mais c'était le nom de ma mère quand elle est partie et je ne veux pas m'appeler Miller puisque mes grands-parents m'ont rejetée sans chercher à me connaître. Je vais attendre mon entretien avec lui, j'aviserai ensuite.

Comme elle avait du temps avant de se rendre chez l'esthéticienne, elle appela Tyler. Elle voulait l'avertir pour la soirée organisée par Melinda Gates.
– Eh bien, tu entres dans le beau monde là.

– Comme la fondation Bill et Melinda Gates finance le billet d'avion et paiera les hôtels, je me suis dit que je ne pouvais pas dire non.
– Je comprends. Il se trouve que je devrai retourner au Texas jeudi. Un grand show est organisé pour le nouvel an avec un match de gala de haut niveau où je jouerai une mi-temps. C'est une chance pour moi que je ne peux pas laisser passer.
– Pas de souci Tyler. Tu sais que je te soutiens à fond. Ne laisse pas passer ta chance à cause de moi.
– Merci. Désolé de ne pas pouvoir être avec toi pour le nouvel an.
– Tyler, je n'ai jamais fêté la nouvelle année. A l'institution religieuse, on fêtait Noël et c'était tout.
– A New York, la fête va être grandiose avec feux d'artifice et de nombreuses réjouissances. Peut-être pourrais-tu y rester afin d'y assister.
– Hum, je ne pense pas. Je préfère être avec ta grand-mère. Au fait, j'ai parlé à mon père de ton idée pour Bryan. Il est d'accord. Il va en parler à son épouse.
– Ah très bien. Il faut que je te laisse. Je t'embrasse.
– Moi aussi, je t'embrasse. A très bientôt.

Une heure plus tard, Eilleen découvrait ce qu'était une esthéticienne.
– Vous êtes toute jeune et toute jolie, s'exclama celle-ci. Blonde avec des yeux bleus magnifiques et un visage fin. Vous n'êtes que délicatesse. Vous avez de la chance. Je reconnais que vous n'êtes pas ma clientèle habituelle.
– Je me suis fait moquer de moi parce que je ne savais pas ce qu'était une esthéticienne aussi je suis venue voir par curiosité.
– Je peux vous épiler au niveau du corps mais aussi les sourcils, vous faire un massage du visage, un gommage du corps qui permet d'ôter les peaux mortes et une mise en beauté.
– Vous me proposez un beau programme qui me plaît. Aussi je veux bien. Deux personnes m'ont dit que si je passais entre vos mains, je mettrais New York à mes pieds.

– Eh bien, je vais essayer de faire en sorte qu'une telle prédiction se réalise alors.

Eilleen revint assez tard de son rendez-vous chez l'esthéticienne. Brit n'était pas dans sa chambre. Elle supposa qu'elle avait déjà déjeuné. Elle-même le fit très vite afin de ne pas mettre en retard madame Spencer.

Deborah Spencer découvre mieux qui est Eilleen

Eilleen passa par le secrétariat pour rejoindre la responsable de l'académie des arts. La jeune femme qui l'avait amenée chez l'esthéticienne, mais qui ne l'avait pas ramenée, ce fut un chauffeur de l'académie, n'était pas là. Elle avait l'impression qu'elle l'avait prise en grippe à cause de cette histoire de passeport. Elle n'y pouvait rien si tous les éléments demandés ne lui avaient jamais été communiqués. La femme gentille lui avait fait une copie du document qu'elle avait rangé précieusement.

Les deux secrétaires s'exclamèrent en la voyant, affirmant qu'elle était vraiment très belle avec les soins de beauté qu'elle avait reçus. Madame Spencer, en la voyant, eut juste ce commentaire :
– Le résultat est spectaculaire. Après le shopping, on passera chez un coiffeur de ma connaissance afin qu'il fasse une retouche rapide à votre coiffure et ce sera parfait.

Elles se dirigèrent vers la cour où un véhicule avec le chauffeur du matin les attendait.
– On va aller chez Saks Fifth Avenue. Pour les vêtements et les chaussures, il n'y a pas mieux.

Elles déambulèrent dans le magasin. Eilleen ouvrait de grands yeux. Tout était beau mais très cher.
– Aucun achat n'est interdit, il faut juste savoir gérer son enveloppe car il n'y aura pas de rallonge.

Elles passèrent devant le rayon des sous-vêtements.
– Vous avez un petit ami ?
– Oui, il s'appelle Tyler.
– Bien. Si, par hasard, vous vouliez faire une surprise à votre boyfriend en mettant des sous-vêtements affriolants, vous pouvez

les acheter avec votre carte bancaire. Nous ne contrôlons pas le type d'achat que les étudiantes font avec.

Eilleen avait rougi fortement et avait dû froncer involontairement les sourcils car la responsable de l'académie des arts s'empressa d'ajouter :
– Je voulais juste vous donner un exemple, je suis bien certaine que vous ne mettez pas ce genre de sous-vêtements.

Eilleen qui avait été choquée par les propos de madame Spencer, eut envie en retour de la provoquer.
– Je trouve que vous avez eu une très bonne idée. Je les prendrai la prochaine fois. Là, je voudrais juste m'acheter une jupe et un corsage.

La responsable de l'académie eut un léger sursaut mais se contenta d'ajouter :
– Et peut-être des chaussures, si je puis me permettre, et un manteau ou une doudoune. A partir de janvier, il peut faire très froid à New York.

Eilleen regarda ses chaussures. Elle portait toujours celles que monsieur Quingsley lui avait achetées juste avant d'entrer à l'université. Il était sans doute temps d'en acheter une nouvelle paire.
– Oui, des chaussures aussi alors. Pour le manteau, je verrai plus tard. Une doudoune, je ne sais pas ce que c'est.
– Très bien, je vais vous aider à faire vos achats puis je vous montrerai comment utiliser la carte de crédit.

Dans la voiture qui les ramenait de chez le coiffeur vers l'académie, Eilleen se pencha vers madame Spencer :
– Deborah, je vous ai raconté une bêtise tout à l'heure. Bien sûr que je n'achèterai jamais le genre de sous-vêtements que vous m'avez montrés. Je n'y songerai même pas. Je suis cependant un peu irritée car tout le monde me prend pour une jeune fille innocente. Or, je suis une jeune fille normale qui a un petit ami, qui sait que deux femmes ou deux hommes peuvent s'aimer et plein de choses comme celles-là.

Madame Spencer la regarda avec étonnement.
– C'est vrai que vous faites innocente mais vous avez raison de

souligner qu'il ne faut pas juger les personnes sur leur apparence. D'ailleurs, il existe un dicton qui dit qu'il faut se méfier de l'eau qui dort. Mais je reconnais que vous m'avez bien surprise avec votre petite provocation.
– Je vous remercie d'avoir pris en charge le soin esthétique et je remercie l'académie de pourvoir me permettre de m'habiller dans de beaux habits mais soyez assurée que je n'achèterai que des vêtements que je porterai tous les jours. Pour les chaussures, j'en avais déjà une paire, mais c'est bien, je pense, d'en avoir une deuxième paire.
– Je n'en doute pas. Je reconnais là la jeune fille sérieuse que vous êtes. Vous n'avez pas de tennis ?
– Non, juste la paire de chaussures que j'ai aux pieds mais elles étaient neuves pour mon entrée à l'université.
« Je comprends mieux pourquoi cette jeune fille a accepté l'offre de l'académie, pensa madame Spencer. Elle vit dans un extrême dénuement mais je l'avais pressenti. Quelle jeune fille aujourd'hui peut dire, je ne possède pas de tennis et j'ai juste une seule paire de chaussures ! C'est assez sidérant à notre époque.
– Je suis très heureuse que vous ayez intégré l'académie des arts, lui dit-elle. Je ne doute pas que nous allons faire de belles choses ensemble.
– Deborah, je dois vous remercier de m'accueillir dans votre école. J'y ai déjà appris beaucoup de choses en trois jours. La contrepartie pour moi sera d'être une très, très bonne étudiante. Je peux vous assurer que vous n'aurez jamais à vous plaindre de moi. Vous ne rencontrerez jamais de problèmes avec moi.
– Je le sais déjà. Tout chez vous respire l'honnêteté, la droiture. Et que pensez-vous des cours de self-défense ?
– Ils me sont très utiles. Vous aviez raison d'insister sur leur nécessité.

Brit et l'instructrice du cours de self-défense regardaient Eilleen en plein combat. Elle était face à deux hommes, sûre dans ses mouvements, souple sur ses jambes, très facile dans ses esquives et rapide, très rapide, et agressive quand il le fallait.

Elle n'avait plus rien à voir avec la jeune fille timorée du premier cours.
– Eh bien, constata Brit, elle a vite appris et tu en as fait une guerrière, c'est incroyable. Bravo ! Mais c'est tout Eilleen, elle est capable de s'approprier les enseignements qu'on lui prodigue à une vitesse sidérante.
– C'est vrai, je suis contente de ses progrès. Si elle arrive à être agressive comme en ce moment, avec la rapidité dont elle fait preuve, elle saura se défendre désormais.

Les deux hommes, qui se retrouvèrent rapidement à terre, n'auraient pas dit le contraire.

L'instructrice s'approcha de la jeune fille.
– Vous ne m'en voulez pas trop pour hier de vous avoir poussée comme je l'ai fait ?
– Non, car j'ai compris votre démarche. Vous l'avez dit vous-même, il faut savoir affronter ses peurs, ses angoisses et il valait mieux que cette crise de panique se passe ici avec votre soutien.

Avec un petit sourire, Eilleen ajouta :
– Et puis, j'ai bien aimé vos expressions, être une combattante, une guerrière, ce sont des concepts que j'apprécie et que j'arrive à bien intégrer désormais.
– Parfait, allez combattre alors, jeune guerrière !

Une messe très symbolique et une rencontre étonnante

Eilleen avait dit au revoir à Brit, cette dernière partant rejoindre ses parents pour les fêtes de fin d'année. Elles s'étaient souhaitées un bon Noël. Elle se trouvait avec Gabriella et venait de prendre sa leçon d'italien. Elle arrivait à formuler des phrases désormais en s'aidant du petit livre que lui avait prêtée la jeune Italienne.
– Il faudrait que nous puissions aller à Little Italy pour que je me plonge dans l'Italien de tous les jours, remarqua Eilleen.
  A ce moment-là, un appel retentit :
– Eilleen Quingsley est attendue au point de rencontre.
  « Qui peut me demander ? s'interrogea-t-elle.
– Gabriella, sais-tu où est le point de rencontre ?
– Oui, je vais t'y emmener.
  Lorsqu'elle y arriva, elle vit que c'était Joao qui l'attendait.
– Nous allons à une messe à la cathédrale St Patrick. Tu viens avec nous ? Nous sommes déjà une dizaine dont trois filles.
  Elle posa la main sur le haut du bras du jeune Brésilien pour le saluer.
– Merci d'avoir pensé à moi, Joao. Oui, bien sûr que je vous accompagne. Tu viens Gabriella.
– Je veux bien.
  Elle alla ensuite saluer le reste du groupe dont Patrick, l'Irlandais en serrant la main aux garçons et en faisant la bise aux filles, et ils partirent pour la cathédrale.

Il s'agissait d'une messe de Noël pour les fidèles qui ne pourraient pas se rendre à la messe de minuit du lendemain ou qui ne pouvaient pas veiller aussi tard. Mais une surprise attendait Eilleen. La veille, lorsqu'elle était venue, elle était allée à la salle d'accueil qui se trouvait proche de l'entrée voir le prêtre et était repartie sans aller au fond de l'église, vers l'autel. Là, ils s'y rendirent pour découvrir et admirer une superbe crèche aux grandes dimensions, sans le petit jésus bien sûr.

Ils assistèrent à la messe dans les premiers rangs, Joao à sa gauche, Gabriella à sa droite. L'office célébrait la naissance du Christ et était très beau. Trois prêtres, dont celui avec qui elle avait parlé, entouraient l'officiant et des religieuses se trouvaient dans le chœur pour les chants. L'orgue accompagnait l'office de sa sonorité particulière. Et lorsqu'elle levait la tête, elle pouvait admirer les magnifiques vitraux de la cathédrale.

Eilleen éprouvait une grande joie à découvrir ce petit groupe de jeunes catholiques au sein de l'académie des arts. Être au milieu d'eux lui donnait le sentiment d'appartenir à une famille très soudée. Elle n'était pas la seule à avoir la foi en Dieu et était comblée de pouvoir assister à une messe juste avant Noël. Elle était toujours heureuse de pouvoir être en communion avec Dieu à travers un office religieux, mais ce sentiment se trouvait renforcé par la présence des autres étudiantes et étudiants.

Lorsqu'elle communia, elle pria pour toute sa famille et eut une pensée émue pour sa mère à qui elle ressemblait, disparue trop tôt.

A la fin de l'office, le groupe put s'entretenir avec le prêtre qui avait dit la messe. Celui-ci était étonné de découvrir autant de nationalités, une des autres filles étant espagnole. Il les bénit les uns après les autres tout en leur souhaitant un bon Noël.

Après, ils se retrouvèrent tous dans un café, autour d'une grande table à discuter. Très vite, la discussion se concentra sur Eilleen la militante qui participait à des marches pour le climat et qui passait à CNN. Elle leur parla de son prochain voyage en Europe et de son but. Alors ils levèrent tous leur verre et firent un toast en son honneur.
– Vive Eilleen Quingsley. Vive notre jeune militante si incroyable, si éblouissante.

Gabriella la regardait avec des yeux envieux.

– Je ne savais pas que tu étais autant connue. Quelle belle militante tu fais et quelle chance tu as de côtoyer Greta Thunberg.
– Nous avons presque le même âge et sommes très engagées Greta et moi. Mais elle est beaucoup plus connue et engagée que moi et est un modèle pour moi. J'aurai plaisir à la revoir.

Eilleen remarqua avec satisfaction qu'aucune des filles ne buvait de l'alcool ni ne fumait. Aucune ne parlait fort pour se faire remarquer. « Nous partageons les mêmes valeurs, se dit-elle, heureuse de ce constat.

Quelle différence avec UVM. Mais elle pensait qu'à l'université du Vermont, les fêtes étudiantes polluaient tout. Les filles s'y laissaient entraîner et n'osaient pas refuser devant les autres filles et les garçons quand on leur proposait de boire de l'alcool ou de prendre de la drogue de peur de se faire moquer et d'être déconsidérées aux yeux des étudiants et des étudiantes.

Une fois de retour à l'académie, elle suggéra à Joao qu'ils s'installent dans un espace de détente et qu'il lui dise les mots courants de sa langue, le portugais du Brésil. Elle répétait deux fois à haute voix les mots. Puis, elle lui demanda de lui parler de la ville où il était né, Rio de Janeiro.

Elle avait déjà regardé des photos de la baie de Rio et du Pain de sucre. Il lui parla d'une plage, Copacabana, où venaient se montrer dans des maillots très sexy les plus belles filles du Brésil qui étaient, à n'en pas douter, les plus belles filles du monde.

Le jeune Brésilien eut peut-être conscience qu'il commettait une impolitesse car il ajouta d'une voix un peu hésitante :
– Enfin, il y a aussi de très belles jeunes femmes dans le monde dont tu fais partie.

Cette déclaration fit rire Eilleen.
– Joao, merci de vouloir être galant mais je suis une simple étudiante qui ne fréquente pas les plages comme celle que tu as citée et qui ne porte pas de maillot de bain très sexy.

D'orage et de ferveur – Le rêve new-yorkais

– Tu es pourtant très belle et tes yeux sont d'un bleu étonnant, ils sont comme lumineux.

Eilleen joignit ses mains devant elle.
– Joao, s'il te plaît, arrête. Je n'aime pas les compliments. Et puis, je suis trop maigre parce que je préfère peindre que manger.
– Tu peux me montrer une de tes œuvres.
– Oui, si tu veux.

Brit lui avait donné la clé de sa chambre avant de partir afin qu'elle puisse avoir accès à l'atelier si elle souhaitait peindre.

Elle montra à Joao l'acrylique avec l'effet miroir, le tableau qu'elle avait peint, le tableau à quatre mains et deux tableaux de Brit.
– Ils sont superbes et très étonnants. La toile à l'acrylique est stupéfiante. Est-ce que je peux les prendre en photo ?

Eilleen fut surprise par cette demande qu'elle n'avait pas anticipée et qui lui parut insolite. Elle ne trouva cependant aucun argument pour refuser.
– Mon tableau peint à l'huile, le tableau à quatre mains et l'acrylique, oui, tu peux. Mais les œuvres de Brit, je ne préfère pas car elle n'est pas là pour donner son accord et je ne sais pas comment elle réagirait.
– Pas de problème, je ne veux pas te mettre en difficulté avec ton amie sur cette question.

Avant de rejoindre Gabriella, Eilleen appela Tyler, elle avait envie d'entendre sa voix, d'avoir de ses nouvelles, de savoir si tout allait bien. Elle lui indiqua les achats qu'elle avait effectués et lui demanda ce qu'était une doudoune. Il lui expliqua. Elle eut alors cette réflexion :
– Des gens donnaient à l'institution religieuse des habits dont ils n'avaient plus l'usage. C'est ainsi que les sœurs nous habillaient. J'ai eu un manteau qui, au début, était trop grand pour moi. Quand j'ai grandi, il m'allait parfaitement et je l'ai gardé longtemps. J'ai dû le rendre quand j'ai quitté l'institution. Je l'aimais bien aussi je serais plutôt manteau.

Tyler resta sidéré par les paroles d'Eilleen. Il découvrait un aspect

de son enfance qu'il n'avait pas perçu, ne pas pouvoir aller dans les magasins choisir ses propres vêtements mais se satisfaire de vêtements que d'autres avait déjà portés et qu'ils donnaient. Oui, Eilleen avait eu une enfance pas comme celle de la grande majorité des autres filles. Il n'y avait toutefois aucune rancœur chez elle et elle n'était envieuse de rien ni de personne, ce qui la rendait plus chère encore à ses yeux.
– Il faudra alors t'acheter une écharpe et un bonnet. Ce qui n'est pas nécessaire avec une doudoune qui a une capuche et un col qui remonte haut.
– Je vais réfléchir. Je te laisse. A dimanche. Je t'embrasse.
– A dimanche Eilleen. Je t'embrasse.

Le samedi matin, son avion décollant à 11 heures, elle décida d'aller au Metropolitan Museum of Art munie d'un bloc pour dessiner. Beaucoup d'étudiants de l'académie s'y rendaient soit pour peindre des œuvres exposées, soit pour y chercher l'inspiration. Ils bénéficiaient d'un accès spécifique, ce qui évitait de faire la queue. Un employé de l'école l'accompagna.

Dans une salle, elle vit une jeune fille, la casquette à l'envers, veste en jean, short long, baskets hautes, qui dessinait. Elle lui trouva une allure étonnante et la croqua sur le papier, mit ses initiales et, se mettant assise à côté d'elle, lui donna le dessin.

La jeune fille le regarda avec curiosité.
– C'est la première fois que quelqu'un me dessine, dit-elle.
– Je te le donne. Je m'appelle Eilleen, peux-tu me montrer tes dessins ?
– Ash. Je ne les ai montrés à personne. Mais pour vous, parce que vous me donnez un dessin de moi, je veux bien.
– Tutoie-moi, j'ai 16 ans. Et toi, quel âge as-tu ? Ash, c'est un diminutif ?
– Ashley. J'ai 14 ans.

Elle lui montra ses dessins.
– Tu es très douée. Bravo. Peux-tu continuer le dessin que tu as commencé ?

D'orage et de ferveur – Le rêve new-yorkais

L'adolescente s'exécuta. Alors Eilleen commença à lui donner des conseils en se rappelant les propres conseils qui lui avaient été prodigués.
– Si je peux me permettre, tiens ton crayon de cette façon, redresse-toi un peu et détends-toi, tu es trop crispée. Ton geste pourrait être un peu plus ample et moins heurté.

A ce moment-là, un gardien arriva.
– Cette jeune fille n'a rien à faire ici. Il faut qu'elle sorte.

Eilleen montra sa carte de l'académie.
– Elle est mon élève, aussi elle a le droit d'être au Museum, répondit-elle d'une voix assurée.

L'homme regarda la carte.
– Bien, excusez-moi.
– Merci, lui dit l'adolescente. Souvent, je suis chassée. C'est quoi ta carte ?
– Je fais partie de l'académie des arts de New York et à ce titre, j'ai accès librement au Museum. Je dirai à l'entrée que tu es mon élève. Ainsi, il n'y aura plus de problème. Travaillons encore un peu. Dans 20 minutes, je devrai m'en aller car j'ai un avion à prendre.

Lorsqu'elles furent à l'entrée, Eilleen, en montrant sa carte d'étudiante, demanda à ce que la jeune Ashley puisse accéder librement au Met désormais car elle était son élève.
– Il n'y aura plus de souci à l'avenir, mademoiselle Quingsley.

L'adolescente demanda alors à récupérer son skate.

Eilleen vit apparaître une grande planche avec des roulettes, élément dont elle ignorait l'existence jusqu'alors.

L'adolescente s'aperçut de son étonnement.
– Tu n'avais jamais vu un skateboard ? Il permet de se déplacer rapidement et de faire des figures acrobatiques.
– Ah, très bien. Non, je ne connaissais pas ce genre d'engin.

Elle eut soudain une inspiration. Elle prit une enveloppe du musée, fit un petit dessin dessus en référence à Noël, prit un billet de 20 dollars dans son porte-monnaie et le glissa dedans.

– Joyeux Noël Ash, je suis heureuse d'avoir fait ta connaissance. Je suis prête à continuer à travailler avec toi.
– Pourquoi j'accepterais ton argent ?
– Parce que c'est un geste qui vient du cœur et que si tu ne l'acceptes pas, tu me feras de la peine. Je n'ai que 20 dollars sur moi sinon, je t'aurais donnée plus.
– Merci, ce sera bien ainsi.

L'employé de l'académie s'avança pour leur ouvrir la porte du musée et les accompagna lorsqu'elles sortirent. Ash suivait Eilleen sur sa planche à roulette.
– Qui est cet homme ?
– Un garde du corps. Il paraît que lorsque je marche dans la rue, je suis une cible.
– Je te le confirme. Ne te promène jamais seule dans la rue à New York et surtout aucun bijou apparent. Avec la façon dont tu es habillée et ton visage, ta blondeur, on se dit cette fille est de la haute et a forcément de l'argent et des bijoux. D'ailleurs, je me demande si tu n'es pas un ange tombé du ciel. Je ne t'avais jamais vue au Met avant mais tu t'arranges pour que je te montre mes dessins, tu fais en sorte que je ne puisse plus être virée du Museum, tu me donnes 20 dollars alors que je n'avais plus d'argent. Oui, tu dois être un ange car personne depuis que je suis née n'a eu ces gestes de bonté envers moi.

Eilleen eut un petit rire.
– Je ne suis pas un ange, je suis bien réelle mais si je peux t'être utile, j'en suis heureuse. Ce qui est faux, c'est que je sois de la haute comme tu dis. Je ne risque pas de porte des bijoux tout simplement parce que je n'en ai pas, et je n'ai pas beaucoup d'argent.
– Oui, mais les miséreux de l'underground new-yorkais ne peuvent pas le savoir, aussi prends beaucoup de précaution. Je te laisse. Merci pour le dessin, il est top, et pour l'argent aussi. Bon Noël.

Et l'adolescente partit comme une flèche sur son skateboard.

Double confrontation avant le réveillon de Noël

Dans l'avion qui l'amenait à Manchester, Eilleen repensa à la demande de Joao. Pourquoi vouloir prendre en photo des tableaux d'étudiantes ? Certes, elle avait reçu des compliments pour son tableau mais il s'agissait du premier peint à l'huile, il ne pouvait être qu'imparfait. Le tableau à quatre mains lui paraissait par contre assez réussi, ce qui était en soi étonnant, car elle avait considéré sa peinture comme un jeu, aimant croiser son pinceau avec celui de Brit. Pour l'acrylique, les choses étaient un peu différentes, la professeure à UVM ayant dit qu'elle était très réussie.

Et puis, il y avait cette rencontre inattendue avec cette adolescente si différente d'elle, elle pouvait même dire à l'opposée d'elle, et qui semblait avoir une passion pour le dessin. Elle espérait la revoir bientôt.

Elle décida d'oublier New York, ces trois jours avaient été intenses et riches mais elle avait besoin d'un peu de détente.

Elle pensa à ce qui l'attendait pendant ce bref passage à Manchester puisque le lendemain en fin de matinée, elle prendrait le bus pour Burlington où Tyler l'attendrait. Elle ne savait pas encore si elle serait seule ou accompagnée de son petit frère. En pensant à Bryan, son cœur s'attendrit. Ce gamin était trop adorable. Mais surtout, elle avait cet entretien avec monsieur Quingsley. Allait-il bien se passer ? Qu'allait lui dire cet homme qui était un mystère pour elle. Elle-même avait plusieurs questions à lui poser et elle espérait qu'il accepterait d'y répondre.

A sa sortie de l'aérogare, une surprise l'attendait. Son père était là avec Bryan qui, quand, il la vit, courut vers elle en criant, Eilleen,

ma sœur si belle tombée du ciel. Elle mit un genou au sol et le serra contre elle puis lui mit un gros bisou sur la joue.
– Bonjour Bryan, mon petit frère adoré. Tu sais dire mon prénom, c'est bien.
– C'est mon papa qui m'a appris.
– Bonjour papa.
– Bonjour Eilleen. Voici le programme que je te propose. Je t'emmène chez Lynn où tu pourras manger si tu veux. Vers 15 heures 30, on pourrait aller au parc avec Bryan. Ensuite, je te dépose là où tu as prévu de dormir et je te reprends à 18 heures 45. Qu'en penses-tu ?
– Je suis partante.

Chez Lynn se trouvait aussi Kylie. Eilleen accepta de manger un peu et elles échangeaient des nouvelles quand, soudain, du bruit se fit entendre dans l'entrée. Mick apparut. Il ne semblait pas dans son état normal, d'ailleurs Lynn s'exclama :
– Mick, tu as bu !
– Ah, la pétasse est revenue, lança ce dernier.
– Bonjour Mick, mon cher demi-frère, répondit Eilleen sans entrer dans la provocation.
– Tu n'es pas ma demi-sœur et tu ne le seras jamais.
– Je suis désolée de t'informer que Stewart Copeland a exigé un test de paternité auquel je me suis soumise, test qui a révélé ce que je savais déjà, qu'il était mon père. Tu es donc bien mon demi-frère. Aussi essayons d'avoir des rapports normaux.
– Je vais t'en faire voir des demi-frères !

Et, d'une manière totalement inattendue, mais un peu maladroite, il essaya de la frapper. Eilleen était sur ses gardes devant l'état alcoolisé et agressif du jeune homme et il se retrouva très vite à terre. Il se releva, furieux et tenta de lui envoyer un coup de poing. Elle para et le contra, le projetant durement sur le parquet tout en se disant :
« Merci madame Spencer pour avoir insisté pour que je prenne des cours de self-défense.
– Mick, qu'est-ce que tu fais ? Arrête, cria-t-elle.

Mais celui-ci se releva très vite et fonça alors sur elle, tête baissée, les bras en avant pour la saisir à bras le corps. Elle eut juste le temps de se laisser glisser sur le sol et de se mettre sur le côté en se protégeant le visage.

Il passa au-dessus d'elle et, pris dans son élan, heurta violemment de la tête un bahut en bois. Il resta au sol, ne bougeant plus, avec une entaille sur le haut du front qui commençait à saigner.
– Mick, mon dieu, s'écria Lynn.
– Je ne l'ai pas touché, C'est Mick qui a foncé dans le meuble, s'écria Eilleen.
– Ce fut sidérant. Eilleen a comme disparu d'un coup, j'en suis restée estomaquée. Et le pauvre Mick n'a saisi que le vide et s'est encastré dans le meuble, s'exclama Kylie.

Lynn avait saisi une serviette et l'appliquait sur la plaie tout en disant :
– Mick réveille-toi, parle-moi.
– Le pauvre Mick qui a quand même essayé de me frapper deux fois, souligna Eilleen à mi-voix.

Puis, à haute voix :
– Il est assommé, il faut lui mettre des petites claques sur le visage pour qu'il revienne à lui.

Une fois, à l'institution religieuse, une fille avait trébuché en courant et heurté un arbre de la tête. Elle était restée assommée. Pour la faire revenir à elle, une des sœurs lui avait mis des petites gifles sur les joues.

Lynn se mit à lui donner de petites claques sur les joues tout en continuant à lui parler
– Mick, réveille-toi, parle moi. Mon Dieu, j'espère qu'il n'a rien de grave.
– Mick va vouloir se venger, lança Kylie.
– J'ai déjà subi une tentative de viol et j'ai eu beaucoup de mal à m'en remettre, lui répondit Eilleen. Alors, les agressions des garçons, stop. Dis-lui bien que là où je travaille, l'entrée est sécurisée et lorsque je dois marcher dans la rue, j'ai trois gardes-du-corps. En plus, tout à

l'heure, je n'ai fait que parer les coups mais je peux aussi attaquer et il risque d'être très surpris ce pauvre Mick. Et surtout, s'il veut être dans ce registre alors que je n'ai cherché qu'à avoir des rapports normaux avec lui, je n'hésiterai pas à prévenir Tyler et lui, il ne va pas aimer que quelqu'un cherche à agresser la jeune fille dont il est amoureux. Non, il ne va pas aimer du tout.

Sur ces paroles, Eilleen prit son sac à main et sortit de l'appartement, bien déterminée à ne jamais y remettre les pieds.

Elle marcha pendant presque une heure, ne sachant même pas où elle allait, tant elle était bouleversée. Elle en voulait terriblement à Lynn qui ne pouvait ignorer que son fils était violent quand il avait bu mais qui n'avait rien fait pour la protéger. Il était évident qu'elle chérissait son fils qui pouvait faire n'importe quoi, il serait pardonné. Eilleen apparaissait comme la fautive alors qu'elle n'avait même pas touché Mick lorsqu'il avait foncé sur elle !

Il n'y aurait pas eu Bryan, elle aurait pris dans l'après-midi même un bus pour Burlington afin d'aller rejoindre Mamie Georgette qui, elle, n'était qu'amour pour elle.

Finalement, elle finit par retrouver un semblant de calme. Grâce au GPS de son portable, elle se dirigea vers le parc et appela son père afin de l'informer qu'elle s'y trouvait et les y attendait. Elle retrouva avec plaisir son petit frère et passa un agréable moment à jouer avec lui. Au bout d'une heure, elle lui demanda d'aller jouer dans un espace où se trouvait une balançoire et elle raconta à son père ce qui s'était passé chez Lynn. Elle préférait qu'il ait sa propre version des faits.

– Malheureusement, quand Mick a bu, il est incontrôlable, lâcha ce dernier.
– Je ne comprends pas pourquoi il refuse de m'accepter comme sa demi-sœur. Et je crains que cette histoire ne soit pas finie puisque, selon Kylie, il va vouloir se venger. J'hésite à en parler à Tyler car il va forcément réagir, ce qui ne peut que compliquer encore la situation.
– Il vaudrait mieux que tu ne lui en parles pas.

A ce moment-là, Bryan arriva en courant et se jeta dans les bras

d'Eilleen et la serra très fort. Elle fit de même tout en lui mettant un gros bisou sur la joue.
– Je t'aime très fort, Eilleen, ma sœur si belle tombée du ciel, s'écria le gamin.
– Moi-aussi, je t'aime très fort, Bryan, mon petit frère adoré.

Comme la fois précédente, ils restèrent une dizaine de minutes serrés l'un contre l'autre. Leur père mit un terme à ces effusions en indiquant qu'il était temps de rentrer à la maison. Alors l'enfant se mit entre eux deux en leur donnant la main et en leur souriant.

Ensuite, son père la déposa au motel où elle prit une douche et se relaxa en lisant le livre de Jules Verne qu'elle avait déjà commencé dans l'avion et qu'elle trouvait étonnant. Lynn essaya de l'appeler mais elle ne prit pas l'appel.

Son père revint la chercher et, pour la première fois de sa vie, elle put glisser ses cadeaux sous le sapin, un sapin artificiel tout blanc pour imiter la neige, bien décoré et où des lumières clignotaient.

Par deux fois, Win critiqua son mari devant elle et Bryan, ce qui ne lui plut pas du tout. Lorsque Win se rendit dans la cuisine, elle la suivit. Elle attaqua aussitôt à voix basse.
– Arrêtez d'humilier mon père devant ses enfants, c'est insupportable. Vous ne pouvez pas savoir l'effet désastreux que vos paroles ont sur votre fils. Un fils ou une fille doit pouvoir être fier de son père et l'admirer.
– Vous êtes mal placée pour parler de cette admiration, vous qui n'avez pas eu de père !
– Vous vous trompez. J'étais fière de mon père. Je disais : j'ai un père, je ne le vois pas souvent mais il existe. Si vous aimez un tant soit peu votre fils, arrêtez de dénigrer son père devant lui. Arrêtez vos piques et vos critiques contre votre mari devant Bryan.
– Comment osez-vous douter de mon amour pour mon fils ?
– Alors, puisque vous l'aimez, cessez vos attaques contre son père devant lui. C'est très important.

Puis elle ajouta :
– Je sais que mon père est un lâche. Lorsque monsieur Quingsley m'a

reconnu, il s'est senti soulagé. Il savait qu'il était mon père mais il était trop content d'être débarrassé du problème que je constituais. Et il y a peu, il a voulu m'abandonner car je représentais trop de complications à gérer pour lui.

Après un silence, elle ajouta :
– Oui, je sais qu'il est un lâche mais pensez à votre fils. Lui ne le sait pas.

La femme était stupéfaite des paroles d'Eilleen, de sa lucidité. Dès lors, elle la regarda avec un autre regard.

Un peu plus tard dans la soirée, au cours d'une conversation, Win dit à son mari :
– Au moins ta fille a du caractère, pas comme…
– Chut, n'en dites pas plus, l'interrompit Eilleen en mettant son doigt sur sa bouche. N'oubliez pas votre fils.

Et elle porta son regard vers son petit frère qui écoutait. La femme le regarda à son tour puis disparut dans sa cuisine sans un mot.

Un beau réveillon et une rencontre attendue

Au cours de la soirée, dès que Win voulait parler, Eilleen la fixait d'une manière peu amène, ce qui fit qu'elle ne proféra plus aucune remarque désobligeante ou attaque cruelle contre son mari de la soirée, attitude qui détendit l'atmosphère. Au cours du dîner, elle essaya même de se montrer tendre avec son fils, mais elle avait du mal, ce n'était pas naturel chez elle alors qu'Eilleen qui était à côté de son petit frère, par de petits gestes, par de douces paroles, lui montrait la grande affection qu'elle avait pour lui.

Alors que Bryan était parti aux toilettes, Eilleen lâcha la phrase qui lui trottait dans la tête depuis un certain temps :
– Pourquoi vous ne donneriez pas un petit frère ou une petite sœur à Bryan ? Ce serait bien pour lui, il ne serait plus un enfant solitaire.

Après cette réflexion, Stewart et Win se regardèrent longuement mais sans dire une parole.

Arriva le moment de la bûche de Noël qu'Eilleen découvrait, puis le déballage des cadeaux, moment convivial parfait.

Son père lui offrit une gourmette avec, accrochée, une médaille de la Vierge. Son épouse eut droit à une rose en porcelaine, très délicate et jolie. Eilleen offrit à son père une cravate avec des oiseaux dessus. Ensuite, ils se mirent tous autour de Bryan alors qu'il commençait à ôter les papiers de ses cadeaux. Ses parents lui avaient offert un camion de pompier, elle un jeu pédagogique où il fallait deviner des animaux terrestres et des oiseaux.

Le gamin remercia ses parents puis, comme Eilleen s'était mise avec un genou au sol, il se pendit à son cou et ils restèrent ainsi plus de cinq minutes serrés l'un contre l'autre sous le regard sidéré de Win. Eilleen capta ce regard et mit fin à ce moment d'effusion en se redressant et en ébouriffant les cheveux de son petit frère.

– Bryan, il est temps pour toi d'aller au lit, indiqua Win.
– Est-ce qu'Eilleen peut dormir à la maison ? Ainsi, je pourrai dormir avec elle.
– Non, ce n'est pas possible, décréta sa mère d'un ton sans réplique.
– Ce sera pour une prochaine fois Bryan mon doudou, dit Eilleen en lui saisissant les épaules. Elle lui fit un gros bisou. Dors bien, fais de beaux rêves mon petit frère adoré.
– Bonne nuit Eilleen, ma sœur si belle tombée du ciel.

Stewart et Win avaient rejoint leur chambre à coucher. A peine la porte fermée, Win explosa :
– Ta fille est incroyablement culottée. Oser nous dire qu'il faut donner un petit frère ou une petite sœur à Bryan. De quoi se mêle-t-elle ?
– Peut-être n'est-ce pas une mauvaise idée. Je pense personnellement que ce n'est pas une bonne chose que notre fils grandisse seul.
– Hum, on verra. En tout cas, elle a l'air d'aimer Bryan. Elle ne fait pas semblant.
– Bryan l'aime également beaucoup. Mais, dis-moi, il y a eu une discussion entre vous dans la cuisine ?
– Aucunement. Pourquoi y aurait-il eu une discussion entre nous dans la cuisine ?

Après un silence, elle se lança :
– J'ai réfléchi et me suis dit que lui confier Bryan pour trois ou quatre jours ne peut que faire du bien à notre fils.
– Tu serais d'accord ?
– Je reconnais que ta fille est étonnante, elle est sérieuse, elle n'a pas ce côté superficiel que tant de jeunes filles ont à son âge, donc je suis certaine qu'elle veillera bien sur Bryan. Et puis, je ne m'attendais pas à les voir collés ainsi l'un contre l'autre.
– Je suis d'accord avec toi, cette scène à laquelle j'ai assisté deux fois est très surprenante. D'ailleurs, elle m'a confié que pour elle, Bryan est son petit frère et non pas son demi-frère.
– Son petit frère adoré ! Je n'en suis pas revenue qu'elle l'appelle ainsi.

– Elle a quand même insisté pour qu'on demande l'avis de Bryan.
– A la seule perspective de pouvoir dormir avec elle, il va dire oui. Je n'en ai aucun doute.

Une fois dans sa chambre au motel, Eilleen repensa à sa soirée de réveillon. Une jeune fille de 16 ans ne devrait jamais se permettre de hausser le ton contre une adulte de 32-35 ans, mariée et ayant un enfant, mais le comportement de Win l'avait ulcérée. Elle bouillonnait intérieurement et sa colère avait fini par exploser.
« Mon esclandre aura apparemment porté ses fruits, se dit-elle, car le dragon n'a plus lancé de pique contre mon père, ni ne l'a rabaissé devant nous de toute la soirée.

Sinon, elle avait bien aimé le moment des cadeaux. Elle considérait que ce réveillon de Noël était plutôt réussi.

Durant la nuit, Eilleen rêva beaucoup de Bryan mais eut aussi une vision assez brève d'Andrew. Il était très rare qu'Andrew visite ses rêves. Au petit matin, elle réfléchit au sens à donner à cette apparition, si sens il y avait. Et soudain, elle se dit qu'Andrew pouvait peut-être être la personne qui lui permettrait de résoudre le problème qu'elle avait avec la nudité. Une fois Tyler parti au Texas et elle revenue de sa soirée au Plaza, un espace-temps s'ouvrait pour mettre en œuvre la solution suggérée par Brit.

Cette pensée était certes plutôt osée mais si des gens se promenaient nus sur des plages, pourquoi pas eux. Et, en y réfléchissant bien, elle préférait que cette découverte se fasse avec Andrew plutôt qu'avec Laureen, les deux seules personnes proches d'elle susceptibles de pouvoir l'accompagner sur une plage de naturistes.

Elle envoya un long SMS à Andrew pour lui expliquer la situation et la solution qui avait été envisagée pour résoudre son problème. Elle reçut peu après un SMS de Lynn lui disant qu'il n'y avait rien de changé entre elles et qu'elle passerait comme prévu la prendre là où elle avait passé la nuit. Après un moment de réflexion, elle se dit qu'elle n'avait pas de raison de ne pas accepter cette main tendue et lui indiqua l'adresse du motel.

Elle venait de finir de s'habiller lorsque son père l'appela pour l'informer que Win avait donné son accord pour qu'elle prenne Bryan avec elle à condition qu'elle puisse parler à son fils tous les soirs. Il voulait les emmener à Burlington en voiture mais elle lui dit qu'elle préférait prendre l'autocar, les Greyhound étaient confortables et en prendre un serait une bonne expérience pour son petit frère.

Elle était pleine de joie à la perspective de passer tout ce temps avec Bryan. C'était inespéré. Elle s'apprêtait à envoyer un SMS à Tyler pour l'en informer puis décida de lui faire la surprise. Par contre, elle appela Mamie Georgette pour lui dire qu'elle aurait un pensionnaire de plus. Celle-ci fut enchantée d'apprendre qu'elle allait accueillir un petit garçon chez elle.
– Je pense qu'il manque un peu d'affection, sa mère n'étant pas d'une nature très chaleureuse, précisa Eilleen.
– Ne t'inquiète pas, je saurai lui donner beaucoup de tendre affection, lui répondit la grand-mère de Tyler.

Il était temps de retrouver Lynn et d'aller voir monsieur Quingsley.

Lynn s'était comportée comme si rien ne s'était passé la veille et ne donna aucune nouvelle de Mick. Elle resta au fond du temple lorsque Eilleen s'avança vers cet homme qu'elle avait cru être son père pendant de nombreuses années. Elle trouva qu'il avait vieilli et qu'il s'était empâté. Lui aussi l'observait. Elle parla la première.
– Bonjour père. Je vous dis père car j'ai appris en voulant faire un passeport que vous étiez officiellement mon père. De toute façon, je ne veux pas m'appeler Copeland, ni Miller puisque mes grands-parents ont refusé de me recevoir, mais Quingsley qui était le nom de ma mère lorsqu'elle est décédée.
– Si tu veux. Que tu portes mon nom ne me dérange pas. Tu es devenue une belle jeune fille, je dois le reconnaître. Et tu ressembles si incroyablement à ta mère.
– C'est grâce à l'université qui m'a apporté énormément d'éléments

positifs et qui m'a aidée à me construire. Mais, cependant, j'ai besoin d'explications. Ainsi, pourquoi m'avoir reconnue pour m'ignorer après ?
– C'est vrai, je te dois des explications qui commencent par une chose que je dois t'avouer. Je me suis marié pour avoir des enfants. Il n'a jamais été question de sentiments entre ta mère et moi, c'était un mariage arrangé, un mariage de raison. Mais quand j'ai vu qu'elle n'arrivait pas à avoir cet enfant que je désirais tant, j'ai eu une relation avec une autre femme, mon épouse actuelle, et j'ai eu très vite un enfant avec elle. Je menais une double vie. Je pense que ta mère a fini par le découvrir et qu'en me trompant, elle a cherché à se venger d'avoir été bafouée. Le fait de te reconnaître avait un double sens pour moi, je reconnaissais mes torts envers elle, car j'ai eu l'impression à travers le décès de ta mère qui était officiellement mon épouse, que Dieu me punissait de cette double vie que je menais, et en même temps je me vengeais du vrai père qui avait osé fréquenter une femme mariée en le privant de l'enfant.
– D'où vient mon prénom ?
– C'est ta mère qui l'avait choisi. J'ai respecté sa volonté qui s'est avérée, vu les circonstances, sa dernière volonté.
– Pourquoi vouloir m'enfermer chez vous pour me retenir prisonnière sous prétexte de garder vos enfants ?
– Pour me venger sur toi de l'humiliation que ta mère m'a infligée. Me tromper, vouloir me quitter, ce sont des choses que je ne peux toujours pas accepter malgré les années. Tu es le fruit du péché, tu représentes ce blasphème qu'est l'adultère.

À ce mot, Eilleen frémit. Elle-même n'arrivait pas à concevoir que sa mère ait pu contrevenir aux liens sacrés du mariage. Elle répliqua cependant.
– Vous, vous pouvez, un homme peut, mais pas une femme, pas une épouse ? Elle doit accepter ce fardeau en silence.
– Non, pas du tout. Une épouse est faite pour donner des enfants à son mari et les élever. J'allais la répudier du fait de son infertilité quand elle est venue m'annoncer qu'elle était enceinte. Ce fut un

grand choc pour moi. Mais malheureusement, l'enfant n'était pas de moi.
– Où est-elle enterrée ?
– Je l'ai faite incinérer et j'ai dispersé ses cendres.

A cette nouvelle, Eilleen fut très déçue. Elle lui dit, amère :
– Votre ultime vengeance !
– C'est vrai je l'avoue, c'était un moyen de faire disparaître toute trace de son existence. Mais, en même temps, il m'arrive de me dire que toute cette situation est partie d'une erreur de ma part. Je n'aurais pas dû épouser une catholique. Pourtant, les protestants et les catholiques sont chrétiens tous les deux mais une grosse différence de mentalité existe entre les deux religions.
– Vous m'avez fait avoir une éducation chrétienne et je vous en remercie. Elle a forgé en moi des valeurs fortes qui me portent dans la vie. J'aimerais avoir des rapports normaux avec vous afin que nous puissions nous voir de temps à autre ce qui veut dire que je ne dois rien craindre de votre part.
– Je t'ai mis dans une institution catholique comme ta mère avant toi. A mes yeux, c'était logique. Mais pourquoi vouloir poursuivre ces rapports avec moi ? Et est-ce parce que tu me crains que tu as amené cette femme avec toi.
– Oui, cette femme est là pour me protéger de vous si vous vouliez tenter quelque chose contre moi.

Après un silence, elle précisa sa pensée :
– Vous devez comprendre que vous êtes le seul lien avec ma mère. Déjà que vous m'avez privée d'une tombe où j'aurais pu me recueillir et prier pour celle qui m'a mise au monde ! Et puis, je vous ai cru mon père pendant tant d'années, une telle chose ne s'efface pas si facilement.
– Si c'est important pour toi et qu'il s'agit de ton souhait, pourquoi pas ? Après tout, je le dois bien à ta mère, je n'ai pas été tendre avec elle, ni très loyal. Tu n'as plus rien à craindre de moi, vis ta vie et viens me voir quand tu veux.

Lorsqu'elle sortit du temple, Eilleen demanda à Lynn de la déposer chez son ex-mari.
– Je vais chercher Bryan. Il va passer quelques jours avec moi chez ma Mamie avec Tyler.
Lynn la regarda, très surprise.
– Pour avoir une telle autorisation, aurais-tu réussi à dompter le dragon ?
– Un peu je pense. En tout cas, je suis très contente qu'elle me confie mon petit frère. Je le ramènerai jeudi.

Des moments merveilleux

Win, en plus du sac contenant les affaires de son fils, avait préparé un panier repas afin qu'ils puissent manger pendant le trajet. Bryan semblait enchanté de partir avec Eilleen alors qu'il n'avait jamais quitté ses parents. Leur père les emmena jusqu'à l'arrêt du car. Ils se donnèrent rendez-vous le jeudi à 13 heures devant la mairie de Burlington.
Et l'aventure si inattendue commença.
Bryan se collait à elle mais il posait aussi des questions, donc il n'était pas trop stressé, se disait la jeune fille. Elle-même n'avait aucune expérience des enfants mais elle essayait de répondre au mieux à ses questions tout en essuyant de le faire rire. Quand elle voyait quelque chose d'intéressant à l'extérieur, elle le lui montrait. Elle lui parla aussi de la grand-mère de Tyler qu'ils allaient rejoindre.
– Tu verras, c'est une mamie formidable. Et elle fait à manger de manière délicieuse.
A un moment, Bryan s'endormit en serrant son bras de ses deux mains, la tête appuyée contre celui-ci.
Bien plus tard, elle le réveilla en lui mettant des bisous sur le front.
– Bryan, réveille-toi, il est temps de manger ce que ta maman a préparé pour nous.
Ils mangèrent tous les deux avec appétit.
– Ta maman nous a gâtés. C'est très bon.
Peu de temps après, elle reçut un SMS d'Andrew qui disait ceci :
« Ta demande est surprenante mais si cette démarche peut t'aider pour la suite de tes études, je suis prêt à te rendre ce service. Si tu le souhaites, tu pourras venir au marché de Rutland avec moi. Au retour, on ira se baigner au petit lac et après je t'emmènerai sur une plage réservée aux naturistes.

Elle lui répondit dans la foulée.
« Merci Andrew pour ton retour positif et ta compréhension. Je suis d'accord avec ton programme mais même si on vend bien, tu ne me donnes pas d'argent !
« Ce sera comme tu veux.

Lorsque l'autocar arriva à l'arrêt de Burlington centre, Eilleen aperçut Tyler adossé à sa belle voiture de sport rouge. Afin de ménager la surprise jusqu'au bout, elle descendit du bus, lui fit un salut de la main puis prit Bryan qui attendait en haut des marches du bus dans ses bras et le porta dehors.
Tyler, en apercevant le gamin, leva le pouce et alla au-devant d'eux.
– Eh bien, pour une surprise, c'est une sacrée surprise, lança-t-il.
– Bryan, tu te rappelles Tyler, mon petit ami ?
– Oui, il m'avait fait un cadeau quand tu es venue la première fois.
– Bonjour, bonhomme, je suis très content de te voir, tu vas voir, on va faire plein de choses intéressantes, lui dit Tyler.
Puis s'adressant à Eilleen :
– Tu es de plus en plus belle, c'est un plaisir fort pour mes yeux.
– Merci.
Elle lui mit le gamin dans les bras car il était lourd pour elle et ainsi, il restait à leur hauteur et elle se serra contre eux en entourant leurs corps de ses bras et en leur souriant.
– Grâce à ta suggestion, Tyler, je vis un moment de bonheur extraordinaire.
– Je le vois à ton visage. Mais surtout, tu vas pouvoir réaliser le rêve que tu as fait.
– Oui, c'est vrai. J'avoue que je craignais que sa mère refuse de me confier son fils. Son acceptation est si inattendue.
Le gamin se décala un peu dans les bras de Tyler afin de pouvoir entourer le cou d'Eilleen de son bras.
– Eilleen, ma sœur si belle tombée du ciel, je t'aime.
– Moi aussi, je t'aime, Bryan, mon petit frère adoré.
« Est-ce qu'un jour, ne peut-elle s'empêcher de se demander, je vi-

vrai la même scène mais à la place de Bryan, il y aurait notre propre enfant ?

Elle l'espérait de tout son cœur.

Ils restèrent plus de cinq minutes ainsi. Les passants, en les voyant, se retournaient pour regarder cette scène attendrissante. Eilleen y mit fin.

– Nous avons droit à une belle journée ensoleillée, allons nous baigner au lac Champlain.

Elle monta à l'arrière de la Mustang afin de rester avec le gamin.

Une fois arrivés, bien qu'il n'y ait pas de vent, ils se mirent en t-shirt et en short et restèrent dans de l'eau peu profonde. Celle-ci n'était pas froide. Ils ne restèrent cependant que 20 minutes. Il s'agissait juste de permettre à Bryan de prendre contact avec l'eau et de jouer un peu dedans. Eilleen surveillait de près son petit frère, se rappelant trop la mésaventure qui lui était arrivée. Elle avait refusé de prendre la main de Tyler mais son pied avait heurté une pierre, elle avait alors perdu l'équilibre et bu la tasse avant que les bras puissants de Tyler ne la sortent de ce mauvais pas.

Une fois qu'ils se furent changés dans les cabines, ils allèrent boire un chocolat chaud.

– Tu as aimé ? demanda Eilleen à son petit frère.
– Oui, beaucoup.
– Je suis contente alors.
– Tu n'es pas frileuse, constata le jeune homme. Je considère que les conditions sont bonnes pour se baigner mais, en générale, les jeunes filles sont réticentes à le faire à cette période de l'année.
– A l'institution religieuse, ils mettaient très peu de chauffage, la plupart du temps même pas du tout. Quand il faisait très froid, souvent des glaçons pendaient au plafond. Les deux premières années, j'ai eu très froid puis, après, mon corps s'est habitué. Mais si je n'avais pas constaté qu'avec le soleil et l'absence de vent, les conditions étaient bonnes pour se baigner, je n'aurais pas laissé Bryan aller dans l'eau.

Puis, changeant de sujet :

– J'aurais bien aimé qu'on invite Andrew à venir dîner avec nous ce soir. Après tout, c'est le jour de Noël.
– Ma grand-mère y a pensé. Il sera là.
– Parfait.
« Tyler, Andrew, ma Mamie, Bryan, cette soirée ne sera que du bonheur, songea-t-elle.

Lorsqu'ils arrivèrent chez la grand-mère de Tyler, celle-ci les attendait sur le pas de la porte de sa maison. Eilleen se dirigea vers elle en tenant Bryan par la main.
– Bonjour Mamie, voici Bryan, mon petit frère.
– Bonjour Bryan. Tu es bien mignon. Bienvenue chez Mamie Georgette. Tu vas voir, je vais te gâter comme jamais.
Elle le prit contre elle pour entrer dans la maison.
– Il y avait longtemps qu'il n'y avait pas eu un gamin de cet âge dans cette maison. Tyler, regarde dans la remise, il doit y avoir un petit vélo avec des roulettes. Il sera peut-être un peu petit pour lui, mais il pourra quand même s'en servir.
– Ce serait une bonne chose car j'ai cru comprendre qu'il n'avait encore jamais fait de vélo, déclara Eilleen.
Puis
– J'ai pensé que ce serait bien qu'il dorme avec moi. C'est la première fois qu'il quitte la maison de ses parents. S'il se réveille en pleine nuit dans une chambre qu'il ne connaît pas où il est seul, il peut avoir peur.
– J'avais préparé une chambre pour lui mais si c'est ton souhait, il n'y a pas de souci.
– Bryan voulait déjà dormir avec moi hier soir. Sa mère n'a pas voulu. Je ne vois pas pourquoi je ne lui offrirais pas ce plaisir.
– Tu as tout à fait raison. Montre-lui votre chambre alors.

Pendant qu'Eilleen était avec le gamin à l'étage pour lui montrer la chambre où ils dormiraient, Tyler entra dans la maison et se dirigea vers le salon afin de voir ce fameux dessin dont lui avait parlé Andrew. Il le trouva étrange, assez déroutant. Il n'aima pas trop.

« Pourquoi fait-on tant de cas des dessins d'Eilleen ? se demanda-t-il. Bon, c'est vrai que je n'y connais pas grand-chose dans l'art mais bof, je dirai pas terrible.

La jeune fille redescendait à ce moment-là avec Bryan. A la tête que faisait Tyler, elle comprit tout de suite qu'il n'aimait pas son dessin.

« Pas grave, pensa-t-elle. Ce dessin est destiné à Mamie Georgette, pas à lui. L'important est qu'elle l'apprécie.
– As-tu trouvé le vélo ? lui demanda-t-elle.
– Oui, il est devant la porte.
– Parfait.

Pendant plus d'une demi-heure, le gamin fit du vélo. A un moment donné, elle prit son vélo et avança doucement dans l'allée, Bryan la suivant. Elle fit plusieurs aller-retours. Au bout du deuxième, Tyler les rejoignit.

Soudain, une voiture de fleuriste s'engagea dans l'allée. Un homme en sortit.
– Vous êtes Eilleen Quingsley ?
– Oui, c'est moi.
– J'ai un bouquet de fleurs pour vous mais je vais le porter car il est très gros.

« Qui peut bien m'envoyer des fleurs ? se demanda-t-elle. Elle ne voyait pas.

Le bouquet de fleurs était effectivement imposant, elle dut ouvrir les deux portes d'entrée, aidée par Mamie Georgette qui était venue voir quelle était cette voiture qui venait chez elle, pour permettre au fleuriste d'entrer dans la maison.
– Je n'ai jamais vu un bouquet de fleurs aussi gros et aussi beau, s'exclama la vieille femme.
– Il s'agit d'une commande par téléphone. Une carte avec un message dessus accompagne le bouquet. C'est ma femme qui l'a pris. Je ne sais pas ce qu'il dit.

Effectivement, une enveloppe portant son nom se trouvait au centre du bouquet. Elle la prit, l'ouvrit et sortit une carte où était écrit un mot qu'elle lut à haute voix.
– Pour notre jeune et admirable militante Eilleen Quingsley et les personnes qui lui sont chères, ces quelques fleurs en ce jour de Noël. Melinda et Bill Gates.

Eilleen n'en revenait pas de cette pensée si généreuse de la part des époux Gates alors qu'elle ne les connaissait pas. Le fleuriste non plus qui manifestement était resté pour connaître le contenu du message et qui demanda :
– Euh, il s'agit de Bill Gates le milliardaire ?
– Il semblerait, répondit Eilleen.

Elle trouva que le fleuriste en prenait un peu trop à ses aises.
– Monsieur, je suis désolée mais j'ai un appel téléphonique à passer.
– Euh, oui, je m'en vais. Bonne fin de dimanche de Noël.

Une fois le fleuriste parti, Mamie Georgette constata :
– Au moins, ces personnes que je ne connais pas ne se sont pas moquées de toi et elles ont pensé à associer tes proches.
– Je ne les connais pas non plus, ce qui est d'autant plus louable de leur part. Bon, il faut que j'appelle la mère du petit.

Avant de passer l'appel, Eilleen énuméra à Bryan les points qu'il devait dire. Elle fit ensuite le numéro de téléphone.
– Bonjour Win, c'est Eilleen, je vous passe votre fils.

Puis, elle fit signe à Mamie Georgette qu'elle sortait avec Tyler.
– Ah, enfin seuls ! s'exclama ce dernier.
– Je te rappelle que c'est toi qui as eu l'idée de faire venir Bryan ici. Elle ne m'était même pas venue à l'esprit. Je t'avais dit d'ailleurs que dans le rêve que j'ai fait, mon petit frère se mettait entre nous deux afin de nous empêcher de nous embrasser.
– C'est vrai, tu as raison. Mais tu es heureuse qu'il soit avec toi ?
– Oui, très. Et demain, je le serai encore plus lorsque nous marcherons dans la montagne tous les trois.
– Alors, tout est parfait. Profitons de ce moment à nous.

Et il captura ses lèvres pour un long et intense baiser pendant que leurs corps se serraient l'un contre l'autre.

Une soirée de Noël bien particulière

Eilleen avait tenu à se faire belle pour cette soirée du jour de noël, pour elle son premier Noël en dehors de l'institution religieuse de Manchester. Elle n'avait pas de souvenir de Noël passés chez son père. Cependant, vu l'enfer qu'elle vivait à cause de l'épouse de ce dernier qui allait jusqu'à la battre, elle doutait d'avoir eu l'occasion de vivre un vrai Noël avec eux.

Elle avait choisi la robe de soirée qu'elle avait mise pour la première cérémonie donnée en son honneur à l'université UVM car elle s'était souvenue que Morgan lui avait dit qu'elle était mieux assortie à ses yeux bleus. Elle mit les escarpins qui étaient associés à cette robe ainsi que le collier avec la perle prêté par Sheryl qui rehaussait tant l'éclat de la robe, hésita pour la gourmette, mettre celle offerte par son père, mettre les deux, et finalement opta pour celle de Sheryl qui était en harmonie avec le collier.

Elle se rendait compte qu'elle suivait encore les conseils de sa cousine. Elle lui devait beaucoup, dommage que sa jalousie ait emporté leur bonne entente du début de leur première année universitaire.

Quand elle entendit qu'Andrew était arrivé, elle descendit l'escalier.

Lorsqu'elle eut une vision du salon, elle vit que Bryan était accroché aux jupes de Mamie Georgette, ce qu'elle considéra comme une bonne chose, et qu'Andrew regardait le bouquet de fleurs, visiblement perplexe. Quant à Tyler, il la guettait et s'empressa de venir lui tendre la main afin de l'aider à descendre les dernières marches de l'escalier.

– Tu es merveilleusement sublime, lui souffla-t-il.

Puis il toussota pour que sa grand-mère et Andrew regardent vers eux.

– Oh que voici une très belle jeune fille, s'exclama Mamie Georgette. La plus belle, à n'en pas douter, de toutes les jeunes filles.

Andrew, pour une fois, y alla de sa petite phrase.
– Je trouvais le bouquet de fleurs stupéfiant mais je n'avais pas vu la suite qui est beaucoup plus stupéfiante encore.

Bryan courut vers elle et se colla à ses jambes.
– Eilleen, ma sœur si belle tombée du ciel, tu es très belle.

La jeune fille déclara à ce moment-là :
– Le doyen de l'université UVM du Vermont a dit que comme j'étais petite, il ne pourrait pas faire rectifier les robes de soirée pour une autre étudiante, aussi, il me les a offertes. J'ai souhaité, en ce jour de Noël, vous en faire profiter.

Tyler comprenait Eilleen dans sa volonté de mettre une belle robe en ce jour de fête. Pendant longtemps, elle n'avait possédé que des robes informes. Elle avait été moquée à l'université pour ses tenues démodées. Ce soir, elle prenait une petite revanche sur le sort. En même temps, elle restait elle-même, simple, sans rouge à lèvres ou vernis à ongle, sans maquillage, pas d'artifices, elle n'en avait pas besoin. Et jamais l'envie d'imiter les autres filles ne lui viendrait à l'esprit.

Et de la voir si belle dans cette simplicité qui lui allait si bien, le cœur de Tyler battait plus vite. Quelle chance il avait de l'avoir pour petite amie. Comme il le lui avait dit un jour, elle était belle intérieurement et extérieurement, ce qui en faisait une jeune fille à part, qui était la douceur et la bonté même dans la vie, une jeune fille qu'il chérissait.

Le dîner fut pour Eilleen un moment de douce quiétude car elle savait qu'autour de la table ne se trouvait que des personnes qui l'appréciaient et qu'elle appréciait. Et puis, il y avait son petit frère assis à côté d'elle, auquel elle restait attentive.
– Si tu n'as plus faim, ne te force pas, tu laisses dans ton assiette. Je ne tiens pas à ce que tu sois malade. Mamie Georgette comprendra.

Surtout, elle attendait avec impatience le moment des cadeaux.

Celui qu'elle avait fait à Bryan la veille avait été choisi sur les conseils de Tyler tandis que ceux qu'elle allait offrir ce soir, elle les avait choisis seule. Ses premiers vrais cadeaux !

Enfin, le moment arriva. Elle débuta par Tyler à qui elle offrit une eau de toilette pour sportif, puis un beau foulard pour sa Mamie et une pendulette de voyage qui se repliait avec un globe terrestre incrusté dessus pour Andrew.

Tyler lui offrit une montre.

– Tu as de la suite dans les idées, constata-t-elle car il avait déjà voulu lui offrir une montre alors qu'il était encore à l'université du Vermont mais, à l'époque, elle avait refusé. Merci, elle est très belle.

Andrew avait sculpté un chat dans un beau bois de couleur, un bois exotique.

– A défaut de pouvoir avoir un vrai chat pour te tenir compagnie, tu auras celui-là, commenta-t-il.

Elle apprécia beaucoup son cadeau car il l'avait confectionné lui-même avec ses mains pour elle, cependant elle ne le dit pas car elle ne voulait pas, avec une telle réflexion, déprécier le cadeau de Tyler. Et puis, les choses étaient claires, elle sortait avec Tyler, pas avec Andrew, aussi son comportement, ses paroles devaient être au diapason de cette réalité.

Mamie Georgette lui donna une enveloppe avec de l'argent.

Elle fit la bise à Andrew et à la grand-mère de Tyler pour les remercier. Elle hésita pour Tyler. Lui faire un baiser, même léger, devant tout le monde lui parut osé. Elle se contenta de lui sourire en lui touchant l'avant-bras. Après, elle dut expliquer à Andrew et à Mamie les relations qu'elle avait avec Melinda et Bill Gates.

– Ah, tu vas aller en Europe, s'exclama Andrew.

– Oui, mais je n'ai pas encore le détail du voyage. Je pense en savoir plus jeudi.

– Quand tu sauras, parles-nous en. On pourra peut-être te donner quelques recommandations. L'Europe, Tyler et moi, on connaît assez bien.

Les trois jours qui suivirent furent enchanteurs. Ils la firent cette promenade dans la montagne, Tyler avec Bryan sur les épaules, elle lui donnant la main, comme dans son rêve, ils la firent même deux fois. Ils profitaient de l'après-midi pour partir tranquillement.

Le lundi matin, Tyler ôta les roulettes du vélo destiné à Bryan et, après quelques frayeurs au début, celui-ci se débrouilla très bien au point qu'Eilleen et Tyler lui firent faire de petits parcours sur la route. Après, ils partaient tous les deux pour une longue balade, confiant sa garde à Mamie Georgette. Bryan était un gentil garçon qui ne protestait jamais.

Le lundi en fin d'après-midi, ils allèrent à Rutland avec le gamin. Elle voulait acheter de quoi dessiner. Après avoir trouvé ce qu'elle cherchait, ils se promenèrent dans la ville, Bryan entre eux, leur donnant la main. Ils décidèrent de manger dans un restaurant italien, se partageant une pizza.

– Je suis bien certaine que c'est la première fois que tu manges de la pizza, dit Eilleen à Bryan.
– Oui, mais j'aime bien.

Elle s'essaya à s'exprimer en italien avec le propriétaire du restaurant. Il la félicita, elle arrivait à relativement bien maîtriser cette langue. Enfin, ses efforts pour apprendre l'italien commençaient à porter leurs fruits.

Eilleen profitait pleinement de cette parenthèse en présence de Tyler, Bryan et sa Mamie. Ce n'était que du bonheur dont elle savourait chaque seconde car elle savait que tout allait s'accélérer ensuite. Les choses sérieuses commenceraient à l'académie des arts où elle devrait faire la connaissance de nouveaux professeurs, avec sans doute de nouvelles méthodes d'enseignement et un niveau plus élevé.

Elle n'avait cependant pas vraiment d'appréhension. Le fait d'avoir terminé première au contrôle continu à l'université du Vermont lui démontrait qu'elle avait effacé le handicap d'avoir reçu un enseignement dans une institution religieuse et non dans un lycée classique. Et elle entendait bien continuer sur sa lancée.

Elle se considérait avant tout comme une étudiante, l'art viendrait toujours après, même si ce qu'elle allait accomplir samedi avec Andrew était lié au volet artistique de son enseignement à l'académie des arts de New York.

Peu après sa rentrée à l'académie, il y aurait l'Europe. Une autre aventure mais très excitante. Elle allait marcher sur les traces de Tyler et Andrew !

Elle était particulièrement satisfaite du comportement de Tyler vis-à-vis de son petit frère. Était-ce dû au fait qu'elle lui avait rappelé que c'était lui qui avait suggéré que Bryan pourrait l'accompagner pour ce séjour chez sa grand-mère ? Toujours est-il qu'il faisait le maximum pour que tout se passe au mieux pour le plus grand plaisir du gamin. En plus des promenades dans la montagne, des balades à vélo, il jouait avec lui avec un ballon de football.

Et puis, il y avait ce moment privilégié où elle se retrouvait avec Bryan dans sa chambre puis dans le lit. Elle lui parlait pendant un quart d'heure, vingt minutes de sa Mamie, de Tyler, d'Andrew et de son métier d'ébéniste puis lui disait que quand il rentrerait chez lui, il faudrait qu'il demande à son papa et à sa maman de pouvoir aller à la piscine et de pouvoir continuer à faire du vélo. Elle avait le sentiment que Win avait enfermé son fils dans une sorte de cocon. Il fallait qu'il en sorte pour pouvoir s'épanouir.

– Tu en parleras d'abord à ton papa, mais c'est important. Tu penseras à demander ?

– Oui car j'aime bien faire du vélo.

Le garçonnet se blottissait dans ses bras et s'endormait presque aussitôt. Et elle le veillait en lui mettant des baisers légers sur le front, sur les cheveux avant de s'endormir elle-même.

La nuit, elle se relevait en faisant attention à ne pas réveiller son petit frère et, à la lueur d'une lampe de chevet, elle dessinait pendant une demi-heure, parfois plus. La plupart des dessins portaient sur Bryan, soit seul, soit avec Mamie Georgette ou Tyler. Elle avait du mal à se dessiner. La deuxième nuit, elle fit un dessin d'Ash, de mémoire pour le visage. Celle-ci, la casquette à l'envers sur la tête, s'élançait vers le ciel, en partie accroupie sur sa planche à roulette, la main droite tendue pour attraper des étoiles, avec en toile de fond les gratte-ciel de Manhattan.

Elle sentait d'instinct que l'adolescente était sauvage. Elle souhaitait l'aider mais se doutait que celle-ci n'allait pas l'accepter aisément.

Ensuite, elle se recouchait, apaisée.

Le mercredi en fin d'après-midi, le chauffeur qui devait venir la chercher le lendemain appela afin d'avoir des précisions sur la localisation de la maison de la grand-mère de Tyler. Celle-ci n'était pas facile à trouver. Elle lui demanda de passer plus tôt car ils auraient un crochet à faire par le centre-ville de Burlington. Après, elle lui passa Mamie Georgette.

Cet appel sonnait la fin de cette parenthèse enchantée même s'il lui restait encore une nuit pour profiter de son petit frère. Après, elle ne savait pas quand elle le reverrait.

Tyler, lui, partirait tôt le lendemain matin et elle ne savait pas non plus quand ils pourraient à nouveau être ensemble.

Cette situation était frustrante mais Tyler avait choisi d'aller au Texas pour poursuivre son rêve de devenir footballeur professionnel et elle l'avait encouragé dans ce choix. Il fallait qu'elle soit patiente même si, au fond d'elle-même, au contact de Bryan, un rêve de famille, d'enfants avait émergé. Mais comme l'avait souligné Tyler, les études et les enfants n'étaient guère compatibles, et elle n'avait que 16 ans !

Les adieux avec Bryan se déroulèrent de manière satisfaisante malgré l'émotion qui habitait Eilleen. Le gamin eut une réaction quand il vit son père qui lui fit plaisir.

– Papa, cria-t-il et il courut vers lui et se jeta dans ses jambes.

– Tout s'est bien passé, dit la jeune fille à son père. J'espère qu'on pourra renouveler ce genre de séjour chez la grand-mère de Tyler.

– As-tu aimé ton séjour avec ta sœur ? demanda Stewart à son fils.

– Oui, beaucoup. Je me suis bien amusé et j'ai fait plein de choses intéressantes.

– Alors il n'y a pas de raison que des séjours identiques ne se renouvellent pas, conclut son père.
– A bientôt Bryan, mon petit frère adoré. J'ai été très heureuse de t'avoir avec moi pendant ces quelques jours.
– Moi aussi, Eilleen ma sœur si belle tombée du ciel. J'ai beaucoup aimé dormir avec toi.

Ils se serrèrent lui contre l'autre mais elle ne souhaita pas prolonger trop l'étreinte, elle lui fit une grosse bise sur la joue et se releva.
– La prochaine fois que nous nous verrons, ce sera à New York, rappela-t-elle à son père.
– Oui, Je sais. Tu n'as rien dit à Tyler pour Mick ? demanda-t-il.

Eilleen fut surprise par cette question. Elle avait affirmé avant son départ qu'elle ne lui parlerait pas de cet incident avec son demi-frère, pourquoi revenir sur ce point ? Puis, elle fut certaine que Lynn était derrière celle-ci, Lynn qui s'inquiétait pour son fils et voulait le protéger d'une possible colère de Tyler.
– Non. Je t'avais dit que je ne lui en parlerais pas.
– C'est mieux ainsi. A très bientôt.
Elle rejoignit alors la voiture et son chauffeur en faisant un petit signe de la main à Bryan.

Le voyage en Europe se précise

Un homme attendait Eilleen au pied du petit escalier permettant d'accéder à l'avion. Il se présenta :
– Je suis Thomas Richardson, le directeur de la fondation Bill et Melinda Gates. Je suis enchanté de faire votre connaissance mademoiselle Quingsley. Mais que vous faites jeune, c'est incroyable.

Il lui prit sa petite valise et ils montèrent dans l'avion, un jet dont l'intérieur était confortablement agencé. Ils s'installèrent et, peu de temps après, l'avion se mit à rouler sur la piste de décollage.
– Champagne ? lui proposa l'homme.
– Non, merci, un thé sera très bien.
– Même le meilleur champagne millésimé ?
– Même le meilleur champagne. Je ne bois pas d'alcool.
– Bien. C'est vrai que vous êtes encore très jeune. Je voulais évoquer avec vous votre voyage en Europe. Vous partez dans 10 jours pour Bruxelles. J'ai prévu une journée dans la capitale belge avant votre intervention devant le parlement européen afin de vous permettre de vous remettre du décalage horaire. Ensuite, départ pour la Suède, Greta y tient.
– Et je tiens pour ma part à lui faire plaisir.
– Parfait. Pour la suite, je vous propose de profiter de votre venue en Europe pour faire quelques capitales. J'ai vu avec madame Spencer qui m'a affirmé que vous étiez une étudiante très sérieuse et brillante. Elle est aussi d'accord pour que vous en profitiez d'autant que des synthèses de cours vous seront envoyées tous les jours. Vous pourrez visiter la journée et travailler le soir.

Il eut alors un sourire :
– Enfin, pour le travail, vous verrez bien. Donc, je vous propose de visiter Paris, Rome, Madrid et Londres. Deux jours et demi dans

chaque capitale, c'est-à-dire deux jours pleins et le transfert se ferait au milieu du troisième jour. Ce sont à chaque fois des vols assez courts. La durée du séjour serait de 15 jours. Si cette durée vous paraît trop longue, je raccourcis. Mais, entre nous, vous seriez bête de ne pas en profiter puisque c'est la fondation qui prendra en charge les avions, les hôtels et les transferts entre l'aéroport et l'hôtel. Et puis, allez savoir quand vous aurez l'occasion de retourner en Europe, peut-être jamais !

Après un silence, il ajouta :
– Melinda vous estime beaucoup depuis qu'elle vous a vue lors de votre passage à CNN, ce qui explique qu'elle vous fasse cette faveur. Et je la comprends, vous êtes très attachante. Et puis, les voyages forment la jeunesse.

Elle lui raconta l'histoire du bouquet de fleurs, geste qui l'avait beaucoup touchée.
– Les Gates sont des gens formidables, ce qu'ils ont fait ne m'étonne pas d'eux, commenta Thomas Richardson.

Eilleen réfléchit rapidement puis se dit que le directeur de la fondation avait raison, une chance pareille risquait de ne jamais se représenter, autant en profiter. En plus, il avait prononcé la même phrase qu'Andrew sur la jeunesse et les voyages, une phrase qui, à ses yeux, était magique.
– Je suis d'accord avec le programme que vous proposez et qui est tout simplement extraordinaire cependant je ne veux pas aller dans des palaces mais dans de petits hôtels de charme.

Elle avait lu cette expression dans un livre et celle-ci lui avait plu. Et de toute façon, une militante n'avait rien à faire dans un palace ! Ce soir, elle ne pouvait guère faire autrement puisque la soirée aurait lieu au sein même de l'hôtel.
– Et j'entends bien travailler mes cours le soir et dans les avions, lança-t-elle d'un ton déterminé afin de répondre à sa petite réflexion.
– Je n'en doute pas un seul instant. Vous avez bien un passeport.
– C'est en cours. Je pense l'avoir en début de semaine prochaine.

– Parfait. Dès que nous aurons atterri, j'appelle ma secrétaire afin qu'elle fasse les réservations.
– Euh petits hôtels de charme, pas de palaces, je me permets d'insister.
– Je lui préciserai bien ce point. Vous allez faire un très beau voyage. Un voyage de rêve.
– Oui, c'est fantastique, inouï. J'ai du mal à réaliser.
L'homme sourit devant la réaction enthousiaste de la jeune fille.
– Tenez, voici ma carte avec mon numéro de portable. N'hésitez pas à m'appeler s'il y a le moindre souci ou pour toute modification du voyage.
Après un silence, l'homme dit :
– Melinda ne vous a peut-être pas prévenue mais elle souhaite que vous preniez la parole ce soir. J'espère que cette prise de parole ne vous pose pas de problème.
– Non, pas de souci. Je vais réfléchir à ce que je vais dire.

Le Plaza était effectivement un très bel hôtel. Eilleen ne pouvait pas imaginer une entrée aussi somptueuse. Quant à la chambre, très grande, elle était d'un raffinement sidérant. Dans la salle de bain, elle constata qu'il n'y avait pas de douche mais une baignoire. Elle fut un peu désorientée, n'ayant jamais pris de bain. Une femme de chambre entra à ce moment-là et, la voyant devant la baignoire, lui demanda :
– Vous voulez prendre un bain ?
– Je veux bien.
Elle fit alors couler l'eau en la mettant à bonne température et mit des produits. L'eau moussa et sentit bon. La jeune fille se glissa dedans. La sensation était agréable mais très vite, elle trouva bizarre de devoir rester à attendre elle ne savait trop quoi aussi elle sortit du bain au bout de même pas cinq minutes.
Finalement, elle préférait prendre une douche.
Elle enfila un peignoir bien moelleux et sortit ses affaires de sa valise et les étendit sur le lit. Elle avait pris la seconde robe afin de ne pas mettre la même que celle portée le soir de Noël.
La femme revint.

– Vous êtes déjà sortie du bain ? s'étonna-t-elle.
– Oui, cinq minutes, c'est bien non ?
– Vous avez à peine eu le temps de vous détendre. Voulez-vous un massage ?
« Puisque c'est la journée des premières fois, continuons, pensa-t-elle.
– Avec plaisir.

Une table de massage fut sortie d'un placard et peu de temps après, une jeune femme en blouse blanche apparut. Lorsqu'elle fut allongée sur la table, celle-ci lui demanda :
– Doux, moyen, dur le massage ?
– Aucune idée.
– Bon, je vais commencer par un massage moyen et vous me direz s'il vous convient.

Et pendant une demi-heure, Eilleen se fit triturer la peau et les muscles mais elle trouva ce massage agréable.
– Vous avez un corps si fin, on croirait une liane. Vous ne devez pas peser bien lourd, fit remarquer la jeune femme.
– Aucune idée. Je ne me suis jamais pesée.
– Remarquez, vous, vous n'avez pas besoin de surveiller votre poids. Vous êtes tranquille de ce côté-là.

Peu de temps après, alors qu'elle allait commencer à s'habiller, on frappa à la porte. Elle alla ouvrir.
– Je viens voir si je peux vous aider à vous préparer, lui dit une jeune femme.
– Entrez.
– Voulez-vous que je vous maquille ?
– Je veux bien mais il faut que ce soit léger.

Elle la maquilla avec beaucoup d'habileté et de réussite et lui conseilla de laisser pousser ses ongles.
– Même si vous ne mettez pas de vernis à ongle, cela fait plus féminin.

Elle la remercia de son conseil. Tout en gardant ses valeurs, elle ne négligeait pas tout élément permettant d'être encore plus féminine afin de plaire à Tyler.

Finalement, elle prenait plaisir à être maquillée pour de grandes

occasions. La jeune femme lui releva les cheveux comme le faisait Laureen puis l'aida à enfiler sa robe.
« Il est quand même plus pratique d'avoir quelqu'un pour remonter la fermeture éclair de derrière la robe, se dit-elle.

Seule, elle devait se contorsionner pour y arriver.
– Cette robe est vraiment très belle et vous va à ravir, remarqua la jeune femme.

Elle lui accrocha également le collier avec la perle.
– Et ce collier est magnifique et donne un éclat particulier à l'ensemble mais surtout à votre visage. Ainsi vêtue et parée, vous êtes parfaitement à la hauteur de l'événement. Mais vous avez le temps de descendre. Vous êtes la vedette de la soirée, vous devez arriver après les invités.
– Ah, vous pensez ? En général, j'arrive toujours en avance.
– Pas cette fois. Pour faire une entrée triomphale, vous devez arriver un peu après tout le monde.

Pour la faire patienter, la femme lui demanda de lui narrer quelle était son activité actuellement. Eilleen lui raconta le passage de l'université du Vermont à l'académie des arts de New York avec tous les avantages que présentait cette dernière, sans parler toutefois de la somme mise à sa disposition pour s'habiller.
– Ce changement d'université ne doit pas être facile à gérer.
– Oui, mais New York est une ville tellement fascinante que je ne regrette pas mon choix.

Enfin la jeune femme la libéra en lui disant :
– Vous pouvez y aller maintenant. Je vais vous accompagner.

La soirée avec les Gates au Plaza

Eilleen avait le cœur qui battait fort en prenant l'ascenseur. Heureusement que cette jeune femme si gentille et attentionnée était à ses côté. Cette dernière l'amena jusqu'à l'entrée du salon où se tenait la réception.

Lorsqu'elle en franchit le seuil, elle resta plusieurs secondes interloquée tellement la grande salle lui parut somptueuse. A ce moment-là, une femme se précipita vers elle.
– Je suis Melinda Gates. Je suis très heureuse de faire enfin votre connaissance chère Eilleen. Vous êtes tout simplement éblouissante. Quel charme et quelle classe naturelle vous avez alors que vous êtes encore une jeune fille, c'en est sidérant.

Puis se tournant vers un homme qui la suivait :
– Voici Bill, mon mari.
– Très enchanté de faire votre connaissance Eilleen. Vous permettez que je vous appelle par votre prénom. Et appelez-moi Bill.

Après l'avoir regardée d'un regard appréciateur, il lui prit la main et l'effleura de ses lèvres en se courbant devant elle, ce qui surprit Eilleen, peu habituée à ce genre de manifestation. Elle se retint de rire et répondit :
– Je tiens à vous remercier pour ce si beau bouquet de fleurs que vous m'avez fait envoyer. D'avoir pensé à moi en ce jour de Noël, surtout en y associant mes propres, est un geste qui m'a profondément touché. Oui, je vous remercie de tout mon cœur.
– Nous sommes contents que cette pensée en ce jour symbolique vous ait fait plaisir.
– Et merci également pour ce superbe voyage en Europe qui se profile. Pour moi, c'est tout simplement fantastique.
– Vous le méritez bien. Vous êtes une militante admirable, affirma

Bill Gates avec conviction. Qu'une jeune fille de votre âge s'engage dans ces combats difficiles, car il y a tellement de scepticisme et d'inertie afin que rien ne change, au lieu de vivre sa vie d'adolescente, mérite notre admiration. Par votre action, vous nous obligez à agir.

– Je partage les paroles de mon mari d'autant que vous paraissez si jeune mais quand je vous ai écoutée sur CNN, j'ai senti beaucoup de détermination en vous, souligna Melinda Gates. Venez, nous allons vous présenter.

Melinda lui prit alors la main et Bill, de l'autre côté, lui passa le bras autour du sien et, ainsi encadrée par les époux Gates, elle s'avança vers les invités qui l'applaudirent longuement.

Elle fut ensuite présentée à une foule de personnalités qui la complimentèrent pour son engagement, pour défendre aussi bien ses convictions. Beaucoup avaient vu l'émission sur CNN et la félicitèrent.

La suite de la soirée se déroula comme dans un rêve.

Elle prit effectivement la parole à la suite de Bill Gates qui rappela l'urgence d'agir pour lutter contre le réchauffement climatique. Elle développa les deux thèmes qui lui tenaient à cœur en essayant de ne pas être trop longue. Elle parlait toujours sans support papier, les idées étant claires dans sa tête, et mit beaucoup de conviction dans son propos.

– Très belle intervention, bien structurée et très convaincante, lui dit Bill une fois qu'elle eut fini. Vous êtes vraiment très à l'aise dans votre prise de parole en public. C'est impressionnant à votre âge.

– Merci. Je défends des thèses qui me sont chères, aussi c'est facile.

Elle comprit assez rapidement que cette soirée était surtout destinée à récolter des fonds pour la fondation et qu'elle servait en quelque sorte de prétexte. Mais ce constat ne la choqua pas. La fondation effectuait un gros travail de sensibilisation et finançait des actions concrètes pour essayer de sauver la Terre du désastre. Elle joua donc le jeu d'autant qu'elle avait en tête l'envoi du bouquet, et quel bouquet, alors que les Gates ne la connaissaient pas. Ce geste était très touchant et elle n'était pas prête de l'oublier.

Elle fut très étonnée de voir Steven à la soirée. Il était vêtu d'un smoking avec un nœud papillon et était très différent de l'image d'étudiant qu'elle avait de lui.
– Steven, quelle surprise, s'exclama-t-elle

Il lui présenta les deux personnes qui l'accompagnaient, ses parents.
– Ainsi, voici l'héroïne de la soirée. Vous êtes très belle mais très jeune aussi, ce qui peut expliquer que votre discours, qui était admirable, avait des accents de sincérité qui nous ont fait avoir la chair de poule, déclara sa mère. Notre fils Steven nous parle souvent de vous et ne tarit pas d'éloges sur vous et je comprends mieux pourquoi.

Puis, après un silence :
– Je ne doute pas que vous nous ferez le plaisir d'accepter notre invitation pour participer à une soirée chez nous. Nous habitons l'Uper East Side.

Eilleen fut surprise par cette proposition et réagit presque instantanément et sans même réfléchir à sa réponse :
– Euh, désolée mais je ne pense pas, non. Steven et moi, nous nous connaissons car nous sommes tous les deux étudiants. Nous évoluons dans ce monde estudiantin et personnellement, je dois travailler double car j'ai mes cours classiques et mes cours sur l'art et en plus, je peins tous les soirs, aussi, je n'ai pas vraiment le temps d'aller à des soirées mondaines.
– Eilleen est une artiste tellement passionnée par la peinture qu'elle ne prend même pas le temps de manger le soir afin d'avoir plus de temps à consacrer à ses tableaux, expliqua Steven afin d'essayer d'atténuer le choc du refus très net que sa mère venait d'essuyer.
– Oh, vous êtes également une artiste. Décidément, vous multipliez les talents. Je conçois que quand on est passionné, on souhaite s'y consacrer à fond.
– Oui, effectivement.
– Je comprends, ne vous inquiétez pas.

Et elle s'éloigna. Steven emboîta le pas à sa mère en lui faisant un signe comme quoi il était désolé.

« Je ne suis pas une bête de cirque qu'on exhibe dans des soirées mondaines, s'insurgea Eilleen.

En même temps, elle avait conscience d'avoir répondu d'une manière trop spontanée et peu diplomatique.

Elle alla rejoindre Bill et Melinda Gates et passa la fin de la soirée à leurs côtés en ayant le souci d'éviter ainsi que ce genre d'invitation ne se renouvelle.

Une expérience insolite avec Andrew

Eilleen goûta le moelleux du lit et eut un peu de mal à s'en extirper. Elle s'était couchée tard la veille. Comme il y avait une bouilloire et des sachets de thé, elle se fit un thé.

Dans la salle de bains, elle resta encore perplexe devant l'intérêt d'une baignoire et, comme elle n'avait ni l'envie, ni le temps de se faire couler un bain, elle prit un semblant de douche en se mettant debout dans celle-ci.

Elle descendit dans la salle du petit-déjeuner tout en se disant que tout était grand dans cet hôtel. Elle fut sidérée par l'abondance de celui-ci.

« Tyler et Andrew seraient là, ils s'en donneraient à cœur joie ! pensa-t-elle.

Elle se contenta de quelques fruits, notamment du kiwi qu'elle ne connaissait pas, tout en surveillant l'heure avec sa nouvelle montre afin de ne pas faire attendre le chauffeur qui devait l'emmener à l'aéroport.

« Finalement, avoir une montre au poignet est pratique, merci Tyler, songea-t-elle.

Elle était satisfaite de la soirée. Elle trouvait que Melinda et Bill Gates étaient des gens superbes. On pouvait certes leur coller l'étiquette de milliardaires mais il n'y avait rien d'ostentatoire dans leur façon d'être. Ils étaient humains et sensibles aux autres et elle retenait surtout cet aspect. Et ils l'avaient accueillie avec beaucoup de chaleur.

Elle n'oubliait pas, de toute façon, que leur fondation allait lui financer un superbe voyage en Europe.

Elle aimait aussi ces moments car ils lui permettaient de rencontrer des personnes qui travaillaient dans des métiers très différents, des personnes qui étaient dans la vraie vie, ce qui expliquait qu'elle appréciait d'avoir une amie comme Laureen qui ne soit pas étudiante, pour sortir du cercle un peu trop fermé de l'université.

Après avoir passé tant d'années isolée du monde derrière les hauts murs de l'institution religieuse de Manchester, elle appréciait particulièrement d'être entourée de toutes ces personnes. Ainsi, elle avait beaucoup apprécié la jeune femme qui l'avait aidée à se préparer. Elle était pleine de douceur et de sollicitude mais il était facile de se rendre compte qu'elle était surtout très compétente. La façon dont elle l'avait maquillée lui avait beaucoup plu.

Eilleen se promena pendant quelques minutes dans le palace, appréciant la beauté luxueuse du Plaza en se disant que ce serait sans doute la seule fois de sa vie où elle aurait l'occasion de se trouver dans un tel hôtel, avant de se diriger vers l'entrée.

Le chauffeur était là, qui attendait. Un personnel d'étage avait descendu sa petite valise. Vingt minutes après, elle se retrouvait sur le tarmac d'une aire d'embarquement réservée aux passagers de marque située sur le côté de l'aéroport principal de la Guardia, l'aéroport où elle atterrissait lorsqu'elle venait de Burlington. Là, un jet attendait, toutes portes fermées.

Elle prit le temps de le regarder, ce qu'elle n'avait pas pu faire à l'aller, prise entre l'émotion provoquée par le départ de Bryan, la question perturbante de son père par rapport à Mick et le fait que le directeur de la fondation l'attendait au pied de l'escalier. Là aussi, elle se dit que ce serait vraisemblablement la seule occasion pour elle de voler dans un jet privé.

Dès qu'elle sortit de la voiture, la porte de l'avion s'ouvrit et l'escalier pour y accéder coulissa. Elle franchit les quelques mètres qui la séparaient de l'appareil et vit qu'une hôtesse l'attendait à l'entrée de celui-ci. Lorsqu'elle fut près d'elle, celle-ci lui dit :
– Bonjour mademoiselle Quingsley. Bienvenue dans l'avion personnel de Bill Gates. Il a laissé un message pour vous. Il a été enchanté de faire votre connaissance. Il vous trouve admirable dans votre engagement et si pleine de fraîcheur et d'enthousiasme, ce sont ses

D'orage et de ferveur – Le rêve new-yorkais

mots. Il vous souhaite un bon voyage et surtout vous dit de ne jamais hésiter à faire appel à lui en cas de nécessité. Il sera toujours à votre écoute.

Eilleen rougit légèrement. Elle ne s'attendait pas à un tel message.

Une fois qu'elle fut installée, l'avion décolla rapidement. L'hôtesse était aux petits soins pour elle et pour lui faire plaisir, elle accepta de boire un jus d'un mélange d'agrumes avec du citron vert.

A Burlington, le même chauffeur l'attendait. Heureusement, il ne chercha pas à faire la conversation, lui demandant juste si tout s'était bien passé à New York. Elle envoya un SMS à Tyler lui disant qu'elle souhaitait qu'ils puissent se parler en soirée puis lut quelques pages du livre de Jules Verne.

Enfin, elle retrouva Mamie Georgette et sa grande tendresse. Elle fut quand même frappée par le contraste entre ce qu'elle avait vécu la veille à New York et la quiétude du lieu entouré de magnifiques paysages où habitait la grand-mère de Tyler. Cet endroit donnait l'impression de se trouver hors du temps.

Elle ressentit brusquement l'absence de Tyler et de Bryan. Ils avaient empli cette maison et les espaces aux alentours de leur présence.

– Tu t'es trop attachée à ton petit frère, constata la veille femme. C'est vrai qu'il est adorable mais essaie de garder un peu de recul.

– Je sais. Le problème, c'est que je rêve de lui quasiment toutes les nuits. Donc, il est là avec moi. Mais on ne va pas se voir pendant plusieurs semaines. Peut-être que cette distance entre nous me permettra de prendre ce recul dont tu parles.

– Je l'espère pour toi.

Elle mangea un peu puis prit son vélo et partit se promener. Cependant, assez vite, elle dirigea ses roues vers l'atelier d'Andrew.

– Bonjour Andrew.

– Ah, comment va notre jeune new-yorkaise ?

– Je vais bien. J'ai passé une très bonne soirée et j'ai trouvé Bill et Melinda Gates vraiment sympathiques. Et Bill a dit que si j'avais besoin de lui, il ne fallait pas que j'hésite à l'appeler.

– Eh bien, tu fréquentes du beau monde, c'est sidérant.
– Oui, ce qui m'arrive est assez fantastique et cela grâce à Greta Thunberg.

Elle fit le tour de l'atelier en passant la main sur les meubles, geste qu'elle aimait faire pour sentir le grain du bois.
– Tes meubles sont de plus en plus beaux. Tu es un vrai artiste dans ton métier.
– Merci de me faire cet éloge.
– C'est moi qui dois te remercier pour ton cadeau original, le petit chat sculpté est très beau et, surtout d'accepter de me venir en aide pour résoudre mon problème. Comment vois-tu les choses ?
– Nous avons la chance d'avoir une très belle arrière-saison. Il fait encore chaud, il y aura du monde sur les plages. Je te propose après notre retour du marché d'aller d'abord nous baigner au petit lac dans la tenue que tu souhaiteras puis ensuite, d'aller à une plage de naturistes assez célèbre, Old Orchard Beach dans le Maine. C'est en-dessous de Portland
– Ta proposition me convient. Je pense qu'on peut déjà se baigner nus dans le petit lac.

Après un silence, elle ajouta :
– Le plus étonnant dans cette histoire est que la première fois où tu m'as emmenée à ce petit lac, tu te souviens, j'avais oublié de mettre des sous-vêtements et j'avais eu peur que tu me proposes qu'on se baigne nu et maintenant, c'est moi qui te le suggère. Mais ce n'est plus possible que je sois prise de panique lorsque je vois un modèle nu ou très dévêtu. Actuellement, je serais capable de m'enfuir en courant à toutes jambes. Si je n'arrive pas à me maîtriser face à cette nudité qui est normale en peinture, je cours à la catastrophe à l'académie des arts.
– Effectivement, si tu en es à ce point-là, la solution que Brit a préconisée me paraît la plus appropriée. Mais, à mon sens, pour que celle-ci soit efficace, il faut que nous puissions aller à la plage dès le samedi en fin d'après-midi et le dimanche une bonne partie de la journée.

– Ce qui supposerait de passer une nuit sur place alors ?
– Oui, on ne pourra pas faire autrement d'autant que ce n'est pas tout près.
– Bon, il va falloir que j'explique à Mamie Georgette pourquoi je pars avec toi pendant deux jours.
– Évite de lui dire la vérité, trouve un prétexte et surtout, qu'elle n'en parle pas à Tyler. Et n'oublie pas qu'on part tôt demain matin pour le marché de Rutland.

Une baignade particulière dans le petit lac

Lorsque Eilleen revint à la maison de Mamie Georgette, elle appela Tyler pour lui annoncer le détail du voyage en Europe. Elle avait conscience qu'elle lui parlait d'un séjour dont les étapes et la durée avaient déjà été actées mais, comme elle le lui expliqua, elle avait dû prendre une décision très rapide dans l'avion.
– Écoute, puisque la fondation te propose ce parcours, il s'agit d'une chance pour toi. Je comprends parfaitement que tu aies accepté. Une telle opportunité ne se présente que très rarement. Donc pas de souci pour moi.
– Merci de ta compréhension Tyler.
– Un voyage en Europe représente le rêve de toute Américaine. Et tu vas pouvoir l'accomplir. Je suis heureux pour toi. Andrew et moi, nous avons eu cette chance de le faire et, crois-moi, un tel voyage vaut le déplacement.

Alors qu'Eilleen préparait le repas avec Mamie Georgette, elle décida de ne pas attendre pour lui parler.
– Mamie, demain, il faudra que tu m'aides à me lever tôt, je vais aider Andrew à vendre ses meubles au marché de Rutland. Et puis, je vais te demander deux choses. En premier lieu, de me faire confiance. Je rencontre un problème lié à mon entrée à l'académie des arts qu'Andrew peut m'aider à résoudre, c'est un problème important, cependant, pour mettre en œuvre la solution à ce problème, nous devrons partir demain après-midi pour ne revenir que dimanche en soirée. La seconde chose que je te demande, c'est de ne pas en parler à Tyler.
– Je veux bien tout ce que tu souhaites, mais pourquoi Tyler ne peut pas résoudre ton problème ?

– Ce problème doit être résolu ce week-end, avant que j'entre à l'académie des arts or Tyler n'est pas là puisqu'il est reparti au Texas. Et de toute façon, je n'aurais pas pu le résoudre avec lui. Mamie, je peux t'assurer que j'ai bien intégré ce que tu m'as dit la dernière fois concernant Andrew, aussi, par tout ce qui nous lie depuis que nous nous connaissons, fais-moi confiance s'il te plaît. Et je compte sur toi pour ne rien dire à Tyler.
– D'accord. Je sais que je peux te faire confiance. Aussi, est-ce entendu ainsi.

Eilleen eut beaucoup de mal à se lever à 5 heures 30. Sans l'aide de Mamie Georgette, elle n'y serait sans doute pas arrivée. Dans le fourgon, elle retrouva Greg qui se montra aimable. Ensuite, ce fut le même déroulé que les fois précédentes. La demi-heure de route, le déchargement des meubles à l'emplacement attribué, le bar très enfumé avec tous les commerçants serrés les uns contre les autres où Andrew et Greg prenaient leur petit-déjeuner, puis les premiers clients.

Ceux qui la connaissaient, et ils étaient assez nombreux, étaient très contents de la revoir. Ils le lui faisaient savoir et la félicitaient pour son engagement, lui disant également qu'ils appréciaient son charmant sourire et qu'elle était de plus en plus belle, compliments qui la faisaient rougir et sourire en même temps.

Les premiers meubles commencèrent à partir.

Deux heures après leur arrivée, elle fit une pause pour faire un tour dans le marché et surtout pour aller voir les animaux. Elle regarda avec envie les petits chats et les chiots. Ensuite, ce fut au tour d'Andrew et de Greg de partir prendre un café, la laissant se débrouiller. Mais elle était habituée désormais.

Elle négocia deux remises en allant au-delà des 15% qu'autorisait Andrew, ce qui lui permit de vendre deux gros meubles, un bahut et un buffet de cuisine. Elle savait cependant que cette initiative de sa part ne poserait pas de problème. Andrew disait toujours que l'important était de vendre.

D'orage et de ferveur – Le rêve new-yorkais

Elle fut quand même soulagée quand Andrew et Greg revinrent car elle avait l'impression que les gens attentaient qu'elle soit seule pour venir en nombre sur le stand.

A la fin du marché, il ne restait que deux meubles, ce qui pour Andrew constituait un résultat très satisfaisant.

– Nous avons vendu plus du double de meubles que la semaine dernière, constata Andrew. Eilleen, tu nous portes chance, c'est indéniable.

Ensuite, ils allèrent manger dans le même restaurant, se contentant du plat du jour pour ne pas trop perdre de temps. Le patron la salua par un :

– Ah, la jolie petite demoiselle est de nouveau avec vous. Je suis content de vous revoir.

Au retour de Rutland, Andrew déposa Greg, passa chez lui prendre des serviettes puis ils partirent pour le petit lac caché dans la forêt. Il alla avec le fourgon au plus près du lac, ce qui fit qu'ils ne marchèrent qu'une dizaine de minutes.

Andrew se déshabilla devant elle en se mettant un peu de côté. Elle l'observa, son cœur battant plus vite. Elle voyait pour la première fois un homme dénudé. Elle lui tourna le dos pour ôter ses vêtements et entra dans l'eau le plus rapidement possible, pas à l'aise, mais elle savait que sur la plage où seraient présents les nudistes, elle ne pourrait pas rester habillée. Il fallait qu'elle se force dès maintenant.

Par contre, une fois qu'elle fut dans l'eau, le fait de nager nue lui procura un sentiment de liberté étonnant. Elle se sentait en parfaite symbiose avec la beauté sauvage de ce lieu. Elle le dit à Andrew.

– C'est super de se baigner nue dans ce lac. J'adore.

Elle se mit deux fois sur le dos tout en ayant conscience d'exposer son corps au regard du jeune homme. Et lorsqu'elle sortit de l'eau, elle ne chercha pas à le cacher. Elle remarqua cependant qu'Andrew évitait de la regarder alors qu'elle, elle ne se gênait pas pour l'observer. Il lui mit d'ailleurs rapidement une serviette sur les épaules avant de lui frotter le dos de manière énergique.

Ils redescendirent tranquillement vers le fourgon.
« Une première étape de franchie, songea Eilleen.

Un nouvel an à Portland

Andrew avait ramené le fourgon à sa maison située à côté de son atelier et pris sa voiture. Alors qu'ils roulaient depuis quelques minutes, il lui dit :
– On passera la soirée et on dormira à Portland. Je suppose que pour le réveillon du nouvel an, la municipalité a dû prévoir un beau feu d'artifice.
– Ce que je vais te dire va te surprendre, mais je n'ai jamais participé à un réveillon de nouvel an et je ne sais même pas ce qu'est un feu d'artifice.
– Eh bien, très étonnant ! Comment est-ce possible ?
– Tout simplement parce que j'ai passé toute mon enfance dans une institution religieuse à Manchester et qu'on y fêtait Noël mais pas le passage à la nouvelle année. Je n'en suis sortie qu'un mois avant d'entrer à l'université. Cette institution avait de hauts murs et nous ne savions pas ce qui se passait derrière. Personnellement, je l'appelais le monde extérieur. Ma vraie vie a commencé le jour de mes 16 ans lorsque j'ai quitté cette institution religieuse.
– Je me doutais qu'il y avait quelque chose de ce genre.
– Ma chance est d'avoir pu entrer à l'université. Là, j'ai découvert internet et tout s'est ouvert. J'ai quand même reçu un bon enseignement à l'institution religieuse ce qui m'a permis de suivre les cours à l'université sans trop de difficulté et la bonne nouvelle, c'est que j'ai terminé première au contrôle continu.
– Bravo, je te félicite. Mais si tu es entrée à 16 ans à l'université, cela veut dire que tu as sauté des classes donc que tu étais brillante.
– Brillante, je ne sais pas mais je suis assez fière de ce résultat. Et la bibliothécaire s'est évertuée à me faire lire de grands auteurs. La littérature pour moi constitue un grand moment d'évasion. Pendant que

les étudiantes regardent leurs séries, moi, je lis. J'apprends énormément de choses dans les livres. J'ai encore quelques petites lacunes comme cette histoire de feu d'artifice mais dans l'ensemble, je n'ai pas à me plaindre.

– Tu as bien raison de lire de grands auteurs plutôt que de regarder ces séries qui ne volent pas très haut intellectuellement. Le problème, c'est que les filles se nourrissent de celles-ci très jeunes et elles ont beaucoup de mal à s'en extraire.

– Parle-moi de votre voyage en Europe à Tyler et à toi.

Il se lança. Ils étaient partis trois mois, sac au dos, trains, stop, auberges de jeunesse et même nuits à la belle étoile. Ils avaient visité la France, l'Italie, l'Espagne, avaient poussé jusqu'en Grèce. Ils avaient fait les vendanges dans le sud de la France, cueilli les tomates en tant que saisonniers en Espagne et les olives en Grèce.

Andrew prenait le temps de bien expliquer en quoi consistait faire du stop, faire les vendanges, ce qu'était un saisonnier. Il donna des détails sur les villes ou les endroits visités qui les avaient marqués.

– Je rêve de faire comme vous, faire du stop, partir à l'aventure, s'exclama Eileen.

– Malheureusement, pour une fille, ce serait trop dangereux.

– Alors je vais me déguiser en garçon, avec une casquette sur la tête pour cacher mes cheveux, ainsi, je pourrai faire tout ce que vous avez fait et qui n'est pas permis aux filles.

Andrew rit de bon cœur mais fit remarquer.

– Tu es petite et tu as la taille toute fine et je ne parle même pas de tes yeux. On peut difficilement être plus féminine que toi, aussi ton stratagème n'a aucune chance de réussir. On verrait tout de suite que tu es une fille déguisée en garçon.

– Rabat-joie. Mais merci pour le compliment. Je suis contente que tu m'aies raconté ce voyage en Europe. Le mien sera forcément très différent puisqu'il ne durera que 15 jours.

Elle le lui détailla.

– Ce sera néanmoins un très beau voyage, affirma Andrew. Et quinze jours me semble une bonne durée pour découvrir les capitales. Et n'oublie pas, les voyages forment la jeunesse.

A force de parler, ils étaient arrivés à Old Orchard Beach. La mer s'étendait devant eux à l'infini. Ils se dirigèrent vers la plage réservée aux naturistes. Des cabines étaient prévues pour se changer et des casiers pour ranger ses affaires.
– Quand on marchera sur la plage, je te tiendrai très fort le poignet, ce qui t'évitera te t'enfuir à toutes jambes.

Eilleen vécut alors l'expérience la plus insolite de sa courte vie. Elle comprit aussi toute l'importance de l'étape intermédiaire du lac voulue par Andrew. Elle se retrouva au milieu d'hommes, de femmes, d'adolescents, d'adolescentes, d'enfants, de personnes âgées qui se promenaient dans le plus simple appareil.

Pendant plusieurs minutes, elle eut du mal à respirer tant sa poitrine était serrée, et son cœur battait fort et si Andrew ne l'avait pas tenue au niveau du poignet, elle se serait effectivement enfuie. Cependant, ces nudistes étaient, eux, très détendus, parlant, riant. Les mères s'occupaient de leurs enfants, les adolescents se couraient après.

Peu à peu, alors qu'ils continuaient à marcher au milieu de ces personnes nues, sa respiration redevint normale, son cœur se calma.
– Pense au fait que pour toutes ces personnes, vivre nu est une philosophie de vie.

Ils marchèrent une heure mais la nuit n'allait pas tarder à tomber.
– Il est temps de rejoindre notre hôtel à Portland, indiqua Andrew.

Il avait choisi un hôtel situé près du vieux port. Après avoir pris possession de leur chambre respective, ils se promenèrent sur les quais.
– Portland a été construit autour de la baie de Casco, la ville est connue pour son quartier historique et est très touristique .

Un phare envoyait ses signaux vers la mer. Eilleen découvrait cette ambiance de port et aimait bien.

Alors qu'ils passaient devant un magasin de souvenirs, Andrew demanda :

– Veux-tu que je t'achète une casquette.
– Oui, je veux bien, je n'en ai jamais porté.
   Aussitôt dit, aussitôt fait.
– Il est toujours marqué Portland Maine car il existe un Portland en Oregon, sur la côte Pacifique, précisa Andrew.
   Elle mit la casquette à l'endroit même si elle avait trouvé la façon dont Ashley portait sa casquette à l'envers très seyant.
– Elle te va très bien. Beaucoup de jeunes américaines portent des casquettes.
– Les adolescentes sans doute mais bon, comme je n'ai pas eu d'adolescence, je peux me permettre de me rattraper un peu.

Ils repassèrent à l'hôtel pour prendre une douche. Après, Eilleen se mit en jean, t-shirt, une jupe et un corsage n'étant pas la tenue appropriée pour aller avec la casquette.
– Quel changement, s'exclama Andrew qui ne l'avait jamais vue en jean. Je n'en reviens pas.
– Mamie Georgette a souhaité que je sois une jeune fille moderne, alors je fais un effort pour l'être. Et puis, il fallait que je mette quelque chose qui soit adapté à la casquette que tu m'as offerte.
– Tu as raison. Et c'est très réussi.

Ils dînèrent dans un restaurant près du vieux port. Andrew intriguait Eilleen, elle aurait voulu lui poser de nombreuses questions sur sa vie et surtout pourquoi il n'était pas marié. Mais elle devait se souvenir qu'il avait accepté une mission pour l'aider et surtout qu'elle avait demandé à Mamie Georgette de lui faire confiance. Elle ne devait rien faire qui aurait pu prêter à confusion. De toute façon, Andrew, en lui prenant le poignet et non pas la main, lui avait démontré qu'il était concentré uniquement sur sa mission et n'entendait franchir aucune limite.

Après le dîner, ils se promenèrent pendant un temps dans le centre historique avant de revenir près du vieux port où ils attendirent au milieu d'une foule nombreuse le feu d'artifice.

Quand celui-ci commença, elle fut surprise par la force des détonations même si elle trouvait le spectacle superbe. Celles-ci lui rap-

pelaient la première fois où elle avait assisté à un match de football américain, elle avait dû sortir du stade car il y avait beaucoup trop de cris et de bruit pour elle. Là, elle s'accrochait au bras d'Andrew pour essayer d'encaisser le choc des explosions qui se répercutait dans son corps même si elle appréciait de voir les gerbes étincelantes et colorées des fusées qui explosaient dans le ciel nocturne. L'apothéose la laissa éblouie.
– Quel spectacle époustouflant, s'écria-t-elle. Je n'en reviens pas.
    Puis les gens décomptèrent à voix haute 10, 9, 8 jusqu'à 0 et après se souhaitèrent la bonne année en s'embrassant, en se congratulant, en buvant du champagne.
– La tradition veut qu'on se fasse la bise en se souhaitant une bonne et heureuse année, lui expliqua Andrew.
– D'accord, faisons-le alors.
    Ils se firent la bise accompagnée des souhaits d'usage.
    Eileen venait de passer son premier réveillon de fin d'année et de fêter son premier passage dans une nouvelle année et elle en était enchantée.

La surprise d'Andrew

Le lendemain, Eilleen et Andrew visitèrent à nouveau le centre historique de Portland en prenant le temps cette fois de lire les panneaux explicatifs devant les nombreux monuments remarquables. Ils se rendirent également au Portland Museum of Art de renommée mondiale et à la Wadsworth-Longfellow house, habitation du poète, avec ses magnifiques jardins.

Ensuite, ils retournèrent vers Old Orchard et la plage réservée aux naturistes.

Celle-ci était assez peu fréquentée cependant des gens se baignaient.

– Serais-tu tentée ? lui lança Andrew.

Elle n'avait jamais pris de bain de mer.

– Oui, allons-y.

Eilleen fit un chignon, espérant ainsi ne pas trop mouiller ses cheveux. Andrew trouva que cette coiffure lui allait particulièrement bien.

– Tu devrais mettre tes cheveux plus souvent en arrière, ton visage s'en trouve dégagé, c'est du plus bel effet.

« Ouh là, Andrew qui me fait des compliments, se dit-elle. C'est assez rare pour être apprécié.

– Je suis ravie que cette coiffure te plaise, lui répondit-elle.

Elle avait toutefois conscience de s'approcher de la ligne rouge à ne pas franchir d'autant que lorsqu'elle avait mis ses bras en arrière et en hauteur pour tirer ses cheveux pour en faire un chignon, elle avait fait ressortir sa poitrine qui était désormais bien présente, élément qu'elle n'avait pas anticipé. Ce geste pouvant être pris pour de la provocation, elle avait eu le réflexe de tourner en grande partie son corps de côté quand elle avait senti ses seins se tendre vers l'avant alors qu'Andrew détournait le regard.

Heureusement, leur entrée dans la mer chassa la légère gêne qui s'était créée entre eux.

Ils affrontèrent les vagues de l'océan Atlantique pendant plus d'une-demi-heure. Un peu surprise au début, Eilleen s'amusa très vite énormément.

Une fois sortis de l'eau et rhabillés, ils allèrent manger du poisson grillé dans un restaurant de plage qui leur permettait d'avoir une belle vue sur la jetée, le Pier, qui s'avançait assez loin dans la mer.

Très vite, la plage se peupla et ils marchèrent à nouveau dans le plus simple appareil parmi cette foule si tranquille qui goûtait le plaisir du naturisme. Toutefois, cette fois, Eilleen s'y était habituée. Elle n'avait plus d'appréhension. Brit avait eu raison de lui préconiser cette solution pour résoudre son problème avec la nudité. Et elle était bien contente qu'Andrew ait accepté de l'accompagner, bien contente de passer du temps avec lui.

A un moment donné, il lui dit :
– On va aller dans une autre ville et je te réserve une surprise.

Ils se rendirent à Bar Arbor, prirent un bateau et un quart d'heure plus tard, Eilleen aperçut des baleines. Les énormes cétacés s'ébattaient pas très loin du bateau, sortant leur queue immense de l'eau lorsqu'ils plongeaient dans les profondeurs. Deux baleines sautèrent hors de la mer, leur immense corps entièrement sorti, provoquant de grandes gerbes d'eau en retombant. Elle eut même droit au saut d'une mère et de son baleineau ensemble.

Eilleen était fascinée par le spectacle qui s'offrait à ses yeux.
– Quelle magnifique surprise tu me fais là Andrew. C'est inimaginable. Merci. Merci.
– Nous n'étions pas très loin, il aurait vraiment été dommage de se priver du spectacle qu'offrent ces baleines.
« Que de premières fois j'aurai vécues lors de ce week-end, c'est fou, pensa-t-elle.

Il était temps cependant de rentrer chez Mamie Georgette.

– Andrew, je te dis un très grand merci. Je t'ai fait une demande particulièrement insolite. Tu aurais pu répondre par la négative à cause de Tyler, j'aurais compris. Mais, au contraire, tu as accepté et, ce faisant, tu m'as rendu un immense service.
– Eilleen, tu es une jeune fille formidable et il était normal que je t'aide dès l'instant où je pouvais le faire. Si le but recherché est atteint, alors, c'est parfait.
– Oui, il est pleinement atteint. Mais si on m'avait dit il y a quelques semaines que je me baignerais entièrement nue et que je marcherais sans aucun habit au milieu de gens eux aussi nus, je n'aurais pas pu le croire. Et puis, il y a eu tellement de premières fois pour moi ce week-end que je m'en souviendrai toute ma vie.
– C'est vrai que nous avons vécu un chouette week-end. En même temps, ces gens qui vivent le naturisme comme une philosophie de vie nous donnent une leçon. En étant nus, ils sont plus proches de la nature et refusent le diktat des vêtements et par là-même, notre société de consommation.
– Tu as raison. Mais vraiment Andrew un très, très grand merci pour ce que tu as fait pour moi.
-Tu sais comment me remercier.
– Euh, non, comment ?
– En me faisant un autre dessin.

Lorsque Tyler appela le soir pour lui souhaiter une bonne année et qu'il lui demanda ce qu'elle avait fait ce week-end, elle lui répondit qu'elle était allée aider Andrew à vendre ses meubles au marché de Rutland puis, sans s'étendre plus, elle orienta la conversation vers lui :
– Et toi, ton match ?
– Tout s'est super bien passé. J'ai joué une mi-temps complète comme prévu et nous avons gagné. Ce fut un match très positif pour moi. Et l'ambiance dans le stade était fantastique. Après, ils avaient prévu un grand feu d'artifice qui était splendide.
    Heureusement, Tyler était tout à son enthousiasme de ce qu'il ve-

nait de vivre, il lui détailla le grand show mis en place et, ce faisant, ne lui demanda pas si elle avait déjà vu un feu d'artifice. Elle n'eut pas à mentir sur ce point.
« De toute façon, je n'ai rien fait de mal, songea-t-elle.
 Il y avait juste eu ce moment embêtant où elle avait voulu tirer ses cheveux en arrière pour faire un chignon, ne réalisant pas tout de suite que ce geste aurait pour effet de tendre sa poitrine et de la mettre en avant. Heureusement, Andrew, avec son tact habituel, avait détourné les yeux.
– Je suis très contente pour toi Tyler. Tu approches de ton but. Je suis fière de mon champion.

Ses vrais débuts à l'académie des arts de New York

La responsable de l'académie des arts de New York avait laissé la matinée du lundi de la rentrée universitaire libre afin de permettre aux étudiants et étudiantes de rejoindre l'école. Mais dès 13 h 30, le premier cours commençait.

Eilleen arriva à midi passé de Burlington. Elle eut juste le temps d'aller voir Brit et de lui annoncer :
– Bonjour Brit. J'ai mise en œuvre ce week-end la solution que tu as préconisée pour résoudre mon problème avec la nudité. Tu avais raison. Elle s'est avérée très efficace. Merci pour ton conseil.
– Bonjour Eilleen. Je suis contente pour toi que tu aies pu résoudre ce problème délicat. Tu sais qu'en début d'année, on se souhaite de bons vœux, il s'agit d'une tradition. Aussi, je te souhaite une bonne et heureuse année, qu'elle te soit bénéfique et placée sous le signe du succès.
– Oh excuse-moi. Je ne suis pas habituée à cette tradition. C'est la première fois que je fête la nouvelle année. A l'institution religieuse, on ne savait pas ce que c'était. Bonne et heureuse année Brit mon amie très chère. Je te souhaite plein de bonnes choses. Merci pour tout ce que tu fais pour moi, c'est si précieux. Excuse-moi, il faut que je me dépêche, je ne suis pas trop en avance. On se voit ce soir.
– D'accord, à ce soir.

Elle alla déposer sa valise dans sa chambre où Gabriella n'était pas là, passa à la cafétéria manger un plat chaud et chercha sa salle de cours, demandant deux fois de l'aide pour s'orienter. Elle voulait arriver en avance pour choisir la personne qui serait à ses côtés, elle voulait une jeune fille, mais avec le temps perdu pour trouver la salle,

tous les étudiants et étudiantes étaient déjà installés et il ne restait qu'une place auprès d'un garçon.
– Je m'appelle Justin, je suis du Kansas, lui dit ce dernier.
– Eilleen, New Hampshire.
– Euh, tu es Eilleen, la jeune militante ?
– Oui.
– Ouh là, très honoré et très admiratif.
– Ici, je suis une simple étudiante, pas la militante.
– D'accord. Mais quand même !

Elle sortait son ordinateur lorsque le professeur entra et, après leur avoir souhaité une bonne année, annonça :
– Nous accueillons une nouvelle étudiante, Eilleen Quingsley, qui était la mascotte de sa promotion à l'université UVM du Vermont.

Pour la première fois, elle prit ses notes de cours sur son ordinateur. Elle entrait dans une nouvelle ère.

Au début des trois autres cours qui suivirent, la même annonce de son arrivée et le fait qu'elle était la mascotte de sa promotion furent faites. Justin, qui avait les mêmes cours qu'elle, la guida dans les couloirs.

A la fin des cours, elle appela Steven et lui dit :
– Bonjour Steven. Je te souhaite une bonne et heureuse année. Je suis désolée si j'ai été un peu brutale avec ta mère. Bien évidemment, je ne participerai à aucun dîner mondain, je suis une étudiante comme toi, aussi je pense que tu peux comprendre que j'ai autre chose à faire.
– Bonne année Eilleen, je te souhaite pleins de bonnes choses. Oui, je comprends parfaitement. Ma mère m'aurait prévenu auparavant qu'elle voulait te faire cette invitation, je lui aurais répondu que ce n'est pas la peine car ce n'était pas ta place et que tu refuserais.
– J'espère qu'elle ne m'en veut pas et que l'incident est clos. Je t'appelle car je voudrais aller à Little Italy un soir de la semaine.
– Oui, pas de souci, l'incident est clos. Mercredi te conviendrait ?
– Parfait. Je serai sans doute avec ma coloc, Gabriella, qui est Italienne.

– Pas de problème. Je passe te prendre à 19 heures à l'académie.

Eilleen était enchantée, elle allait pouvoir se tester dans la langue italienne. Elle rejoignit sa chambre où Gabriella se trouvait. Elle lui lança :
– Bonjour Gabriella. J'espère que tu vas bien, je te souhaite une très bonne année. Figure-toi que je vais aller à Rome.
– Bonne et heureuse année à toi aussi Eilleen. Combien de jours vas-tu rester à Rome ?
– Seulement deux jours et demi.
– Ce n'est pas assez. Il te faudrait quatre jours pleins. Et puisque tu vas à Rome, j'aimerais bien que tu ailles voir mes parents. Voilà ce que je te propose, ma chambre est libre chez moi, passe ces quatre jours dans ma famille ainsi tu n'auras pas de frais d'hôtel et même pas de frais de nourriture car tu pourras manger avec eux et quand ils verront qu'une jeune fille comme toi partage ma chambre à l'académie des arts de New York, ils seront rassurés.
– Pourquoi dis-tu ces paroles ? Qu'est-ce que j'ai de particulier ?
– Tu connais l'expression BCBG ?
– Non, je ne connais pas. Tu m'inquiètes un peu, là.
– BCBG veut dire bon chic, bon genre. C'est tout toi. Tu es une fille qui est bien de sa personne, sans maquillage, ni rien de choquant, toujours souriante, et qui donne confiance. Et en plus, j'ai pu m'apercevoir que tu était catholique comme mes parents qui sont de fervents croyants.
– Oui, je crois très fort en Dieu.
– Mes parents s'inquiètent, ce qui est normal. Te voir leur montrera qui fréquente l'académie des arts. Ils en seront rassérénés.
– Je comprends. Je verrai demain avec la structure qui gère mon voyage s'il est possible de faire quatre jours pleins à Rome. Au fait, je vais à Little Italy mercredi soir avec un ami. Tu viens avec nous ?
– Avec plaisir.
– Bien, on partira à 19 heures de l'académie. Tu sais quelle langue on parle à Bruxelles ?
– Le français.

– Ah aussi. Ce serait peut-être bien que j'apprenne le français alors.
– Oui, tu as raison, ce serait une bonne idée.
– Je vais aller voir à la bibliothèque ce qui peut m'être proposé.
– Regarde plutôt sur internet avec ton ordinateur. Il y a des méthodes pour apprendre des langues en ligne. J'en ai utilisé une pour perfectionner mon américain.
– Tu as raison, Bonne idée.

Elle regarda, vit effectivement plusieurs applications, en choisit une, créa son compte et débuta sa première leçon en écoutant pendant un quart d'heure.
– Merci du conseil. C'est parfait. Il faut que j'aille voir Brit mais je ne reviendrai pas trop tard pour prendre une vraie première leçon de français. A plus tard Gabriella.

Lorsque Eileen eut rejoint Brit, celle-ci lui demanda :
– Tes premiers cours se sont bien passés ?
– Oui mais je me suis rendu compte que le niveau est plus élevé qu'à UVM.
– Tu es brillante et j'ai remarqué que tu étais particulièrement vive d'esprit, je ne doute pas que tu sauras t'adapter. Sans vouloir être indiscrète, avec qui es-tu allée sur la plage de naturistes car je me doute que tu n'y es pas allée seule ?
– Avec Andrew et avec la promesse de Mamie Georgette qu'elle n'en parle pas à Tyler qui était reparti au Texas dès jeudi. Nous avons passé le week-end ensemble. Au passage, j'ai assisté à mon premier feu d'artifice à Portland dans le Maine.
– Très bien. L'important est que ton problème soit résolu. Es-tu prête à reprendre la peinture de ton tableau ?
– Oui, tout à fait. Mais, indiscrétion pour indiscrétion, tu en es où avec l'instructrice de self-défense ?
– Elle s'appelle Megan. Tout se passe parfaitement entre nous.
– Oh, très bien, je suis contente pour toi.

Cependant, Eilleen eut beaucoup de mal à se remettre à la peinture de son tableau. Le week-end qu'elle venait de vivre avec Andrew où il s'était passé tant de choses plus étonnantes les unes que les autres, week-end si réussi par ailleurs, avait quelque peu brouillé le souvenir des jours joyeux passés avec Tyler et Bryan dans la maison de Mamie Georgette. Elle dut faire un gros effort de concentration en pensant très fort à Bryan pour chasser Andrew de son esprit et y faire revenir son boyfriend et son petit frère. A ce moment-là seulement, elle put commencer à peindre.

Une demande d'achat inattendue

Le lendemain matin, avant son premier cours, Eilleen appela le directeur de la fondation Bill et Melinda Gates afin de lui exposer la proposition de Gabriella.
– C'est vrai que Rome qu'on surnomme la Ville Éternelle, est très riche en monuments à visiter et puis, il y a le Vatican avec la chapelle Sixtine. Et cette immersion dans une famille italienne ne peut que vous être bénéfique. Vous repartiriez le lendemain du quatrième jour de Rome. Comme il y aura deux nuits en moins prises en charge par la fondation, je propose d'ajouter une nuit à Paris. Qu'en pensez-vous ?
– C'est parfait pour moi.
– Très bien, je demande à ma secrétaire d'ajuster ces éléments de votre séjour.

Elle décida de ne pas parler à Tyler de cette prolongation de son séjour en Europe. Par contre, elle devrait en informer madame Spencer. Elle alla en cours le cœur en fête en se disant :
« Quelle chance j'ai !

Après une matinée bien remplie, Eilleen déjeunait avec Justin qui lui décrivait le Kansas et une fille qui se trouvait dans son cours lorsque Joao s'approcha.
– Il faudrait que je te parle en privé, lui dit-il.
Elle avisa une table libre :
– Allons là. Excusez-moi, à tout à l'heure.
Une fois installés, le jeune Brésilien lui tint des propos qui l'étonnèrent grandement.
– Je connais une personne au Brésil qui est un grand amateur d'art et qui ne manque pas de moyens financiers. Je lui ai montré les photos de tes œuvres. Il a été favorablement impressionné par le tableau

peint à quatre mains. Il a dit qu'il était très intéressant d'avoir une œuvre de deux jeunes artistes qui demain seront sans aucun doute célèbres. Il propose 5 000 dollars pour acheter ce tableau.

Eilleen était complètement interloquée et ne sut que répondre :
– Mais je ne sais pas si ce tableau est à vendre. Il faut que j'en parle à Brit.
-Tiens moi au courant, je te donne mon numéro de portable.

Eilleen ne savait pas où était Brit, aussi, elle lui parlerait de cette proposition inattendue le soir. En même temps, elle se dit que cette somme serait la bienvenue pour son amie, elle pourrait rembourser le prêt qu'elle avait dû solliciter pour déménager ses tableaux à New York. Comme elle avait un peu de temps avant son cours, elle envoya un mail à Greta Thunberg pour lui souhaiter la bonne année et l'informer que tout était calé avec la fondation pour son séjour en Europe, qu'elle arriverait à Bruxelles un jour avant l'intervention devant le parlement européen.

En allant à son cours, elle croisa Gabriella dans les couloirs. Elle lui annonça que la fondation avait accepté qu'elle séjourne quatre jours à Rome.
– C'est super. J'en informe ma mère et je te parle de ma famille ce soir.

En cours de littérature, le professeur la surprit en disant :
– Et si nous faisions lire un texte de William Faulkner à notre nouvelle étudiante en lui demandant de commenter l'extrait et de nous dire quelques mots sur la pensée de l'auteur, afin d'évaluer son niveau ? Tenez, venez là mademoiselle Quingsley.

Eilleen alla donc près de son bureau et, s'exécutant devant toute la classe, lut parfaitement le texte, développa ses idées sur l'extrait puis parla de l'auteur. Grâce aux fiches que la bibliothécaire d'UVM lui avait fournies sur les auteurs qu'elle lui faisait lire, ce fut aisé car elle avait une très bonne mémoire et Faulkner était un de ses auteurs préférés.

Un silence absolu régnait dans la salle de cours et elle eut l'impres-

sion que les garçons et les filles la regardaient fixement. Le professeur paraissait sidéré. Il mit un temps avant de finir par dire :
– Eh bien, je ne m'attendais pas à une telle prestation. Quelle excellence, bravo ! Je n'avais encore jamais entendu une étudiante de première année capable de parler de Faulkner avec autant de brio comme vous venez de le faire. On voit que vous raisonnez avec justesse. Et votre maîtrise de vous, l'aisance avec laquelle vous vous exprimez, sont impressionnantes.

Quand elle fut de nouveau assise à sa place, Justin lui glissa à l'oreille.
– Ce salaud a essayé de te piéger mais tu as assuré de manière sidérante. Tu nous as tous scotchés.
– Qu'un professeur cherche à m'évaluer alors que je suis nouvelle ne me choque pas.

Elle ne jugeait pas l'exercice qui lui avait été demandé très compliqué.

Elle reçut peu de temps après un SMS du secrétariat de direction, elle devait aller voir madame Spencer à la sortie de son dernier cours.

Lorsque celle-ci la reçut, elle lui dit :
– Alors, les choses sérieuses ont commencé ?
– Oui, les cours sont très intéressants et maintenant, je peux prendre les notes sur mon ordinateur. Merci l'académie des arts !

La responsable de l'école sourit.
– Vous êtes adorable.

Puis, elle lui tendit un document.
– Voici le sésame pour entrer en Europe, votre passeport. Où en êtes-vous de la préparation de votre voyage ?

Eileen lui détailla le programme, le départ étant prévu samedi soir.
– C'est un peu plus long que prévu, 18 jours.
– De mon côté, ce n'est pas un problème. Le challenge est de votre côté car ce sera à vous de travailler sur les synthèses de cours qui

vous seront envoyées tous les jours afin de ne pas avoir de retard à votre retour.

– Je le ferai, soyez en assurée.

– Je n'en doute pas. Bien, je vous emmènerai moi-même à l'aéroport. Mais il vous faut des affaires adaptées et une grande valise. Mercredi matin, j'ai programmé la rencontre avec les professeurs d'art. Allez faire vos achats mercredi après-midi. Vous voulez y aller seule ou être accompagnée ?

– Je préférerais avoir quelqu'un pour me conseiller, m'aider à choisir.

– Je vous comprends. Acheter des affaires reste encore très nouveau pour vous. Je vais demander à une de mes secrétaires de vous accompagner alors.

En sortant du bureau de madame Spencer, elle reçut un SMS du directeur de la fondation des Gates lui demandant une adresse mail afin de lui envoyer le programme détaillé de son voyage avec les différents transferts et le nom des hôtels.

Grâce à l'ordinateur portable offert par l'académie et à sa connexion internet, elle avait désormais une adresse mail qu'elle donna.

Le voyage en Europe commençait à devenir une réalité.

Une vente inattendue et stupéfiante

En arrivant dans la chambre de Brit, Eilleen lui montra son passeport.
– Je n'en avais jamais vu. Tu pars quand ?
– Samedi soir.
– Ah, c'est pour très bientôt. Et tu pars pour combien de jours ?
– 18 jours. Je vais découvrir six pays européens.
– Eh bien, c'est sidérant.
– Oui, je suis très contente. Dis Brit, j'ai une affaire un peu bizarre à voir avec toi. Juste avant que je parte pour le réveillon de Noël, Joao, un étudiant brésilien de l'académie, a voulu voir mes peintures puis a souhaité les prendre en photos. J'ai accepté mais pas pour tes toiles. Et tout à l'heure, il m'a dit qu'une personne qu'il connaissait, grand amateur d'art, veut acheter le tableau peint à quatre mains 5 000 dollars. Je lui ai dit que je devais t'en parler. Qu'en penses-tu ?
– Hum, il y a deux principes en peinture. Le premier, un tableau est fait pour être vendu. Le second, il ne faut jamais accepter le premier prix proposé. Demande 50 000 dollars.
– Hein, mais c'est de la folie ! Personne n'achètera ce tableau à ce prix ! Alors qu'avec 5 000 dollars, tu pourrais rembourser le prêt que tu as contracté pour payer le déménagement de tes tableaux.
– Demande 50 000 dollars, on verra la réaction de l'acheteur potentiel. En fonction de celle-ci, il sera toujours temps d'ajuster le tir.
– Mais Brit, ma partie de ce tableau, je l'ai faite en m'amusant. Pour moi, ce n'était pas sérieux, aussi, demander une telle somme n'a pas de sens.
– C'est bien ça le pire dans cette affaire mais celui qui veut acheter ce tableau ne le sait pas. Demande la somme que je t'ai dite.

Eilleen envoya donc un SMS à Joao pour lui faire part de cette proposition. Après, elle reprit sa peinture. Le tableau avançait bien. Elle pensait pouvoir le finir avant son départ pour l'Europe.

A 22h30, elle retourna dans sa chambre afin de prendre sa leçon de français. Gabriella tenait cependant avant à lui parler de sa famille.
– J'ai un frère de 20 ans, Roberto. Il fait des études pour être architecte, et une sœur de 15 ans, Angelina, qui est encore au lycée. Mon père s'appelle Silvio, il travaille dans les assurances. Ma mère, Formina, ne travaille pas. Elle s'occupe en préparant les pâtes. Les pâtes, en Italie, c'est sacré. J'ai déjà annoncé ta venue en précisant que tu étais ma coloc mais surtout une artiste étonnante de créativité et que tu étais jolie comme un cœur. Ils ont hâte de faire ta connaissance. Tu auras juste à me préciser l'heure d'arrivée de ton avion ou de ton train. Quelqu'un viendra te chercher.
– Tu as fait de moi un portrait bien trop flatteur. Mais merci. J'ai hâte moi aussi de faire leur connaissance. Je connaîtrai ainsi la famille de Greta et ta famille. C'est génial.

Il était temps pour elle de prendre sa leçon de français.

Le mercredi matin, alors qu'il était à peine 7 heures 30, Eilleen reçut un SMS de Joao.
– Peux-tu venir me rejoindre au point de rencontre pour discuter de l'achat du tableau ?

Elle se rendit donc au point de rencontre en se demandant quelle avait bien pu être la réaction du collectionneur face à cette demande de prix faramineuse. Toutefois, à sa grande surprise, Joao lui annonça :
– Mon interlocuteur est d'accord pour les 50 000 dollars.
– Quoi ? Je suis sidérée.
– Cependant, il a mis une condition, que ton tableau à l'huile soit inclus dans la vente.

La réponse jaillit, directe.
– Pas question, il s'agit de mon premier tableau réalisé à la peinture à l'huile, c'est non.

– Je me doutais de ta réponse. Je lui avais dit que tu refuserais mais il a souhaité essayer quand même. A défaut, il veut la toile à l'acrylique.
– Pour l'acrylique, peut-être est-ce possible. J'en parle à Brit et je te donne la réponse rapidement.

Elle retourna dans la chambre. Brit était encore là puisque la rencontre avec les professeurs d'art était prévue à 9 heures.
– La toile à l'acrylique, c'est toi qui l'as réalisée, dit cette dernière. La décision ne me concerne pas mais un conseil, ne la laisse pas partir pour rien et considère que les 50 000 dollars sont uniquement pour le tableau à quatre main.
– En fait, puisque grâce à ta suggestion d'aller sur une plage de naturistes, je n'ai plus de problème avec la nudité, j'ai envie de refaire le tableau mais en suivant l'idée de la professeure, à savoir la vision de la jeune femme rousse nue dans le miroir. Mais je ne sais pas si j'arriverai à le faire sans modèle.
– Peindre un nu sans modèle me paraît difficile. Je vais me renseigner pour savoir comment on peut trouver un modèle qui soit roux en plus.
– Je reviens sur cette histoire de prix de tableaux. J'ai bien entendu ce que tu m'as dit mais en même temps, cette somme de 50 000 dollars est extravagante, elle donne le tournis !
– Eh bien, tu veux mon avis, c'est loin d'être assez. S'il veut l'acrylique en plus, c'est 100 000 dollars !
– Hein, mais Brit, c'est de la folie. Jamais je n'oserai demander une telle somme.
– Tu n'as pas compris que cet acheteur spécule sur des peintres en devenir. S'il est riche, pour lui, ce ne sont pas des sommes très importantes et si nous perçons et devenons célèbres, il revendra les tableaux quatre à huit fois le prix qu'il a payé. Il n'achète pas parce qu'il aime notre peinture, non, il fait un pari. Et rappelle-toi ce qu'a dit la professeure, ton tableau à l'acrylique est époustouflant, ce que je pense également. Je me demande même si on ne devrait pas demander 150 000 dollars.
– Non, Brit, stop, arrête s'il te plaît. Écoute, je demanderai 80 000

dollars même si une telle somme me paraît complètement déraisonnable et surréaliste.

Eilleen envoya un nouveau SMS à Joao. Cependant, toute cette histoire lui donnait envie de vomir. Elle n'avait jamais imaginé de se trouver mêlée à de telles négociations d'argent avec des montants qui lui paraissaient astronomiques. Elle peignait pour le plaisir d'être avec Brit même si elle y avait pris goût.

Peu de temps après, celui-ci répondit que l'acheteur proposait 70 000 dollars. Eilleen accepta sans aller revoir Brit de peur que celle-ci dise que ce prix n'était pas suffisant. Après tout, les 50 000 dollars étaient pour le tableau à quatre mains, les 20 000 dollars pour l'acrylique, elle était donc libre d'accepter. Et, à ses yeux, le prix qui serait payé représentait une somme considérable, elle qui n'avait jamais eu beaucoup d'argent hormis la somme de 1200 dollars que lui avait remis Andrew après la vente de tous ses meubles au marché de Rutland.

Arriva l'heure du rendez-vous avec les professeurs d'art. Eilleen voulait qu'ils puissent évaluer son travail aussi amena-t-elle un dessin au pastel, l'acrylique et le tableau peint à l'huile. Brit présenta deux de ses œuvres. Une fois sa production alignée, son style bien à elle ressortait clairement. Après avoir salué les quatre professeurs présents dont une femme, elle précisa :
– Je veux que vous soyez sans complaisance aucune dans vos critiques. Ne cherchez pas à me ménager. Si je veux progresser, c'est à ce prix.

Brit ne dit rien. Les professeurs s'approchèrent des œuvres et les examinèrent de près, puis se reculèrent afin d'avoir une vue d'ensemble et, au bout d'un temps, parlèrent entre eux. Enfin, un homme prit la parole.
– Je ne vous cacherai pas que mes collègues et moi, nous ne nous attendions pas à découvrir lors de cette réunion deux artistes avec un talent artistique aussi abouti. Vous, Brit, vous pourriez déjà exposer dans des galeries de peinture new-yorkaises. Nous pourrions

vous conseiller pour des petits ajustements mais ce serait à la marge. Quant à vous Eilleen, nous sommes très perplexes. Vous êtes jeune pour être peintre et pourtant votre style est déjà affirmé et surtout, et ce qui ressort parfaitement dans vos trois œuvres telles qu'alignées, vous avez un style propre, bien à vous, original. Alors, critiquer, oui, on peut toujours critiquer mais encore faut-il que ces critiques soient utiles. Or là, votre pastel est une parfaite réussite, votre acrylique est à couper le souffle et votre tableau à la peinture à l'huile nous laisse admiratif.

La femme prit alors la parole.

– Je loue votre volonté de vous améliorer. On peut toujours s'améliorer. Comme pour Brit, nous pouvons être à vos côté pour des suggestions, des conseils mais avant toute chose, laissez parler votre créativité qui semble très grande et seulement après, lorsqu'elle se sera exprimée, nous verrons s'il y a lieu à notre niveau d'intervenir auprès de vous.

– Vous pourriez toutefois, fit remarquer Brit, montrer à Eilleen toutes les techniques possibles qui s'offrent en peinture, le glacis, les collages, les différents produits qu'un peintre peut utiliser comme le sable, le brou de noix, se servir d'un couteau pour faire des reliefs etc... Et nous participerons aux ateliers de peinture bien sûr.

– Et je souhaite également aller à des cours d'histoire de l'art afin de bien connaître les mouvements artistiques.

Elle savait que Brit n'aimait pas les cours sur l'histoire de l'art mais elle, elle y tenait.

– Il existe déjà un cours d'histoire de l'art. Il suffira que vous intégriez le groupe qui le suit. Pour le reste, vous avez raison. Nous allons nous réunir afin d'élaborer le meilleur programme possible pour vous deux. Nous sommes d'accord pour considérer qu'assister aux cours théoriques qui sont au programme de l'académie des arts n'aurait pas de sens pour vous. Quant aux ateliers de peinture, ils vont reprendre dès la semaine prochaine à raison de deux de deux heures et demie par semaine.

Eilleen et Brit ne pouvaient que se montrer satisfaites du résultat de cette réunion. Elles avaient droit à un programme à la carte, évitant ainsi les cours théoriques.

Comme il leur restait du temps avant le déjeuner, Eilleen commença à recopier l'acrylique, laissant en blanc les parties où le personnage devait apparaître. Elle ne parla pas à Brit du résultat de la transaction qu'elle avait conclue avec le collectionneur brésilien de peur que cette dernière ne soit pas d'accord.

Des achats pour la Suède

A l'heure du déjeuner, Eilleen reçut un mail de la fondation Bill et Melinda Gates avec une pièce jointe contenant le détail du voyage. Les dates, les horaires et les lieux pour prendre les transports ainsi que les adresses des hôtels étaient parfaitement précisés.

Eilleen lut les noms magiques des capitales qu'elle allait visiter, Bruxelles, Paris, Rome, Madrid, Londres, les yeux écarquillés et le cœur battant plus vite. Tout ce qui lui arrivait était tellement sidérant.

Il était précisé qu'une personne avec une pancarte indiquant son nom l'attendrait à chaque aéroport afin de l'amener à son hôtel.

Elle montra le contenu de la pièce jointe à Brit. Celle-ci, qui n'avait jamais voyagé, souhaita avoir une copie, ainsi elle pourrait la suivre au jour le jour. Eilleen décida de faire la même chose pour madame Spencer qui se montrait si compréhensible même si elle avait bien compris l'obligation qui pesait sur sa tête. Si l'académie lui enverrait tous les jours une synthèse des cours, ce n'était pas pour rien. A elle d'être disciplinée et de lire ces synthèses.

Lorsque Eilleen arriva au secrétariat, elle eut droit à des questions sur sa soirée au Plaza mais surtout vit avec plaisir que c'était la femme qui l'avait aidée pour le passeport qui se levait pour l'accompagner. Dans la voiture conduite par un chauffeur, cette dernière lui dit :
– Je m'appelle Cathryn, j'ai deux filles, une de 19 ans, une de 14 ans. Alors je pense être la personne la plus désignée pour vous aider dans vos achats.
– Merci encore pour le passeport. J'étais en complète perdition.
– Je l'avais compris. Ce n'est pas de votre faute si votre situation familiale est compliquée. Et je ne souhaite à aucun enfant de ne pas

avoir de mère pour l'accompagner en lui prodiguant son amour durant son enfance.
– Là où j'ai fait mes études, tout le monde s'est montré gentil avec moi, je n'ai pas à me plaindre. De nombreux enfants ont eu une enfance bien plus difficile que la mienne. Moi, j'étais dans un espace protégé. Et puis, il faut regarder devant soi et avancer. N'est-ce pas ce qui est important ?
– C'est bien de raisonner comme vous le faites. Je suis admirative.
– Comprenez-moi, je veux que personne ne s'apitoie sur mon sort, je n'ai pas été malheureuse dans mon enfance malgré l'absence de mère, et je vais bien.

Le tout fut dit d'un ton ferme.
– D'accord. Message reçu. Je n'évoquerai plus ce sujet. Je vais me concentrer sur la mission qui m'a été confiée, vous aider dans vos achats pour un voyage en Europe en plein hivers.
– Merci de votre compréhension.

Les deux heures qui suivirent furent donc consacrées aux achats. D'abord une grande valise. Ensuite, la femme pensait qu'une doudoune serait plus adaptée alors qu'elle penchait pour un manteau. Elle essaya plusieurs des deux modèles pour finalement se décider sur une doudoune qui descendait jusqu'à mi-cuisses. Puis il y eut le bonnet qui nécessita de nombreux essais également puisqu'elle n'avait jamais mis de bonnet sur sa tête. Pour l'écharpe et les gants, ce fut plus facile. Elle acheta des collants, un nouveau jean, des corsages plus épais que ceux qu'elle avait. La femme insista même pour qu'elle achète des shortys, un sous-vêtement complètement inconnu d'elle. Elles passèrent ensuite aux chaussures d'hiver montantes.
« Quel équipement ! songea Eilleen.

Elle n'en revenait pas.
– Je crois que là, vous êtes parée pour aller en Suède. Mais ces vêtements et ces chaussures vous serviront également pour affronter le froid à New York en février qui peut être terrible.

Eilleen constata que si elle mettait la doudoune, le bonnet, la grande écharpe, on ne la voyait plus. Elle avait disparu sous les vêtements d'hiver !

Ensuite, Cathryn lui fit valoir tout l'intérêt d'avoir un petit sac à dos.
– Vos mains sont libres avec un sac à dos et il peut contenir pas mal de choses.

Elle acheta donc un petit sac à dos.

Pour aller à Little Italy, Eilleen décida de se faire un chignon.
– Cette coiffure te va à ravir, constata Gabriella. Tu devrais la faire plus souvent. Je confirme ce que j'ai dit à mes parents, tu es jolie comme un cœur.

La jeune fille rit devant cette affirmation.
– Tu es trop gentille.

Cependant Steven s'y mit à son tour.
– Oh là. Eilleen, tu es de plus en plus belle ! Le chignon te va particulièrement bien.
– Tu es flatteur mais merci. Voici Gabriella, ma coloc italienne. Elle est bien plus belle que moi !
– Bonsoir Gabriella, Heureux de faire ta connaissance. Eilleen est d'une modestie renversante. Il lui arrive une multitude de choses incroyables mais elle répond toujours qu'elle n'a rien d'extraordinaire et que tout ce qu'elle vit est normal. Et à l'entendre, elle est moche comme un pou.

Eilleen regarda Steven avec étonnement.
– Que veut dire cette expression ? demanda-t-elle. Je ne l'ai jamais entendue. Explique-moi.
– Expliquez-nous, je ne connais pas non plus cette expression, indiqua Gabriella.

Steven dut s'exécuter.

Eilleen passa une soirée très plaisante à Little Italy. Autour d'elle, on ne parlait qu'italien. Si, au début, sa façon de parler cette langue fut un peu hésitante, très vite, elle prit confiance et se sentit de plus en plus à l'aise. Gabriella le lui confirma.

– Mon dieu, comme tu parles bien italien désormais. J'ai le sentiment que tu es très douée pour les langues. Je ne doute pas une seconde que tu vas parler français couramment très bientôt.

Steven qui avait suivi la conversation, lui dit :
– Rappelle-toi ce que je t'avais dit, tu seras bientôt polyglotte.

Vers 22 heures, Eileen dit à Steven :
– Emmène-nous où nous étions la dernière fois où j'ai pu parler littérature.

Aussitôt dit, aussitôt fait. Les gens du groupe la reconnurent.
– Hello Eilleen, sois la bienvenue et tes amis aussi.

Ils furent tous les trois intégrés au cercle et très vite elle commença à échanger des idées, des impressions sur de grands auteurs, apprenant au passage des éléments sur d'autres qu'elle ne connaissait pas. Gabriella évoqua plusieurs auteurs italiens, Steven ne disait rien mais il semblait intéressé et ne donnait pas le sentiment de s'ennuyer. « Que j'aime New York, songea-t-elle. The Big Apple est faite pour moi !

Elle devait cependant rendre justice à Steven.
– Merci Steven de m'emmener dans cet underground new-yorkais que toi seul connais mais qui me convient si bien.
– Tout le plaisir est pour moi. Être avec toi est très enrichissant et me sort de la médecine, des maladies. Oui, ce n'est que du plaisir !

Ce soir-là, Eilleen et Gabriella rentrèrent tard à l'académie, enchantées de leur soirée.

Une remontrance de la responsable de l'académie des arts

Le lendemain de la vente des deux tableaux, toute l'académie était au courant. Il s'agissait d'une journée de cours. Madame Spencer convoqua Eilleen à la fin de ceux du matin.
– C'est quoi cette rumeur qui circule sur la vente que vous auriez réalisée de tableaux ?

Eilleen expliqua le déroulé de l'affaire avec comme point de départ les photos prises par Joao des tableaux.
– J'avoue que je ne m'attendais pas à cette demande de la part de Joao aussi je n'ai pas su dire non et après, tout s'est enchaîné.

Elle précisa que les toiles avaient été peintes pendant que Brit et elle se trouvaient à l'université du Vermont.
– Certes mais la transaction a eu lieu au sein de l'académie. A l'avenir, si vous souhaitez vendre des tableaux, venez m'en parler avant. Ce qui s'est passé ne me paraît pas très légal.
– J'ai été complètement prise au dépourvu et dépassée par cette histoire mais j'ai accepté parce que Brit a dû faire un emprunt pour financer le déménagement de ses toiles de Burlington à New York. Ainsi, elle pourra le rembourser.
– Vous êtes toute neuve dans le milieu de l'art et vous êtes pleine de générosité. Sachez qu'il s'agit d'un monde où il y a beaucoup de requins, il faut faire attention. Et Joao n'a certainement pas servi d'intermédiaire gratuitement. Il savait ce qu'il faisait en prenant les photos.
– Je me doute que cette vente remet en cause notre accord.
– Non, rien n'est changé. Gardez cet argent pour vous, c'est le fruit de votre travail d'artiste. Plus tard, vous en aurez sans doute besoin mais soyez prudente, ne laissez pas partir les tableaux avant d'avoir perçu l'argent. Et puis, j'aimerais bien les voir, ces fameux tableaux, avant qu'ils ne partent.

– Merci de votre compréhension et de vos conseils Deborah. Vous pouvez venir les voir quand vous le souhaiterez. Nous avons mis en place un petit atelier de peinture dans la chambre de Brit, ce qui me permet de peindre tous les soirs sur ses conseils. J'espère que cette initiative ne pose pas de problème.
– J'aurais tendance à dire non puisque vous êtes dans une école dédiée à l'art. Enfin, je constate que vous bousculez tous les codes mais pourquoi pas, vous êtes tellement étonnante dans votre soif d'apprendre, comme si vous aviez des années à rattraper.
« Deborah a presque deviné mon secret, pensa Eilleen. Oui, j'ai énormément de choses à rattraper.

Alors qu'elle déjeunait avec Brit, Eilleen lui rapporta les propos de madame Spencer. Celle-ci lui rétorqua :
– La responsable de l'académie a raison. Moi, personnellement, je ne veux passer que par des galeries d'art qui sauront estimer le prix des tableaux et se chargeront de les vendre.
– Hum, d'accord. J'avoue que cette histoire m'a prise totalement au dépourvu. Je souhaite que tu gardes les 50 000 dollars puisque c'est toi qui as osé fixer ce prix. Moi, l'argent de la vente de l'acrylique me suffira largement.
– Je ne chercherai pas à savoir le prix que tu as obtenu pour l'acrylique. Quant à ta proposition, Eilleen, c'est généreux de ta part, mais ce n'est pas possible. Le tableau à quatre mains plaît parce qu'il montre le contraste entre deux talents aux styles très différents qui arrivent pourtant à se marier. Il est donc normal que tu perçoives une partie de sa vente.
– Alors je propose 40 pour toi, 10 pour moi.
– Non, je ne peux pas accepter.

Sa voix était ferme. Eilleen ne pouvait que s'incliner. Elle déclara néanmoins :
– Eh bien, faisons en sorte que chacune perçoive la moitié du prix de la vente des deux tableaux.
– Voilà qui me paraît la solution la plus équitable et la plus logique

pour le tableau à quatre mains. Pour l'acrylique que tu as peinte, le prix de la vente te revient.

Eilleen, lassée de cette discussion, préféra changer de sujet.
– Je dois te prévenir que madame Spencer veut voir les tableaux qui ont été vendus.

Eilleen décida ne pas parler de cet argent à Tyler. De toute façon, elle n'avait prévu d'aborder avec lui la question de la peinture à l'huile que quand elle aurait peint deux tableaux. Or, le deuxième n'était pas terminé.

Eilleen était en train de traverser un couloir dans le flux des étudiants pour rejoindre une salle de cours lorsqu'elle croisa une jeune fille rousse assez grande aux cheveux coupés courts avec d'incroyables yeux verts.
« Cette fille serait parfaite comme modèle pour la toile à l'acrylique, se dit-elle.

Elle fit demi-tour, courut après la jeune fille et lui toucha le bras.
– Euh attends, je m'appelle Eilleen. Tu es si belle avec ta rousseur et tes yeux verts.
– Tu me dragues ?
– Hein, que dis-tu ?
– Pour me faire une telle déclaration, tu ne peux que vouloir me draguer.
– Mais non, je ne savais pas quoi dire pour t'aborder, alors j'ai dit ce qui me venait par la tête.
– Je ne sais pas si je peux te croire. Depuis que je me suis fait couper les cheveux, je n'arrête pas de me faire draguer par les filles.
– Mais si, crois-moi. Et je ne pensais pas qu'il y avait autant de…
– De gouines, plein.
– Ne dis pas ce mot-là. Ce n'est pas beau. Moi, j'accepte l'idée que deux femmes puissent s'aimer.
– Il y a surtout beaucoup de bi.
– Euh, des bi ? Je ne sais pas ce que c'est.

– Des filles bisexuelles. Elles aiment autant les hommes que les femmes. Elles font l'amour avec les deux.
– Ah d'accord, je ne connaissais pas.
– Pourquoi tu m'abordes si ce n'est pas pour me draguer.
– Tu corresponds exactement au modèle que je cherche pour un tableau.
– Je ne suis pas un modèle, je suis étudiante. Et puis, tu sors d'où toi, je ne t'avais jamais vue.
– Je viens d'arriver à l'académie.
– Tu viens d'arriver et tu peins déjà ? En plus, je suis sûre qu'il faudra poser nue. Alors là, jamais !
– Pas au début mais à la fin, oui. Cependant, tu seras uniquement avec moi et mon professeur.
– Ton professeur ?
– Oui, une jeune femme qui peint avec un talent incroyable et qui me conseille.
– Hum, ce n'est pas clair ton truc, je sens le piège.
– Pas du tout. Arrête de faire une fixation sur les lesbiennes. Pour te rassurer, j'ai un petit ami.
– Toi, un petit ami ? J'ai bien du mal à le croire. Tu es si jeune et tu parais tellement innocente !
– Je t'assure que je te dis la vérité. On sort ensemble depuis plusieurs mois.
– Et comment tu fais pour gérer le côté sexuel de ta relation. Je serais intéressée de savoir parce que moi, je n'y arrive pas. Les garçons, dès qu'ils sortent avec une fille, ils veulent coucher avec et lorsque je leur dis non, je ne veux pas, hop, ils disparaissent et vont voir ailleurs.
– Ils ne sont certainement pas tous ainsi.
– Tous les garçons avec qui je suis sortie ici, à New York, n'avaient que cette idée là en tête, je peux te l'assurer. En Irlande d'où je viens, la façon de réagir des garçons est différente, ils respectent les filles. Tu ne m'as pas dit comment tu gérais cet aspect avec ton boyfriend.
– Euh, c'est un sujet personnel qui ne regarde personne d'autre que mon ami et moi.

– Tu peux me le dire, je te jure que je ne le répéterai à personne. Mais comme tu es américaine, je suis curieuse de savoir comment les jeunes filles font dans ce pays.
– Je suis catholique pratiquante aussi je me réfère aux règles préconisées par l'église, ce que mon ami accepte.

Devant l'air perplexe de la jeune fille, Eilleen précisa en baissant la voix :
– On échange juste des baisers en restant toujours habillés. Pas de caresses sur le corps. Je lui ai dit qu'il s'agissait de zones interdites. Mais il est également catholique donc il comprend et il savait en sortant avec moi que ce serait ainsi.
– Eh bien, si ton copain accepte de telles conditions, tu es tombée sur une exception. Je rêve de rencontrer un garçon comme lui. Moi, j'accepte juste qu'ils touchent ma poitrine, c'est tout.
– Moi, aucune caresse, rien, elles sont interdites. Écoute, pour le tableau, accepte de venir le voir afin que je puisse t'expliquer ce que je souhaite faire et tu décideras après.
– Je ne comprends pas. Il existe déjà ?
– Celui dont je te parle est vendu. Je veux en peindre un autre presque identique mais avec une différence importante où il me faut un modèle.
– Vendu ? Attends, c'est toi la personne qui a vendu deux tableaux pour 100 000 dollars.
– 70 000 dollars, oui, c'est moi. Alors, tu acceptes de venir ?
– Je veux bien, rien que pour admirer les deux tableaux que tu as réussi à vendre pour une telle somme car ils ne peuvent être que magnifiques.
– Ce soir, c'est possible ?
– Oui, à quelle heure ?
– Je te propose 19 heures au point de rencontre.
– D'accord.
– A tout à l'heure alors.

Et Eilleen courut à son cours où elle arriva en retard, ce qui lui valut un regard noir du professeur qu'elle traduit par :
– Elle est nouvelle et elle se permet d'arriver en retard.

Pendant le cours, Eilleen repensa à sa conversation avec la jeune fille rousse de cheveux et de sourcils, au visage constellé de petites taches de rousseur et aux yeux si verts dont elle ignorait le prénom mais qui était Irlandaise. Qu'elle ait cru qu'elle la draguait était tellement surprenant.

Elle reconnaissait que si un garçon l'abordait en lui déclarant qu'elle était super belle et qu'elle avait de beaux yeux, elle penserait tout de suite qu'il disait ces compliments pour essayer de sortir avec elle, mais une fille, non. Laureen lui affirmait qu'elle était belle, mais elle ne faisait qu'exprimer ce qu'elle pensait, elle ne la draguait pas !

Qu'une fille essaie de la draguer ne lui était jamais arrivée. Elle songea aussi que grâce à Tyler elle avait échappé aux garçons qu'avait décrits la jeune Irlandaise mais elle se rappelait les mises en garde contre les garçons de sa tante et de la mère supérieure de l'institution religieuse de Manchester. Il lui apparaissait évident maintenant qu'elles avaient voulu l'alerter contre ceux qui avaient un comportement si réducteur vis-à-vis des filles.

« De pauvres types vulgaires, pensa-t-elle, mais ils semblent nombreux. Merci Tyler de m'avoir mise à l'abri d'eux.

Elle songea à ce que lui avait dit la jeune Irlandaise, qu'elle se laissait toucher la poitrine. Peut-être était-ce là une erreur qu'elle commettait car Morgan lui avait dit de bloquer les mains du garçon dès qu'il chercherait à toucher sa poitrine, sinon il s'imaginerait qu'il pouvait aller plus loin.

En tout cas, elle correspondait parfaitement au modèle qu'elle recherchait. Elle espérait qu'elle accepterait de poser pour elle.

En sortant de son dernier cours, Eilleen reçut un SMS de madame Spencer lui indiquant qu'elle passerait à 18h30 chez Brit. Elle se dépêcha, il lui restait 10 minutes pour arriver.

En entrant chez Brit, elle lui dit :
– Deborah ne va pas tarder.
– Mais pour l'atelier ?
– Je lui en ai parlé. C'est bon. Je vais mettre les deux tableaux sur les chaises.

Peu de temps après, la responsable de l'académie frappa et entra.
– Alors voici donc l'atelier de peinture, s'exclama-t-elle. Je reconnais qu'il est plus convivial que les ateliers de l'académie et ainsi vous pouvez peindre à n'importe quelle heure du jour et de la nuit, ce qui, pour vous qui peignez déjà des œuvres, présente un intérêt indéniable.

Elle jeta un œil sur les tableaux que Brit avait rangés contre le mur, mais celle-ci avait mis la face peinte du côté du mur, elle ne pouvait donc rien voir.
– Voyons voir les deux tableaux qui ont été vendus.

Elle les examina attentivement pendant un temps assez long.
– Je suppose que le grand tableau est celui que vous avez peint à quatre mains. Il est… enfin, je n'ai pas de mot pour le qualifier si ce n'est qu'il est d'une originalité stupéfiante. Pouvez-vous en peindre un assez identique pour l'académie ? Bien sûr, elle le payera.

Eilleen aurait bien peint ce tableau sans rien demander à l'école qui l'accueillait si généreusement mais Brit n'était pas du même avis car elle demanda :
– Combien l'académie serait prête à donner ?
– Je dirais 10 000 dollars.
– Si vous voulez un tableau à quatre mains qui ressemble à celui-ci, ce sera 20 000 dollars.
– Vous êtes dure en affaire Brit. Mais j'accepte car ce tableau est magnifique et si étonnant, si original dans sa dualité.

Toutes ces histoires d'argent mettaient Eilleen terriblement mal à l'aise. Et elle découvrait un aspect de Brit qui la gênait. Elle décida de peindre un tableau pour madame Spencer qu'elle lui donnerait en personne.

Comme elle avait un peu de temps avant de rejoindre le point de rencontre, elle consulta ses mails et s'aperçut que la fondation avait envoyé un nouveau message intitulé Suggestions de visites par capitale. Elle l'en remercia chaleureusement par retour de mail car elle n'avait guère eu le temps de se pencher sur cette question.

Une jeune fille rousse pour modèle

Lorsque Eilleen arriva au point de rencontre, la jeune fille rousse aux yeux verts l'attendait déjà.
– Quel est ton prénom ? lui demanda-t-elle.
– Shannen, Je m'appelle Shannen Doherty.
– Et moi, Eilleen Quingsley.
– Quingsley ? Tu es la jeune militante qui connaît Greta Thunberg ?
– Oui, je serai avec elle lundi à Bruxelles pour intervenir devant le parlement européen.
– Alors là, c'est stupéfiant, je n'en reviens pas. J'avais effectivement entendu dire que tu allais intégrer l'académie des arts.
– Viens, allons à l'atelier de peinture.
　Une fois dans la chambre de Brit, elle montra à Shannen le tableau à quatre mains et l'acrylique qui avaient fait l'objet de la vente puis elle lui expliqua ce qu'elle voulait faire de nouveau sur la copie de la toile à l'acrylique.
– Je suis impressionnée, ton style est si surprenant, s'exclama la jeune Irlandaise.
– Et toi, que fais-tu à l'académie ?
– Je suis là pour me perfectionner dans le graphisme. Et je voulais goûter à la vie américaine. Il y a beaucoup d'Irlandais ou de descendants d'Irlandais à New York.
　Soudain Shannen s'approcha d'Eilleen et lui dit très vite et à voix basse :
– Si tu veux que je pose pour toi, il faut que cette fille s'en aille. C'est une lesbienne qui me regarde avec concupiscence.
– Ah bon, et euh, elle me regarde comment moi ?
– Comme une grande sœur avec sa petite sœur.

Eilleen fut soulagée de cette réponse. Elle s'approcha alors de son amie.
– Brit, je suis désolée, Shannen n'accepte de poser pour moi que si nous sommes uniquement toutes les deux.
– C'est un comble. Me faire virer de ma propre chambre !

Mais elle sortit quand même tout en maugréant. Shannen dit alors :
– Je veux bien poser nue pour toi à une condition, tu ne montreras jamais ce tableau à quiconque au sein de l'académie. Par contre, qu'il soit exposé dans une galerie d'art ne me dérange pas, c'est normal en soi.
– D'accord. Je te le promets. Une fois terminé, il sera tourné contre le mur avec les autres tableaux. J'ai prévu une première séquence où tu es habillée. Mets-toi là dans cette position.

Eilleen se mit au travail. L'acrylique, à la différence de la peinture à l'huile, permettait de peindre rapidement. Et là, il n'y avait plus qu'à intégrer le modèle dans le tableau.

Lorsqu'elle eut terminé cette première partie, elle avoua à la jeune Irlandaise :
– Tu seras le premier nu que je vais peindre.
– Et toi, tu seras la première personne qui me verra nue en dehors de ma gynécologue.
– On va procéder en deux temps, d'abord nue mais avec un voile qui cache la poitrine et le bas du corps et ensuite, sans voile.

Quand elle la vit avec le voile qu'elle tenait devant elle d'une main, Eilleen trouva Shannen extrêmement belle, assez grande, élancée, fine, elle était, avec ses cheveux roux coupés courts, un modèle idéal. Elle fit un dessin d'elle dans cette tenue. Puis vint le moment où Shannen laissa tomber son voile et fut nue devant elle. Elle avait de beaux seins bien proportionnés avec de petites pointes roses mais Eilleen fut surtout frappée par l'intensité et l'importance de la pilosité fort rousse que la jeune fille avait en bas du ventre. Celle-ci faisait comme une flamme.

Elle essaya de s'abstraire de cette vison en se concentrant sur la

partie en reflet dans le miroir de son tableau et commença à peindre tout en se répétant :
– Je suis un peintre, elle est un modèle, je suis un peintre, elle est un modèle.

Cependant, alors que son pinceau courait sur la toile, elle se mit à ressentir une sorte de malaise, elle avait l'impression de sentir sa poitrine se serrer, des gouttes de sueur étaient apparues sur son front, elle grimaçait. Shannen s'en aperçut.
– J'ai l'impression que tu ne te sens pas trop bien. Veux-tu que nous fassions une pause ? proposa-t-elle.
– Oui, je veux bien.

La jeune Irlandaise se tourna alors pour aller reprendre ses habits.
– Stop, ne bouge plus.

Eilleen prit son bloc et la dessina en imaginant le tableau, elle, nue, en grande partie de dos, courant de manière aérienne dans la forêt.

Elles se rendirent ensuite dans le jardin intérieur.
– C'est la première fois que je viens dans cet endroit. J'étais passée très vite devant lors de la visite de l'académie sans m'apercevoir comme il est beau, s'exclama Eilleen. Parle-moi de l'Irlande pendant que nous marchons.

Shannen se mit à décrire son pays. Elles se promenèrent ainsi en suivant de petites allées pendant dix minutes. Eilleen se sentit de nouveau apaisée.
– Nous pouvons y retourner. Merci de ta sollicitude.

Elle put achever le tableau avec beaucoup plus de sérénité. Shannen, après s'être rhabillée, regarda le résultat.
– Ouh là, incroyable. Je n'en reviens pas. Quel tableau. Il est dingue. Quel talent tu as avec ce style particulier qui, je le vois bien, t'est propre. Et c'est vrai qu'une femme rousse, nue, dans le miroir était ce qu'il fallait.
– J'ai les esquisses de deux autres tableaux possibles avec toi comme modèle, si tu es d'accord. Bien sûr, tu seras rémunérée. Mais il faudra attendre que j'ai reçu l'argent de la vente des tableaux.
– Percevoir de l'argent n'est jamais de refus et puis, poser pour toi ne

me gêne pas. Aussi, je suis d'accord avec la même condition que pour le premier tableau.

– Je suis très contente de t'avoir rencontrée.

– Je t'avoue que je n'aurais jamais imaginé accepter poser nue devant un peintre. C'est une expérience étonnante. Mais tu es Eilleen Quingsley la militante célèbre dans tous les États-Unis pour son engagement et je ne peux rien refuser à une jeune femme aussi admirable que toi. Et puis, tu inspires confiance. Mais si on allait dîner, je commence à avoir faim.

Au réfectoire, elles retrouvèrent Brit.

– Je suis vraiment désolée de t'avoir chassée de ta chambre, lui déclara Eilleen.

– Si le résultat est probant, tu es excusée.

– Oui, le résultat est plus que probant. J'avoue que j'ai éprouvé quelques difficultés mais j'ai réussi à aller au bout de ma première peinture de nu. Et Shannen est un très beau modèle.

– C'est parfait alors. Je vous laisse dîner. Moi, j'ai fini.

Lorsqu'elles se furent installées après s'être servies, Eilleen dit à Shannen :

– Il faudra qu'on trouve une autre solution que la chambre de Brit lorsque je travaillerai avec toi comme modèle.

– J'ai une chambre pour moi toute seule. On pourrait se mettre là.

– Oh parfait.

– Parle-moi de ton petit ami.

– Tu veux vérifier s'il existe vraiment ?

– Peut-être.

– Il s'appelle Tyler, c'est un sportif.

Eilleen lui indiqua ce qu'il faisait au Texas.

– Vous ne vous voyez pas souvent alors.

– Non, c'est vrai mais c'est lui qui a fait le choix de partir au Texas et cette solution me convient. Je peux ainsi me concentrer sur mes études car pour moi, elles sont ma priorité.

– Ce que tu dis est assez étonnant. Si j'avais un amoureux, je ne sais

pas si j'accepterais d'être ainsi séparée. Mais tu ne lui accordes pas quelques concessions quand même à ton boyfriend ?
– Non, aucune. Dans la voiture, il voulait mettre sa main sur ma cuisse, j'ai dit non, pas question. Et il n'y a pas longtemps, il avait mis sa main sur mon côté, j'ai considéré qu'elle était trop près de ma poitrine, je l'ai prise et je l'ai mise dans mon dos.
– Eh bien, effectivement. Tu es très stricte.
– J'ai tendance à penser que si une fille accorde une faveur à un garçon, celui-ci voudra toujours aller plus loin après.

C'était sa façon à elle de dire à Shannen de ne pas se laisser toucher la poitrine. Mais, en même temps, la jeune Irlandaise devait être âgée d'une vingtaine d'années aussi ce n'était pas elle qui ne connaissait pas grand-chose dans ce domaine qui allait lui donner des leçons ! Elle précisa sa pensée :
– C'est Tyler qui s'est épris de moi et qui voulait sortir avec moi, donc notre relation se passe à mes conditions. Pendant longtemps, j'ai considéré que Tyler était trop bien pour moi. Il est beau, grand. Comme il fait beaucoup de musculation, il a un corps sculpté, ma cousine disait qu'il avait un corps de rêve. Il était la vedette de l'université où j'étais étudiante avant de venir ici, toutes les filles étaient après lui. Moi, je le regardais à peine et de loin mais il a su se rapprocher de moi et me conquérir.
– Pourtant, tu es belle toi aussi. Je comprends qu'un garçon puisse être épris de toi.
– Bof, moi, je ne me vois pas belle. Toi, tu es très belle avec ta rousseur et tu as des yeux d'une couleur tellement sidérante.

Comme Eilleen vit que Shannen fronçait légèrement les sourcils, elle dit :
– Bon, j'arrête parce que tu vas encore croire que je te drague.
– Tu sais en Irlande, des filles rousses aux yeux verts, il y en a beaucoup. Et blonde aux yeux bleus, surtout d'un tel bleu, c'est bien aussi.
– En tout cas, merci d'avoir accepté d'être mon modèle, c'était génial. Il faut que j'y aille, j'apprends le français le soir.

– Bon séjour en Europe si je ne te revois pas. J'ai été contente de faire ta connaissance. Je veux bien qu'on devienne amie.
– Merci. Avec plaisir.

Eilleen prit le temps d'appeler Tyler pour lui raconter ses premiers jours à l'académie des arts. Elle se garda bien cependant de lui parler de la vente des tableaux, de sa sortie avec Steven à Little Italy et qu'elle venait de peindre son premier nu. Elle lui parla de ses achats pour affronter le froid en Europe.
– J'aimerais bien te voir avec ton bonnet, tu dois être trop mignonne, dit Tyler. Toutefois, ce n'est pas au Texas que tu aurais l'occasion de le mettre, il ne fait jamais froid.
– Et pour toi, tout se passe bien ?
– Tout se déroule parfaitement et l'ambiance est hyper sympa. J'ai beaucoup d'amis. Tu n'es pas trop angoissée par ton départ en Europe ?
– Non, pas pour l'instant.

Elle ne pouvait pas lui avouer qu'elle n'avait guère eu le temps de penser à ce voyage. Elle n'avait même pas encore commencé à faire sa valise !

Ensuite, elle donna les renseignements concernant son arrivée à Rome à Gabriella puis se plongea dans sa leçon de français. Mais au bout d'une demi-heure, elle pensa qu'il était peut-être temps de préparer ses affaires pour le voyage. Gabriella l'aida. Comme elle était habituée à voyager sur de longues distances, son aide fut précieuse.
– N'oublie pas que tu pars pour 18 jours, il faut prendre assez d'affaires même si chez moi, à Rome, tu pourras utiliser la machine à laver.

Avant de se coucher, elle lut avec attention le mail intitulé suggestions de visites.
« Voici un document qui va bien m'aider dans mon périple, songea-t-elle.

Elle commençait à vraiment entrer dans son voyage en Europe.

La demande d'aide insolite d'Ash

Eilleen passa une nuit fort agitée où le corps nu de Shannen avec sa rousseur enflammée, si provocante, revint souvent. Au petit matin, elle songea que malgré ce qu'elle avait entrepris avec Andrew pour vaincre son problème avec la nudité, elle n'était pas totalement sereine face à celle-ci. Le malaise qu'elle avait éprouvé en peignant le corps de la jeune Irlandaise dans le miroir en était la preuve. Heureusement que cette dernière s'en était aperçue et avait proposé cette pause salutaire.

Une chose était certaine, elle ne ferait pas du nu sa spécialité en peinture.

Comme la matinée était consacrée à l'art et qu'elle n'était plus concernée par les cours théoriques, alors qu'elle s'était réveillée tôt, elle décida d'aller à la messe à 7 heures à la cathédrale St Patrick. Elle passa un message à Joao afin de savoir s'il pouvait l'accompagner. Il répondit par l'affirmative. Elle hésita à demander à Gabriella si elle voulait venir mais celle-ci paraissait dormir profondément. Elle se prépara rapidement et le plus discrètement possible et descendit au point de rencontre où deux filles et deux garçons qui avaient assisté avec elle à la messe d'avant Noël étaient également prêts à les accompagner Joao et elle.

Ils se souhaitèrent la bonne année et partirent d'un bon pas vers l'église.

La messe était dite par le père Stanley, une messe simple mais qui l'apaisa. Elle retrouva la sensation que le groupe d'étudiants qui se trouvait autour d'elle formait une famille soudée. Ils communièrent tous et purent parler avec le prêtre à la fin de l'office avant que celui-ci ne les bénisse un à un.

Une fois de retour dans la chambre, elle parla avec Gabriella avant que celle-ci ne parte à ses cours puis s'attela à la rédaction de son intervention devant le parlement européen. Cette fois, elle lirait un texte préparé à l'avance, ce rendez-vous étant trop important pour qu'il puisse en être autrement.

Elle travailla presque une heure avant de descendre au secrétariat de madame Spencer. Elle voulait se rendre au Met même si elle savait qu'Ash n'y serait pas puisqu'on était un jour de semaine et elle était donc au lycée.

Elle discuta un bon moment avec les secrétaires car elles souhaitaient l'interroger sur son voyage en Europe. Elle voyait que la femme avec qui elle avait fait les achats pour le voyage la regardait avec beaucoup de bienveillance en lui souriant, ce qui lui fit chaud au cœur.

Elles décidèrent finalement que le plus simple était qu'elle se rende au Museum en voiture, un chauffeur étant disponible.

Au Met, elle parcourut plusieurs salles, admirant les tableaux quand elle aperçut soudain Ash toujours avec sa casquette à l'envers, en train de dessiner. Elle se dirigea vers elle.
– Bonjour Ash, tu n'es pas au lycée ?
– Tu es ma mère ou de la police pour me poser cette question ?

La jeune fille se rendit compte qu'elle venait de prononcer exactement la phrase qu'il ne fallait pas, la phrase qui forcément braquerait l'adolescente.
– Tu as raison, je n'ai aucun droit de te poser cette question. Excuse-moi, c'était une erreur de ma part.

Après un silence, elle demanda :
– Tu n'as pas eu de problème pour entrer au Met, plus personne ne t'embête ?
– Non.

Ash continuait à dessiner sans s'occuper d'elle, comme si elle n'était pas là, tout en s'arrangeant pour qu'elle ne puisse pas voir ce qu'elle dessinait.
– J'ai fait un dessin de toi une nuit, je vais te le montrer.

Elle avait pris en photo le dessin avec son portable. Elle le sortit et

lui montra la photo. L'adolescente jeta un coup d'œil rapide dessus mais ne fit aucun commentaire.
– Je savais que tu allais mal m'accueillir, oui, je le savais. Pourtant je ne suis pas ton ennemie, au contraire. Et si je peux t'aider en quoi que ce soit, je le ferai.
– Je ne vois pas comment tu pouvais savoir que je t'accueillerais mal. Et je n'ai besoin de l'aide de personne. D'abord, qu'est-ce que tu me veux ?
– Juste parler avec toi, je n'ai jamais eu l'occasion de parler avec une adolescente comme toi. En plus, on partage la même passion pour le dessin, ce qui est important.
– Je n'ai pas envie de parler avec une fille qui est dans une école de friqués. Je me suis renseignée, ça pue le fric là où tu es. Je savais que tu étais née avec une cuillère en argent dans la bouche. Nous ne sommes pas du tout du même monde. Nous n'avons rien à nous dire.
– Tu habites où ?
– Le Bronx.
Eilleen regarda sur son portable où se situait le Bronx.
– Forcément, tu ne peux pas connaître, c'est le lieu de tous les trafics, le domaine de la drogue, des gangs et des caïds. Beaucoup d'armes circulent, le danger est permanent.
Eilleen regarda sur son portable le sens des mots gangs et caïd.
– Qu'est-ce que tu fais avec ton portable ?
– Je regarde le sens des mots que je ne connais pas comme gang et caïd.
– Évidement, dans ton milieu, on ne peut pas connaître ce que signifie de tels mots et encore moins la réalité qui se cache derrière.
– Écoute Ash, tu ne connais rien de mon histoire. Je suis arrivée dans cette école il y a dix jours par hasard. Une amie m'a piégée en demandant que je fasse un dessin devant deux personnes que je ne connaissais pas. Il se trouve qu'une des personnes était la responsable de l'académie qui a dit qu'elle me voulait dans son école. Je n'ai rien payé pour y entrer, de toute façon, je n'ai pas d'argent.
– Je ne te crois pas. Tu racontes que des mensonges.

– Il s'agit de l'exact vérité. Et puis, sache que je ne mens jamais sauf par nécessité absolue.
– C'est quoi le truc que tu me dis là ?
– Je te donne un exemple. Ma cousine prenait de la drogue. Sa mère m'interrogeait pour savoir si sa fille se droguait. Je mentais pour protéger ma cousine car je ne voulais pas l'enfoncer.
– Hum, il n'empêche que nous ne sommes pas du même monde. Passe ton chemin et laisse-moi tranquille.

Cependant, Eilleen fit comme si elle n'avait pas entendu les paroles de l'adolescente.
– J'ai pensé à toi samedi. J'étais avec un ami dans le Maine et il m'a offert une casquette. Je n'avais jamais eu de casquette avant. J'étais fière de la porter et en même temps, je pensais à toi avec ta casquette. J'aurais voulu la porter comme toi, j'aime bien comme tu la portes. Mais je n'ai pas osé.
– Qu'est-ce que tu racontes ? Tu n'avais jamais porté de casquette avant samedi ? Je ne te crois pas, c'est impossible.
– C'est pourtant la vérité. J'ai eu une enfance un peu spéciale.
– Hum, bon, je reconnais que tu n'as pas un portable de fille riche. Mais moi, je n'en ai même pas.
– Ah mais à ton âge, je n'en avais pas non plus. Il s'agit de mon premier portable et je l'ai acheté il y a seulement quelques mois.
– Encore un truc invraisemblable donc un mensonge.
– Ash, tu m'accuses de mentir en permanence alors que je t'ai affirmée que je ne mentais jamais. Si je te raconte ce que j'ai vécu pendant mon enfant, tu vas dire que je le fais pour t'apitoyer.
– De toute façon, ce que tu as vécu ne peut pas être pire que pour moi.
– Que veux-tu dire ? Explique-moi. Que se passe-t-il ?
– Tu es beaucoup trop BCBG pour que je te raconte, tu ne pourrais pas comprendre.
– Décidément, toi aussi tu me colle cette étiquette ! On m'a dit la même chose il y a deux jours. Ash, moi, je ne souhaite que t'aider.
– Tu ne peux pas m'aider. Ou plutôt, tiens, tu veux que je te fasse

confiance, alors sors ma mère du ghetto où elle vit et trouve-lui un logement et un travail décents.

La demande très inattendue de l'adolescente prit Eilleen au dépourvu. Elle réfléchit très vite. Elle pourrait toujours demander à madame Spencer ou plutôt à Bill Gates qui avait affirmé que si elle avait besoin d'aide, elle ne devait pas hésiter à l'appeler. Elle répondit alors :
– Je suis d'accord pour faire ce que tu me demandes. Écris-moi son nom et son prénom ainsi que son adresse. Et puis sa date de naissance aussi. Je m'en occupe.

L'adolescente la regarda de biais, les sourcils arqués. De toute évidence, elle ne s'attendait pas à ce qu'elle accepte, elle avait dû lancer son idée pour la défier, pour la mettre au pied du mur.

Elle déchira cependant une partie d'une feuille du cahier où elle dessinait et se mit à écrire les renseignements demandés.

La condition qu'impose Eilleen à Ash

Alors que la jeune adolescente notait sur son bout de papier les renseignements qu'Eilleen lui avait demandés, celle-ci se demanda soudain :
« Pourquoi je fais une telle chose et dans quoi je m'engage ? Je connais à peine Ashley. Ce n'est que la seconde fois que je la rencontre et elle passe son temps à ne pas me croire, à dire que je mens et en plus, elle manque les cours au lycée !

Et alors, l'évidence lui apparut, elle devait demander une contrepartie.
– Tu te doutes cependant que si je fais ce que tu me demandes, il y aura forcément un engagement de ta part.

Nouveau regard de côté d'Ash qui ne rebondit toutefois pas sur la phrase d'Eilleen.
– Je suis prête à intervenir pour ta mère à une condition, que tu sois assidue au lycée.
– Oh non, pas le lycée. Je me sens si différente des autres élèves.
– Et alors, que crois-tu, quand je suis entrée à l'université, j'étais aussi différente des autres étudiantes. Toutes les filles se moquaient de moi. Est-ce pour autant que j'ai baissé les bras ? Non, j'ai avancé sans m'occuper de leurs regards sur moi et à la fin, j'étais devenue une icône à leurs yeux parce que je n'avais pas changé, je n'avais pas cherché à les imiter, j'étais restée moi-même. C'est ce que tu dois faire Ash, ne pas t'occuper des autres, ne pas chercher à les imiter et rester ce que tu es. Si tu viens au Museum pour dessiner, c'est que tu es une fille bien.

Nouveau regard en biais d'Ash.

Après un silence, Eilleen ajouta :
– De toute façon, c'est donnant, donnant. Tu as fait une demande, je

suis prête à y répondre favorablement si tu t'engages. Tu vois, c'est simple.

Après un silence, elle ajouta ;
– Je suis prête à t'aider pour le lycée. Tu ne seras pas seule. D'ailleurs, désormais, tu ne seras plus jamais seule. Je dois partir 18 jours loin de New York mais, à mon retour, je t'achèterai un portable, ainsi, nous pourrons rester en contact.
– Je croyais que tu n'avais pas d'argent. Tu as encore menti.
« Décidément, elle insiste, songea Eilleen.

Elle ne voulait toutefois pas lui parler de la vente des tableaux. De toute façon, tant qu'elle n'aurait pas perçu l'argent, elle n'y croirait pas vraiment. Elle lui parla du fonds de secours mis en place par l'académie.
– Je te rappelle que je ne mens jamais. Alors, tu t'engages ? Le lycée est important pour toi, c'est ton avenir.
– Je n'ai pas d'avenir.
– Bien sûr que si. Si je sors ta mère du Bronx, je t'en sors aussi. Et puis, sache qu'à 15 ans, je disais exactement ce que tu affirmes, que j'étais une fille sans aucun avenir et tu vois, maintenant je suis à l'académie des arts qui intègre un cycle universitaire.

Pour la première fois, l'adolescente la regarda franchement.
– Pourquoi tu ferais une telle chose pour moi ? On ne se connaît pas, nous ne sommes rien l'une pour l'autre. Je ne comprends pas.
– Il y a le dessin qui nous lie et derrière lui, l'art. Et puis, si je t'ai rencontrée, c'est que Dieu l'a voulu. Il savait que je pouvais te venir en aide.
– Dieu maintenant ! Vraiment n'importe quoi. De toute façon, je peux m'engager puisque je sais que tu ne feras rien pour ma mère.
– Engage-toi alors. Je veux t'entendre dire à haute voix je m'engage auprès d'Eilleen à aller assidûment au lycée.

Après un temps d'hésitation, Ash répéta la phrase en baissant la tête puis elle se leva brusquement et s'enfuit. Elle avait cependant laissé le bout de papier où étaient indiqués les renseignements sur sa mère.

Dès qu'elle fut de retour à l'académie, Eilleen appela Bill Gates. De toute façon, elle voulait le remercier de vive voix pour tout ce que faisait sa fondation pour elle, ce qu'elle fit avec beaucoup de chaleur. Elle enchaîna ensuite :

– J'ai une demande insolite à vous faire. Je ne sais pas si vous saurez y répondre.

Elle lui expliqua toute l'affaire.

– Je connais bien le maire de New York, Je vais l'appeler. Je pense qu'on devrait pouvoir résoudre cette question assez rapidement. La logique voudrait que la jeune fille change de lycée en même temps que de logement.

– Oui, le but est de les sortir du Bronx, elle et sa mère.

– Très bien. Je m'occupe personnellement de ces deux questions.

– Merci du fond du cœur.

– De votre part, il s'agit d'une très bonne action de vouloir aider une adolescente à s'en sortir. Vous avez bien fait de faire appel à moi.

– Elle le mérite, j'en suis persuadée.

– La fondation que j'ai créée peut aussi aider les personnes en difficulté.

Eilleen se sentit soulagée. Elle ne savait pas pourquoi, mais elle voulait venir en aide à Ashley. Peut-être parce que voir une adolescente comme elle aller au Met pour dessiner était en soi inattendu, insolite. Cette passion pour le dessin devait être pour elle un moyen de s'accomplir et d'avancer vers un avenir meilleur.

Bizarrement, quand elle avait pensé à la jeune adolescente samedi, elle avait su que leur discussion serait difficile. Cependant, malgré l'hostilité d'Ash et sa propension à dire qu'elle passait son temps à mentir, elle avait tenu, elle n'avait rien lâché sans jamais se départir de son calme. En même temps, elle avait su se montrer ferme dans les moments les plus tendus. Elle s'était étonnée elle-même.

Elle songea à Lynn. Dans son métier d'enseignante dans un lycée, elle devait être souvent confrontée à ce genre d'adolescente sur la défensive. Il faudrait qu'elle lui en parle pour savoir comment elle arrivait à gérer ces jeunes filles. Elle lui demanderait aussi qu'elle lui parle de son métier.

Elle n'avait pas encore réfléchi à son avenir, au métier qu'elle voudrait faire plus tard car pour elle, le dessin, la peinture étaient des passions, pas un métier.

Elle se rappela que quand elle avait eu sa sombre période après l'agression de Brandon, elle avait souhaité retourner à l'institution religieuse de Manchester pour y enseigner.

Enseigner ? Pourquoi pas. Cette piste était à creuser.

Le second tableau de peinture à l'huile

L'âpreté de l'entretien avec Ashley avait quand même secoué Eilleen, elle qui n'aimait pas les tensions, ni les conflits. Elle eut le réflexe habituel, se réfugier dans la peinture d'autant qu'elle avait à cœur de terminer avant son départ pour l'Europe le tableau où Tyler portait Bryan sur ses épaules, elle à ses côtés, dans les montagnes du Vermont.

Elle s'y attela après avoir déjeuné très frugalement et avoir assisté aux cours de l'après-midi. Brit était là pour la conseiller.

Après plus de trois heures, elle était saturée de peinture mais le tableau était quasiment terminé. Elle reviendrait dessus le lendemain pour quelles ultimes retouches.

– Très réussi, commenta Brit. Dans la même veine que le premier. Décidément, tu es particulièrement douée.

– Parce que tu me conseilles si bien, remarqua Eilleen.

– Comme tu as terminé ton tableau, à ton retour d'Europe, on pourra commencer le second tableau à quatre mains.

– D'accord. J'aime peindre avec toi sur un même tableau. Tu as eu une riche idée en nous lançant dans cette initiative.

– Prenons autant de plaisir à le peindre que le premier, conclut Brit.

Eilleen venait d'achever son deuxième tableau peint à l'huile. Pour elle, il constituait le franchissement d'un cap symbolique. Elle s'était toujours dit et elle l'avait également dit à Mamie Georgette, que lorsqu'elle aurait peint deux tableaux à la peinture à l'huile, elle pourrait se considérer comme une artiste-peintre.

Elle avait précisé à la vieille femme que seulement à ce moment-là, elle en parlerait à Tyler. Ce temps était arrivé.

Elle éprouva un besoin de se détendre en prenant un cours de

self-défense. Elle demanda à Brit de l'accompagner. En chemin, elle lui raconta sa mésaventure avec Mick.
– Sa sœur qui forcément le connaît bien, a dit qu'il chercherait à se venger.
– Parles-en à Megan, lui conseilla son amie.
– Je le ferai à la fin de la séance.

Elle prit beaucoup de plaisir à ce cours de self-défense. Elle avait bien compris ce qu'on attendait d'elle. Elle restait cependant toujours surprise de voir que, bien qu'elle soit petite et menue, elle arrivait à mettre par terre des hommes grands et pesant leur poids. Mais, en même temps, elle se rendait compte que sa vivacité la rendait quasiment insaisissable pour eux. C'était grâce à cette vivacité qu'elle avait pu échapper à l'assaut de Mick.

A la fin du cours, et après la douche, elle évoqua avec Megan, ce qui s'était passé.
– Il existe une solution, indiqua cette dernière, le close combat. La self-défense sert à se défendre, le close combat est fait pour attaquer le plus vite possible et le plus efficacement possible. En close combat, le combattant cherche toujours à prendre l'initiative de l'assaut pour écraser son adversaire sans concession. Savoir attaquer surprend l'adversaire et donne en général un avantage décisif. L'entraînement se fait seul face à un gros sac de sable et il est assez contraignant.
– Bien, je vais y réfléchir. Euh, vous pourriez me rendre un service vous qui pouvez circuler librement à New York et qui savez où sont les magasins, vous pourriez acheter un portable pas trop cher mais avec une connexion internet et le déposer à l'accueil du Met dans une enveloppe au nom de Ash. Je vous remboursai dès que j'aurai perçu l'argent de la vente des tableaux.
– J'ai entendu parler de cette vente de tableaux. 120 000 dollars ! Ainsi c'était vous !

Eilleen fut surprise que Brit n'en ait pas parlé à Megan. Elle se contenta de préciser :
– Je pense qu'avec l'inflation des chiffres, bientôt on dira qu'on les a vendus 150 000 dollars. Non, les deux tableaux ont été vendus 70

D'orage et de ferveur – Le rêve new-yorkais

000 dollars. Alors, est-ce que vous pourrez faire ce que je vous ai demandé ? C'est important.
– 70 000 dollars représente déjà une très belle somme. Oui, je le ferai, c'est promis.
– Merci.

Eilleen ne voulait pas rester le soir à l'académie et surtout elle avait trouvé intéressant d'amener au cercle littéraire un étudiant étranger de l'école afin qu'il parle de la littérature de son pays.
Elle appela Steven :
– Peux-tu être disponible ce soir, j'aimerais emmener un étudiant brésilien à notre cercle de littérature à TriBeCa.
– J'étais de garde mais je vais me faire remplacer. Il ne faut pas arriver trop tôt. 20H30, c'est bien.
Elle appela ensuite Joao pour lui expliquer son projet.
– Tu as eu une très bonne idée, je suis partant. Je vous parlerai de Jorge Amado, mon auteur préféré mais aussi d'autres écrivains brésiliens.
– Parfait, retrouvons-nous à 20 heures au point de rencontre ainsi tu pourras continuer à m'apprendre le portugais du Brésil.

Lorsqu'ils arrivèrent dans le café, la vue de Joao, grand, mince, très beau avec sa peau couleur de miel, provoqua un certain émoi.
– Bonjour Eilleen, qui est ce beau jeune homme qui t'accompagne ?
– Joao est de Rio de Janeiro et il a accepté de nous parler de la littérature brésilienne.
Aussitôt, le cercle se forma et la discussion s'engagea. Joao évoqua ses auteurs favoris. Les autres personnes du groupe rebondirent et les échanges durèrent longtemps. Eilleen découvrit que le jeune Brésilien, au-delà du fait qu'il s'y connaissait parfaitement en littérature, avait beaucoup d'humour. Il les fit bien rire.
– Tu as un rire délicieux, lui glissa Steven.
– J'avoue que pour moi, un rire est un rire. Mais mon petit ami me l'a également dit.

– Ton petit ami, l'homme invisible.
– C'est son choix de partir au Texas. Il veut devenir footballeur professionnel. Mais je l'ai soutenu dans sa décision. Aussi, si nous sommes éloignés l'un de l'autre, cela résulte d'un choix commun.

Eilleen voyait que les jeunes femmes présentes regardaient Joao avec un air gourmand. Shannen aurait dit avec concupiscence. Même si elle avait deviné le sens du mot lorsque la jeune Irlandaise l'avait prononcé, elle avait regardé ensuite sa définition exacte sur son portable. Lui, sans doute habitué à tant d'attention, faisait celui qui ne se rendait compte de rien, jouant les indifférents.

Le temps passa vite, il fut bientôt l'heure de se quitter. Eilleen remercia le jeune Brésilien :
– Merci Joao, tu nous as enchantés.

Et elle posa sa main sur le haut du bras du jeune homme qui était en T-shirt, comme elle aimait le faire. Puis elle ajouta à destination du groupe :
– Je dois partir pour 18 jours en Europe mais dès mon retour, j'espère pouvoir vous amener une jeune Irlandaise qui est d'une beauté sublime afin qu'elle nous parle des écrivains irlandais.
– Mais Eilleen, comment fais-tu pour nous amener ainsi des amis étrangers aussi intéressants ? C'est stupéfiant, demanda un jeune homme.

Ce fut Joao qui répondit :
– Nous faisons partie de l'académie des arts de New York qui accueille beaucoup d'artistes étrangers. Eilleen peint de manière bluffante. Tenez, je vais vous montrer les tableaux qu'elle a peints.

Et il fit circuler son portable, montrant ainsi ses tableaux.
– Enfin, je vois ta peinture, remarqua Steven, et, sans être un spécialiste, je trouve ces toiles excellentes.

Le groupe fut unanime pour dire qu'elle avait beaucoup de talent.
– Je viens de terminer mon second tableau peint à l'huile et je maîtrise bien le pastel et l'acrylique, le tableau avec la jeune femme est à l'acrylique, précisa Eilleen, aussi maintenant, je m'autorise à dire que je suis devenue une artiste-peintre.

D'orage et de ferveur – Le rêve new-yorkais

– Ton tableau à l'acrylique est époustouflant de créativité, s'exclama une jeune femme.
– Ma professeure de dessin à l'université UVM du Vermont avait déclaré la même chose. Je suis contente que vous partagiez cette opinion.

Elle se pencha vers Joao :
– Ne parle pas de la vente s'il te plaît, lui souffla-t-elle.

Puis, à haute voix.
– Je voulais vous dire le plaisir immense que j'ai d'être avec vous pour parler littérature. A l'université UVM du Vermont, je n'avais personne avec qui parler des grands auteurs que j'avais lus, de leurs œuvres. Avec vous, je suis donc comblée.
– Mais quel âge as-tu ? Tu parais si jeune et en même temps, tu es déjà une peintre chevronnée qui, en plus, a lu pleins de grands écrivains.
– J'ai 16 ans et demi. Et je ne suis pas un peintre chevronné, je débute, et je n'ai lu que quelques grands écrivains. Mais je voudrais remercier devant vous Steven qui est étudiant en médecine et dont la littérature n'est sans doute pas la tasse de thé comme on dit. Il accepte cependant avec beaucoup de gentillesse de m'amener ici pour que je puisse échanger avec vous.
– Merci à toi Steven de nous avoir amené Eilleen. Elle est formidable, elle a une telle richesse en elle, s'exclamèrent plusieurs personnes du groupe.
– On veut bien recevoir la jeune irlandaise mais ramène-nous Joao, s'exclama une jeune femme.
– C'est à lui de dire s'il souhaite revenir, remarqua Eilleen.
– Oui, ce sera avec plaisir. C'est la première fois que je viens à TriBeCa et je trouve l'ambiance très sympathique.

Le soir-là, Eilleen se coucha heureuse de sa bonne soirée littérature mais surtout heureuse à la perspective de retrouver très bientôt Greta.

Au cours de la nuit, elle rêva pour la première fois de Joao mais elle ne s'en inquiéta pas. Il était un ami et resterait un ami.

Le samedi matin, elle mit les dernières petites touches à son tableau, sous l'œil vigilant de Brit puis fit un Skype avec Greta. Elle lui donna le nom et l'adresse de l'hôtel à Bruxelles où elle allait loger et elles échangèrent leurs numéros de portable. Celle-ci lui donna les grandes lignes de son intervention et sa durée approximative en lui indiquant que ce serait bien si la sienne avait un peu près la même durée. Elle prévoyait de la prendre à 11 heures à son hôtel, ce qui lui laisserait le temps de prendre une douche et de se relaxer.

Après cet entretien, elle peaufina le texte de son intervention et le lut à haute voix en chronométrant, ce qui l'amena à le raccourcir car il était un peu long.

Pour se relaxer après ce travail intellectuel, elle alla se promener dans le jardin intérieur. Elle essaya de joindre Tyler mais il n'était pas disponible. Elle appela alors Mamie Georgette qui fut très heureuse de son appel et elles discutèrent une vingtaine de minutes. Ensuite, elle déjeuna avec Brit car elles n'allaient pas se voir pendant tout son séjour en Europe.
– Tu vas t'ennuyer sans moi, la taquina-t-elle.
– C'est sûr car tu as été une élève très assidue.
– Ce deuxième tableau peint à l'huile était très important pour moi. Je suis contente d'avoir su le terminer avant de partir en Europe.
– Envoie-moi des cartes postales, elles me feront rêver.
– Je n'y manquerai pas.

L'après-midi, elle se promena dans Central Park pour se détendre car une certaine nervosité avait commencé à la gagner. Elle réussit à parler avec Tyler pendant une demi-heure. Ensuite, avec madame Spencer, elle partit avec sa grosse valise pour l'aéroport John Fitzgerald Kennedy International.

En route, elle dit à la responsable de l'académie :
– Je pense que ce que je vais apprécier le plus dans ce voyage, ce sera de vivre au sein de la famille de Greta Thunberg, puis dans celle de Gabriella, ma coloc italienne.

Elle se permit alors cette confidence.

– Chose que je n'ai jamais connu dans mon enfance puisque ma mère est décédée à ma naissance et mon père m'a abandonnée très jeune.
– J'avais cru deviner ce que vous me dites.
– Mon petit ami, Tyler, m'a appris toutefois une chose : il ne faut pas s'apitoyer sur ce qui s'est passé pendant notre enfance, il faut regarder devant soi et avancer.
– Il a tout à fait raison et c'est ce que vous faites de manière admirable. Je tiens à vous dire que je suis très contente que vous soyez à l'académie. Et n'oubliez pas que vous pouvez vous appuyer sur moi, je serai toujours à votre écoute.

Deborah Spencer guida Eilleen jusqu'aux comptoirs d'American Airlines. Elle la prit dans ses bras et la serra contre elle.
– Bon séjour en Europe adorable Eilleen, profitez en bien.

Le séjour en Europe

Que retenir de ces 18 jours en Europe si ce n'était qu'ils avaient été fantastiques et plein de superbes surprises ?

D'abord, Eilleen appris le sens du sigle VIP. Elle qui cultivait la modestie devint soudain une Very Important Person avec ses avantages, passer en priorité pour monter dans les avions, avoir toujours une personne qui l'attendait avec une petite pancarte à la sortie de l'aéroport, ne pas faire la queue aux musées et autres monuments alors qu'il y avait des files d'attente de plus d'une heure, obtenir une place en dernière minute dans des spectacles, ce qui lui permit d'optimiser son temps.

Le plaisir de retrouver Greta à Bruxelles fut très fort. Il fut doublé par l'étonnement que deux jeunes filles de 16 ans puissent se promener sans aucune crainte dans les petites ruelles qui entouraient la magnifique place royale. Eilleen avait voulu profiter de cette liberté, elles marchèrent donc beaucoup. Les deux jeunes filles, petites et fines, très souvent bras dessus-bras dessous, tout sourire, attiraient les regards. Les passants se retournaient sur elles, reconnaissant vraisemblablement la jeune militante suédoise, et elles se faisaient interpeller par les propriétaires des nombreux restaurants qui bordaient les ruelles.
– Oh les belles jeunes filles que voici. Arrêtez-vous, je vous offre un thé.

Elles passaient cependant leur chemin en refusant poliment.
– Non, merci, c'est gentil mais nous n'avons pas le temps.

Greta connaissait Bruxelles et savait se diriger en prenant le métro pour lui faire découvrir ce qu'il y avait à voir au-delà du centre dans la capitale de la Belgique.

Greta parlant aussi français, elles ne s'exprimèrent que dans cette langue et Eileen constata qu'elle ne se débrouillait pas trop mal.

Elle profita que l'hôtel vendait des cartes postales et des timbres pour en envoyer une à Tyler, Andrew, Brit, Laureen, madame Spencer ainsi qu'à Bryan et son père et à Mamie Georgette. Elle le fit ensuite dans chaque capitale visitée.

Elle prit conscience que les Belges avaient un roi, notion surprenante pour une Américaine. Cette histoire de roi la suivit en Suède, en Espagne et en Angleterre avec la reine Elizabeth.

Leurs discours respectifs devant le parlement européen furent bien accueillis et elles eurent droit à de chaleureuses félicitations. Rien à voir avec l'hostilité latente ressentie lors de l'intervention de Greta Thunberg à l'ONU.

Ensuite, ce fut le vol pour Stockholm. Greta ne passait pas inaperçue. Beaucoup de gens venaient la féliciter pour son engagement.

Les parents et la sœur de Greta les attendaient à l'aéroport pour les emmener dans leur maison. Elle dormait dans le même lit que Greta mais elle était habituée avec son amie Laureen. Les parents de la jeune militante l'accueillirent avec beaucoup de chaleur et la traitèrent comme si elle était leur fille. Elle goûta avec délice à cette ambiance familiale.

Elle dut se soumettre au sauna suivi d'un bain dans l'eau glacée d'un lac.

– Tu ne peux pas y échapper, lui signifia Greta.

Tout le monde était nu mais il s'agissait autant d'une tradition que d'un mode de vie, donc rien de choquant. Après, Ils buvaient ensemble un thé aux myrtilles. Elle se demanda quand même comment elle aurait réagi si elle n'avait pas fréquenté auparavant une plage de naturistes.

Elle avait admiré la complicité entre Greta et sa sœur qui avait deux ans de moins qu'elle. Toutes les trois, elles avaient visité Stockholm, y passant la journée, s'attardant dans la vieille ville avec ses bâtiments de couleur ocre. Elle avait été impressionnée par la cathédrale de Storkyrkan, si vieille car datant du XIIIème siècle, et le palais royal. Elles passèrent du temps dans le musée en plein air de Skansen et prirent le ferry pour visiter le château de Drottningholm, la résidence privée de la famille royale.

Pour sa sortie, elle avait pris le petit sac à dos et se rendit compte qu'il était très pratique. Elle acheta un bloc pour dessiner car elle voulait laisser un souvenir de son passage.

Ce soir-là et le suivant, elle ressentit un grand bonheur d'être au sein de cette famille si unie, si soudée. Les parents de Greta montraient par des sourires, des regards, des petits gestes tout l'amour qu'ils éprouvaient l'un pour l'autre et pour leurs filles. Eilleen en était émue.

Le lendemain, une sortie nature était au programme. Elle fit de la luge et s'essaya au ski de fond puis au patin à glace sur un lac gelé. Elle s'était beaucoup amusée. Les deux sœurs lui avaient pris chacune une main pour l'aider. Il y eut malgré tout deux, trois chutes mais, grâce à leur aide, elle avait réussi à patiner sur l'eau gelée. Elle n'avait pas froid avec les vêtements achetés à cet effet. Puis il y eut à nouveau le sauna en famille suivi du bain glacé.

Elle dessina devant eux, réalisant une composition de plusieurs scènes comme elle aimait le faire, avec Stockholm en toile de fond. A la vue du dessin, les parents Thunberg hochèrent la tête avec un sourire pour montrer qu'ils aimaient.
– Je savais que tu avais du talent, lui glissa Greta.
– C'est parce que je dessine avec le cœur, précisa Eilleen. J'exprime dans ce dessin tout le bonheur que j'ai d'être avec vous.

Mais le lendemain, il fallait déjà partir. Se séparer de Greta fut difficile.

A Paris, elle eut droit à un hôtel de charme au fond d'une cour, tel qu'elle l'avait imaginé. Elle fut impressionnée par la tour Eiffel. Toutes les cartes postales qu'elle envoya montraient la tour Eiffel. Bien sûr, elle prit le bus à deux étages pour touristes, fit la croisière sur la Seine, descendit les Champs-Élysées et s'aventura aussi dans le métro. Elle visita Notre Dame de Paris, fut un peu déçue du musée du Louvre comparé au Met, lui préférant Beaubourg, et apprécia le musée d'art moderne, son architecture extérieure si étonnante et ses collections. En se promenant, elle vit de nombreuses galeries d'art et grâce à son statut de VIP, elle put assister à un spectacle de danse à l'Opéra.

Elle adora Montmartre, ses peintres et portraitistes. Elle avait pris un funiculaire afin d'accéder à la basilique du Sacré Cœur où elle assista à une belle messe. A la fin de l'office, plusieurs prêtres se tenaient à l'extérieur, échangeant avec les touristes et les bénissant. Elle se présenta, dit d'où elle venait et fut bénie. Ensuite, elle passa un temps assez long à regarder les portraitistes et les peintres travailler avant d'aller visiter le musée de Montmartre, avec sa collection permanente et ses beaux jardins. Elle baignait dans la culture car même sur les grilles du jardin du Luxembourg, se trouvaient de grandes photos.

Elle n'oublia pas d'appeler Tyler pour lui souhaiter un bon anniversaire en vérifiant le décalage horaire afin de ne pas le réveiller en pleine nuit.

Eilleen avait très peu travaillé en Suède mais elle était à jour dans la lecture des synthèses en quittant Paris.

Puis, ce fut Rome. Ah les Italiens, des dragueurs invétérés ! Ils passaient leur temps à lui faire des compliments et surtout des suggestions. Elle en riait et leur répondait qu'elle n'était que de passage. Le fait qu'elle leur répondait en italien déchaînait encore plus leur enthousiasme. Avec eux, c'était certain, elle était la plus belle fille du monde avec un corps de rêve, une véritable déesse.

Dans la famille de Gabriella, elle fut très bien accueillie mais la présence d'un jeune homme de 20 ans rendait l'atmosphère différente de chez les Thunberg. Elle se devait d'être sur la réserve, de garder une certaine distance. Et Angelina s'avéra une adolescente complexée par son poids et son acné. Eilleen, qui était fine, avait une peau lisse et qui avançait dans la vie désormais avec une certaine aisance, n'arriva pas à établir un véritable contact avec elle. Le père était, quant à lui, peu loquace.

Elle dut adopter un régime alimentaire spécifique. Elle ne mangeait toujours pas le matin, se contentait d'une salade à midi car le soir il y avait les sacro-saintes pâtes de la Mama auxquelles elle se devait de faire honneur.

Sinon, elle adora Rome. La Rome antique et ses vestiges dont le Colisée et le Panthéon, la villa Borghèse et son parc, les fontaines spectaculaires comme la fontaine des Quatre Fleuves, et les palais extraordinaires avec des fresques et des collections privées de peinture. Et puis, le Vatican et ses musées, la basilique Saint-Pierre et la magnifique chapelle Sixtine de Michel Ange.

Heureusement qu'elle avait disposé de quatre jours pleins pour visiter Rome tant il y avait de choses à voir. Le clou de son séjour fut une messe à la basilique Saint Pierre et une bénédiction du pape place Saint Pierre.

Pour échapper aux pâtes, elle réussit à convaincre Roberto de sortir les deux derniers soirs. Il lui avoua que comme il se consacrait à ses études, il sortait très peu.

– Alors ma venue est l'occasion de le faire. Tu as l'obligation de faire découvrir à l'amie américaine de ta sœur Rome la nuit. Tu te doutes que je ne peux pas y aller seule et je suis sûre que Gabriella serait déçue si tu n'acceptais pas de le faire.

Le premier soir, ils se promenèrent dans le centre historique sublimé par les éclairages nocturnes, puis il l'emmena au quartier étudiant de San Lorenzo.

Des étudiants avaient mis de la musique et dansaient dans la rue.
– Viens, on va danser, lança Eilleen à Roberto.
– Je ne sais pas danser.
– Moi non plus, mais on s'en fiche, on est là pour s'amuser.

Et pour s'amuser, elle s'amusa et dansa. Elle n'oubliait pas Roberto et trois fois, elle alla le chercher.
– Allez Roberto, viens danser.

Mais Roberto, danser, ce n'était pas vraiment son truc et il s'arrangeait toujours pour se défiler.

D'orage et de ferveur – Le rêve new-yorkais

– De quel pays viens-tu ? voulaient savoir les étudiants car aucune Italienne est blonde aux yeux bleus, surtout d'un tel bleu.
– Je suis Américaine, étudiante à New York.
– Ah super, parle-nous de ce que tu fais à Big Apple.

Elle leur parla longtemps tout en dansant car elle trouvait trop génial de pouvoir danser en pleine rue avec d'autres étudiants.

Le lendemain, Roberto, sans doute pour éviter d'avoir à danser, l'emmena dans un vieux quartier populaire, Trastevere et son labyrinthe de petites ruelles. Il était un peu plus à l'aise que la vielle mais restait très timoré. Elle eut une intuition, Roberto n'avait jamais dû embrasser une fille, et cette pensée incongrue : si elle écrasait ses lèvres sur celles de Roberto pour un baiser à pleine bouche, n'allait-il pas s'évanouir ?

A un moment donné, elle lui demanda :
– As-tu déjà embrassé une fille ? N'aies pas honte de dire la vérité.
– Non, j'avoue que je ne l'ai jamais fait. J'ai peur de ne pas savoir m'y prendre.
– Roberto, tu es le frère de Gabriella qui est ma coloc mais aussi mon amie, j'ai beaucoup d'estime pour toi. Est-ce que si je t'apprenais à embrasser, tu penses qu'ensuite tu te sentirais plus en confiance ?
– Euh, oui, je crois.
– Alors faisons-le.

Elle lui avait d'abord montrer comment prendre une fille dans ses bras car il paraissait tellement gauche qu'il fallait en passer par là. Puis, ils s'étaient embrassés, elle le guidait et très vite son baiser fut satisfaisant.
– Voilà, tu sais embrasser une fille mais dis-toi bien que la fille attendra toujours que tu fasses le premier pas. Donc tu dois faire preuve d'une certaine hardiesse dans ce domaine.
– D'accord, je comprends bien ce que tu me dis. Merci pour ton initiation, c'était plus que bien.

Puis, après un moment d'hésitation :
– J'aimerais beaucoup voir tes seins, ils ont l'air magnifiques.

Sa demande la surprit totalement. Elle en resta interloquée.

« Eh bien, Roberto n'est peut-être pas si timide finalement pour me faire une telle demande, songea-t-elle.

Puis elle se dit que la famille de Greta l'avait vue les seins nus. Aussi, pourquoi pas lui ?
– Je veux bien à une condition, tu regardes mais tu ne cherches pas à toucher. Il est interdit de toucher. Il faut que tu promettes de ne pas chercher à le faire.
– Je promets.

Elle avait alors déboutonné son corsage, dégrafé son soutien-gorge et l'avait remonté, dévoilant sa poitrine.
– Tes seins sont tout simplement sidérants, de pures merveilles, s'était exclamé le jeune Italien, les yeux écarquillés.

Les personne qui avaient vu sa poitrine ne lui avaient pas fait de tels compliments aussi resta-t-elle de marbre. Soudain, elle eut l'impression qu'il bougeait une main vers elle. Elle mit une tape dessus.
– N'oublie pas que tu as promis de ne pas chercher à toucher ma poitrine. Si tu fais une promesse à une fille, il faut la respecter, c'est ainsi que la confiance s'instaure entre un garçon et une fille. Or, cette confiance est importante.

Et elle avait remis en place son soutien-gorge et refermé son corsage.
– La leçon est terminée. J'espère qu'elle te sera bénéfique. Rentrons maintenant.

Avant de quitter Rome, elle leur fit un dessin car Gabriella n'aurait pas compris si elle n'en avait pas fait, mais il fut assez classique, le cœur ne parlant pas aussi fort que pour les Thunberg.

Le lendemain, Madrid s'offrait à elle mais avec l'obligation de rattraper le travail non fait lors des deux soirs où elle était sortie.

Elle était soulagée de quitter la famille de Gabriella et de se retrouver seule dans un très joli hôtel de charme. Elle avait été bien accueillie mais les repas lourds le soir, ce n'était pas pour elle et autant le père de Greta était loquace, autant celui de Gabriella l'était peu.

Les deux jours et demi dans la capitale espagnole passèrent vite.

Le musée du Prado ne la déçut pas et elle découvrit pleinement Picasso avec son Guernica, ce qui lui permit de prendre connaissance de l'histoire de l'Espagne. Il était encore question de roi avec la visite du palais royal et elle qui aimait les parc, fut comblée avec le parc du Retiro. Elle alla aussi, en fin d'après-midi, à un spectacle de flamenco, découvrant cette danse très rythmée.

Si la journée, elle visitait beaucoup, le soir, elle étudiait pendant plus de deux heures. Si elle était encore en Europe, elle avait déjà l'esprit à New York.

Eilleen aima beaucoup Londres, dernière étape de son voyage en Europe. Il y avait à nouveau une histoire de royauté avec Élisabeth II dont le portrait était partout. La famille royale était omniprésente dans les journaux et dans les conversations entre londoniens.

Elle prit très vite le métro mais fit aussi une croisière inoubliable sur la Tamise.

L'abbaye de Westminster, Big Ben, Buckingham Palace, Piccadilly Circus, the British Museum, la tour de Londres furent au programme des visites. Tout était fabuleux. Elle était conquise.

Le dernier soir, pour terminer le séjour en Europe en beauté, elle s'aventura à Soho, le cœur de la vie nocturne de Londres. Elle comprit que les pubs faisaient partie de l'essence même d'un anglais. Elle écouta du jazz grâce à un concert en plein air, vit qu'il y avait beaucoup de salles de théâtre et fit du shopping à Liberty sans rien acheter toutefois. Partout, il y avait un monde fou.

Elle se dit que de toutes les capitales qu'elle venait de visiter, c'était Londres qu'elle préférait. Mais les moments les plus forts resteraient ceux passés dans la famille Thunberg auprès de Greta, même s'il fallait un certain courage pour se jeter dans l'eau glacée lorsqu'on n'y était pas habitué.

Tout au long de son périple, elle avait acheté quelques cadeaux, un mug et du chocolat belge pour Brit, Un petit renne et du thé anglais pour Laureen, une tour Eiffel et du miel d'Espagne pour Mamie Georgette. Un sweat-shirt de Rome, un t-shirt de France et une casquette de Londres pour Tyler, des friandises et du chocolat et une paire de chaussettes amusantes de Londres pour Bryan, un polo d'Espagne pour son père, un sweat-shirt acheté en Suède pour Andrew.

Elle dépensait avec parcimonie son argent, l'argent qu'Andrew lui avait donné pour les voyages en fait, car en dehors des hôtels, des transferts et des avions, tout était à sa charge. Mais elle considérait que d'avoir à gérer un budget serré était une bonne chose, elle apprenait.

Retour à l'académie des arts

Un sentiment de culpabilité habitait Eilleen, elle n'avait pas travaillé de manière aussi assidu qu'elle l'aurait souhaité les synthèses de cours envoyées par les professeurs de l'académie des arts. Dans la salle d'embarquement de l'aéroport d'Heathrow, le mercredi soir, elle s'attaqua à la relecture de toutes les fiches. Dans l'avion, au lieu de regarder un ou deux films, elle continua.
« D'où l'intérêt d'avoir un ordinateur portable, songea-t-elle.

Elle s'endormit devant son écran et ce fut une hôtesse de l'air qui la réveilla afin qu'elle éteigne et range son ordinateur. Puis, celle-ci étendit une couverture sur elle. Lorsqu'elle se réveilla, il restait deux heures de vols. Elle en profita pour achever de lire les synthèses.

D'avoir relu toutes les synthèses sur un laps de temps court lui avait permis de bien assimiler les concepts exposés. Elle se sentait sereine, elle n'aurait pas à rougir devant madame Spencer, et était armée pour reprendre les cours le jour même car elle allait arriver tôt à New York.

Elle repensa alors à ce qui s'était passé avec Roberto le dernier soir à Rome. Le jeune frère de Gabriella l'intriguait. En même temps, elle le trouvait attendrissant, il paraissait tellement timide et maladroit.
« Je n'ai fait qu'apprendre à Roberto ce que Laureen m'a appris et que Morgan voulait m'apprendre, à savoir embrasser, se dit-elle. Cette initiation ne prêtre pas à conséquence. Elles me l'ont affirmée toutes les deux.

Elle n'était pas certaine que ce soit aussi simple. Mais elle avait été prise d'une impulsion et ce qui était fait, était fait et Roberto était loin désormais.

L'atterrissage se passa bien. Désormais, elle avait l'habitude avec tous les avions qu'elle avait pris en Europe.

Alors qu'elle attendait sa valise au tourniquet, elle appela Tyler, elle tomba sur sa messagerie.
– C'est moi, je viens d'arriver à New York. Tout s'est bien passé. Je t'appellerai plus tard. Je t'embrasse.

Dans le hall des arrivées, madame Spencer l'attendait.
– Bonjour Eilleen ma chère enfant. J'espère que votre voyage en Europe s'est bien passé. Vous qui arrivez de pays chauds comme l'Italie et l'Espagne, il va falloir bien vous couvrir car une vague de froid s'est abattue sur New York depuis huit jours avec des températures négatives.

Eilleen sortit de son sac à dos son écharpe, son bonnet et ses gants.
– Attendez, je vais vous mettre votre écharpe.

Madame Spencer fit trois tours autour de son cou puis, tirant un peu sur celle-ci, elle lui glissa à l'oreille.
– Vous ne pouvez pas savoir comme vos cartes postales m'ont fait plaisir. Elles m'ont fait voyager d'autant que vous aviez eu la bonne idée de me donner votre programme de voyage. Un grand merci pour cette délicate intention.

Eilleen, tout en enfilant son bonnet et ses gants, tint à préciser :
– Mais j'ai été sérieuse. J'ai lu toutes les synthèses deux fois. D'ailleurs, merci pour celles-ci et merci pour cet ordinateur portable qui a permis que je ne prenne pas de retard dans mes cours tout en effectuant ce si beau voyage. Et surtout merci d'avoir accepté que je m'absente de l'académie si longtemps.
– Il s'agissait d'une chance unique pour vous, je n'avais pas de raison de vous en priver d'autant que je savais que vous seriez sérieuse.

Alors qu'elles avaient pris la route pour aller de l'aéroport à l'académie, madame Spencer demanda :
– Concernant les familles, avez-vous trouvé ce que vous espériez ?
– Dans la famille de Greta, totalement même si j'ai vécu deux fois une scène étonnante. Il fallait s'immerger dans l'eau glacée après un sauna, tout le monde étant nu. Mais il s'agit d'une tradition chez les

Suédois. Dans la famille de Gabriella, je n'ai pas vraiment accroché. Il y avait déjà ces pâtes sacro-saintes le soir, moi qui mange très peu le soir. Les deux derniers soirs, je suis sortie avec le frère de Gabriella, sans manger les pâtes, ce qui a été mal vécu par sa mère. Mais bon, je ne suis pas une oie qu'on engraisse. Finalement, j'ai été bien contente à Madrid et à Londres de retrouver ma liberté.
– Ah effectivement, si vous n'aimez pas les pâtes, vous ne ferez pas une bonne Italienne.
– La capitale que j'ai préférée est Londres et sa reine, Élisabeth II, qui est incroyablement vénérée dans son pays.

Elles continuèrent à deviser ainsi jusqu'à l'arrivée à l'académie des arts.

A ce moment-là, la responsable de l'académie lui dit :
– La somme pour la vente des tableaux a bien été versée. Je me suis permise de voir avec la banque pour vous créer un compte épargne, ainsi cette somme vous rapportera des intérêts et je vous ai fait créer un compte personnel où j'ai fait mettre la somme de mille dollars avec une autre carte de crédit. J'espère que j'ai bien fait.
– Oui, c'est parfait. Merci.
– Et vous avez un message de Bill Gates.

Elle lui tendit une demi-feuille pliée.

Celui-ci était court.

« Ce que vous m'avez demandé est fait. Votre dévoué. Bill.

Le message datait de neuf jours, donc il avait réagi très vite.

Elle avait une demande à faire à madame Spencer.
– Auriez-vous l'amabilité de faire installer un chevalet avec du papier spécial aquarelle et des toiles dans la chambre de Shannen Doherty ? Elle est pour moi le modèle idéal mais refuse de poser en présence de Brit.
– Ce sera fait. Je vois que vous êtes impatiente de reprendre la peinture.
– Oui, la peinture m'a manqué, je le reconnais bien volontiers.
– Quand je vous disais que vous étiez faite pour l'académie des arts.

Elle passa dire bonjour à Brit qui, pour une fois, ne peignait pas mais lisait.
– Bonjour ma poulette. Merci pour les cartes postales, elles m'ont fait très plaisir. C'était comme si je te suivais à la trace, comme si je voyageais avec toi.

Eilleen se rendait compte que ce simple geste d'envoyer des cartes postales semblait avoir été très apprécié.
– Bonjour Brit, tout va bien ? Je t'ai apportée un petit cadeau.
– Merci, c'est très gentil. L'argent de la vente des tableaux est arrivé et ceux-ci sont partis. J'ai donné la part qui te revenait à la responsable de l'académie comme elle avait dit qu'elle s'occupait personnellement de toi.
– Oui, tu as bien fait. Je vais pourvoir rembourser Megan pour le portable puisque je suppose qu'elle l'a acheté.
– Oui, elle a suivi tes instructions à la lettre.
– Parfait. Tu lui demanderas combien je lui dois. A plus tard, Brit mon amie.

Dans sa chambre, Gabriella se préparait à aller en cours.
– Bonjour Eilleen, j'espère que ton retour en avion s'est bien passé. Ma famille t'a beaucoup appréciée surtout Roberto. Ils te remercient pour le dessin qu'ils ont trouvé très beau.
« Et pour cause que Roberto m'a appréciée. Avec le recul, je me demande si je n'ai pas fait une grosse bêtise en l'embrassant car si je ne l'avais pas embrassé, il n'aurait pas demandé à voir ma poitrine.

Elle répondit :
– J'ai passé un super séjour chez eux. C'était vraiment bien. Et Rome, quelle splendide ville. Excuse-moi mais je veux prendre une douche rapide avant d'aller en cours.
– Tu veux suivre les cours alors que tu as passé la nuit dans l'avion et avec le décalage horaire en plus ?
– Oui, je souhaite reprendre sans attendre le bon rythme. C'est important pour moi.

Elle voulait vérifier au plus vite qu'elle n'avait pas pris trop de retard après cette longue absence et que ses lectures astreignantes des synthèses avaient servi à quelque chose.

Gabriella et Joao

Eilleen se dépêcha dans les couloirs de l'académie. Sa vie universitaire reprenait.

Dans plusieurs cours, elle eut droit à une réflexion du professeur.
– Ah une revenante !

Elle ne savait pas s'ils avaient été informés de son voyage en Europe. Elle ne fit aucun commentaire, se concentrant sur le cours.

Les étudiants et étudiantes étaient plus curieux.
– Où étais-tu ? Tu as été malade ?
– Non, j'étais en Europe, je vous raconterai plus tard.

Elle était en train de prendre des notes sur son ordinateur portable lorsque soudain elle redressa la tête.
« Et dire qu'hier, j'étais à Londres, et juste avant à Madrid et avant à Rome, à Paris, à Stockholm, à Bruxelles. Je suis bien certaine d'être la seule parmi toute cette classe à être allée en Europe et à avoir visité six capitales. Et puis, finalement, j'assume pleinement ce que j'ai fait avec Roberto. Il avait besoin d'aide, j'étais en mesure de la lui apporter, donc je l'ai fait, c'est tout

Au déjeuner, elle espérait apercevoir Shannen dont elle n'avait pas le numéro de portable mais ne la vit pas. En consultant le planning des cours, elle vit que le vendredi matin, étaient prévus un atelier de peinture mais aussi, juste après, un cours de graphisme. Elle décida de s'y rendre. Elle saurait ainsi ce que recouvrait cette matière et avait toutes les chances d'y voir Shannen.

L'après-midi passa vite. Juste après la fin des cours, elle appela Tyler.
– Tu as prolongé un peu ton séjour on dirait, remarqua-t-il.
– Oui, de trois jours.

– Bon, ce n'est pas grave en soi puisqu'il s'agissait de jours de semaine. Par contre, j'espère qu'on se verra ce week-end.
– Tu vas chez ta grand-mère ?
– Oui. Ainsi, tu nous raconteras ton périple en Europe.
– D'accord. Je vais prendre mon billet d'avion pour Burlington alors.
– Au fait, sympa tes cartes postales.

Tyler avait déjà raccroché et fait le service minimum pour les cartes postales. Peut-être que pour lui, leur envoi était quelque chose de normal et ne méritait pas de s'appesantir dessus.

Elle prit son billet d'avion via internet et appela Laureen car elle souhaitait passer la soirée de vendredi chez elle.
– Merci pour les cartes postales, furent les premières paroles de son amie. Quelle chance tu as eu de faire un si beau voyage. Et c'était super sympa de me l'avoir fait partager avec l'envoi à chaque étape de ces cartes postales très bien choisies.
– C'est vrai que j'ai pris plaisir à les écrire. Je t'appelle car je voulais savoir si tu es prête à m'accueillir demain soir.
– Il n'y a aucun souci. Tu seras la bienvenue.
– Merci Laureen.

Elle lui donna son heure d'arrivée à l'aéroport de Burlington.
– A demain alors.
– Oui, je t'attendrai à l'aéroport.

Elle regagna sa chambre et, aidée de Gabriella, se mit à vider sa valise tout en lui racontant sa sortie nocturne avec Roberto à San Lorenzo.
– Ce n'était que la deuxième fois de ma vie que je pouvais danser, je ne m'en suis pas privée. Et les étudiants étaient très sympathiques.
– Et Roberto a dansé aussi ? demanda Gabriella d'un air sceptique.
– Mais bien sûr. Bon, j'ai dû le pousser un peu à le faire, mais il a bien dansé.
– Eh bien, je n'en reviens pas !
– Et le lendemain, nous sommes allés à Trastevere, où nous avons passé une très bonne soirée.

– Quoi, vous êtes sortis deux soirs de suite ? C'est fou ce que tu me dis ! Une telle chose n'avait jamais dû arriver à mon frère.
« Il n'y a pas que sortir qui ne lui était jamais arrivé, songea Eilleen en souriant intérieurement.

Elle partit chercher une panière à linge dans la buanderie où se trouvaient les machines à laver.

En remontant, elle dut s'arrêter plusieurs fois afin d'expliquer aux étudiants la raison de son absence qui avait été remarquée. Aussi, une fois la panière pleine, elle descendit très vite les escaliers en saluant mais en disant qu'elle était pressée, sinon, elle n'allait jamais y arriver.
« D'être connue a ses bons côtés mais aussi ses inconvénients, songea-t-elle.

En attendant que sa machine se fasse, plutôt que de retourner dans sa chambre où Gabriella continuerait à la questionner sur son séjour à Rome, elle envoya un SMS à Joao afin que, s'il pouvait, ils se retrouvent à leur endroit habituel. Lorsqu'il l'eut rejointe, elle lui parla de son voyage en Europe. Il l'accompagna lorsqu'elle descendit pour mettre son linge dans le sèche-linge.

– Tu as vu, mon acheteur a été réglo, il a payé les tableaux. Il est toujours très intéressé par ton tableau peint à l'huile. Il est prêt à faire une offre particulièrement intéressante.

– Joao, je suis arrivée ce matin à New York, hier j'étais à Londres, je n'ai pas la tête à ces histoires de vente de tableaux. On en parlera un autre jour si tu veux bien.

– Oui, je comprends.

Lorsqu'elle mit son linge sec dans la panière, elle s'aperçut que le jeune Brésilien regardait ses sous-vêtements.

– Eh bien, ne te gêne pas !

– C'est quoi ce truc bizarre là.

– Ce truc s'appelle un shorty. C'est pour les jeunes filles qui, comme moi, se retrouvent souvent sur leur postérieur lorsqu'elles essayent de faire du patin à glace sur un lac gelé. Ce shorty évite qu'elles se retrouvent les fesses gelées. Je conçois que ce ne sont pas les très jolies Brésiliennes de Copacabana qui vont porter ce genre de sous-vêtement.

Et elle jeta une chemise blanche par-dessus son linge de corps. Elle avait lu dans un de ses romans une histoire de fétichisme, un homme faisant une fixation sur les petites culottes des jeunes filles. Joao le mystérieux faisait-il ce genre de fétichisme ? Elle décida de le provoquer.

– Et comme il fait très froid à New York et que je trouve ce shorty très confortable, eh bien je vais continuer à en mettre. Ainsi, tu sais tout monsieur le curieux.

– Excuse-moi si j'ai été indiscret. Mais j'ai été intrigué par ce truc bizarre que je n'avais jamais vu.

Eilleen leva les yeux aux ciel, considérant cette discussion complètement surréaliste.

– Bon, admettons.

Il prit la panière et la lui remonta jusqu'à sa chambre. Une fois, arrivés, elle lui posa la main sur le haut du bras.

– Merci Joao pour ton aide. Je suis contente de t'avoir pour ami. Je vais me coucher directement, je n'en peux plus.

– Tu ne vas pas dîner ?

– Un autre jour.

Après coup, elle se dit qu'elle aurait dû dire non tout de suite à Joao pour le tableau plutôt que de lui laisser miroiter un potentiel accord qui ne viendrait pas.

Avant de s'endormir, elle se dit qu'elle n'avait pas éprouvé de véritables difficultés à suivre les cours. Malgré ses 18 jours d'absence, elle n'avait pas trop décroché. Elle s'en réjouit. Ses efforts pour lire les synthèses n'avaient pas été vains. Puis, elle s'endormit en rêvant de toutes ces belles capitales d'Europe qu'elle avait visitées et adorées.

Un cours de graphisme

Le lendemain, Eilleen avait bien récupéré et retrouva avec plaisir un atelier de peinture. Le modèle était un jeune homme normalement vêtu. Pour les autres élèves du groupe, il s'agissait de la seconde séance.
– Comme vous prenez la séance en cours, faites ce qui vous paraît le mieux, lui dit le professeur.

Elle choisit de faire un dessin au pastel. Plutôt que de se lancer dans un portrait du jeune homme tel qu'elle le voyait, elle le mit en mouvement, marchant à l'intérieur d'un énorme tuyau avec, à un moment, la tête en bas, puis s'éjectant avec élégance et se retrouvant ensuite au-dessus du tuyau.
– Très original, commenta le professeur. Votre coup de crayon est sûr, vous utilisez le pastel avec une grande facilité et votre mise en mouvement est très réussie. Peut-être pourriez-vous mettre un peu plus de contraste dans vos dessins et du bleu en haut à gauche.
– Oui, vous avez raison. Vous voyez que j'ai besoin de vos conseils.
– Hum, si on veut.

Elle signa Eilleen Q, data et donna le dessin au modèle puis se dépêcha pour arriver à l'heure au cours de graphisme.

Les étudiants étaient déjà entrés mais le cours n'avait pas commencé. Elle aperçut Shannen mais avec un garçon à côté d'elle. La professeure la remarqua.
– Tiens, une nouvelle élève. Que nous vaut l'honneur ? Présentez-vous.
– Eilleen Quingsley. Ma base est le dessin, mais j'utilise aussi pour m'exprimer le pastel, l'acrylique, l'aquarelle et la peinture à l'huile. Je souhaite savoir ce qu'est le graphisme, d'où ma présence.
– Le graphisme s'exprime à travers le dessin donc s'il s'agit de votre base, c'est très bien. Mais est-ce que vous pouvez arriver ainsi dans une nouvelle matière ? Je croyais qu'à l'académie des arts, les étudiants étaient spécialisés et ne pouvaient pas changer de groupe en cours d'année.

D'orage et de ferveur – Le rêve new-yorkais

– Je viens d'arriver à l'académie et je bénéficie d'un statut spécifique qui me permet d'aller d'un groupe à l'autre en fonction de mes souhaits.
– Je n'ai jamais entendu parler d'un tel statut spécial à l'académie.
Alors quelqu'un dans la salle lança :
– Eilleen Quingsley est la célèbre militante amie de Greta Thunberg qui a vendu pour 200 000 dollars de tableaux tout récemment.
Ce à quoi Eilleen répondit :
– Oublions cette histoire de vente de tableau. Je suis juste une étudiante qui souhaite découvrir une nouvelle matière.
– Très bien, mettez-vous assise alors.
Pendant l'heure et demie qui suivit, elle eut donc l'occasion de découvrir ce qu'était le graphisme, la professeure faisant preuve de beaucoup de pédagogie sans doute pour qu'elle puisse bien comprendre.
A la fin du cours, elle retrouva Shannen.
– Quelle surprise de te voir à ce cours de graphisme, s'exclama la jeune Irlandaise.
– Je n'avais pas ton numéro de portable, donc j'ai trouvé cette solution pour te revoir. Mais j'ai trouvé le cours intéressant. Échangeons nos numéros de portable.
Une fois ceci fait.
– Et ton voyage en Europe ?
– Superbe. Vraiment bien avec des expériences étonnantes, j'ai fait de la luge, du ski de fond, du patin à glace, j'ai plongé dans un lac à l'eau glacial après avoir été dans un sauna, j'ai pris le métro, j'ai visité des musées célèbres, je suis montée au sommet de la tour Eiffel, vu un spectacle de danse à l'opéra de Paris, un autre de flamenco à Madrid, j'ai reçu la bénédiction du pape, j'ai dansé dans la rue et je me suis fait draguer plein de fois.
– Eh bien dis-donc. Tu n'as pas fait les choses à moitié.
– J'ai un seul regret, je n'ai pas pu visiter ton pays. Cependant, m'absenter 18 jours était déjà beaucoup.
– Mais comment vas-tu faire pour rattraper tout ce retard ?
– Je ne pense pas avoir pris trop de retard. L'académie m'envoyait des

synthèses de cours tous les jours de la semaine. A charge pour moi de les lire pendant mon voyage. J'ai assisté aux cours hier, je n'ai pas eu le sentiment d'avoir beaucoup décroché. Je voulais te prévenir que j'ai demandé à ce qu'un chevalet soit installé dans ta chambre avec des toile. Et j'ai perçu l'argent de la vente des tableaux, je pourrai déjà te payer ta première séance de pose.
– D'accord, merci. Tu auras qu'à me faire un virement électronique.
– Il faudra que tu me montres comment on fait, je n'en ai jamais fait. On pourrait commencer les séances de pose mardi prochain.
– Parfait pour moi.
– Et puis, je fais partie d'un cercle littéraire à TriBeCa. Je souhaiterais que tu viennes y parler de la littérature irlandaise.
– Eh bien, tu en fais des choses intéressantes.
– Tu serais d'accord ?
– Oui, avec plaisir.
– Super !

Maintenant qu'elle avait arrêté ces éléments avec Shannen, Eilleen devait s'occuper d'Ashley, ce qui supposait qu'elle se rende au Metropolitan Museum of Art. Elle passa au secrétariat de la responsable de l'académie. Elle fut accueillie par des :
– Comment va la grande voyageuse ? Est-ce que votre voyage s'est bien passé ? Vous n'avez pas eu trop froid ?

Elle raconta brièvement son voyage.
– Vous aviez raison pour le sac à dos, il s'est avéré très pratique.
– Comment, vous n'aviez jamais eu de sac à dos auparavant ? s'exclama la secrétaire désagréable.
– Disons qu'il ne m'était jamais venu à l'idée d'en acheter un.
– Voici votre nouvelle carte de crédit, dit à ce moment-là Cathryn. A la différence de l'autre où vous ne pouvez faire que des achats, avec celle-ci vous pourrez retirer de l'argent liquide à des distributeurs de billets.
– Très bien. Je suis venue vous voir car je dois me rendre au Met. Ce sera juste pour retirer un message à l'accueil.

– Il n'y a pas de chauffeur disponible, je vais vous y emmener, répondit Cathryn.
Pendant le trajet, Eilleen lui dit :
– Tous les achats que vous m'avez conseillés de faire m'ont été très utiles. Je tenais à vous remercier pour votre aide précieuse.
– Je suis contente de ce que vous me dites. Et vous avez très bien su répondre à ma collègue. Vous ne vous êtes pas laissée déstabiliser. C'est bien.
A l'accueil du Met, elle trouva un message à son nom, juste une demi-feuille pliée en deux avec son prénom et un numéro de portable à l'intérieur.
Lorsqu'elle fut de retour à l'académie, il était 12 h 40. Ashley était en pause déjeuner, elle pouvait l'appeler.
– Tu es enfin revenue ! Tu étais où ? furent les premières paroles d'Ash.
Puis, soudain, sur un ton agressif :
– Je t'avais demandé de sortir ma mère du ghetto, mais je ne t'avais pas demandé de me changer de lycée.
– Après ce que tu m'as dit sur les gangs et les caïds et tous les dangers que tu courais dans le Bronx, tu ne croyais pas que j'allais te laisser dans ton ancien lycée. Ce n'était pas envisageable. Et être dans un lycée proche de ton domicile est logique et pratique.
– Tu veux diriger ma vie ?
– Non, Ash. Je te rappelle que c'est toi qui as formulé la demande qui a abouti à votre changement d'appartement et donc de lycée. Cet appartement, est-ce qu'il est bien ? Est-ce qu'il vous convient ? Et ta mère a-t-elle bien un nouvel emploi ?
– Oui, tout est parfait et ma mère aime bien son nouvel emploi. Je ne sais pas comment que tu t'y es prise mais je reconnais que tu as bien fait les choses.
– Et toi, tu tiens bien ta promesse ?
Réponse d'un ton assez irrité :
– Oui, je suis assidue.

– N'oublie pas que je t'ai promise de t'aider. Nous devons voir comment on peut faire.
– Il faut que tu viennes à l'appartement car ma mère veut te remercier mais aussi faire ta connaissance. Elle ne comprend pas trop ce qui s'est passé. On pourra voir à ce moment-là.
– Je suppose que tu lui as indiquée que la demande émanait de toi.
– Oui, enfin, ce n'est pas trop facile à expliquer. J'ai lancé cette demande pour te mettre au défi tout en étant persuadée que tu allais dire que tu n'étais pas en mesure de le faire.
– Je l'avais parfaitement compris. Mais tu vois le résultat quand on me met au défi. Je te propose de passer dimanche en fin d'après-midi ainsi nous pourrons préparer ta semaine ensemble. Indique-moi ton adresse par SMS.

L'après-midi fut mixte, elle eut un cours de littérature puis elle fut avec Brit pour une séance de deux heures sur les différentes formes de collage qu'elle trouva très intéressante, ce qui lui fit penser qu'elle avait encore beaucoup de choses à apprendre. Elle en profita pour lui demander ce qu'elle pensait qu'elle devrait donner à Shannen pour avoir posé.
– Être modèle est un métier assez spécifique et exigeant car il ne faut pas bouger. Entre 50 et 70 dollars de l'heure ne me paraît pas usurpé.
   Ensuite, elle appela son père pour lui dire qu'elle était rentrée et pour demander des nouvelles de Bryan.
– Il va bien. Là, il est à l'école, lui répondit-il. Depuis son séjour avec vous, il est beaucoup plus épanoui et il a adoré tes cartes postales. Je lui ai acheté une carte de l'Europe ainsi, il pouvait voir où se situaient les pays que tu visitais. Je vais voir si je peux venir à New York la semaine prochaine.
– J'aimerais bien.
   Après, elle eut à peine le temps de mettre des affaires dans la grosse valise qu'il fallait déjà partir pour l'aéroport de la Guardia.

Après l'atterrissage, elle retrouva avec grand plaisir Laureen qui, comme elle le lui avait annoncé, l'attendait à l'aéroport. Avec elle, elle pouvait tout dire. Et elle savait à l'avance qu'elles allaient passer un moment très convivial dans son appartement où elle se sentait si bien.

Lors de leur discussion, il ne fut question que du voyage en Europe. Après lui avoir remis ses cadeaux, Eilleen détailla toutes les péripéties du voyage, y compris ce qui s'était passé avec Roberto.
– Tu as montré ta poitrine toi ? A un inconnu en plus ! Un tel geste osé te ressemble si peu.
– Ce n'était pas vraiment un inconnu. Il s'agit du frère de ma coloc et nous nous étions côtoyés deux jours chez ses parents et la sortie dans le quartier étudiant de San Lorenzo nous avait rapprochés. Et j'ai décidé d'assumer totalement ce que j'ai fait. Je ne regrette rien.
– Ma sage Eilleen qui s'émancipe ! Voilà qui est une bonne chose. J'ai l'impression qu'une nouvelle Eilleen est arrivée après ce voyage en Europe.
– Sans doute est-ce vrai car dans les capitales où j'étais seule, je n'ai jamais hésité à prendre le métro ou à sortir le soir. Et pour bâtir mon programme de visite, pour me diriger ensuite, je me débrouillais seule.
– Voilà la raison pour laquelle qu'on dit que les voyages forment la jeunesse. Je suis bien contente pour toi que tu aies pu faire ce fabuleux voyage.
– Et dire que tout est parti d'une sollicitation de Greta Thunberg qui voulait que je vienne l'appuyer dans son discours devant le parlement européen en prenant moi-même la parole. C'est fou.
– Parce qu'elle a vu en toi une jeune militante pleine de conviction. Et puis, parler à deux voix lorsque l'on est des jeunes filles, c'est mieux.
– Et toi, de ton côté ?
– Tout va bien avec mon petit ami. Notre relation semble partie pour durer.
– Ah parfait, je suis contente pour toi.
– Parle-moi de l'académie des arts.

Eilleen se lança dans la description de ses activités, parlant aussi de ses sorties à TriBeCa, mais occulta deux choses : la vente des tableaux par décence car Laureen, en tant que vendeuse, ne devait pas percevoir un gros salaire, et le fait qu'elle ait peint le corps nu d'une jeune femme très belle. Ce sujet-là lui paraissait difficile à évoquer.

Elles avaient dormi dans le même lit puis Laureen avait emmené Eilleen à la gare routière tôt le matin. Avant de se quitter, elles s'étaient serrées dans les bras l'une de l'autre. Laureen lui murmura à l'oreille.
– Je suis très contente de constater que, bien que tu sois à New York désormais, tu continues à venir me voir.
– Tu es mon amie et tu le resteras toujours. Je te l'ai souvent dit et je peux t'assurer que c'est la vérité vraie, t'avoir pour amie est précieux pour moi.

Le séjour d'Eilleen chez la grand-mère de Tyler

Dans le car, Eilleen songea qu'elle allait avoir un peu de temps seule avec Mamie Georgette car elle allait arriver vers 9 heures et Tyler vers 11 heures. Elle décida d'appeler sa tante, elle voulait savoir si son père officiel avait évoqué leur entretien.
– Je l'ai vu deux fois depuis que vous vous êtes rencontrés et il n'a rien dit à ce sujet
   Eilleen lui résuma leurs échanges
– Mon frère menait une double vie ? C'est insensé cette histoire.
– Parce que ma mère ne pouvait pas avoir d'enfant. Il voulait la répudier. Il a reconnu s'être mal comporté avec elle. C'est la raison pour laquelle il a accepté qu'on puisse se voir de temps à autre.
– Quel serait l'intérêt pour toi ?
– Il est la seule personne qui puisse me parler de ma mère, ce qui est important pour moi.
– Bon, je peux comprendre. Et ta relation avec Tyler se passe bien ?
– Oui, très bien même. On va passer le week-end ensemble chez sa grand-mère.
– Bon week-end alors.
– Merci ma tante. Bon week-end à toi aussi.
   Ensuite, elle appela Lynn. Elle ne lui demanda aucune nouvelle de ses enfants, ni de la personne dont elle était amoureuse, lui indiquant d'emblée qu'elle souhaitait aider une lycéenne de 14 ans qui paraissait en difficulté. Elle lui décrivit le mieux possible le comportement d'Ashley.
– Telle que tu me la décris, je penserais à une enfant rebelle. Pas très facile à gérer, constata Lynn.
   Elle lui donna cependant des conseils.

– Merci Lynn. A l'occasion, j'aimerais que tu me parles de ton métier d'enseignante dans un lycée.
– Avec plaisir. Il suffit que tu me dises quand.
– Parfait. Je te le préciserai.

Pour finir, elle appela Mamie Georgette pour lui dire de ne pas venir l'attendre à l'arrêt du car à cause du froid. Elle saurait trouver son chemin.

Ce qu'elle fit. Elle eut un peu de mal avec la grosse valise sur le chemin caillouteux qui menait à la maison de la grand-mère de Tyler. Heureusement, le froid était sec et il n'y avait pas de neige cependant, elle se rendit compte avec une certaine inquiétude que s'il se mettait à neiger abondamment, elle risquait de ne plus pouvoir repartir.

Elle retrouva avec un plaisir immense Mamie Georgette, sa Mamie de cœur. Elles se firent une accolade puis la vielle femme s'exclama :
– Ma chère Eilleen, mon petit trésor, que je suis contente de te voir. Mais tu es toute emmitouflée, on ne te voit plus sous tous ces vêtements.
– Au moins, je n'ai pas froid. Je suis tellement heureuse de te revoir Mamie.
– Et moi donc. Un grand merci pour les cartes postales que tu m'as envoyées. Elles m'ont fait très plaisir. Viens voir où je les ai mises.

En dessous de son dessin, elle avait aligné ses six cartes postales en les faisant tenir avec une punaise.
– C'est parfait. Je t'ai amenée des cadeaux d'Europe. Ce n'est pas grand-chose mais ils viennent du cœur.

Elle lui donna ses cadeaux.
– Je le sais. Un grand merci à toi ma douce Eilleen.

Celle-ci ôta ses vêtements d'hiver.
– Je voulais t'annoncer une grande nouvelle. Tu te souviens que je t'avais parlée de tableaux que je peignais. Je viens de terminer le deuxième. Je suis contente.
– Je savais que tu y arriverais. Tu es une artiste maintenant.
– Effectivement, j'avais dit que si j'arrivais à peindre un second tableau à la peinture à l'huile, je pourrais me considérer comme une artiste-peintre. Et puis, avec Brit, on avait peint un tableau à quatre

mains et celui-ci a été vendu, ce qui fait que j'ai de l'argent à moi maintenant. Je ne te remercierai jamais assez pour l'argent que tu m'as donné et pour les jupes que tu m'as offertes. Cet argent et ces jupes m'ont été tellement utiles, tu ne peux pas savoir.
– Je suis bien contente pour toi d'avoir pu vendre ce tableau. Tu sais que, comme pour tes cadeaux, ces gestes venaient du cœur.
– Oui, je le sais Mamie.

Et Eilleen étreignit la vieille femme qui lui avait apporté d'emblée tout son amour alors qu'elle n'était rien pour elle. Puis elle lui dit :
– J'ai du linge à laver suite à mon voyage en Europe et d'autres à repasser. Ce qui explique que j'ai une grosse valise.
– Pas de problème, sers-toi de la machine à laver. En plus, elle sèche le linge, c'est pratique. Et pour repasser, un fer à vapeur est à ta disposition.

Eilleen prépara sa machine et la mit en route et posa les cadeaux destinés à Tyler sur la table de la salle à manger. Après, elles parlèrent tranquillement en attendant son arrivée.

Tyler apprécia les cadeaux. Elle lui avait demandé sa taille pour les vêtements par SMS, il n'y avait a priori pas de problème. Il essaya le sweat-shirt. Il lui allait parfaitement.
– Merci Eilleen. Je suis très content de tes cadeaux. Et de voir les noms de ces pays me rappelle de très bons souvenirs.
« Au moins, si Tyler n'aime pas mes cartes postales, il apprécie mes cadeaux, songea-t-elle. C'est une bonne chose.
– Puisque vous êtes là tous les deux, il est temps que je vous raconte mon voyage en Europe, déclara-t-elle.

Et elle entreprit de faire le récit assez détaillé de son voyage. A aucun moment cependant, elle n'évoqua le nom de Roberto et si elle parla du sauna suivi du bain dans l'eau glacée, elle se garda de dire que tout le monde était nu.

Le froid, même s'il était moins intense qu'à New York, obligeait Tyler et Eilleen à rester à l'intérieur de la maison de Mamie Georgette. Pour rechercher un peu d'intimité, le seul lieu possible était sa chambre, Eileen fut donc bien obligée d'y laisser entrer son boyfriend.

A peine avaient-ils franchi le seuil qu'ils s'enlacèrent puis s'embrassèrent de manière d'abord langoureuse puis plus appuyée. Tyler la serrait fort dans ses bras et, à un moment donné, elle voulut coller tout son corps contre celui du jeune homme, comme elle en avait eu envie depuis un certain temps, mais elle sentit quelque chose de dur qui la fit reculer aussitôt.
– C'est quoi ce truc dur ? s'exclama-t-elle.
– C'est mon sexe en érection.
– Oh ! Eh bien, si je m'attendais. Mais je ne comprends pas, on ne fait que s'embrasser tout en restant habillés, comment est-ce possible ?
– Dès que je serre ton corps contre le mien, il réagit. C'est mon désir de toi, de ton corps, qui s'exprime.

Eileen fut tétanisée par ces paroles.
« Je n'aurais peut-être pas dû accepter que nos corps se touchent si ce simple contact lui fait un tel effet, songea-t-elle. Et aller mettre mon corps contre cette chose dure qui me fait peur en plus, constituerait forcément un péché. Donc je vais rester avec le bassin écarté de lui comme avant.

Tyler, à ce moment-là, déclara :
– Tu sais ce qui serait bien, c'est qu'on se voit nu tous les deux.
« Je me doutais que le fait qu'il vienne dans ma chambre lui donnerait des envies pas raisonnables, pensa-t-elle.

Elle réagit très vite.
– Non, Tyler, ce n'est pas possible. Je te rappelle que je n'ai que 16 ans, je ne suis pas prête à faire une telle chose. Et puis, je ne tiens pas à faire des cauchemars après.
– Il n'y a aucune raison que tu fasses des cauchemars, Je ne vois pas pourquoi tu dis cela.
– Tu sembles oublier que j'ai subi une agression avec tentative de viol il y a seulement quelques mois. Je ne me sens pas encore trop sûre de moi.
– Bon, c'est vrai. Tu as raison. Je dois tenir compte de cette violente agression, aussi je comprends ce que tu veux dire.

Les exigences de Tyler

Tyler avait cependant de la suite dans les idées et, après une petite accalmie, il tenta à nouveau de la persuader.
– J'aurais quand même bien voulu te voir nue. On sort depuis assez longtemps ensemble pour que tu m'autorises à te voir nue.

Devant le ton de son boyfriend, Eilleen hésita un court instant puis se décida :
– Je veux bien te montrer ma poitrine mais pas plus. Et tu ne devras que la regarder, pas la toucher.

Elle avait montré ses seins à Roberto, elle pouvait les montrer à son petit ami. Elle dégagea sa poitrine.
– Tes seins sont devenus très beaux. Tu as vraiment une superbe poitrine, étonnement développée par rapport à ton corps qui est resté si gracile. Laisse-moi les toucher un peu. Ils sont trop tentants.

Elle fut surprise, Tyler s'était montré jusqu'à présent très raisonnable et soucieux de respecter ses interdictions et là, il ne semblait plus pouvoir se contenter de ce qu'elle lui autorisait. Il lui fallait plus. Elle avait cependant conscience qu'elle ne pouvait pas dire non à chaque fois et elle souhaitait être douce avec Tyler, attentive à ses désirs et conciliante aussi car ils ne s'étaient pas vus depuis un mois du fait principalement de son séjour en Europe.
– D'accord mais pas les pointes.

Morgan lui avait expliqué que les pointes des seins ainsi qu'un autre truc dont elle avait oublié le nom, étaient des zones très sensibles que les hommes caressaient afin d'exciter la femme avant d'avoir un rapport charnel avec elle. Il était hors de question qu'une telle chose lui arrive. Aussi, avant que Tyler ne commence à lui caresser les seins, elle mit ses mains en conque sur leur partie finale pour l'empêcher de toucher les bouts car elle n'avait pas confiance en lui.

La position assise sur le lit s'avérait toutefois peu commode.
– Lève-toi, lui dit-il.

Il se mit derrière elle. Elle sentit la chose dure contre ses petites fesses et s'écarta. Des deux mains, il caressait la base de ses seins. Parfois, il les englobait totalement, ses mains y compris. Elle ne disait rien, laissant faire. Quand la main droite de Tyler glissa sur sa hanche, elle posa sa main dessus pour la bloquer.
– Tyler, il faudrait qu'on descende, ta grand-mère va se poser des questions. Et j'ai encore des vêtements à laver. Je dois faire une machine.
– Oui, tu as raison. Merci de m'avoir permis de voir ta poitrine et de la caresser. C'était vraiment bien. J'ai un autre souhait. Je t'avouerai que j'ai envie depuis un certain temps de toucher ton petit derrière qui est hyper sexy. Il faudrait que tu me laisses le faire.
– On verra.

Elle se dégagea sans brusquerie de ses bras en lui mettant au passage un petit baiser sur les lèvres et se réajusta rapidement. Elle lui sourit et lui tendit la main en se dirigeant vers la porte de la chambre.
– Viens, on va rejoindre notre Mamie.

En même temps, elle pensa :
« Je suis bonne pour aller me confesser.

Toutefois, elle avait en mémoire que tout le monde s'était étonné que Tyler se contente de baisers. Et Morgan l'avait prévenue que les garçons avaient des besoins physiques. Elle avait été frappée aussi par le constat de Shannen comme quoi elle était très stricte. Elle comprenait qu'elle allait devoir accepter de faire des concessions en faisant attention à ce que celles-ci n'aillent pas trop loin. Pas question d'accepter les caresses dont avait parlé Morgan et le plus l'important par-dessus tout était qu'elle préserve sa virginité.

Eilleen pensait avoir réussi à gérer le plus délicat mais elle n'était pas au bout de ses surprises. Elle avait terminé de laver ses habits, les avait repassés et rangés dans sa valise, avait profité qu'elle avait la grande valise pour y mettre le dessin qu'elle avait réalisé d'Ashley,

avait aidé Mamie Georgette à préparer le repas du soir. Elle dit alors à Tyler :
– Je vais prendre une douche.
– Laisse-moi venir te frotter le dos.
– Hein, mais c'est que quand je prends une douche, je suis...
– Nue et je veux te voir nue.
– Tyler, tu es impossible.

Elle jeta un coup d'œil à Mamie Georgette mais celle-ci était dans sa cuisine et leur tournait le dos. Elle murmura vite :
– Bon d'accord. Mais tu ne me verras que de dos.

Une fois dans la salle de bain, elle se déshabilla en tournant le dos à Tyler et entra dans la douche. Elle vit qu'il avait ôté son T-shirt mais avait gardé son jean. Elle fit couler l'eau et il lui savonna le dos, lui fit relever ses cheveux pour lui laver la nuque, les épaules puis descendit sur ses reins. Il voulut lui caresser les fesses mais elle prit sa main et la repoussa loin d'elle. Il se mit à genou pour passer le savon sur les mollets. Elle sentit sa main passer à l'intérieur de sa cuisse au niveau du genou, elle se dégagea d'un mouvement brusque tout en faisant attention à rester de dos.
– Bon, Tyler, arrête maintenant, laisse-moi me laver. Sors de la salle de bain s'il te plaît.

Il se releva et la plaqua alors sur son torse nu en la serrant et ses mains passèrent devant. Mais elle avait croisé ses deux bras sur sa poitrine.
– Arrête maintenant et sors de la salle de bain, lui dit-elle d'un ton ferme.

Comme il ne bougeait toujours pas, elle insista :
– Tyler, sois raisonnable s'il te plaît. Je t'ai laissé me frotter le dos et le bas du dos comme tu le souhaitais. Maintenant, tu sors de la salle de bain.

Il finit par s'exécuter en poussant un grand soupir.
« Ouf ! Je ne sais pas ce que Tyler a mais il est compliqué à gérer.

La fin de soirée et le dîner se passèrent sans problème. Elle se montrait enjouée même si elle était perturbée par ce qui venait de se

passer. Elle ne comprenait pas trop pourquoi tout soudain semblait déraper. Et elle fut soulagée quand Tyler partit chez Andrew.
« Heureusement qu'il ne dort pas dans la maison car j'aurais été très inquiète, pensa-t-elle.

Le lendemain, Tyler arriva avec Andrew pour prendre le petit-déjeuner. Les premières paroles d'Andrew furent pour les cartes postales.
– Vraiment un grand merci Eilleen pour tes cartes postales qui m'ont fait très plaisir. Elles m'ont permis de revivre les très bons moments que j'ai vécu avec Tyler en Europe.

Elle lui donna son cadeau et eut le sentiment que Tyler tiquait un peu. Andrew n'en rajouta pas trop :
– Merci Eilleen, c'est très gentil de ta part d'avoir pensé à moi.

Il n'ouvrit pas le paquet, le mettant juste de côté.

Ensuite, ils partirent tous les trois faire une balade de 3/4 d'heure dans la montagne, ce qui permit aux deux hommes de la voir avec ses habits d'hiver dont son bonnet et sa grande écharpe.
– Eh bien, tu es parfaitement emmitouflée. Tu ne peux pas avoir froid vu la façon dont tu es habillée.
– Pour faire du patin à glace sur un lac gelé en Suède, il faut ce genre de vêtement.

Malgré le froid, le soleil brillait et elle prit plaisir à marcher entre eux deux.

Une fois de retour, Andrew repartit, il reviendrait pour le déjeuner et Eilleen resta dans la cuisine à préparer à manger avec Mamie Georgette, évitant de regarder Tyler. Lorsqu'elle mit la table, il lui fit deux fois un signe pour qu'ils montent dans sa chambre mais elle lui fit non de la tête.

Lors du déjeuner qui fut très détendu, l'Europe fut beaucoup évoquée, Tyler et Andrew se remémorant des péripéties survenues lors de leur périple. Eilleen s'inquiéta quand même en fin de repas du fait que Mamie Georgette soit seule en plein hiver. Andrew lui assura que lui-même et les voisins veilleraient sur elle.

Ils durent partir tôt car Tyler avait un long trajet pour aller jusqu'au

Texas, d'autant qu'il devait ramener la Mustang à son garage, un ami à lui le ramenant ensuite à l'aéroport. Ils ne prendraient pas le même vol puisque Tyler passait par Philadelphie pour rejoindre Austin.
« Pourquoi Tyler a-t-il choisi de partir si loin, ne put-elle s'empêcher de penser. Ce départ si tôt me prive de moments précieux avec ma mamie.

Une drôle de conversation avec Tyler

Alors qu'ils roulaient en direction de Burlington, Eilleen eut une discussion assez étrange avec Tyler. Celui-ci lui lança :
– J'ai vu tes dessins puisque Andrew a finalement accepté de me montrer celui que tu lui as fait, ils sont assez bizarres, je ne pense pas que tu sois très douée.
– Ah, d'accord. Si tu le dis.
– Oui, aussi, le mieux est de quitter cette école où tu n'as pas ta place et donc pas d'avenir et où tu as accepté d'entrer uniquement pour des questions matérielles, et de t'inscrire à l'université d'Austin. En plus à New York, en hiver, il fait très froid avec des tempêtes de neige qui paralysent toute la ville, alors qu'à Austin, il fait toujours beau et chaud. Pas besoin de doudoune ni de bonnet là-bas.
– Tu voudrais que je quitte l'académie des arts là tout de suite ?
– Oui, tout à fait, ce n'est pas la peine d'attendre, ainsi nous pourrions nous voir tous les jours, ce serait super.
– Mais je viens à peine d'arriver à l'académie ! Il n'y a pas un mois que j'y suis.
– Tu n'as rien à faire dans cette école, ce n'est pas pour toi mais pour de vrais artistes, ce que tu n'es pas de toute évidence. Tu l'as intégrée pour de mauvaises raisons. En plus, New York est une ville dangereuse alors qu'à Austin, il n'y a aucun problème de sécurité. Et enfin, nous serions ensemble et nous pourrions vivre notre relation comme tous les amoureux le font. J'ai été heureux que tu aies accepté ce week-end que je puisse toucher ton corps. Et en se voyant tous les jours, on va pouvoir faire évoluer notre relation sur le plan physique tout en respectant ta volonté de ne pas franchir une certaine limite.
– Hum, tu parles pour toi là, pour l'assouvissement de tes propres désirs et de tes besoins physiques.

– Tu ne ressens pas de désir toi ?
– Je ne sais pas de quoi tu parles. Et puis, je ne comprends pas, je t'avais appelé avant de donner ma réponse et tu m'avais donné ton accord pour que je rejoigne l'académie des arts.
« Merci Brit d'avoir insisté pour que j'appelle Tyler afin que de lui demander son avis avant de donner mon accord à madame Spencer, songea-t-elle.
– Oui, c'est vrai, je reconnais que je t'avais dit que tu pouvais accepter la proposition de la responsable de l'académie.
– L'académie m'a donné un ordinateur portable qui m'a beaucoup servi en Europe et tous les habits que je porte, c'est l'académie qui les a payés. Comment veux-tu que je leur dise là maintenant, bon, ben merci pour tout mais je pars rejoindre mon boyfriend au Texas ? Moralement, ce n'est pas possible. Comprends-moi. Je ne peux pas faire une telle chose.
– Même pour nous deux ? Pour qu'on puisse vivre notre relation normalement.
– Je te rappelle que ma priorité immédiate, ce sont mes études, réussir ma première année universitaire. Je ne me vois pas encore changer d'université alors que je viens à peine de quitter UVM. Et je te rappelle également que je n'ai que 16 ans, j'ai l'impression que parfois tu l'oublies, aussi je veux y aller doucement dans l'évolution de notre relation sur le plan que tu évoques. Et puis je me suis mise à la peinture à l'huile, c'est récent donc j'aimerais en voir le résultat. Aussi, Tyler, je suis désolée, mais c'est non pour Austin là tout de suite.
– Bon, dommage, mais pour ta deuxième année universitaire, il faut que tu viennes à Austin.
– Je regarderai cette éventualité le moment venu, je te le promets.

Lors de cette discussion, Eilleen n'avait pas cherché à créer une polémique en demandant à Tyler s'il s'y connaissait en art pour émettre un jugement aussi négatif et péremptoire sur ses dessins, se montrant conciliante d'autant que ce n'était pas la première fois que Tyler évoquait son souhait de la voir intégrer l'université d'Austin.

Elle s'était dégagée en douceur de sa proposition sachant qu'elle n'avait aucune intention de quitter New York. Alors qu'elle allait bientôt avoir 17 ans, elle goûtait enfin à une certaine liberté dans cette ville où se trouvaient ses amis Brit, Gabriella, Shannen, Joao et Steven, mais également le groupe avec lequel elle allait à la messe et le groupe où elle pouvait parler littérature à TriBeCa. Et il y avait Ashley. Elle avait promis d'aider l'adolescente, elle n'allait pas l'abandonner alors qu'elle n'avait même pas encore commencé cette aide !

Voir Tyler de temps à autre lui convenait parfaitement surtout après ce qui s'était passé ce week-end. Tant pis, elle affronterait le froid new-yorkais d'autant qu'elle n'avait jamais été frileuse, mais elle ne voulait pas d'une prison dorée où elle ne savait même pas si elle pourrait peindre et où elle n'aurait aucune amie, aucune connaissance hormis Tyler.

Elle fut beaucoup moins conciliante lors de la suite de la conversation.
– Je trouve gênant que tu aies envoyé des cartes postales et que tu aies fait un cadeau à Andrew, dit Tyler. En fait, je ne vois pas pourquoi tu as fait ces gestes. Des cartes postales, passe encore, mais un cadeau, non. Andrew n'est rien pour toi. C'est mon ami, pas le tien.

Eilleen fut interloquée par ce que venait de lui dire Tyler.
– Est-ce que tu serais en train de me dicter ma conduite Tyler ? De me dire ce que j'ai le droit de faire et ce que, selon toi, je n'ai pas le droit de faire ?

Le ton de la voix d'Eilleen aurait dû alerter le jeune homme mais il était dans sa logique tout en étant attentif à sa conduite, et n'y fit pas attention.

Mal lui en prit d'autant qu'il eut ces paroles malheureuses :
– Oui, bien sûr, tu sors avec moi, donc tu dois prendre en compte ce que je te dis.

Alors la foudre s'abattit sur lui.
– Tyler, tu n'as aucun droit de m'interdire quoi que ce soit. Personnellement, je fais ce que je veux et personne, et surtout pas toi, ne me dictera ma conduite en me disant que je n'ai pas le droit

de faire certaines chose! Si tu crois que je suis une fille qui va t'obéir au doigt et à l'œil, alors passe ton chemin et oublie-moi parce ce ne sera jamais le cas.

La remarque de Tyler n'aurait pas concerné Andrew qui avait fait tellement de choses pour elle et pour qui elle avait énormément de reconnaissance et d'estime, elle aurait certes réagi car il fallait que Tyler comprenne qu'elle ne le laisserait pas diriger sa vie, mais d'une manière moins virulente.

Elle aurait d'ailleurs dû s'arrêter là, elle en avait déjà trop dit, mais une sorte de rancœur la tenait qui venait sans doute de toutes ces années où, à l'institution religieuse, elle avait dû obéir à tout un tas de règles sans pouvoir rien dire, rancœur qui lui fit ajouter :
– S'il y a des filles qui sont à plat ventre devant toi, prêtes à te lécher les pieds, ce n'est pas et ce ne sera jamais mon cas. Si c'est ce que tu souhaites d'une fille, n'hésite pas, sors avec elle et laisse-moi vivre ma vie.

Elle s'arrêta de parler, essayant de se calmer, mais une sorte de rage l'habitait et elle n'y parvient pas et repartit à la charge :
– Je ne comprends même pas que tu aies pu me dire un truc pareil, c'est ahurissant ! Tu sais pertinemment qu'Andrew m'a sorti du trou noir dans lequel je m'enfonçais après l'agression de Brandon alors que toi, tu as appuyé sur ma tête pour que je m'enfonce encore plus ! Il m'a sauvée d'une très grosse dépression en réussissant à me faire revoir la lumière, et je lui en serai éternellement reconnaissante. Mais surtout Tyler, surtout, je n'accepterai jamais que tu me dictes ma conduite en me disant ce que je dois faire ou ne pas faire. Jamais. Tiens-le-toi pour dit.

Et après un silence, elle ajouta une dernière pique :
– Et au moins, Andrew, lui, il a apprécié mes cartes postales, pas comme toi !

Sur ces paroles, elle croisa les bras sur sa poitrine et observa un profond mutisme.

Tyler avait subi l'orage. Chaque mot d'Eilleen avait été comme un coup de poignard. Le pire était que quelques mois auparavant,

sa grand-mère l'avait prévenu en des termes très proches de ceux d'Eilleen. Après un long moment de silence, il essaya de rebondir.
– Concernant Brandon, j'ai reconnu mes torts et je me suis excusé.
– Non, Tyler, tu ne t'es excusé que quand je t'ai mis la preuve sous les yeux que ce que tu prétendais être la vérité était faux.

Puis d'ajouter :
– Et puisque c'est ta manière de me remercier de t'avoir accordé certaines faveurs hier et bien sache que c'est terminé. On en revient à la case départ. Tout est zone interdite et on ne collera plus nos corps l'un contre l'autre. Et si ces dispositions ne te conviennent pas, vas voir ailleurs, ça me laisse complètement indifférente.

Ils ne se dirent plus un mot jusqu'à l'aéroport. Une fois à l'intérieur de l'aérogare, lorsque Tyler voulut l'embrasser, elle détourna son visage.
– J'attends tes excuses pour tes reproches injustifiés et tes propos machistes, lui lança-t-elle.

Et elle partit sans se retourner.

Un petit bulldozer

Au début du vol, Eilleen rumina. Comme d'habitude Tyler avait le plus grand mal à s'excuser de ses erreurs. Il aurait pu faire amende honorable dans la voiture et ils se seraient séparés en bons termes. Mais non !

Il était vraiment impossible. Elle décida de l'oublier en lisant. Elle avait terminé vingt mille lieues sous les mers et avait commencé le tour du monde en quatre-vingt jours. Elle trouvait les livres de Jules Verne très détaillés. L'évasion était garantie. A mi-vol cependant, elle laissa Jules Verne pour un autre auteur qu'elle avait découvert en France, Jean-Paul Sartre.

Vers la fin du vol, elle était calmée. Elle allait voir Ashley et sa mère, il fallait qu'elle se concentre sur cet entretien qui était important.

Elle envoya un SMS à Ash pour lui annoncer qu'elle arrivait, prit un taxi en lui demandant qu'il passe à l'académie des arts et qu'il l'attende le temps qu'elle dépose sa grosse valise à l'accueil. Elle récupéra le dessin destiné à l'adolescente puis donna l'adresse qui se situait à Brooklyn.

Le taxi emprunta le pont de Brooklyn au-dessus de l'East River et peu de temps après, Eilleen se retrouva devant une résidence récente de trois étages. Ashley, qui devait la guetter, apparut à la porte d'entrée.

– Viens, ma mère t'attend.

Elle glissa un œil vers le dessin mais ne dit rien. Alors, sans attendre, Eileen le lui tendit.

– Il est pour toi. Une nuit, je me suis réveillée en pensant à toi et j'ai fait ce dessin.

Ash l'avait déjà vu en photo mais en vrai, c'était autre chose. Elle le contempla.

– Ce dessin est tout simplement bluffant. Merci.

La mère d'Ashley l'attendait sur le palier. Quand elle la vit, elle ouvrit de grands yeux.

– Bonsoir, je suis madame Parker. Mais vous êtes toute jeune, je m'attendais à une jeune femme plus âgée, plus grande. Comment avez-vous réussi ce miracle ?

– Bonsoir madame, je pouvais le faire, donc je l'ai fait. C'est tout. Il n'y a rien à dire de plus.

– Entrez, je vais vous faire visiter.

– Je ne veux pas déranger. Je suis venue pour préparer avec votre fille sa semaine de lycée.

– Vous ne me dérangez pas du tout.

Eilleen visita donc l'appartement. Celui-ci était composé de deux chambres dont celle d'Ashley où elle vit le dessin qu'elle avait fait au MET accroché au mur. La cuisine était bien équipée, le salon spacieux.

– C'est très bien, remarqua-t-elle.

– Cet appartement n'a rien à voir avec celui que nous avions dans le Bronx, je peux te l'assurer, s'exclama Ashley.

– Mais tous ces meubles, ce sont les vôtres ?

– Non, ils étaient déjà dans l'appartement lorsque nous sommes entrées dedans.

La mère d'Ash voulut lui offrir à boire.

– Un verre d'eau du robinet me suffira.

Un point préoccupait Eilleen car le loyer d'un tel logement devait être assez élevé.

– Mais pour le loyer, vous aurez assez d'argent pour le payer ?

– Les six premiers mois ont déjà été payés on ne sait pas par qui, par vous peut-être ?

– Non, pas par moi. Si vous rencontrez la moindre difficulté, il ne faut pas hésiter à m'en parler.

– A priori, je devrais m'en sortir. Je vous remercie pour tout ce que vous avez fait. C'est fabuleux, l'appartement, mon nouvel emploi qui me plaît. Comment vous exprimer ma reconnaissance ?

– Je n'ai pas fait ce geste sans contrepartie.

Et elle tourna son regard vers Ashley.

– Si on allait regarder ton emploi du temps ?

Elles allèrent dans la chambre de l'adolescente et passèrent en revue toute la semaine avant de se concentrer sur les cours du lundi. Eilleen lui demandait de lui dire là où elle avait des difficultés. Elles regardèrent plusieurs sujets où Eilleen lui expliqua les solutions.

A un moment donné, la jeune adolescente lui dit :

– Je te sens perturbée, tu n'es pas comme d'habitude.

– C'est vrai, je me suis disputée avec mon petit ami.

– Tu as un petit ami toi ?

– Oui, enfin comme je lui ai dit que j'attendais ses excuses et qu'il ne sait pas s'excuser, autant me dire que je n'ai plus de petit ami.

– Et pourquoi vous êtes-vous disputés ?

– Il prétendait me dire ce que je devais faire ou ne pas faire, me dicter ma conduite donc. Je lui ai dit que j'étais libre de faire ce que je voulais et que je n'accepterai jamais qu'il m'impose quoi que ce soit. J'ai encaissé sans rien dire quand il a affirmé que je n'avais aucun talent de dessinatrice, mais là, j'ai explosé.

– Eh bien ! Il a osé dire que tu n'avais pas de talent. Il est aveugle ou quoi ? Tu sais que tu me plais bien car toi au moins tu as du caractère, tu n'es pas à plat ventre devant les mecs.

– Je ne risque pas mais bon, j'ai été beaucoup trop virulente, je lui ai dit des horreurs.

– Comme quoi ?

– Que si ce que je lui disais ne lui convenait pas, il pouvait aller voir ailleurs, je n'en serai pas affecté, qu'il pouvait passer son chemin et m'oublier.

– Effectivement, tu as fait très fort. Je te découvre un nouveau visage que je trouve intéressant et qui me surprend favorablement. Je pense que, finalement, on peut bien s'entendre toutes les deux. On est aussi rebelle l'une que l'autre.

– Tu m'en vois ravie. Je suis en train de me rendre compte que pour

que mon soutien auprès de toi pour tes cours soit efficace, il faut qu'on puisse communiquer autrement qu'avec ton portable.
– Au fait, merci pour le portable, il est vraiment chouette.

Elle le sortit de sa poche pour le lui montrer.
– Si le portable te plaît, alors j'en suis contente. Écoute, c'est purement pédagogique mais je vais t'acheter un ordinateur portable avec un écran qui se détache pour que tu puisses scanner un texte. Ainsi, on pourra s'envoyer des mails avec des pièces jointes, faire des Skype dès que tu rencontres une difficulté. Sinon, s'il faut attendre qu'on se voie, mon soutien ne sera pas efficace.
– Je croyais que tu n'avais pas d'argent.
– J'ai vendu un tableau que j'avais peint avec une amie. J'ai de l'argent maintenant. Tant que celui-ci n'avait pas été versé par l'acheteur, j'étais prudente. Maintenant, c'est fait. Ne refuse pas, c'est important pour toi.
– Bon, d'accord. De toute façon, avec toi, plus rien ne m'étonne. Tu bouscules tout, tu es un vrai bulldozer.
– Un petit bulldozer alors, vu ma taille et mon poids.

Elles rirent toutes les deux, déjà complices.

Dès qu'Eilleen fut revenue à l'académie des arts, elle appela Bill Gates.
– Je suis allée chez madame Parker à Brooklyn. Vous avez superbement bien fait les choses et je vous en remercie du fond du cœur. Le logement est très bien, les meubles de très bonne qualité et les six premiers mois de loyer payés vont permettre à madame Parker de souffler et de préparer l'après, quand elle devra prendre en charge sur son budget le loyer. Vraiment monsieur Gates un grand merci.
– N'oubliez pas que vous devez m'appeler Bill.
– Oui c'est vrai, excusez-moi Bill.
– Autant bien faire les choses tout de suite. Et votre adolescente ?
– Je suis satisfaite de la façon dont elle réagit. Nous avons eu un bon contact ce soir en préparant sa semaine de lycée. Elle s'est montrée

coopérative. Et un grand merci pour mon voyage en Europe, tout était parfaitement organisé et il s'est très bien passé.
– Je ne sais pas si le directeur de la fondation vous l'a dit mais vous avez l'obligation de venir nous en parler à Melinda, à moi ainsi qu'aux membres de la fondation à San Francisco. Tout le monde sera intéressé par le regard que vous avez porté, vous une jeune américaine, sur cette vieille Europe que vous découvriez. L'idéal serait le week-end prochain.
– Il fait beau à San Francisco ?
– Oui, il fait très beau.
– Je peux amener des amis ?
– Mais bien sûr.
– Je vous donne une réponse d'ici à mercredi.
– Parfait. Bonne semaine.
– Merci pour tout Bill.

Elle alla ensuite défaire sa valise, aidée par Gabriella.

Juste avant de se coucher, les propos d'Ash comme quoi elle avait fait très fort l'ayant amenée à réfléchir, elle décida d'envoyer un SMS à Tyler.
« Tyler, j'ai conscience de m'être beaucoup trop emportée et d'avoir été trop virulente et de t'avoir dit des horreurs. Je te présente mes sincères excuses pour les paroles déplacées que j'ai prononcées. Je te redis cependant ce que je t'ai affirmé. Tu n'as pas à me dicter ma conduire ni à m'interdire de faire quoi que ce soit.

La réponse de Tyler fut :
« Hum…

Un début de semaine intense

Eilleen vécut une semaine menée tambour battant. Les lundi et mardi, elle suivit avec beaucoup d'attention les cours, arrivant bien à l'heure. Elle voulait s'assurer qu'elle n'avait pas pris de retard. Sa conclusion, à la fin du deuxième jour, était qu'elle était bien en phase, il n'y avait pas eu de décrochage. Elle fut rassurée.

Après les cours du matin du lundi, elle passa au secrétariat de direction. Elle souhaitait que l'informaticien l'emmène à la fin des cours dans un magasin informatique afin d'acheter un micro portable pour une élève de lycée qu'elle aidait dans sa scolarité. Cathryn lui dit :
– Ma fille de 14 ans rencontre des difficultés scolaires, pourriez-vous l'aider également ?

Cette femme avait été très gentille et serviable avec elle, notamment pour le passeport, elle pouvait difficilement refuser. Elle accepta donc.
– Cette possibilité d'appui scolaire vous permettra de venir à la maison. J'avais envie de vous y inviter depuis un certain temps. Est-ce que vendredi soir vous conviendrait ?
– Oui, parfait.

Juste à la fin des cours de l'après-midi, elle partit avec l'informaticien acheter l'ordinateur. Elle lui expliqua ce qu'elle voulait, un écran qui se détachait pour pouvoir scanner un texte. Dans le magasin, il lui montra plusieurs modèles mais le premier prix coûtait un peu plus de 1000 dollars.
– Il n'y a pas assez sur le compte en banque. J'ai de l'argent sur un autre compte mais je ne sais pas comment le transférer.
– Je vais vous montrer.

Il chargea une application de sa banque dans son portable et lui expliqua comment transférer l'argent.
– Très bien, c'est facile, constata-t-elle.
Elle paya l'achat et indiqua l'adresse de madame Parker à Brooklyn pour la livraison.
– Merci pour votre aide.
– Je suis là pour aider les étudiants et étudiantes.
Elle en profita pour prendre de l'argent à un distributeur de billets, encore une première pour elle.
Dès qu'elle fut revenue à l'académie, elle appela Joao.
– Que dirais-tu d'aller en jet privé à San Francisco ce week-end ?
– Je ne connais pas San Francisco. Je suis partant.
– Parfait. Alors bloque ton week-end.
Elle se rendit alors dans la chambre de Brit. Elles allaient commencer le tableau à quatre main.
– Avant de se mettre à peindre, Brit, je voudrais évoquer avec toi une préoccupation que j'ai concernant Mamie Georgette. Elle est toute seule dans sa maison pour passer l'hiver. Andrew a dit qu'il passerait la voir mais le samedi, il part tôt le matin pour aller au marché, il ne pourra donc pas aller chez elle. Il y a les voisins mais je trouve que ce n'est pas assez sécurisant alors qu'elle commence à être âgée.
– Je comprends ton souci. Tu as de l'argent maintenant, pourquoi tu ne ferais pas passer une infirmière tous les matins ? Elle n'a pas besoin de dire qu'elle est infirmière, elle indique juste qu'elle vient de ta part.
– Ta suggestion est très bonne et ainsi je serai rassurée. Est-ce qu'on peut faire tout de suite une recherche pour trouver cette personne ?
– Oui, je veux bien.
Elles regardèrent sur internet, appelèrent une infirmière qui refusa, puis une autre qui accepta pour 80 dollars par jour.
– Ce tarif est beaucoup trop élevé, fit remarquer Brit.
– Tant pis. Je ne vais pas marchander.
Elle déclara à l'infirmière qu'elle était d'accord sur le tarif proposé et donna l'adresse de Mamie Georgette.

– Je passerai dès demain. Toutefois, il faudra me faire un virement électronique de la somme due à chaque fin de semaine.

Shannen devait lui expliquer le lendemain comment faire un virement électronique, aussi elle accepta.
– Je le ferai. Vous ne dites pas que vous êtes une infirmière, juste une personne qui vient de ma part.

Eilleen demanda alors à Brit si elle était libre le week-end qui arrivait, mais celle-ci avait prévu de rendre visite à ses parents.

Ce ne fut qu'après seulement qu'Eilleen se sentit en mesure de peindre, l'esprit tranquille, Brit à ses côtés, chacune un pinceau dans une main et la palette de peinture dans l'autre. La jeune fille sourit d'un sourire espiègle à son amie.
– Prête pour un moment de plaisir ? lui demanda-t-elle.
– Eilleen, tu es incroyable. Oui prête.

Et elles se lancèrent dans la peinture du tableau à quatre mains. Eilleen peignait vite et venait croiser souvent son pinceau avec celui de Brit qui essayait de suivre son rythme. A chaque fois, elle lui souriait, montrant que pour elle, la peinture était avant tout du plaisir.

Elles peignirent plus de trois heures.

Lorsque Eilleen se coucha, elle se dit qu'elle n'avait reçu aucun SMS de Tyler. Monsieur faisait sa forte tête ! Elle s'était excusée de ses propos outranciers tout en réaffirmant sa vision des choses, elle ne ferait rien de plus.

Avant de s'endormir, elle repensa à ce qu'avait dit Ash, qu'elle était un bulldozer. Au vu de sa journée, l'adolescente avait sans doute un peu raison.

Le mardi, Eilleen eut une séance de travail en atelier de peinture avec un modèle masculin nu, son premier nu masculin ! Le jeune homme était en partie étendu dans une pose nonchalante, un bandana rouge retenant ses longs cheveux noirs qui tombaient sur ses épaules. Ses muscles saillaient sur son torse et elle trouvait le modèle très viril.

Malgré ses promenades au milieu de naturistes sur la plage d'Old Orchard, Eilleen n'était pas à l'aise et évitait de regarder la virilité du modèle qui se détachait sur la toison sombre du pubis. Elle savait que Brit, qui était également présente, l'observait et elle s'obligea à respirer lentement afin de maîtriser ses émotions.

« Au moins, songea-t-elle, je ne m'enfuis pas, j'arrive à peindre le modèle.

Elle fut cependant incapable de reproduire son organe. Elle mit une feuille de vigne à la place et fut soulagée lorsque la séance prit fin. Heureusement, le professeur qui avait dû percevoir sa gêne, ne fit aucun commentaire et Brit l'encouragea.

– C'est bien, tu as réussi à garder le contrôle de toi. Ton rapport à la nudité commence à bien se normaliser.

– Merci Brit de ton soutien. J'ai conscience que j'ai encore du mal avec la nudité masculine.

– Tu n'as pas paniqué aussi dis-toi que tu progresses. Bientôt, tu n'auras plus aucun problème face à un modèle masculin qui est nu.

– Je l'espère.

A la fin de sa journée de cours du mardi, elle appela Ash. Celle-ci lui dit :

– Merci pour l'ordinateur-portable, il est très beau mais il est un peu compliqué pour moi.

– As-tu un créneau demain après-midi pour passer à l'académie voir l'informaticien qui t'expliquera. Je serai avec toi bien sûr.

– Je pourrai y être à 17 heures.

– Très bien, je le préviens. Je t'attendrai à l'accueil.

Ensuite, elle rejoignit la chambre de Shannen dont elle ne connaissait que le numéro. Elle frappa. La jeune Irlandaise ouvrit.

– Entre, lui dit-elle.

La chambre était pleine de posters de paysages dont elle supposa qu'ils représentaient l'Irlande. Le chevalet et les toiles étaient là.

– Bonjour Shannen, j'espère que tu vas bien. Est-ce ton pays tous ces posters ?

– L'Irlande, oui.

– As-tu la nostalgie de ton pays ?

– De mon pays, de ses paysages et de ses habitants surtout. Au début,

je pleurais souvent le soir en me demandant ce que je faisais là, à New York.
– Oh, d'accord. Pourtant tu étais volontaire pour venir. Personne ne t'a obligée.
– Tu as raison. C'est vrai. Je me suis lancée un défi. Réussir à vivre loin de mon pays et de ma famille un certain temps.
– Tu vas réussir ton défi, j'en suis certaine. Je voulais te demander si tu serais intéressée d'aller en jet privé à San Francisco ce week-end ?
– Un jet privé, non, non, je ne tiens pas à me retrouver enfermée dans un harem !

Eilleen avait lu ce mot dans un livre mais elle n'avait pas vraiment compris de quoi il s'agissait si ce n'était que des femmes étaient rassemblées dans un lieu et ne pouvaient en sortir.
– Que racontes-tu ? Et c'est quoi un harem ?
  Shannen lui expliqua.
– Eh bien, tout ceci est étrange, nota Eilleen. Pourquoi toutes ces femmes restent-elles enfermées dans cet endroit ?
– Certaines sont prisonnières après avoir été enlevées.
– Ce que tu me racontes est terrible. Je comprends que tu aies peur de te retrouver dans un tel endroit. Mais là, tu ne risqueras rien, Nous prendrons le jet privé de Bill Gates qui viendra nous chercher lorsque nous arriverons. Et à San Francisco, tu pourras te baigner.
– Le milliardaire ?
– Oui, je dois faire un compte rendu oral de mon voyage en Europe devant les membres de la fondation Bill et Melinda Gates qui a pris en charge les billets d'avion et les frais d'hôtels de ce séjour. Il y aura aussi Joao, un étudiant brésilien de l'académie dont tu feras la connaissance jeudi lorsque nous irons à TriBeCa pour parler littérature.
– Bon, tu me rassures. Je ne connais pas San Francisco et tout le monde en parle en bien. Aussi, je suis d'accord. Je ne connais pas non plus TriBeCa, j'attends avec impatience ce moment.
– Parfait Shannen. Je suis très heureuse que tu acceptes de venir à San Francisco avec moi.

Ash à l'académie des arts

Eilleen appela Steven dans la foulée pour le prévenir pour jeudi soir. Elle lui demanda s'ils pourraient aller auparavant à SoHo où elle avait dansé pour la première fois de sa vie, et à Greenwich Village. Il accepta.

Ensuite, elle rappela à Shannen :
– N'oublie pas, tu dois me montrer comment faire un virement électronique.

Shannen s'exécuta. Eilleen entrait dans la sphère des personnes qui avaient de l'argent et le géraient. La jeune Irlandaise dit :
– Donne-moi juste 50 dollars, je ne pose pas pour l'argent mais pour toi. Tu as tellement de talent. Tu es si jeune mais tout le monde à l'académie parle de toi.
– A cause de cette histoire de vente de tableaux.
– Pas seulement, tu es connue comme militante et tu es sympathique avec tout le monde, tu es vive, très souriante, très à l'aise, en un mot tu es pleine de charme et très attachante. On a envie de t'approcher, d'être ton amie.
– Euh, tu me dragues là ?

Shannen fit une petite moue.
– Excuse-moi, je plaisantais. Tu m'as tellement surprise quand tu m'as fait cette remarque la première fois que je t'ai abordée. Je te remercie de me dire toutes ces belles paroles, j'y suis sensible et je suis très contente que les étudiants et étudiantes de l'académie des arts m'aient adoptée, c'est important pour moi. Un jour, Brit m'a dit, tu es un vent de fraîcheur dans cette université, en parlant de l'université du Vermont, essaie de rester comme tu es avec les valeurs nobles qui t'ont été inculquées. Voilà, c'est ma philosophie de vie et si je peux être un vent de fraîcheur à l'académie des arts de New York comme

je l'ai été à l'université UVM du Vermont, alors, tant mieux, même si j'ai tendance à penser que le vent de fraîcheur vient de vous, les étudiants et étudiantes étrangers. En tout cas, vous constituez une vraie richesse.
– Merci de penser que nous pouvons, nous étudiants étrangers, vous apporter à vous américains, quelque chose.
– Oui, vous nous apportez beaucoup. On va commencer la séance ?
Elle plaça le chevalet au même endroit que celui dans la chambre de Brit et mit le papier spécial aquarelle dessus.
– Je vais faire une aquarelle pour ne pas te faire poser trop longtemps et après, je la reprendrai en un tableau peint à l'huile. Là, tu vas te présenter avec le voile devant toi, le reste de ton corps étant nu.
Shannen alla se changer derrière un petit paravent et revint avec un léger voile devant son corps.
Avec sa rousseur et sa peau laiteuse et la finesse de son corps, la jeune Irlandaise était d'une beauté sublime.
– Penche la tête de côté et laisse bien tomber ton bras gauche.
Eilleen se mit au travail. Elle ne peignait que la jeune femme, elle verrait après dans quel cadre l'inclure. Elle travailla ainsi plus d'une heure. Le résultat était très satisfaisant.

Le mercredi matin, avant la messe de 7 heures, elle alla se confesser. Une fois dans le confessionnal, elle détailla au prêtre ce qui s'était passé avec Roberto et Tyler.
– Vous n'avez pas été très sage.
– C'est le moins que l'on puisse dire. Je ne suis pas fière de ce que j'ai fait.
– En même temps, vous n'avez pas succombé à la tentation du plaisir, vous vous êtes gardée de lui.
– Euh, du plaisir, je ne sais pas de quoi vous parlez.
Le prêtre la regarda, interloqué. Il se reprit cependant très vite.
– Excusez-moi alors d'avoir prononcé ce mot inapproprié dans votre cas.

– Le prêtre de Burlington m'avait dit que les caresses sur le corps étaient interdites et là, j'ai laissé faire.
– Il n'est pas toujours facile de résister aux garçons, à leur désir exacerbé, à leur pression impétueuse. Je trouve que vous avez assez bien réussi à maîtriser la fougue de votre petit ami en vous montrant conciliante tout en cédant très peu. Vous réciterez cinq pater et cinq je vous salue Marie pour votre pénitence, je vous donne l'absolution.

Eilleen trouva que le prêtre n'avait pas été assez sévère. Elle s'en voulait surtout d'avoir montré sa poitrine avec beaucoup trop de complaisance. Elle dit l'acte de contrition, 10 pater et 10 je vous salue Marie.

Elle assista ensuite à la messe et, en communiant, se sentit plus sereine.

De retour à l'académie, elle participa à un atelier de peinture mais sans modèle cette fois, le professeur inventoriant les produits mis à la disposition des peintres, notamment ceux pour accélérer le séchage de la peinture à l'huile ou pour retarder celui de l'acrylique ainsi que les mélanges de couleur qu'ils testèrent. Ensuite, elle intégra le groupe sur l'histoire de l'art. Elle prit beaucoup de plaisir à ce cours sur la connaissance des arts, découvrant de nouveaux peintres comme Delvaux, un Belge, ou Basquiat, un artiste-peintre américain. Elle souhaitait par-dessus tout enrichir ses connaissances.

A la sortie du cours, elle appela Bill Gates.
– Je vous confirme ma venue à San Francisco ce week-end. Je serai accompagnée de deux personnes.
– Parfait. Par contre, le départ est prévu à 7 h du matin, le temps de vol est de 5h30. Vous ferez votre intervention à 14 heures. Une heure maximum car après je prévois une baignade dans le Pacifique et la visite de San Francisco.
– Beau programme qui me convient parfaitement. À samedi Bill et encore merci pour tout.

L'après-midi, elle eut un cours très intéressant de plus de 2h30 sur les différentes techniques en peinture et elles étaient nombreuses. Ils étaient quinze. Le professeur montrait et les élèves reproduisaient.

Elle constata avec satisfaction que le volet artistique de son enseignement se mettait bien en place et elle en profitait pour faire connaissance avec d'autres étudiants et étudiantes. Petit bémol, dès qu'elle se présentait, les regards changeaient. Elle leur disait d'oublier qu'elle était une militante et cette histoire de vente de tableaux, qu'elle était une étudiante comme eux mais elle voyait bien que ce n'était pas ce qu'ils pensaient.

Elle alla ensuite attendre Ashley à l'accueil. Celle-ci arriva sur son skateboard. Elle sauta de l'engin, mit un petit coup de pied sur le bout et l'attrapa au vol. Elle portait un sac à dos.

– Salut miss bulldozer.
– Bonjour Ash. La salle informatique est au deuxième étage.

Elles entrèrent dans l'académie et commencèrent à monter l'escalier. Toutes les personnes qu'elles croisaient saluaient Eilleen en lui disant un petit mot gentil.

– Tu as l'air très populaire, constata l'adolescente.

Un jeune homme arriva et interpella la jeune fille.
– Eilleen, une marche pour la défense du climat aura lieu le dimanche suivant celui-ci à Washington. Tu serais partante pour y participer ?
– Oui, je suis toujours partante pour défendre cette noble cause qu'est la lutte contre le réchauffement climatique.
– Super. Je préviens les organisateurs qui vont être ravis d'avoir la célèbre militante Eilleen Quingsley avec eux. Bien sûr, tu marcheras en tête de cortège.

Ash jeta un regard en biais à Eilleen mais ne fit aucun commentaire.

Elles passèrent une bonne demi-heure avec l'informaticien, puis Ash sortit ses cahiers car elle rencontrait des problèmes de compréhension. Elles passèrent une heure dessus, Eilleen prenant son temps pour expliquer.

Au moment de se quitter, Eilleen s'adressa à l'adolescente.
– Est-ce que ce qu'on vient de faire t'a aidée ?
– Oui, tu expliques bien.
– Dès que tu as une difficulté, tu m'en informes par mail et je te ré-

ponds ou on fait un Skype. Il ne faut surtout pas qu'il y ait de gêne entre nous, c'est normal qu'il y ait des choses que tu ne saches pas.

L'adolescente la regarda par en-dessous.

– Je ne savais pas que tu étais célèbre.

– Mais non, je ne suis pas célèbre. Juste un peu connue. Dis Ashley, serais-tu partante pour venir avec moi à Washington pour la marche ? J'en profiterai pour t'expliquer les enjeux pour la planète de la lutte contre le réchauffement climatique.

– Tu voudrais que je t'accompagne ?

– Oui, je le voudrais vraiment.

– Alors je viendrai.

Eilleen alla ensuite voir Megan afin de lui rembourser l'achat du portable destiné à Ashley. Celle-ci tint à lui faire une démonstration de close combat. La jeune fille trouva cette technique très violente. Or elle n'avait pas cette violence en elle.

Après, elle alla reprendre avec Brit la peinture du tableau à quatre mains.

Juste avant de se coucher, elle regarda sa messagerie. Toujours pas de message de Tyler ! Ses journées étaient intenses et elle était concentrée sur ce qu'elle faisait mais elle devait reconnaître que le fait de ne pas pouvoir appeler Tyler le soir la frustrait.

« Ce n'est qu'une simple brouille, se dit-elle pour se rassurer et je me suis excusée de m'être emportée.

Elle lui envoya un SMS avec juste un point d'interrogation.

Deux soirées étonnantes

Le lendemain, après son dernier cours, et en attendant l'arrivée de Steven, Eilleen travailla son intervention du samedi après-midi. Une fois qu'elle aurait terminé de l'écrire, elle devrait la relire à haute voix en la chronométrant puisqu'elle devait se limiter à une heure.

Elle décida de descendre au point de rencontre un peu en avance afin d'être là avant Joao et Shannen.

Shannen arriva la première dans une robe de soirée sans manche arrivant jusqu'à mi-mollet fendue sur un côté qui faisait ressortir sa rousseur et ses yeux verts et qui la rendait époustouflante.

« Le fait qu'elle soit assez grande et élancée fait qu'une telle robe lui va à ravir, se dit Eilleen, admirative. Moi, avec ma petite taille, je ne pourrais pas porter ce genre de robe.

Joao arriva à son tour, dans une tenue plus décontractée qui lui allait très bien.
– Vous vous connaissez ?
– De vue seulement, répondit la jeune Irlandaise.
– Joao, un ami brésilien de Rio de Janeiro.
– On dit un Carioca.
– Très bien. Voici Shannen qui est Irlandaise.
– J'ai fait mes études à Dublin mais je suis née et j'ai passé mon enfance dans le Connemara, précisa cette dernière.
– Je vous annonce que vous serez tous les deux avec moi pour aller à San Francisco samedi.

Elle leur donna les détails du programme.
– On attend mon ami Steven qui est new-yorkais, étudiant en 3ème année de médecine et qui, comme il a une voiture, va être notre guide. Il va d'abord nous emmener à SoHo, puis à Greenwich Village et seulement après nous irons à TriBeCa parler littérature.

La soirée fut exceptionnelle.

Après s'être promenés dans SoHo, ils dansèrent tous dans une boite de jazz. Shannen attirait tous les regards des garçons et Joao, qui dansait tout en souplesse, celui des filles. Steven paraissait subjugué par la jeune Irlandaise et, quelque part, Eilleen l'était également.
– Quelle classe elle a Shannen, c'est fou, se disait-elle.

Shannen avait souvent les regards qui dérivaient vers Joao qui avait plutôt tendance à regarder vers elle en lui souriant.
« Voilà une situation un peu insolite, voire compliquée, pensa-t-elle.

Puis elle se dit que Joao, avec son tact habituel, avait ce comportement vis à vis d'elle pour qu'elle ne se sente pas délaissée car elle devait reconnaître que personne ne la regardait. Elle était devenue invisible !

Toutefois, elle n'avait jamais cherché à attirer l'attention des garçons. Après son expérience de danse dans les rues du quartier étudiant de San Lorenzo, elle avait pris de l'assurance dans ce domaine, aussi elle s'amusa beaucoup.

Ils se retrouvèrent tous les quatre assis à une table à boire un verre.

Steven demanda :
– Qu'est-ce qu'une jeune fille blonde aux yeux bleus qui dit qu'elle n'a rien d'extraordinaire a à m'annoncer qui n'est pas ordinaire ?

Eilleen rit puis déclara :
– Samedi nous allons tous les trois en jet privé à San Francisco pour y passer le week-end.

Le jeune étudiant leva les bras au ciel.
– Sidérant, de mieux en mieux.

Eilleen rit à nouveau, de ce rire cristallin qui la caractérisait, puis lui expliqua les raisons de ce déplacement.
– Je souhaite cependant vous relater deux anecdotes que je n'évoquerai pas samedi.

Elle raconta comment elle avait réussi à fuir les pâtes de la mère de Gabriella en convainquant son frère de l'accompagner dans ce Rome nocturne si fascinant deux soirs de suite, puis sa découverte de la luge, du ski de fond et du patin à glace.

– Peut-être que vous, vous avez déjà eu l'occasion de pratiquer ces activités liées au froid et à la neige mais pour moi, il s'agissait de la première fois. Et puis, il y a quelque chose de très prisé en Suède, qui consiste à s'enfermer dans un sauna puis, ensuite, de prendre un bain dans de l'eau glacée. Je l'ai fait deux fois. Toute la famille est nue, mais c'est naturel pour eux.
– Dans le milieu médical, la nudité est monnaie courante, on n'y fait pas attention. Et en peinture aussi, vous peignez souvent des nus.
– Oui, c'est vrai mais dans le cercle familial, peut-être est-ce moins courant.
– Je suis d'accord avec Eilleen, je n'ai jamais vu mes parents nus et j'aurais été très gênée si une telle chose s'était produite, indiqua Shannen.
– Au Brésil, on est souvent très peu vêtu mais jamais nu, constata Joao.
– Et du coup, tu t'étais mise nue aussi ? demanda Steven.
– Comment faire autrement ? Si j'avais gardé mes sous-vêtements, j'aurais fait preuve d'une pudibonderie qu'ils n'auraient pas comprise. Et puis, il y a bien des gens qui font du naturisme sur les plages d'Amérique et ils sont très souvent en famille.

Puis, après un silence et afin de changer de sujet, Eilleen suggéra :
– Steven, il est peut-être temps de faire découvrir Greenwich Village à Shannen et à Joao.

The Village avec son style bohème, à la vie nocturne très animée, se prêtait bien à une visite guidée. Les lieux remarquables ne manquaient pas. Là, on avait tourné la célèbre série Friends, à St Mark place, les artistes, poètes et musiciens se rassemblaient et ainsi de suite. Ils se promenèrent une demi-heure. Steven proposa de manger quelque chose à Olio e Piré, un restaurant italien très apprécié.
– Surtout pas des pâtes ! s'écria Eilleen, ce qui fit rire tout le monde.
Steven commanda une pizza découpée en parts qu'il fit mettre au milieu de la table et chacun se servait selon sa faim, ce qui convenait parfaitement à la jeune fille. Elle s'amusa à parler italien avec le

serveur qui en profita pour lui faire plein de compliments, ce qui lui rappela son séjour à Rome où de beaux jeunes Italiens passaient leur temps à la draguer en lui faisant les compliments les plus flatteurs mais aussi des propositions pas très honnêtes.

Ils se rendirent ensuite à TriBeCa rejoindre leur cercle littéraire.
– Voici la jeune femme irlandaise dont je vous avais annoncé la venue, Shannen.
– Tu nous avais dits que cette jeune femme était d'une beauté sublime, tu avais parfaitement raison, constata un homme.

Shannen regarda Eilleen, visiblement pas trop contente, mais elle n'eut pas le temps d'épiloguer car déjà, on lui passait la parole.
– A toi l'honneur, Shannen, nous t'écoutons.

Cependant, au lieu de parler littérature, la jeune Irlandaise évoqua son pays, le décrivant en mots très poétiques, surtout le Connemara. Ensuite seulement, elle cita des auteurs connus.

Eilleen comprit alors une chose : il ne fallait pas qu'elle s'attache trop à Joao ou à Shannen et de manière générale aux étudiants étrangers car ils aimaient leur pays d'origine et en avaient la nostalgie. Ils ne resteraient pas trop longtemps à New York.

Joao, prenant exemple sur Shannen, leur parla de l'Amazonie, le poumon vert de la planète qui couvrait plusieurs pays mais dont une grande partie se trouvait au Brésil et qui abritait encore de nombreuses tribus indiennes qui vivaient en symbiose avec la forêt, tribus qui étaient cependant menacées car victimes de la déforestation et des chercheurs d'or.

Eilleen se rappela le livre de Luis Sepulveda qu'elle avait lu qui parlait de l'Amazonie. Elle décida de faire des recherches sur cette forêt en allant à la bibliothèque qu'elle n'avait pas encore eu le temps de découvrir.

Elle prit la parole à son tour et évoqua Jules Verne et demanda si quelqu'un pouvait lui parler de Jean-Paul Sartre. Elle apprit qu'il avait reçu le prix Nobel de littérature qu'il avait refusé mais surtout qu'il était un philosophe qui avait créé l'existentialisme, courant de pensée qui considère que l'être humain forme l'essence de sa vie par ses propres actions, celle-ci n'étant pas déterminée par les doctrines apprises pendant l'enfance.

Un débat s'instaura au sein du groupe sur cette théorie. Eilleen avait conscience d'être très marquée par l'éducation religieuse qu'elle avait reçue. Mais, se dit-elle, elle n'avait que 16 ans, elle avait le temps de réfléchir à cette question et d'évoluer.

Au cours de la discussion fut évoqué le nom de la personne qui avait partagé la vie de Sartre, Simone de Beauvoir, philosophe et féministe. Elle osa demander quel était le sens de ce mot. Il lui fut répondu que le féminisme avait pour objectif de promouvoir l'égalité entre les femmes et les hommes. Elle en resta éberluée. En refusant de se soumettre au diktat de Tyler, n'était-ce pas ce qu'elle avait voulu exprimer ? Serait-elle féministe sans le savoir ? Il fallait qu'elle lise d'urgence Simone de Beauvoir.

Après, l'actualité littéraire fut passée en revue. Le temps avait, comme toujours, passé vite, il était l'heure de se quitter. Un des hommes du groupe s'exclama :
-Nous avons la chance d'avoir eu ce soir une belle jeune fille blonde aux yeux bleus lumineux et une belle jeune femme rousse aux magnifiques yeux verts qui nous ont enchantés. Merci Eilleen, merci Shannen et merci aussi à Joao.

Le cas de Jill et de son père

Dans la voiture qui les ramenait à l'académie, Shannen remercia Eilleen de cette si belle soirée.
– Il faut remercier Steven car il doit être très pris par ses études de médecine mais sait à chaque fois se rendre disponible pour ma plus grande joie.
– Tu sais, Eilleen, que je prends un plaisir immense à être avec toi, et encore plus ce soir.
Et il jeta un regard appuyé à Shannen qui rougit légèrement.
Après avoir souhaité bonne nuit à Joao en lui faisant la bise tout en lui mettant la main sur le haut du bras, Eilleen accompagna Shannen jusqu'à sa chambre.
– Steven te plaît ? demanda-t-elle à la jeune Irlandaise.
– Non, pas du tout, je n'ai pas aimé la façon dont il m'a reluquée toute la soirée. Et puis, il étudie la médecine, la médecine, c'est la mort. Jamais je ne sortirai avec quelqu'un qui côtoie la mort en permanence.
– Ah d'accord. Tu sais que je connais un Irlandais, Patrick, qui vient à la messe avec moi. Je peux te le présenter.
– Tu me cherches un amoureux ? Tu penses que j'ai besoin d'aide ?
Eilleen rougit, soudain gênée de ses paroles maladroites.
– Euh, non, non, pas du tout. Bien sûr que non, voyons.
– En fait, comme je suis en Amérique, je voudrais sortir avec un Américain. Enfin Amérique du nord ou du sud.
– Oh, tu penses à Joao.
– Oui, je pensais à lui mais j'ai vu qu'il ne me regardait même pas, il n'a d'yeux que pour toi.
– Mais non, c'est juste un ami.
– Un ami dont tu aimes bien toucher le bras.

Eilleen rougit de plus bel, brusquement mal à l'aise.
– C'est vrai que j'ai pris cette habitude, quand je le vois, de lui toucher le bras, mais ce n'est qu'un ami. Bonne nuit Shannen.
– Tu aimes bien avoir un contact physique avec le plus beau garçon de toute l'académie et il se laisse faire. Quelle chance tu as ! Bonne nuit Eilleen, fais de beaux rêves.

Le vendredi passa vite. Le matin, atelier de peinture sur la technique pour peindre des paysages, cours sur l'histoire de l'art consacré à un peindre très étonnant, Jérôme Bosch, travaux pratiques sur les techniques de peinture où elle apprit à beaucoup plus jouer sur les jeux d'ombres et de lumières, cours universitaires l'après-midi avec juste une demi-heure pour déjeuner. Madame Spencer avait dit que le rythme à l'académie serait intense, elle avait raison.
A 18 h10, Eilleen était au secrétariat où Cathryn l'attendait pour l'emmener chez elle. En chemin, elle lui expliqua que sa grande fille s'appelait Alison et suivait des cours dans une école de commerce, quant à la plus petite qui s'appelait Jill, ses notes étaient en chute libres alors qu'elle était bonne élève auparavant.
Lorsqu'elle entra dans l'appartement, elle aperçut le mari de Cathryn qui regardait un match de hockey-sur-glace à la télévision tout en buvant une bière et en mangeant des cacahuètes. Il lui fit un vague signe de la main sans vraiment se retourner en disant salut. Alison, qui était grande et avait une allure sportive, quand elle la vit, petite et fine, lui lança un regard méprisant. Jill était un peu plus grande qu'elle mais assez mince. Elle baissait les yeux, semblant incapable de la regarder en face. Eilleen analysa très vite la situation et, s'adressant à Cathryn :
– Je souhaiterais parler à Jill en tête à tête dans sa chambre.
– Euh, c'est que je n'avais pas prévu…commença Cathryn
– J'insiste.
– Bon, d'accord.
Eilleen parla une demi-heure avec Jill, lui arrachant au début les mots de la bouche. D'emblée, celle-ci se braqua :
– Tu es à peine plus âgée que moi, quelle aide peux-tu m'apporter ?

– Tu es à l'université toi ?
– Euh non.
– Moi, je le suis et à l'université UVM du Vermont que je viens de quitter, j'étais la meilleure de ma promotion. Tu vois, ce n'est pas une question d'âge mais de niveau d'étude

Après cette mise au point, un semblant de dialogue finit par s'établir d'où il ressortait que l'adolescente était en pleine crise de confiance à se poser mille questions sur elle. Résultat, elle avait décroché et elle ne trouvait aucune aide auprès des siens, sa sœur passant son temps à la traiter de larve ou d'avorton incapable, sa mère rentrant fatiguée du travail et devant préparer le dîner et son père, lui, dès qu'il rentrait, il se mettait devant la télévision.
– J'ai compris le problème. Bon, maintenant, on va aller travailler sur tes devoirs devant tes parents.

Pendant un peu près une heure, elle décortiqua avec l'adolescente ses cours, la façon dont elle les comprenait, quelles étaient ses difficultés. Ce qu'elle lui disait semblait être compris. Cependant, à un moment donné, le père s'impatienta.
– Il est temps de dîner, j'ai faim.

Tout le monde s'installa autour de la table, puisque Cathryn avait insisté pour qu'Eileen reste manger.

Au cours du repas, le mari de Cathryn qui s'appelait Ed, sans doute pour faire la conversation, lui demanda :
– Tu as un petit ami ? Encore que comme tu parais très jeune, j'en serais étonné.
– Que j'ai un petit ami ou pas ne vous regarde pas, répondit la jeune fille d'un ton sec.

Un grand silence s'établit, elle en profita pour dire ce qu'elle avait sur le cœur.
– Vous ne croyez pas qu'il y a un gros problème, votre fille de 14 ans est en perdition au lycée et vous, vous êtes vautré dans votre canapé à regarder un match de hockey en buvant une bière au lieu d'être à ses côtés, en soutien, à l'aider.

Après ces paroles dites sur un ton très ferme, plus personne n'osait respirer. Cathryn regardait avec inquiétude son mari, se demandant visiblement comment il allait réagir. Lui-même fixait Eilleen, complètement interloqué.

« Personne n'a jamais dû oser lui parler de cette façon, pensa-t-elle.

Il mit au moins 15 secondes avant de répondre, à la grande surprise de tout le monde.

– Je ne savais pas que ma fille rencontrait autant de difficultés. Bien sûr que je vais l'aider, oui, je t'aiderai tous les soirs Jill.

– Bien. Elle aura mon soutien pédagogique mais il est important que vous soyez à ses côtés.

Après un silence :

– Ceci étant établi, Cathryn, je vais retourner à l'académie. Vous voulez bien me ramener.

Dans la voiture, au début, la mère de famille ne dit rien. Elle finit par lancer.

– Je savais que vous aviez du caractère mais là, c'est un volcan en éruption que j'ai vu face à moi et à mon mari. Vous m'avez sidérée. En fait, vous nous avez tous sidérés.

– Quand j'ai quelque chose à dire, je le dis. Vous avez bien fait de faire appel à moi. La situation est effectivement assez préoccupante pour votre fille pour que je cherche à provoquer une prise de conscience. Jill est réellement en difficulté scolaire mais aussi en pleine crise de confiance et sa grande sœur appuie sur sa tête pour l'enfoncer encore plus. Seul votre mari peut faire contrepoids.

– Eh bien, ce que vous me dites me stupéfait. Je comprends maintenant pourquoi vous avez voulu voir Jill en tête à tête.

– Comme je l'ai dit à votre mari, vous pouvez compter sur moi pour le soutien pédagogique mais il faudra qu'elle apprenne à travailler par mail et tous les jours. Dès qu'elle ne comprend pas quelque chose, elle m'en informe et j'y répondrai le plus vite possible. On pourra aussi faire des Skype au besoin. Je viendrai aussi la voir tous les 10 jours car le contact physique est important.

– Très bien, je le lui dirai.

Avant de se coucher, Eilleen consulta sa messagerie. Toujours pas de message de Tyler ! Elle lui envoya un SMS avec deux points d'interrogation.

L'intervention d'Eilleen à San Francisco

Shannen et Joao n'avaient jamais eu l'occasion de voyager en jet privé et furent impressionnés par l'avion lui-même et par le luxe qui se dégageait à l'intérieur de l'appareil. La même hôtesse que lors de son vol retour vers Burlington après la soirée au Plaza, était présente dans l'appareil.

Elle lui demanda si tout se passait bien pour elle à New York. Eilleen présenta ses amis et ils s'installèrent dans des fauteuils en cuir. L'avion décolla aussitôt.

L'hôtesse leur proposa un petit-déjeuner. Eilleen prit un thé et un kiwi. Shannen demanda la même chose. Joao accepta un vrai petit-déjeuner.

Eilleen leur déclara :
– Vous seriez surpris d'apprendre qu'en très peu de temps, on m'a comparé à un bulldozer et un volcan en éruption.

Les deux étudiants ouvrirent des yeux surpris. Eilleen expliqua :
– En fait, quand j'ai quelque chose à faire, je le fais sans délais et à fond. Et quand j'ai quelque chose à dire, il m'arrive de ne pas prendre de précautions de langage et de dire les choses très clairement. Là, je fais du soutien scolaire à deux lycéennes et c'est dans ce cadre que j'ai eu droit à ces qualificatifs.

Puis :
– On me qualifie de militante mais vous ne savez sans doute pas pourquoi.

Elle leur expliqua son premier combat.
– D'ailleurs j'ai prévu d'en parler à madame Spencer. Il faut qu'il y ait une cellule d'écoute aussi à l'académie des arts. Les étudiantes doivent pouvoir s'y confier de manière confidentielle dès qu'elles sont confrontées à quelque chose d'anormal. Mon deuxième engage-

ment concerne la lutte contre le réchauffement climatique. C'est à ce titre que je suis intervenue devant le parlement européen aux côtés de Greta Thunberg et que je vais participer dimanche à Washington à une marche pour le climat.
– C'est inouï, alors que tu n'as que 16 ans, que tu sois aussi engagée, constata Joao.
– C'est vrai mais défendre des causes justes est très motivant. Je vais vous laisser un peu, je vais aller à l'arrière de l'avion car je dois relire mon intervention en la chronométrant. Je devais le faire hier mais je n'ai pas eu le temps.

Lorsqu'elle revint, Joao regardait un film sur son portable et Shannen lisait. Ils interrompirent leur activité pour la regarder.
– Mon intervention durera un peu plus de 50 minutes. Je crains que vous ne soyez obligés d'y assister.
– Personnellement, je tiens à t'écouter, déclara Joao.
– Moi aussi, indiqua Shannen.

L'hôtesse arriva à ce moment-là et leur proposa un rafraîchissement ainsi que des tablettes où ils pouvaient regarder l'actualité et où une liseuse était incorporée.

Eilleen y trouva un texte de Simone de Beauvoir intitulé le deuxième sexe dont elle débuta la lecture mais au bout d'une demi-heure elle abandonna. Le texte dense demandait une certaine concentration et ne pouvait se faire dans un avion avec des personnes autour d'elle.

Elle regarda alors un documentaire sur l'Amazonie. Les grands papillons bleus, les morpho, la fascinaient. Quand elle vit un jaguar, elle eut une inspiration. Elle bloqua l'image, alla prendre dans sa petite valise son bloc à dessin, dessina Shannen telle qu'elle l'avait vue avec son voile sur le devant de son corps, le jaguar collé à elle, la main de la jeune fille posée sur son flanc. Autour de sa tête, elle dessina les morpho dont un posé sur son épaule ainsi que des arbres et des palmiers en arrière-plan, puis elle glissa le dessin à la jeune Irlandaise qui ouvrit de grands yeux.
– Superbe et très surprenant.

D'orage et de ferveur – Le rêve new-yorkais

Elle rangea le dessin dans sa valise. Joao, pris par son film, n'avait pas semblé faire attention.

Le reste de la journée se déroula comme dans un rêve.

Arrivé en vue de San Francisco, le jet fit le tour de la baie avant d'atterrir. Dix minutes après, ils étaient arrivés à la somptueuse villa des Gates. Eilleen présenta Shannen et Joao à Melinda et Bill. Aussitôt un serveur arriva avec des coupes de champagne. La jeune Irlandaise et le jeune Brésilien se laissèrent tenter. Eilleen resta au verre d'eau. On leur montra leurs chambres respectives, de belles et vastes chambres, superbement meublées.

Le déjeuner fut raffiné mais sans excès et la discussion tourna sur la vie à l'académie. Ils firent tous une promenade digestive dans le magnifique jardin où ils avaient une vue superbe sur la baie de San Francisco et le pont du Golden Gates. Puis un massage de 20 minutes fut proposé aux deux jeunes filles qui acceptèrent.

Ensuite, Eilleen retrouva avec plaisir la jeune femme qui s'était occupée d'elle au Plaza. Savant maquillage, chevelure relevée. Elle avait amené l'autre robe de soirée que celle portée au Plaza et les bijoux.

Lorsqu'elle entra dans la salle de réunion où se trouvaient une cinquantaine de personnes, tout le monde se leva et l'applaudit pendant qu'elle rejoignait le pupitre. Elle remercia la fondation, indiqua les arguments qu'elle et Greta avaient développés devant le parlement européen, puis débuta la description de son voyage.

Pendant qu'elle parlait avec chaleur et conviction, des photos des monuments des capitales visitées défilaient. Elle insista sur le plaisir d'avoir pu parler français et italien et sur le fait qu'elle pouvait se promener sans problème dans ces villes. Elle termina par un clin par pays : le plaisir de se promener bras dessus-bras dessous avec Greta Thunberg dans les ruelles bordant la place royale à Bruxelles, faire du patin à glace sur un lac gelé en Suède, se trouver en haut de la tour Eiffel à Paris, la bénédiction du pape François à Rome, être devant la fresque Guernica de Pablo Picasso à Madrid, la croisière sur la Tamise à Londres. Elle fut de nouveau très applaudie à la fin de son intervention.

Ensuite, pendant un peu plus d'une demi-heure, elle se mêla aux personnes présentes, répondant aux félicitations. Puis elle alla se changer, mit son maillot de bain et une personne se chargea de les emmener tous les trois à la plage.

Dans la voiture, Eilleen se détendit enfin.

– Ouf, la partie officielle est terminée, s'exclama-t-elle. Nous allons enfin pouvoir profiter de San Francisco.

– Tu as été époustouflante et qu'est-ce que tu étais belle dans cette robe de soirée avec le collier qui mettait en valeur tes yeux bleus ! lui dirent en cœur Joao et Shannen.

– Et quelle assurance quand tu parles devant toutes ces personnes, je suis admirative, lança la jeune Irlandaise.

– Merci mais l'exercice était assez facile.

Ils se baignèrent mais l'eau du Pacifique n'était pas très chaude aussi se réfugièrent-ils vite dans les grandes serviettes moelleuses qui avait été apportées. Shannen s'était baignée avec un maillot de bain deux pièces dont le bas lui couvrait toute la taille et elles avaient quand même eu le temps d'admirer le corps magnifique de Joao, mince et musclé, mais des muscles fins et durs. Ils se changèrent sur la plage puis se réfugièrent ensuite dans un café où ils burent un chocolat chaud. Shannen partit alors aux toilettes. Joao en profita pour lui dire.

– Quand le tableau dont tu as fait l'esquisse dans l'avion sera terminé, le collectionneur que je connais t'en propose 50 000 dollars.

« Ainsi donc, Joao a tout vu, songea-t-elle. Il a dû appeler son amateur d'art pendant que je parlais aux membres de la fondation. C'est vertigineux cette proposition, le plus étonnant étant que ce collectionneur inconnu s'est aligné d'emblée sur les prétentions financières de Brit pour faire son offre. Pourquoi dire non ? Comme l'a souligné Brit, un tableau est fait pour être vendu.

– Je suis d'accord à deux conditions, il faut que cette vente reste totalement secrète et le tableau ne devra être vu par personne d'autre que toi à l'académie.

– Tu as ma parole.

D'orage et de ferveur – Le rêve new-yorkais

Quand Shannen revint, ils firent semblant de discuter de son intervention. Elle décida qu'elle donnerait les 50 000 dollars à la jeune Irlandaise car, sans elle, sans sa beauté si éclatante, le tableau n'existait pas. Il n'était pas encore peint mais elle n'avait aucun doute sur sa capacité à y arriver dans des délais assez rapides, car le tableau était déjà dans sa tête. Et elle ferait le virement sur le compte de son amie sans rien lui dire, ce qui ne manquerait pas de provoquer chez elle une très grosse surprise.

Un moment très particulier avec Joao

Peu de temps après, Bill Gates apparut, casquette enfoncée sur la tête, grosse lunette de soleil.
– Il est temps que vous découvriez San Francisco. Je vous emmène.

Ils avaient traversé le pont du Golden Gate en voiture puis étaient revenus, avaient garé le véhicule et étaient partis à pied. Très vite, ils avaient pris un Câble Car, avaient flâné dans Chinatown, visité le Palace of Fine arts, le zoo et l'aquarium et avaient terminé au Fisherman's Wharf où il y avait de tout pour satisfaire les touristes qu'ils étaient. Eilleen fut fascinée par les très nombreux lions de mer qui étalaient leur masse sur des plates-formes en bois

Elle envoya des cartes postales à Mamie Georgette, Andrew, Brit, Bryan via son père mais pas à Tyler puisqu'il ne les appréciait pas, Shannen et Joao firent de même à leurs familles puis ils mangèrent du crabe et de la soupe de palourde, une spécialité du lieu.

Ils étaient tout simplement éblouis et heureux d'être là avec Bill, si simple dans son comportement, pour les guider.
– Voulez-vous que je vous prenne en photo ? demanda ce dernier.

Alors ils se serrèrent tous les trois, dos à la baie, Eilleen au milieu, les bras sur les reins de Shannen et de Joao qui lui entouraient les épaules à sourire à l'objectif.

L'ambiance de la ville avait paru à Eilleen très différente de celle de New York, beaucoup plus détendue. Les gens étaient souriants, avenants.

Ils avaient une belle vue sur l'île d'Alcatraz et Bill leur expliqua son passé de prison. Le lendemain matin, ils feraient une croisière sur son yacht dans la baie de San Francisco et pourraient l'approcher ainsi qu'une colonie d'otarie, tout en passant sous le pont du Golden Gate.

Une fois rentrés à la villa, ils partagèrent une légère collation avec Melinda et Bill puis restèrent un moment à discuter avec eux. Mais tous trois exprimèrent l'envie de se promener dans le jardin au clair de lune. Très vite Shannen disparut. De se retrouver seule avec Joao dans ce cadre idyllique troubla Eilleen. Elle ressentit soudain l'envie qu'il la prenne dans ses bras et l'embrasse. Elle se rapprocha tout près de lui et regarda ses lèvres. Peut-être ressentait-il la même envie car il se pencha vers elle et s'empara de ses lèvres.

Ils échangèrent alors de nombreux baisers, elle passant ses mains sous son t-shirt pour lui caresser son torse et son dos aux muscles fins, lui se contentant de lui caresser le dos. Elle trouva que Joao embrassait différemment de Tyler. En même temps, ils savaient tous les deux que ces baisers n'avaient pas en soit d'importance. Eilleen avait compris que lui rêvait à de belles brésiliennes, et peut-être d'une Brésilienne en particulier, et elle, elle restait attachée à Tyler même si le comportement de celui-ci lui échappait. Il s'agissait juste un moment de communion parfait dans un cadre romantique et lorsqu'ils seraient revenus à New York, tout serait effacé. Néanmoins, elle insista, elle voulait profiter de ce moment hors du temps, et prit beaucoup de plaisir à échanger ces baisers avec Joao tout en lui caressant la peau chaude et ferme de son torse.

Lorsqu'ils revinrent à la villa, ils retrouvèrent Shannen qui demanda à Eilleen si elle pouvait dormir dans sa chambre, elle n'était pas très rassurée dans cette grande villa qu'elle ne connaissait pas.
– Oui, bien sûr, il n'y a aucun problème d'autant que je suis habituée à partager la chambre avec une autre fille.

Elle pensait que Shannen avait pris ce prétexte pour l'interroger sur ce qui s'était passé avec Joao, mais il n'en fut rien. La jeune Irlandaise était vraiment angoissée de devoir dormir seule dans une maison étrangère. Eilleen avait une totale confiance en Bill et Melinda Gates, toutefois, pour que Shannen n'ait pas l'impression d'être la seule à ressentir de la peur, elle lui assura :

— Moi aussi, je ne suis pas rassurée. C'est bien que tu sois venue me voir pour qu'on soit ensemble dans la même chambre.

Après un temps, elle demanda :
— A l'académie, tu n'as pas envisagé de partager ta chambre avec une autre étudiante. Personnellement, j'apprécie d'être en coloc, c'est super d'avoir une fille avec qui parler, on peut échanger sur plein de sujets. Et puis, il m'est arrivé de faire des cauchemars, de pleurer, ma coloc était là pour me rassurer, me calmer.
— J'ai toujours eu une chambre pour moi seule, aussi, comme à l'académie j'avais le choix, j'ai pris la chambre individuelle car j'avais peur que cette coloc soit bruyante, ou désordonnée, enfin, qu'elle ne me convienne pas, quoi. Je t'avoue qu'avec toi, je serais prête à tenter l'expérience.
— Quand je parlais de cette possibilité d'avoir une étudiante avec toi dans ta chambre, je ne pensais pas à moi car ce serait délicat vis à vis de Gabriella avec qui je partage la chambre., surtout qu'elle m'a invitée dans sa famille à Rome. Et puis, je te l'ai dit, je fais souvent des cauchemars, ce qui n'est pas plaisant pour la coloc. Et pour l'instant, nous avons besoin de ta chambre individuelle pour avoir un atelier de peinture. Mais en même temps, c'est vrai que j'aurais beaucoup de plaisir à être avec toi. Je vais quand même voir ce que je peux faire.

Dans la nuit, Shannen, dans son sommeil, agrippa le bras d'Eilleen, ce qui la réveilla. Elle prononça des paroles apaisantes afin de calmer sa crise d'angoisse. Elle se rappela que la jeune Irlandaise lui avait avoué avoir souvent pleuré au début de son séjour à New York. Peut-être lui arrivait-il encore de le faire. De toute évidence, pour Shannen, le fait d'être seule dans sa chambre n'était pas la bonne solution. Elle décida de tout faire pour qu'elles partagent rapidement la même chambre afin de lui apporter l'apaisement dont elle avait besoin pour se sentir bien à New York.

Le lendemain matin, en montant à bord du méga yacht de Bill Gates afin de faire la croisière annoncée la veille, Eilleen, Shannen et

D'orage et de ferveur – Le rêve new-yorkais

Joao entrèrent dans une autre dimension, celle du luxe à l'état pur. 10 membres d'équipage, plusieurs salons somptueux dont un avec un piano et d'autres instruments de musique, une piscine chauffée, une salle de sport, un héliport avec son hélicoptère, et tant d'autres choses. Ce méga yacht rappelait que Bill Gates était milliardaire.

Le rêve pour les trois amis pouvait commencer.

Un Tyler déboussolé

Puisque Eilleen lui avait dit de manière péremptoire qu'il pouvait aller voir ailleurs, que cela lui était indifférent, il ne s'en était pas privé. Pour lui, c'était facile, il n'avait qu'à s'intéresser un peu à une fille, lui faire deux, trois sourires, lui dire quelques compliments, pour obtenir ce qu'il voulait. Au moins, les filles se donnaient sans faire d'histoire. Il se doutait qu'au fond d'elles-mêmes, elles espéraient qu'une relation se développerait entre eux. Aussi, il ne sortait jamais plus d'un soir avec la même fille, afin de ne pas laisser l'illusion s'installer.

Très vite, cependant, il s'était lassé de ces aventures sans lendemain d'autant qu'aucune de ces jeunes filles ne possédait le corps si bien dessiné tout en étant gracile d'Eilleen. La vision de son corps nu de dos, tout en harmonie mais si sensuel, le poursuivait, sans parler de ses seins qui étaient devenus tout simplement magnifiques. Aucune fille n'avait également cette capacité à le surprendre et à le charmer comme Eilleen pouvait le faire, aucune n'était belle comme elle, aucune n'avait son rire cristallin qu'il aimait tant.

En plus, Eilleen avait l'art de réagir toujours à contre-courant des autres filles. Ainsi, toutes les filles rêvaient de monter dans sa Ford Mustang, il avait à peine ouvert la portière qu'elles étaient déjà assises dedans, mais pas elle. S'il n'y avait pas eu cet orage qui arrivait droit sur eux la première fois qu'ils s'étaient rencontrés, elle ne serait jamais montée dans sa voiture. Et il avait dû attendre plusieurs mois avant qu'elle accepte enfin de sortir avec lui, et encore en lui imposant ses propres règles, très strictes. Il n'aurait jamais imaginé, lui qui avait depuis son adolescence toutes les filles qu'il voulait sans grande difficulté, qu'une telle chose pourrait lui arriver.

Morgan, la cousine d'Eilleen, lui avait dit qu'il s'intéressait à elle parce qu'elle lui résistait. Sans doute était-ce en partie vrai mais pas que. Au début, lorsqu'il avait fait sa connaissance, toutes ses émotions pouvaient se lire sur son visage, ce qui lui donnait un air si fragile qu'il n'avait qu'une envie, la protéger. Sauf qu'il avait découvert très vite qu'elle n'avait pas besoin d'être protégée. Un étudiant lui avait mis un jour la lame de son couteau sous la gorge en appuyant assez fortement pour l'impressionner, pensant qu'elle allait se mettre à trembler et à le supplier ou à fondre en larmes, mais elle n'avait pas tremblé, n'avait pas supplié, avait même défié le garçon, et avait ensuite assumé seule la gestion de cette agression, lui disant que celle-ci ne le regardait pas car, en fait, elle voulait le protéger du type et de son couteau qu'elle considérait comme dangereux !

Et Eilleen et son amie Laureen étaient les seules filles qu'il connaissait capables de lui dire ses quatre vérités, de lui tenir tête. Eilleen était petite et fine mais quelle force de caractère et quelle détermination elle possédait. Ainsi, elle lui avait envoyé un SMS pour s'excuser de ses propos très durs et depuis, plus de nouvelles ! Toutes les autres filles l'auraient déjà relancé depuis longtemps, mais elle, elle attendait, il le savait, qu'il s'excuse de ses paroles qu'elle avait jugées inappropriées et machistes.

Eilleen l'impressionnait également par sa droiture, par sa volonté de n'imiter personne mais d'avancer selon ses propres valeurs. Oui, Eilleen était vraisemblablement une perle rare comme l'avait laissé entendre la responsable de l'académie des arts de New York, une perle rare dont il était épris, c'était une certitude. Il trouvait cependant qu'elle avait un peu trop de caractère. Il était habitué à ce que les filles fassent tout ce qu'il souhaitait sans discuter, ce qui était loin d'être le cas d'Eilleen.

Surtout, il ne la comprenait pas, il lui offrait le soleil, la sécurité et la possibilité qu'ils puissent se voir tous les jours pour avoir une relation pleine et entière et elle préférait rester à New York et en plus pour des raisons purement et bassement matérielles. Il jugeait cette réaction de sa part décevante. C'était pour cette raison qu'il avait décidé de la laisser mijoter dans le froid glacial new-yorkais, espérant, mais sans trop y croire vraiment, qu'elle finirait par se plier à ses désirs.

Le mercredi, soit dix jours après avoir passé le week-end avec Eilleen chez sa grand-mère, il appela celle-ci afin de prendre de ses nouvelles.
– Je vais très bien, répondit cette dernière surtout depuis qu'une jeune femme, amie d'Eilleen, passe me voir tous les matins pour s'assurer que je me porte bien et pour parler avec moi. C'est un vrai réconfort sachant que ce geste vient de ma petite chérie.

Tyler resta interloqué. Il avait bien vu le dimanche, lors du déjeuner, qu'Eilleen était inquiète pour sa grand-mère mais Andrew avait dit qu'il passerait et il y avait les voisins qui habitaient pas très loin. Qui était cette personne soi-disant amie d'Eilleen ? Mais, il avait à peine eu le temps de se poser cette question que sa grand-mère poursuivit :
– En plus, j'ai reçu une très jolie carte postale d'Eilleen de San Francisco. Elle me dit que c'est très joli et qu'elle se plaît bien là-bas.
– Hein ? C'est quoi cette histoire ? Eilleen est actuellement à New York.
– Il faut croire que non. Tu n'étais pas au courant ? Tu n'as pas reçu de carte postale ?
– Elle a dû s'égarer. Je te laisse.

Non, il n'avait pas reçu de carte postale et il savait pertinemment pourquoi après la réflexion d'Eilleen comme quoi il n'avait pas apprécié à leur juste valeur ses cartes postales envoyées d'Europe. Bon sang, il croyait qu'elle se morfondait dans le froid new-yorkais et elle se promenait à San Francisco où il devait faire très beau. C'était hallucinant ce truc.

« Avec qui est-elle à San Francisco ? se demanda-t-il aussitôt.

Il appela Andrew.
– As-tu reçu une carte postale d'Eilleen de San Francisco ?

A la façon agressive de Tyler de poser sa question sans même lui dire bonjour, Andrew qui avait effectivement reçu cette carte postale, comprit qu'il valait mieux mentir.

– Ah non, pas du tout. Que ferait Eilleen à San Francisco ?
– C'est bien la question que je me pose.
– Mais, je ne comprends pas, elle ne t'a rien dit ? Vous devez forcément vous téléphoner très souvent je suppose.
– C'est que, on est un peu fâchés en ce moment.
– Ah bon, pourtant vous sembliez bien vous entendre la dernière fois que vous êtes venus voir Mamie Georgette. Que s'est-il passé ?
– Je lui ai dit qu'elle n'avait pas à faire certaines choses et elle a pris la mouche en disant qu'elle était libre de faire ce qu'elle voulait, que je n'avais pas à lui dicter sa conduite.
– Tyler, dans le monde d'aujourd'hui, la femme est l'égal de l'homme. Tu vis dans quel siècle pour croire encore que la femme doit obéir à l'homme ?
– J'aurais été étonné que tu ne prennes pas sa défense !
– Écoute Tyler, je vais te dire un truc. Eilleen, elle est unique parce qu'elle porte ses propres valeurs avec conviction. De très nombreuses filles se ressemblent peu ou prou. Pour elles, l'aspect extérieur compte plus que tout, ce qui leur donne ce côté superficiel. Heureusement, il y a des filles qui raisonnent différemment. Eilleen en fait partie.
– Oui, je sais tout ça. Tu ne m'apprends rien ! Qui est cette jeune femme qui passe voir ma grand-mère soi-disant amie d'Eilleen ?
– Une infirmière, mais ne vas pas le dire à ta grand-mère, elle ne le sait pas.
– Comment connais-tu son métier ?
– En allant voir ta grand-mère, je l'ai croisée et je lui ai demandé qui elle était.
– Une infirmière ? Mais elle ne fait pas sa prestation gratuitement. Comment Eilleen peut-elle la payer ? Elle n'a pas d'argent !
– Ah, bonne question à laquelle je ne saurais répondre.
– Et puis, de quoi se mêle-elle ? lança le jeune homme avec agressivité car il se sentait mortifié de n'y avoir pas pensé lui-même. Ce n'est pas sa grand-mère et tu avais dit que tu passerais.
– Oui, c'est vrai mais j'ai eu l'opportunité d'un contrat pour poser des cuisines en bois que je prépare à l'atelier sur un gros chantier

immobilier derrière Rutland, ce qui fait que je ne suis pas souvent là en ce moment. N'oublie pas que j'ai une entreprise à faire tourner pour gagner ma vie et puis, je ne suis pas infirmier. Je trouve qu'il s'agit d'une très bonne initiative de la part d'Eilleen, ta grand-mère commence à prendre de l'âge.
– Je ne vois pas l'utilité de faire passer une personne tous les jours chez ma grand-mère.
– Tyler, elle peut faire une chute, Chez les personnes âgées, cela arrive fréquemment. Qu'une infirmière passe tous les jours est une sécurité. Bon, je te laisse, j'ai du travail qui m'attend.

Une situation compliquée entre Eilleen et Tyler

Tyler décida d'en avoir le cœur net. Il consulta la liste des infirmières du secteur et se mit à appeler. Il finit par tomber sur l'infirmière qui assurait la prestation. Il se présenta et se mit à la questionner.
– Vous passez tous les jours, même le dimanche ?
– Oui, tous les jours, même le dimanche. Je discute avec elle et ce contact me permet de voir comment elle va.
– Mais, euh, vous êtes payée ?
– Je suis infirmière libérale. Oui, bien sûr que je suis payée. La jeune fille qui a commandé la prestation me fait un virement électronique toutes les semaines et m'appelle au moins une fois par semaine. Je sais aussi qu'elle appelle votre grand-mère très souvent. C'est un ange cette jeune fille.
– Je peux savoir combien vous demandez par jour.
– Je ne sais pas si j'ai le droit de le dire.
– Dites toujours.
– 80 dollars par jour.
– 80 dollars par jour ! Vous ne trouvez pas que c'est beaucoup pour une prestation somme toute limitée à quelques minutes.
– J'ai la route à faire et quand j'ai proposé ce prix certes je reconnais assez élevé, la jeune fille a accepté sans discuter.
– Quand même, je trouve que vous y allez fort, la jeune fille qui a traité avec vous n'a que 16 ans, elle n'y connaît rien en tarifs. Vous en profitez.
– 16 ans, je n'aurais jamais cru. Bon, je lui dirai que j'ai revu le coût de la prestation à la baisse et je demanderai 50 dollars par jour applicable depuis le début de celle-ci.
– C'est mieux, merci.
   Après avoir raccroché, Tyler réfléchit. Encore une fois, il avait fail-

li alors qu'Eilleen, avec sa générosité habituelle, avait assuré. Mais d'où sortait-elle cet argent ? Quelque part, se dit-il, en faisant diminuer la contribution d'Eilleen, il participait indirectement à l'effort financier pour la prestation en faveur de sa grand-mère dont il doutait toujours de l'utilité. Restait le point essentiel, qu'est-ce qu'Eilleen était allée faire à San Francisco et surtout avec qui ?

Il décida de l'appeler. Elle refusa de prendre son appel mais il reçut un SMS d'elle :

– Tiens un revenant ! J'espère que tu as compris que j'attends tes excuses pour tes propos de macho et surtout, j'attends que tu reconnaisses que je n'ai pas à t'obéir au doigt et à l'œil mais que nous sommes dans un dialogue équilibré où chacun respecte la parole et les décisions de l'autre. Tant que je n'ai pas ce SMS, ce n'est pas la peine de m'appeler, je ne répondrai pas.

Il répondit toujours par SMS.

– Qu'es-tu allée faire à San Francisco et avec qui ?

– Ah voilà pourquoi tu te manifestes Tyler ! Je sais pertinemment ce que tu pensais, la pauvre Eilleen se morfond dans le froid glacial de New York où elle ne peut pas sortir à cause de l'insécurité. Eh bien tu as tout faux. Il fait très beau à San Francisco où il n'y a aucun problème de sécurité et je me suis baignée dans le Pacifique entre autre. Au passage, ce que je suis allée faire à San Francisco ne te regarde pas.

– Avec qui étais-tu ?

– J'étais avec un très beau Brésilien, un Carioca, de loin bien plus beau que toi !

Tyler resta sidéré par cette réponse d'Eilleen.

Celle-ci qui était en train de peindre avec Shannen pour modèle, montra à cette dernière les échanges de SMS.

– Tyler doit être vert car il se prend pour le plus beau garçon de la planète.

– Tu ne le ménages pas.

– Je n'ai aucune raison de le ménager. Il m'a laissée 10 jours sans nouvelles alors que je m'étais excusée, tu trouves cette façon de se

comporter normale ? Le tort que j'ai eu a été de lui dire qu'il pouvait aller voir ailleurs, je n'en avais rien à faire. Je suis bien persuadée qu'il ne s'en est pas privé.
– Je ne pense pas qu'il aurait eu une telle indélicatesse quand même.
– Hum, je ne dis pas comme toi. Tu sais, les garçons, quand tu les piques dans leur orgueil, ils sont capables de tout. De toute façon, c'est lui qui est épris de moi, pas l'inverse. Moi, je suis sortie avec lui parce qu'au début, à l'université, il m'a donné beaucoup de confiance en moi. Donc, s'il tient à moi, qu'il fasse ce qu'il doit faire pour me reconquérir.
– Tu n'es donc pas amoureuse, c'est l'évidence même.
– Je pensais l'être un peu mais en fait, je ne sais pas trop ce que veut dire être amoureuse.
– Quand tu l'es, tu le sais et tu ne te poses plus de question. C'est tout pour l'homme que tu aimes. Tu penses à lui à chaque seconde.
– Ah d'accord. Eh bien, je ne souhaite pas vivre une telle situation car je veux me consacrer en priorité à mes études. Bon, on se remet au travail ?

Tyler avait réfléchi rapidement. Il avait Eilleen dans la peau depuis le premier jour où il l'avait aperçue et il y avait urgence à agir car il ne doutait pas un seul instant qu'Eilleen avait dit la vérité concernant ce Brésilien. Et puis, ce SMS, il pouvait toujours le lui envoyer puisqu'elle l'exigeait, il ne l'engageait à rien. L'important était qu'il la retrouve rapidement dans ses bras à l'embrasser. Elle lui avait démontré le dernier week-end chez sa grand-mère que, malgré ses discours sur sa volonté de rester pure, elle laissait faire certaines choses assez osées au final. A lui d'être convaincant pour l'amener à aller plus loin tout en respectant sa volonté de rester vierge. Après tout, il n'était pas anormal qu'une fille de 16 ans ne se sente pas prête pour passer à l'acte.
Il fit donc le SMS tel qu'Eilleen le souhaitait.

Quand elle reçut le message, Eilleen appela Tyler et lui dit :

– Entendons-nous bien, Tyler, mon but n'est pas de te dominer, ce n'est pas mon genre. Je souhaite juste que nous ayons une relation équilibrée, dans le respect l'un de l'autre.
– Aucun souci sur cette question, je te l'ai écrit. Me diras-tu pourquoi tu es allée à San Francisco ?

Elle lui expliqua. Cependant, une question la taraudait, une question qu'elle savait qu'elle ne devait surtout pas poser, mais elle ne put s'en empêcher.
– Pourquoi Tyler as-tu mis tant de temps à m'envoyer ce SMS ? Que faisais-tu pendant tout ce temps ? Tu te consacrais à tes conquêtes ? Combien de filles as-tu inscrites à ton tableau de chasse ?

En posant cette question provocatrice, Eilleen espérait secrètement qu'il lui était resté fidèle et qu'aucune fille n'avait été autorisée à l'approcher. La réponse de Tyler la foudroya.
– Tu veux savoir ? D'accord. Le nombre ne te regarde pas mais il y en a eu plusieurs.

Elle constata, très désappointée, qu'elle lui avait ouvert la porte et il s'était engouffré dedans et comprit que finalement Tyler ne se distinguait pas des autres garçons, elle l'avait brusqué et alors, dans ces cas-là, l'orgueil vexé du mâle prenait le dessus. A moins qu'il se vengeait de ses propos outranciers.

Tyler aurait pu mentir mais, avec son manque de tact habituel, il lui avait asséné un grand coup derrière la tête.

Ce fut une Eilleen mortifiée qui reprit sa relation avec Tyler. Pour atténuer sa peine, elle se dit qu'elle avait bien fait d'en profiter avec Joao.

Quatre mois plus tard

Des avancées très concrètes dans la vie d'Eilleen

Eilleen venait d'avoir ses résultats du contrôle continu annuel, elle terminait troisième, très proche des deux premiers, et validait son passage en deuxième année universitaire. Shannen aussi avait validé son année universitaire. Elle était contente pour elle.

Elles partageaient la même chambre depuis un certain temps désormais. Elle avait fait ajouter un lit dans la chambre de la jeune Irlandaise qu'elle avait collé contre le sien et très souvent le soir, elle lui tenait la main comme elle le faisait à l'époque de l'université du Vermont avec sa cousine Morgan, et elle lui parlait doucement pour essayer de l'aider à vaincre ses angoisses nocturnes. Elle constatait que son amie Irlandaise commençait à aller mieux.

Gabriella ne lui en avait pas voulu qu'elle change de chambre, elles étaient restées très proches, se parlant en italien à chaque fois qu'elles se voyaient. Elle lui avait annoncé que Roberto allait venir à New York, ce qui l'avait réjouie. Elle allait pouvoir se rendre compte si la thérapie de choc qu'elle lui avait appliquée à Rome avait fonctionné.

Elle avait appris énormément de choses dans ses cours artistiques et avait eu deux nouvelles séances de travail avec le jeune homme au bandana et aux longs cheveux noirs qui posait nu. Elle avait enfin réussi à peindre sa virilité. Elle pouvait désormais considérer qu'elle n'avait plus de problème avec la nudité dans l'art, ce qui confortait son intégration à l'académie des arts de New York.

Avec Shannen comme modèle, elle avait terminé deux des tableaux qu'elle avait imaginés, un des tableaux dont elle avait fait l'esquisse la première fois que la jeune femme rousse avait posé pour elle et le tableau auquel elle avait pensé dans le jet de Bill Gates en se rendant à San Francisco. Elle avait refait également un nu d'elle.

Le collectionneur que Joao connaissait avait payé la somme convenue sans problème, somme qu'Eilleen avait transférée sur le compte bancaire de son amie irlandaise.

Lorsque Shannen avait vu les 50 000 dollars sur son compte en banque, elle avait failli s'évanouir avant de croire à une erreur. Eilleen lui avait alors révélé la vérité tout en lui disant :
– Tu acceptes cet argent sans discuter car, sans ta présence si éblouissante, il n'y aurait pas eu de tableau, donc pas d'argent.

Pour fêter cet événement, Shannen avait insisté pour qu'elles passent une soirée et une nuit au Sheraton. Elle avait voulu expérimenter le sauna. Elles étaient nues à l'intérieur.
– C'est une bonne chose que je puisse te voir nue également, avait-elle souligné. Ainsi, nous sommes sur un pied d'égalité.

Pour se rendre au restaurant de l'hôtel, elles avaient revêtu toutes les deux une robe de soirée, Shannen la robe sans manche et fendue sur le côté qui la mettait si bien en valeur, et elle, la robe qui s'accordait le mieux avec ses yeux bleus, avec les bijoux prêtés par Sheryl. Elles avaient fait sensation.

Shannen, qui ne buvait pas d'alcool en temps ordinaire, s'était permise une coupe de champagne et était un peu pompette après l'avoir bue. Elle s'était mise à faire des œillades à un jeune homme qui était accompagné de deux jeunes filles à la table à côté de la leur. Pour ne pas que la soirée se termine en pugilat, Eilleen était allée s'excuser auprès d'elles du comportement de son amie. Mais en fait, la situation les amusait beaucoup car elles étaient les sœurs du jeune homme qui semblait assez déstabilisé par le comportement et la beauté de la jeune Irlandaise. Elles avaient terminé la soirée à la même table.

Shannen et le jeune homme, Dylan, qui était étudiant à l'université de Columbia, s'étaient revus régulièrement et avaient fini par sortir ensemble. Il se montrait d'une correction exemplaire. Shannen avait enfin trouvé le jeune Américain qui la respectait dont elle rêvait. Eilleen était très heureuse pour elle.

Steven continuait à les emmener à des soirées littéraires mais il les avait également invitées à deux soirées très mondaines, même s'il n'y avait que des jeunes, espérant sans doute toujours conquérir le cœur de la belle rousse. Elles y étaient allées, Eilleen lui devant bien cette faveur après toutes les sorties où il avait accepté de l'emmener. Elles avaient souvent été invitées à danser et lorsqu'elles acceptaient, la drague débutait mais celle-ci restait toujours très correcte, très policée. Aucune des deux n'avait parlé à Steven de Dylan, le laissant dans l'expectative.

Deux autres fois, Steven les emmena voir une chorale de Gospel à Harlem. La puissance des chants avait transporté Eilleen qui vécut là des moments très forts. Et elle aima beaucoup quand tout le monde chanta en cœur oh happy day et d'autres chants connus.

Elle visita avec Brit une exposition sur l'artiste américaine contemporaine Alice Neel, portraitiste des minorités et militante féministe, dont l'engagement politique et social se retrouvait dans sa peinture, ce qui fut une révélation pour Eilleen qui n'avait pas vu jusqu'alors dans la peinture un moyen d'exprimer une vision engagée.

Brit allait passer en quatrième année, sa dernière année universitaire puisqu'elle arrêterait à la fin de son premier cycle. Elles avaient réalisé le tableau à quatre mains pour l'académie et en avaient peint un autre. Brit avait fait une exposition très réussie dans une galerie d'art de bon renom. Elle commençait à se faire un nom dans le domaine de la peinture. Elles restaient très proches. C'était avec elle qu'Eilleen finalisait ses tableaux ayant pour modèle Shannen. Ses conseils, si pertinents, lui restaient indispensables.

Joao, lui, quitterait l'académie une fois l'année universitaire terminée pour retourner au Brésil. Il était prévu qu'à la fin des cours, Eilleen passerait 5 jours dans sa famille avec lui à Rio de Janeiro avant de revenir à New York pour voir Roberto, puis elle s'envolerait pour l'Irlande où elle passerait 8 jours dans la famille de Shannen avant de partir rejoindre Greta et sa famille en Suède.

Elle continuait à faire du soutien scolaire. Elle avait désormais quatre élèves qu'elle aidait. Le bouche à oreille avait fait que deux employés de l'académie dont un qui vivait seul avec son fils, avaient fait appel à ses services. Les quatre élèves allaient passer dans la classe supérieure, ce qui n'était au départ pas gagné pour Ash et Jill mais elles s'étaient bien accrochées et leurs progrès avaient été assez spectaculaires pour que le professeur principal les encourage en leur permettant d'accéder à la classe du dessus.

Dès ses cours terminés, elle traitait les mails de ses élèves. S'il n'y avait pas de mail, elle les relançait pour être sûr qu'il n'y avait pas de problème. Elle demandait 60 dollars par mois, sauf à madame Parker, surtout pour amortir les frais de taxi car elle allait les voir une fois tous les 10 jours.

Avec Ash, la situation était différente car le dessin les unissait. Elles étaient devenues très complices, l'adolescente lui ayant même appris à faire du skateboard, expérience très amusante. Quand Eilleen participait à des marches pour le climat, elle emmenait toujours Ash avec elle. Celle-ci faisait semblant de râler :
– Tu veux me transformer en écolo !

Mais elle était ravie de ces escapades et très fière de marcher à côté de la célèbre Eilleen Quingsley qui était très régulièrement interviewée par la télévision ou des radios.

L'adolescente avait fêté ses 15 ans. Pour l'occasion, Eilleen les avait emmenées au restaurant sa mère et elle. Ash eut droit au gâteau avec les bougies et beaucoup de personnes du restaurant chantèrent avec Eilleen happy birthday to you. La jeune fille était très gênée d'être le centre des attentions. Ensuite, elles avaient assisté à un spectacle à Broadway.

Elle avait pris l'habitude d'accompagner madame Parker aux réunions de parents d'élèves. La première fois, le professeur principal avait tiqué.
– Qui êtes-vous ? Vous n'avez rien à faire là.
– Je fais du soutien scolaire auprès d'Ashley et sa mère a souhaité que je l'accompagne.
– Vous êtes très jeune, quelle compétence avez-vous pour faire du soutien scolaire ?
– Je vais avoir 17 ans, je suis à l'université et quand je ne sais pas, j'appelle une amie qui est professeur dans un lycée.
– Bon. Je reconnais qu'Ashley est plus ouverte qu'à son arrivée dans

le lycée et assidue et ses notes s'améliorent. Je suppose que c'est le résultat de votre action auprès d'elle. Vous pouvez donc rester et j'accepte votre présence à l'avenir.

Eilleen trouvait très intéressant de faire du soutien scolaire. Elle se sentait ainsi utile.

Madame Spencer avait donné suite à la demande d'Eilleen de mettre en place une cellule d'écoute pour les étudiantes qui auraient pu être victimes de violences sexistes. A l'académie, les fêtes étudiantes étaient interdites de même que la possession d'alcool et, bien sûr, de drogue, mais madame Spencer avait dit à Eilleen qu'il ne fallait pas se faire d'illusion, les étudiants improvisaient des fêtes appelées After où venaient des étudiantes et tout le monde buvait, fumait de l'herbe et s'accoquinait car un étudiant restait un étudiant.

Eilleen se félicitait d'avoir accepté la proposition de la responsable de l'académie des arts de New York d'intégrer son établissement. Depuis son arrivée dans celui-ci, sa vie s'était accélérée, était devenue passionnante. Elle se sentait désormais une véritable artiste-peintre, avait de l'argent à elle provenant de sa peinture. Avec des cours d'un bien meilleur niveau et le fait de côtoyer des artistes au quotidien, elle se sentait tirée vers le haut. Et elle avait un cercle élargi d'amis et d'amies, dont de nombreux étudiants étrangers. Elle était complètement épanouie et elle se disait que sa vie à New York était tout simplement extraordinaire.

La découverte d'un certain éblouissement

Mamie Georgette leur avait fait une frayeur en tombant un dimanche d'un escabeau sur lequel elle était montée pour attraper un bocal. Elle s'était fracturée le bras, fracture ouverte, et ne savait pas se relever. Andrew avait disparu ce jour-là. Heureusement, l'infirmière, lors de son passage, la trouva par terre baignant dans le sang. Elle se retrouva à l'hôpital où Tyler et Eilleen rencontrèrent l'infirmière qui n'en revenait pas de la voir si jeune.

Tyler qui avait dû revenir d'urgence du Texas, râlait contre sa grand-mère qui s'était montrée imprudente en montant sur un escabeau, contre Andrew qui avait disparu tout à coup et même contre Eilleen car avant, il n'était jamais rien arrivé à sa grand-mère et juste l'année où elle mettait en place cette surveillance, il lui arrivait quelque chose, ce qui forcément était étrange.

« Bientôt ce sera de ma faute si Mamie est tombée, avait pensé Eilleen qui était quand même rassurée d'avoir mis en place cette prestation.

Elle ne fit cependant aucun commentaire. L'infirmière fit remarquer à Tyler que les chutes chez les personnes âgées étaient fréquentes car elles avaient des pertes d'équilibre et que, bien souvent, elles ne savaient pas se relever. Or, il fallait qu'il se rende compte que sa grand-mère était une personne âgée.

Tyler en avait profité pour demander à Eilleen d'où venait cet argent dont elle disposait pour payer l'infirmière. Elle lui avait répondu que la provenance de cet argent ne le regardait pas.

L'infirmière, qui avait assisté de loin à l'échange, s'approcha d'elle.
– Finalement, je me rends compte que vous n'avez aucun lien de parenté, donc aucun obligation vis à vis de cette personne âgée et que seul votre bon cœur parle. C'est remarquable de votre part. Aussi, désormais, je ne vous demanderai plus que 30 dollars par jour.

La jeune fille la remercia puis passa un long moment avec la grand-mère de Tyler, lui faisant promettre d'être plus prudente.

Eilleen ne revit son père que fin février, soit deux mois après son passage chez lui. Lorsqu'il la vit, il lui dit :
– J'ai une grande nouvelle à t'annoncer qui va te réjouir, puisque qu'elle répond à ta suggestion, Win est enceinte.
– Oh, c'est merveilleux. Pour Win et toi, il s'agit d'une super nouvelle et une très bonne chose pour Bryan.

Après un temps où il regarda sa fille avec un brin de perplexité, il lui dit :
– En fait, je ne sais pas ce que tu as fait ou dit à Win lors de ce fameux réveillon de Noël, mais depuis, elle n'est plus pareille. Elle ne m'agresse plus, elle arrive à être plus tendre avec Bryan, elle lui fait faire du vélo au parc, elle l'accompagne à la piscine, lui fait faire du poney, choses qu'elle n'aurait jamais acceptées d'envisager auparavant.
– Je n'ai rien dit de particulier à Win hormis cette phrase sur le fait que vous pourriez avoir un autre enfant.
– Et pourtant, c'est depuis ce réveillon de Noël que Win a changé. Même déjà le fait qu'elle ait accepté ta proposition d'emmener Bryan avec toi pendant 4 jours était très surprenant. C'est à n'y rien comprendre.
– En tout cas, qu'elle ne t'agresse plus verbalement est une bonne chose. Je peux te l'avouer, je vivais assez mal cette façon de faire.

Lors de la venue suivante de son père, il lui fit une belle surprise en amenant Bryan avec lui. Elle fut très émue de ces retrouvailles avec son petit frère. Il faisait encore froid à New York. Ils allèrent dans une grande galerie où se trouvait une multitude de magasins. Eilleen offrit un jouet à son petit frère. Son père avait réservé une chambre avec deux grands lits. Elle resta avec eux et dormit avec son petit frère, moment de bonheur très fort. Ils parlèrent un peu et Bryan s'endormit dans ses bras.

Le fait de partager la même chambre avec son père ne la dérangea pas, au contraire car, après, alors qu'elle tenait son petit frère dans ses bras, ils avaient discuté à voix basse pendant plus d'une heure et demie. Elle lui avait posé des questions sur ses parents, ses grands-parents donc. Ceux-ci vivaient en Floride. Ils bougeaient peu car sa mère avait des problèmes de santé. Il espérait trouver une occasion pour qu'ils puissent faire connaissance.

Son père était venu la voir ensuite tous les quinze jours, fréquence qui lui convenait, emmenant souvent Bryan avec lui. Lors d'une de ses venues sans Bryan, elle avait organisé un dîner avec Steven, ainsi ce dernier avait pu échanger avec un médecin en exercice dans un hôpital public.

Dès que les beaux jours arrivèrent, ils allèrent à Washington Square Park, qui était un très beau parc. Elle était frustrée de ne pas pouvoir se rendre à Manchester mais malheureusement, planait la menace Mick qui rendait cette visite impossible. Elle avait un jour appelé Lynn pour une question qui posait problème à une de ses élèves et à laquelle elle n'était pas trop sûre de la réponse et, à la fin de la conversation, celle-ci lui avait lancée :

– Fais attention à Mick.

Elle n'en avait pas dit plus mais pour que Lynn qui surprotégeait son fils, l'avertisse ainsi voulait dire qu'il y avait danger. Son père l'avait informé que Mick s'était rendu au moins deux fois à New York accompagné de trois de ses amis. Dans l'absolu, le jeune homme avait le droit de venir à New York se promener mais elle se doutait qu'il la cherchait. Elle en venait à regretter de ne pas s'être laissée frapper, il n'y aurait alors pas eu cette menace qu'elle sentait peser sur elle, menace qui l'avait amenée à prendre des cours de close combat avec Megan un peu contre son gré.

Par précaution, elle ne se déplaçait qu'en taxi. Elle avait sélectionné trois chauffeurs dont elle avait le numéro de portable. Il y en avait toujours un de disponible.

La chose la plus étonnante et la plus inattendue qui lui était arrivée ces derniers temps était la découverte du plaisir.

Un mois auparavant, un soir, alors qu'elle était chez Laureen et, qu'après une bonne soirée passée ensemble, elle avait, comme d'habitude, rejoint son amie dans son lit, celle-ci lui avait annoncée :
– Tu vas bientôt avoir 17 ans, il est temps pour toi de quitter le monde des jeunes filles innocentes pour entrer dans celui des jeunes femmes averties des choses de la vie.

Puis elle lui avait glissée à l'oreille :
– Laisse-toi faire, je précise qu'il n'y a aucun risque pour ta virginité.

Eilleen ne voulait plus être la jeune fille innocente qui ne connaissait rien à la vie. Vu la réaction des gens lorsqu'ils la voyaient pour la première fois, elle en était venue à se demander si son innocence se lisait sur son visage. Intriguée, elle laissa donc Laureen agir.

Celle-ci l'avais dénudée, avait fait de même pour elle puis avait collé son corps à la peau douce et chaude contre le sien. Peu après, la jeune fille avait senti un délicieux trouble l'envahir. Pour la première fois de sa vie, son corps s'éveillait à de douces sensations et frémissait. Celles-ci s'accentuèrent sous l'action des mains et des lèvres de la jeune femme sur ses seins alors que le bas de son corps pesait sur elle, pour devenir sublimes. Son souffle devint plus court, son esprit s'envola. Les sensations augmentèrent progressivement en une longue montée jusqu'à une sorte d'éblouissement.

Lorsqu'elle reprit pied dans la réalité, Laureen dont le corps chaud était toujours sur elle, lui murmura :
– Tu viens de connaître le plaisir, on dit aussi jouissance ou extase, ce plaisir qui fait courir le monde. Lorsqu'un homme et une femme font l'amour, ils ressentent ce plaisir.
– C'était merveilleux, je n'en reviens pas. Merci Laureen de m'avoir fait découvrir de telles sensations. Tu as raison, le temps de l'innocence est terminé.

De retour à l'université, Eilleen se demanda si Shannen connaissait le plaisir. Elle voulut, un soir, lui faire partager cette découverte si troublante et si incroyable. Cependant, Shannen était plus grande que Laureen qui avait à peu près la même taille qu'elle, ce qui la désorienta, et, à part toucher ses seins, elle se rendit compte qu'elle ne savait pas comment faire pour arriver au résultat qu'elle recherchait jusqu'à ce qu'elle s'aperçoive que Shannen la guidait tout en douceur, sans vraiment donner l'impression de le faire. Elle s'abandonna alors à la montée des sensations tout en caressant la peau laiteuse et si douce de son amie et elles connurent ensemble ce que Eilleen qualifiait d'éblouissement qui était l'expression finale de ce plaisir.

Shannen lui avoua, après coup, qu'elle avait déjà connu deux fois le plaisir dans des circonstances très différentes mais que ce qu'elle avait vécu avec elle était le plus beau moment de plaisir qu'elle ait jamais ressenti.

Eilleen lui dit à son tour que ce qu'elle venait de ressentir dans ses bras était un moment plus qu'étonnant et sublime.

Désormais, lorsqu'elles se regardaient, elles avaient en tête cet instant magique qui n'appartenait qu'à elles. Elles savaient que ce moment merveilleux serait unique, car elles avaient chacune un petit ami, ce qui le rendait encore plus précieux.

Peu de temps après, elles avaient fêté l'anniversaire de Shannen qui avait 20 ans. Pour marquer l'occasion, elles s'étaient rendues dans un restaurant réputé de Greenwich Village. Shannen avait eu droit aux lumières qui s'éteignent puis le gâteau avec les bougies allumées et le chant qui l'accompagnait. Elle s'offrit une coupe de champagne. Eilleen trempa ses lèvres dans ce breuvage pétillant dont tout le monde parlait.

Eilleen avait donc évolué, mais en conservant sa façon d'être, ses valeurs, le souci des autres, de leur bien-être, la générosité et la modestie. Elle voulait rester elle-même, affirmer sa foi en Dieu. Elle continuait à être toujours en jupe à l'académie, sans maquillage, ne se mettant en jean qu'à de rares occasions.

La relation d'Eilleen avec Tyler

Eilleen était allée voir trois fois Tyler jouer un match. Les deux premières fois, elle trouva qu'il jouait très bien avec ses receveurs, leur jeu était lissé. Tyler était un très bon quarterback qui savait mener son équipe à la victoire même s'il ne jouait pas tout le match.

Après, ils se retrouvaient mais assez brièvement car une fête d'après match avait toujours lieu et elle, elle devait reprendre son avion pour New York.

Le troisième match, elle trouva qu'il s'engageait plus, prenant, à son sens, trop de risques. Elle lui en fit la remarque lorsqu'ils se retrouvèrent après le match.
– La concurrence est rude, il faut essayer de marquer les esprits.
– Mais Tyler, tu es dans une structure de sport-étude, tu as toujours dit que tes études étaient importantes.
– C'est vrai sur le papier mais en fait, ce qui prime, c'est le sport. Les sélections pour l'an prochain ont lieu en ce moment. Mon entraîneur ne m'a pas caché que j'étais en balance avec deux autres quarterback.

Après un silence, il ajouta :
– J'attends de toi que tu me supportes de manière inconditionnelle et non que tu me dises ce que tu viens de me dire, car alors, ce n'est pas bon pour mon moral.

Eilleen avait été étonnée que Tyler évoque son moral. Elle avait toujours pensé qu'il avait un mental d'acier, ce qui ne semblait pas être ou plus être le cas.
– D'accord, Tyler, j'ai compris, je ne ferai plus de remarques de ce genre. Je t'ai toujours soutenu dans ta démarche, je continuerai à le faire car tu es un champion.
– Merci en tous les cas d'être venue.

Ils s'étaient embrassés. Il avait essayé de l'attirer contre lui mais elle avait résisté.
– Il y a trop de monde qui nous regarde dont tes équipiers qui n'en perdent pas une miette
– Hum. C'est frustrant.
– Je sais mais là non. Je refuse de me donner en spectacle !

Oui, la situation était frustrante. Entre elle qui se rendait à des marches pour le climat assez régulièrement et Tyler qui enchaînait les matchs, ils n'avaient pu se retrouver que deux fois chez mamie Georgette en quatre mois dont la fois où elle était tombée, les autres fois, elle y était allée seule.

Eilleen était déçue. Elle avait le sentiment que sa relation avec Tyler stagnait car il semblait désormais obsédé par sa réussite professionnelle, plus rien d'autre ne semblait compter. Il était vrai que tout allait bien pour lui, il jouait en semi-professionnel et semblait prêt à intégrer pour des petits temps de jeu, l'équipe première qui avait un quarterback très réputé. Elle reconnaissait qu'il était très fort mais espérait juste qu'il n'essayait pas de brûler les étapes. Un autre élément la chagrinait, lorsqu'ils étaient ensemble, il ne parlait plus que football.

Elle s'était déplacée pour le voir jouer sur l'insistance de Tyler et pour éviter qu'il lui reproche d'être trop prise par ses marches pour le climat. Il aurait souhaité qu'elle soit présente à chaque match mais ce n'était pas possible, elle ne pouvait pas passer tous les week-ends dans les avions. Certains de ses week-ends étaient réservés à Mamie Georgette, ce qui lui permettait de voir Laureen au passage, mais elle devait aussi travailler à l'académie car le niveau était élevé et elle devait consacrer du temps à la peinture.

Eilleen était surtout déçue car elle avait espéré qu'après plusieurs mois de relation, ils se diraient ces mots doux que les amoureux échangeaient, des ma chérie, mon amour, mon trésor et même des je t'aime, mais il n'en était rien. Tyler restait tel qu'au début de leur relation. Certes il y avait entre eux cette pomme de discorde que constituait l'université d'Austin. Eilleen avait fait valoir à Tyler qu'elle ne pouvait pas quitter Brit, Elle voulait profiter de cette dernière année où elles allaient pouvoir être ensemble.

Elle lui avait rappelé que Brit était sa première amie, celle qui l'avait tant aidée par ses conseils avisés alors qu'elle découvrait le monde universitaire, celle sur laquelle elle s'était appuyée lorsque Morgan avait commencé à être odieuse avec elle, alors que Tyler était déjà parti au Texas.

C'était Brit qui l'avait emmené à son cours de dessin, ce qui lui avait permis de découvrir qu'elle avait un style bien à elle, Brit aux conseils si précieux en peinture.

Elle avait fini par dire à Tyler d'où provenait l'argent qu'elle possédait en soulignant que l'idée du tableau peint à quatre mains venait de Brit.

– Tu avais promis de venir à Austin pourtant, avait fait remarquer Tyler.
– Je t'avais promis d'étudier la question. Tyler, accepte de comprendre l'importance qu'à Brit pour moi. D'autant que c'est moi qui l'ai entraînée à l'académie des arts de New York. J'ai dit sans Brit, je ne vais pas à l'académie.
– Elle est plus importante que moi, si je comprends bien.
– Non, bien sûr que non, mais je suis en train de m'affirmer comme artiste-peintre, cependant j'ai encore besoin des conseils de Brit dans ce domaine. Toi, je pourrai te rejoindre à Austin à la prochaine rentrée universitaire alors qu'elle, elle sera partie.
– Et que t'a apporté l'académie ? Que t'apporte la peinture, tu peux me dire ? lança Tyler d'un ton dubitatif.
– La vente du tableau m'a donnée une indépendance financière qui est précieuse et elle m'a permis de m'affirmer comme peintre, ce qui est important pour moi, comme toi, tu essaies de t'affirmer comme quarterback. C'est pareil et cet intérêt d'un collectionneur pour ma peinture prouve que contrairement à ce que tu as affirmé de manière si péremptoire, je ne suis pas aussi nulle que tu le prétends en dessin. Et il y a la possession de l'ordinateur portable, être au quotidien avec

des artistes, la richesse des étudiants étrangers et tant, tant de choses positives. Crois-moi, la liste est longue. Tu imagines que si j'étais restée à UVM, je dépendrais encore financièrement de ta grand-mère et je n'aurais toujours pas d'ordinateur portable !

Après un moment de réflexion, elle ajouta :
– J'ai toujours dès le début fait une similitude avec ta volonté de quitter l'université de Vermont pour partir au Texas afin de rejoindre une structure sport-étude et l'opportunité que j'ai eue de rejoindre une structure étude-culture-art. Tu ne peux pas t'imaginer la richesse que procure le fait de côtoyer des artistes et des étudiants étrangers.
– Comme ton ami brésilien.
– Il repart au Brésil à la fin de cette année universitaire donc tu n'as pas de souci à te faire à son sujet. Tu avais souligné le niveau peu élevé de l'université du Vermont et c'était vrai. C'était devenu presque trop facile pour moi. A New York, je dois m'accrocher et travailler très sérieusement pour rester parmi les premiers. Et tu imagines que je parle désormais trois langues en plus de ma langue maternelle.
– J'étais pourtant bien persuadé que tu allais me rejoindre dès cette nouvelle année universitaire à Austin, c'est une très grosse déception pour moi.
– Je le conçois mais Tyler, acceptes d'écouter mes arguments s'il te plaît.

Oui, il y avait cette pomme de discorde entre eux, Tyler ne voulant pas comprendre les raisons qui l'amenaient à ne pas courir le rejoindre à Austin. Elle avait conscience que si leur relation stagnait, c'était en grande partie à cause de ce litige. Qu'il n'y ait pas ces mots forts qu'elle attendait avec impatience était finalement de sa faute.

Elle n'avait pas souhaité parler à Tyler de Shannen, d'Ash, de Steven, de madame Spencer qui était toujours à ses côtés, prête à l'aider et à la conseiller mais ils avaient pesé dans sa décision de rester à New York. Et surtout, si elle partait au Texas, elle ne verrait plus qu'épisodiquement son père et Bryan, elle ne verrait presque plus Mamie Georgette. Juste une fois de temps à autre. Elle n'irait plus à la messe avec le groupe. Ils allaient désormais à la messe le soir ce qui leur permettait de se réunir ensuite pour passer un bon moment de camaraderie ensemble. Elle savait pertinemment que si elle voulait que sa relation avec Tyler évolue, elle devrait se résoudre à quitter New York pour rejoindre l'université d'Austin mais alors que de déchirements en perspective.

Quelle idée aussi avait eu Tyler de partir si loin ! Le Texas, c'était presque le bout du monde. Sheryl avait suggéré qu'il fuyait Morgan qui le poursuivait de ses assiduités. Lui avait dit qu'il mettait de la distance entre eux afin qu'elle puisse poursuivre ses études sereinement. Quel était le vrai du faux ?

Elle s'était bien un peu rapprochée de lui en venant à New York avec des vols directs avec Austin mais ils restaient effectivement très loin l'un de l'autre. Elle faisait l'effort d'être plus transparente sur sa vie, de l'appeler plus souvent, de faire des Skype, même si ce n'était pas évident tellement ses journées étaient pleines, intenses. Oui, elle faisait des efforts mais elle reconnaissait volontiers que tout aurait été plus simple si elle vivait à Austin. Mais comment abandonner Brit, Shannen, Ash, madame Spencer, comment abandonner la vie new-yorkaise si riche, si dense ? Une telle éventualité lui paraissait impossible.

Eilleen se pose des questions sur son avenir

Les rencontres entre Tyler et Eilleen n'étaient pas sans orage. La faute au jeune homme qui lui faisait des propositions insolites.

Il avait suggéré un jour que quand elle venait le voir, elle vienne la veille et prenne une chambre d'hôtel. A cette idée, tous les clignotants d'alerte d'Eilleen s'étaient mis à passer au rouge, danger, danger, danger ! Elle avait réagi vivement :
– Mais as-tu perdu l'esprit, j'ai 16 ans, je n'ai rien à faire seule dans un hôtel.
– Je serai avec toi.
– Encore pire. Non, c'est non, oublie ton idée saugrenue.
– Tu es bien allée seule dans des hôtels en Europe.
– C'est la fondation Bill et Melinda Gates qui avait sélectionné les hôtels et les avait réservés. Il s'agissait pour moi d'une grande garantie.
– Je ne vois pas trop la différence mais si ce n'est que ce point qui te chiffonne, je peux réserver l'hôtel pour toi.
– Tyler, c'est non. Tu sais ce que veut dire non ! Tu ne me feras pas changer d'avis. Dis-toi une chose, tu ne me feras jamais faire quelque chose qui me déplaît. Je ne me laisserai pas manipuler.
– Manipuler, tout de suite les grands mots !
– Je te l'accorde, le mot est peut-être un peu fort mais fais en sorte de bien écouter ce que je te dis s'il te plaît.

Il voulait que leur relation sexuelle évolue. Elle mettait alors ses mains sur ses oreilles pour ne pas écouter ce qu'il expliquait en répétant en boucle :
– J'ai 16 ans, j'ai 16 ans, j'ai 16 ans.

Un jour, elle s'était fâchée.
– Tu savais que j'avais 16 ans et que j'étais sans expérience quand tu m'as embrassée et je t'ai tout de suite indiqué les limites à respecter.

D'orage et de ferveur – Le rêve new-yorkais

Si tu voulais une fille avec qui tu pourrais faire des choses physiques pourquoi es-tu venu me chercher, alors que tu connaissais l'éducation religieuse que j'ai reçue, tu n'avais qu'à sortir avec une fille de ton âge, comme Morgan par exemple. Elle ne demandait que cela, elle, sortir avec toi et elle aurait fait tout ce que tu voulais et d'après ce qu'elle disait, elle t'en aurait même appris. Je précise que je ne fais que répéter ce qu'elle disait, ne sachant absolument pas ce qu'il peut y avoir derrière ces paroles !

Tyler n'avait rien répondu, ce qui avait conforté l'idée en elle qu'il avait bien fui Morgan en partant au Texas. Sa cousine était une dévoreuse d'hommes. Elle sortait avec trois garçons en même temps mais lui avait clairement fait savoir qu'elle voulait Tyler pour elle. Et quand Eilleen lui avait annoncé qu'il était parti au Texas, elle avait rétorqué :

– Il a fui, oui.

Bref, tout n'était pas simple entre eux d'autant qu'elle refusait qu'ils serrent trop leurs corps l'un contre l'autre. Elle avait trop peur d'être confrontée au même problème que la fois chez Mamie Georgette. Déjà que quand ils s'embrassaient, elle passait son temps à bloquer ses mains, ce qui lui ôtait tout le plaisir du baiser. Forcément, elle avait eu le tort de lui laisser voir sa poitrine, de lui permettre même de lui toucher les seins donc il voulait renouveler l'expérience. C'était logique. Elle ne pouvait pas lui reprocher de tenter de les toucher à nouveau.

Heureusement qu'ils ne se voyaient pas trop souvent !

Mais il y avait plus préoccupant.

Elle trouvait que ses copains, très souvent des gars de l'équipe de football, prenaient beaucoup de place désormais dans la vie de Tyler. Or, elle ne se sentait pas à l'aise, pas en phase avec eux. Ces garçons étaient des montagnes de muscles complètement inculpes, ils n'avaient jamais dû lire un livre de leur vie. Pour eux, seuls leur sport et leur physique comptaient et leurs discussions tournaient invariablement autour des entraînements, des matchs, des performances physiques, des produits qu'ils prenaient pour augmenter leur masse musculaire et être performants.

Ils faisaient grand cas également de leurs jeux vidéo, des jeux débiles à ses yeux, où ils passaient pourtant beaucoup de temps. Il lui apparaissait clairement qu'il n'y avait pas deux mondes plus éloignés que celui dans lequel évoluait Tyler au Texas et le sien à New York. Elle en était effarée.

Elle était attachée à Tyler mais ce qui était en train de se passer ne lui convenait pas et, au-delà de la déception de voir Tyler moins prévenant, de ne pas entendre les mots doux qu'elle espérait, elle avait commencé à se poser des questions sur elle d'abord, était-il normal, alors qu'elle allait avoir 17 ans qu'elle réagisse ainsi avec Tyler ? Mais aussi sur son avenir après ses études.

De la première question en découlait une autre, était-elle normale ? Pourquoi avoir cette peur, presque une répulsion, de cette chose dure qu'elle avait sentie chez Tyler ? Certes, elle avait eu une éducation religieuse où elle n'avait côtoyé que des femmes pendant plusieurs années mais depuis qu'elle avait fréquenté l'université du Vermont et maintenant l'académie des arts, elle était censée avoir évolué. Et ce désir d'enfant si jeune est-il également normal ?

Concernant son avenir, bien sûr il était encore flou mais si elle le liait uniquement à l'ambition de Tyler, elle commençait à entrevoir ce qu'il serait, des matchs dans tous les coins des États-Unis et il exigerait qu'elle soit présente pour le soutenir, donc beaucoup d'avions, les copains très souvent présents, bref, vivre dans l'ombre de Tyler, alors qu'elle, elle rêvait d'un métier stimulant, la peinture restant un plaisir, et de stabilité dans un endroit précis où elle pourrait fonder une famille, faire la cuisine, des promenades en forêt le dimanche. Elle avait conscience que sa vision de l'avenir était beaucoup trop classique et surtout à l'opposé de la vie quelque peu vagabonde avec Tyler.

Forcément, lorsqu'elle avait cette vision, elle pensait à Andrew avec son entreprise d'ébénisterie, sa vie assez rangée même si, comme il le lui avait expliqué, le fait d'être son propre patron lui donnait de la liberté.

Il fallait cependant qu'elle arrête de penser à Andrew, il était beaucoup plus âgé qu'elle, c'était un adulte, et il y avait ce fameux pacte entre Tyler et lui qui faisait qu'il ne se mettrait jamais en concurrence avec Tyler pour une fille, donc pour elle, d'où sa grande neutralité lorsqu'ils étaient ensemble. Même quand elle l'avait entraîné dans cette histoire plus qu'insolite d'aller sur des plages faire du nudisme, il avait réussi le tour de force de ne jamais regarder son corps nu, d'être toujours en retrait et prudent.

Elle aurait aimé avoir une adulte avec qui évoquer toutes les questions qu'elle se posait, madame Spencer peut-être ou Lynn ?

Une nouvelle Eilleen

Eilleen décida d'aller chez le coiffeur afin de se faire raccourcir très sensiblement les cheveux, se rapprochant ainsi de la coupe de cheveux de Shannen.

La première qui en eut la primeur fut Ash.
– Ta nouvelle coupe de cheveux te va très bien. Une vraie réussite.
– Je suis heureuse qu'elle te plaise.
– Merci pour avoir accompagné ma mère au conseil de classe. Elle est toujours très impressionnée de t'entendre parler avec les professeurs, de même que moi, je suis toujours impressionnée quand je t'entends répondre aux interviews. Tu sais, je pense, que je passe dans la classe supérieure. C'est grâce à toi.
– Non, Ash, tout le mérite t'en revient à toi uniquement. C'est toi qui as travaillé, toi qui as révisé tes leçons, qui t'es accrochée. Et je suis très contente pour toi.
– Je reconnais que tu me donnes beaucoup de force. Quand je ne vais pas trop bien, il suffit que je regarde tes dessins, et je me sens tout de suite mieux. Ils sont incroyables mais en fait c'est toi qui es tellement incroyable.
– Merci Ash de me dire de si belles paroles qui me font très plaisir. Mais toi aussi, dans ton genre, tu es incroyable ma petite championne de skate qui dessine si bien.

Ash ne répondit pas mais ses yeux brillèrent.

Après cet échange, elles partirent faire du skateboard. Eilleen s'était achetée un skate qu'elle laissait dans la cave de l'appartement de madame Parker. Ash était une virtuose, elle, elle se débrouillait tant bien que mal.

A la fin, alors qu'elle allait partir, Ash lui lança :
– Salut, miss bulldozer.

Quand elle disait ces paroles, la voix de l'adolescente était pleine d'affection, ce qui faisait chaud au cœur à la jeune fille.

Alors qu'elle était en train de rentrer à l'académie, elle décida de retourner à Manchester. Tant pis si elle devait affronter Mick, de toute façon il faudrait un jour crever l'abcès, mais elle pensait que Lynn pouvait être l'adulte qu'elle recherchait pour évoquer les questions qu'elle se posait. Et elle aurait aimé aller au lycée avec elle et assister à un de ses cours. Et ainsi, elle verrait Bryan.

Elle envoya un SMS à Lynn pour savoir s'il était possible d'assister à ses cours et, en cas de réponse positive, est-ce que cette visite pourrait se faire vendredi après-midi. Lynn répondit positivement aux deux questions. Arrivée à l'académie, elle passa voir madame Spencer pour qu'elle l'autorise à manquer les cours de vendredi. Avant d'entrer dans son bureau, elle fit un petit signe de la main à Cathryn qui la félicita pour sa coiffure.

– Au vu de vos brillants résultats et de votre sérieux, dit la responsable de l'école, la réponse ne peut être que favorable. Je tenais à vous dire que je suis très satisfaite de vous. Tout le monde vous aime à l'académie et les professeurs n'ont que des compliments à votre égard, surtout le professeur de littérature que vous avez beaucoup impressionné.

– Merci. Je suis très impliquée dans mes études, je me donne à fond.
– Je le sais. Ils ont remarqué que vous étiez la seul étudiante à ne jamais consulter son portable en cours.
– Je me dois d'être exemplaire car je n'oublierai jamais qu'avant de venir à l'académie des arts, je n'avais rien, j'étais une pauvre étudiante qui dépendait de l'argent de ma tante et de la grand-mère de mon petit ami et, grâce à vous, j'ai accès à tout, je suis devenue une autre personne.
– Grâce aussi à votre talent.
– A celui de Brit surtout.
– Ah oui, c'est vrai, j'avais oublié, vous ne faites que gribouiller.

D'orage et de ferveur – Le rêve new-yorkais

C'était devenu un sujet de plaisanterie entre elles qui faisait référence à leur première rencontre.

Madame Spencer pensa en elle-même :
« Je sais d'où vous venez chère et adorable Eilleen. Je connais votre histoire, histoire que vous cachez soigneusement car vous ne voulez pas qu'on puisse s'apitoyer sur votre sort. Est-ce Dieu ou le destin qui a fait que nos routes se sont croisées ? Je ne saurais le dire. Quand je vous ai vu la première fois, je vous ai trouvée très attendrissante et si jolie avec votre blondeur et vos yeux bleus si étonnants, mais surtout, j'ai décelé comme une grande tristesse, presque de la détresse, en vous et alors j'ai eu une forte envie de vous avoir auprès de moi afin de vous apporter mon soutien et si besoin, mon réconfort. Aussi, si vous saviez comme je suis heureuse de vous voir telle que vous êtes aujourd'hui, si épanouie et si belle avec votre nouvelle coiffure et dans vos beaux habits, et avec de bonnes chaussures aux pieds, c'est une véritable satisfaction.

Ayant l'accord de la responsable de l'école, Eilleen envoya un SMS à Lynn pour lui confirmer sa présence puis appela ensuite son père pour l'informer de sa venue. Il lui proposa qu'elle vienne dîner à la maison le vendredi soir, ce qu'elle accepta puisque Win ne harcelait plus son père, et elle pourrait profiter de Bryan. En utilisant son potable, elle prit son billet d'avion pour Manchester. Elle informa sa tante qui lui dit qu'elle l'accueillerait avec beaucoup de plaisir et qu'elle pourrait dormir à la maison.

Le soir, lorsqu'elle retrouva Shannen dans leur chambre commune, celle-ci la félicita pour sa décision de se faire raccourcir les cheveux.
– Cette nouvelle coupe avec tes cheveux plus courts te va à ravir.
– Merci, je t'ai imitée. J'ai eu envie d'essayer.
– Tu as très bien fait. C'est une vraie réussite.

Comme elles étaient devenues intimes, Eilleen se permit de lui posa une question qui lui brûlait les lèvres depuis un certain temps, même si elle se doutait un peu de la réponse :

– Ne sois pas choquée mais je voudrais te poser une question assez intime, es-tu encore vierge ?
– Oui mais je n'en fais pas une fixation. J'attends juste le bon garçon, celui que je jugerai digne de me faire femme.

Après un silence, elle ajouta :
– Je pense l'avoir trouvé en Dylan. Il est vierge lui aussi et si nous faisons l'amour, nous perdrions notre virginité ensemble. C'est une idée qui me séduit mais nous n'en sommes pas encore là. Je ne veux rien précipiter. Je lui ai montré ma poitrine sans lui laisser la toucher il y a huit jours. C'était une première étape, il y en aura d'autres. Nous devons partir à la découverte du corps de l'autre avant de peut-être passer à l'acte. Je souhaite que tout se passe sans rien brusquer.

Eilleen se souvint de la façon dont elle l'avait guidée, tout en douceur. Elle trouva que rencontrer un garçon vierge, alors que la jeune fille était aussi vierge, était beau. Elle aurait aimé vivre une telle situation mais elle savait que Tyler avait perdu son innocence, et sans doute depuis longtemps. Puis, elle pensa à ce qu'impliquait ce passage à l'acte dont parlait Shannen, voir cette chose dure et, à cette simple pensée, sa poitrine se serra et elle fut certaine que si elle se trouvait en face d'elle, elle s'évanouirait.
– Et toi ? demanda Shannen.
– Tu te doutes qu'à 16 ans, je suis encore vierge. Je souhaite le rester jusqu'au mariage. Au début, je me disais que s'il n'y avait pas de mariage, eh bien tant pis. Mais j'aimerais avoir des enfants.
– Tu peux avoir recours à la fécondation in vitro. Le donneur est anonyme ainsi la femme peut avoir des enfants sans avoir à se marier.
– Oui, mais je voudrais que mes enfants aient un père. Moi, ma mère est morte à ma naissance et celui que je croyais être mon père m'a très vite abandonnée. Je ne l'ai pas vu pendant dix ans. J'étais toute seule et, sans parent, c'est dur à vivre. Je ne souhaite à aucun enfant d'avoir à vivre une telle situation.

Shannen regarda son amie, éberluée par ce qu'elle lui apprenait sur son enfance.
– Eh bien, je ne savais pas que tu avais cette blessure en toi. Tu es

toujours gaie et si pleine de générosité, et je suis bien placée pour savoir de quoi je parle, alors que tu pourrais être amère de l'enfance que tu as vécue.

– Je suis restée toute seule plus de deux ans et j'ai beaucoup souffert de la solitude puis ma tante est venue me voir et elle est revenue le mois suivant et ensuite tous les mois et à partir de là, je me suis sentie mieux car j'avais une personne proche qui me rendait visite et quand elle partait, je savais déjà que je la reverrai dans un mois. Elle n'a jamais manqué un seul rendez-vous.

« C'est fou, se dit la jeune Irlandaise. S'accrocher comme une désespérée à une visite par mois et même pas de son père mais d'une parente ! Quelle drôle d'enfance a eu cette pauvre Eilleen et quelle chance j'ai eu, en comparaison, d'avoir une enfance heureuse, entourée de l'affection de mon père et de ma mère.

– De savoir tous ces éléments sur toi te rend encore plus précieuse à mes yeux, lui assura-t-elle.

La découverte du lycée et du métier d'enseignante

Un élément turlupinait Eilleen. Elle décida de se confier à Shannen en l'interrogeant.
– Dis voir, je voudrais te poser une question.
– Je t'écoute.
– Trouves-tu normal qu'à 16 ans, enfin, bientôt 17, je pense déjà à mes futurs enfants ?
– Ce n'est sans doute pas très fréquent, encore que j'ai lu que dans certaines régions des États-Unis et au Canada, beaucoup de jeunes filles de 16 ans devenaient mère pour s'affirmer par rapport à leur famille, à leur entourage. Aussi, pourquoi pas ?
– Je me dis que notre vocation à nous les femmes est d'être mère, Dieu l'a voulu ainsi.
– Tu parles à une catholique donc je suis d'accord avec toi, même si je t'avoue que je n'ai pas encore réfléchi à la question alors que j'ai 20 ans. Mais tu sais qu'il y a des femmes qui décident volontairement de rester célibataires, pas d'homme, pas d'enfant.
– C'est triste non ? Les enfants, c'est la vie.
– Oui mais il arrive assez souvent que l'homme s'en aille voir ailleurs après avoir fait un enfant à la femme et celle-ci se retrouve seule pour l'élever. Elles ne veulent pas vivre de telles situations.
– Tu me décris des aspects de la vie que je ne connaissais pas. En fait, je n'avais jamais songé aux enfants et puis, un jour, mon petit frère de 5 ans s'est jeté dans mes bras et s'est serré contre moi. Alors, je l'ai serré aussi contre moi et j'ai eu comme une révélation.
– Tu es une jeune fille merveilleuse Eilleen et je te souhaite de tout cœur que tu puisses réaliser ton rêve d'avoir des enfants.

Lorsqu'elle franchit la grille d'entrée du lycée aux côté de Lynn,

Eilleen songea qu'elle aurait fait sa scolarité dans cet établissement si elle avait vécu une enfance normale.
« Mais tout est parti de travers dans ma vie, pensa-t-elle.

Elle chassa cependant vite cette amertume inhabituelle chez elle pour ouvrir grand les yeux sur ce qu'elle découvrait : un lycée, des élèves partout en nombre, garçons et filles mélangés.

Elle assista aux trois cours que Lynn avait ce jour-là. Elle fut présentée comme une étudiante qui envisageait d'embrasser la carrière d'enseignante et qui venait se rendre compte de visu en quoi consistait ce métier. Elle fut éblouie par la maîtrise par Lynn de ses sujets, par la clarté de ses explications, par son autorité quasi naturelle également. Il était visible que ses élèves la respectaient.

Elle s'imagina à la place de Lynn face à 26 élèves et cette perspective l'impressionna. Et puis, elle se dit que ces élèves n'étaient pas différents de ses propres élèves, ce qui la rassura.

A la sortie des cours, elles rencontrèrent le proviseur. Lynn la présenta tout en lui indiquant les raisons de sa présence.
– Enseigner est le plus beau des métiers, je ne peux que vous encourager à devenir enseignante.

Chez Lynn, Eilleen retrouva Kylie qui la félicita pour sa nouvelle coiffure et avec qui elle parla un peu avant qu'elle ne disparaisse dans sa chambre sur un signe de tête de sa mère.

Lynn informa la jeune fille que Mick était parti et que désormais, la jeune femme dont elle était amoureuse, Paige, vivait avec elle. Elle allait arriver d'ici une demi-heure.
– Mais j'ai cru comprendre que tu voulais me parler.

Eilleen expliqua ce qui se passait avec Tyler.
– Tu es trop jeune pour lui. Il s'est trompé en sortant avec toi. Ses exigences s'adressent à une jeune femme de 19, 20 ans.
– Je comprends ses exigences. Elles sont normales. Les garçons ont des besoins physiques, je le sais. Je pense que c'est moi qui ai un problème. Je passe mon temps à bloquer ses mains au lieu de lui

laisser faire certaines choses. Je devrais être capable de lui laisser me caresser la poitrine à travers les vêtements par exemple mais je ne peux pas, je fais un blocage car, en fait, j'ai peur de ce qui peut arriver après.
– Y a-t-il eu un événement que tu as vécu qui pourrait expliquer ce blocage ?
– Peut-être mon éducation religieuse et puis j'ai subi une tentative de viol il y a quelques mois.
– Hein ! Oh là, voilà qui change tout. Pour moi, il est certain que ton blocage vient de cette tentative de viol. Tyler est au courant ?
– Oui, il le sait. J'ai eu une période difficile après l'agression mais je pensais que je n'avais plus de séquelles.
– Ce qui n'est de toute évidence pas le cas. Mais, je ne comprends pas, Tyler sait pour ton agression et il a quand même ce comportement avec toi, ses exigences physiques ? Il ne se rend pas compte qu'il y a un problème ?
– Il cherche par tous les moyens à ce que notre relation évolue sur le plan physique.
– Eilleen, écoute bien ce que je vais te dire, tu ne pourras pas t'en sortir seule. Si tu veux que tout redevienne normal, il va falloir que tu suives une thérapie.
– Tu penses ?
– Oui, crois-moi. Si tu le souhaite, je pourrai faire des recherches afin de t'indiquer une personne pour cette thérapie.
– Une femme alors.
– Oui, bien sûr. Et je suis désolée de te le dire mais je crois qu'il va falloir que tu arrêtes ta relation avec Tyler. Cette thérapie peut durer plusieurs mois et il ne faut pas que ce qui se passe avec Tyler, ses exigences physiques, la pression qu'il met sur toi, puissent interférer dans le traitement sinon, il y a un risque qu'il échoue.
– Je comprends. Je lui écrirai pour lui expliquer.
  Lynn fut très surprise de la facilité avec laquelle Eilleen acceptait l'idée de rompre avec Tyler.
« C'est que la situation est grave, se dit-elle.

Ensuite, elle fut étonnée qu'Eilleen lui demande qu'elle lui parle de son expérience de mère et de la vie d'un bébé dans ses premiers mois. Elle s'exécuta tout en constatant qu'elle écoutait avec beaucoup d'attention. Mais elle fut encore plus étonnée quand la jeune fille lui demanda :

– Mais tu crois que moi qui suis petite et mince, je pourrais avoir quand même des enfants sans trop de difficulté ?

« Elle m'en parle comme si elle voulait avoir un enfant demain ! songea-t-elle.

– Il faut plutôt poser cette question à ton père. C'est son domaine médical.

Lynn nota la contradiction évidente entre le premier sujet qu'elles avaient évoqué et le second. Mais, à ce moment-là, sa compagne arriva. Eilleen trouva que Paige était une jeune femme très plaisante d'aspect. Lynn les présenta et la discussion s'engagea entre elles trois.

Eilleen se suppose anormale

Avant de partir de chez Lynn, Eilleen alla voir Kylie dans sa chambre et, s'adressant à elle :
– Peux-tu dire à Mick que je voudrais le voir demain matin, vers 9h30 au parc ? Je veux qu'on fasse la paix.
– Mais tu es folle, il ne rêve que de vengeance, de ta paix, il n'en voudra jamais, et tu peux être sûre qu'il ne va pas venir seul. Il sera avec ses copains.
– Dis-lui, s'il te plaît, je veux qu'on règle une fois pour toute notre contentieux.
– Euh, mais tu es vraiment certaine parce que Mick peut être très méchant et il a un copain, un grand Noir, c'est une vraie brute.
– Merci de m'avoir avertie pour ce grand Noir, si Mick refuse ma main tendue, il sera ma première cible. Quant à Mick, il aura le choix, ou on fait la paix, ou je le massacre et ce sera l'hosto direct.
– Eh bien, tu as l'air très sûre de toi apparemment, donc je le lui dirai.
– Très bien. S'il te plaît, ne dis rien à ta mère. Je ne vais pas tuer Mick. S'il refuse ma main tendue, je lui ferai juste assez mal pour qu'il comprenne qu'il a tout intérêt à me reconnaître comme sa demi-sœur et à faire la paix avec moi. Et puis, si c'est moi qui me fais massacrer, tant pis. J'aurai essayé de ne plus être en conflit avec lui et son orgueil de mâle sera satisfait.

Kylie regardait Eilleen avec de grands yeux ahuris. Elle était petite et mince, paraissant presque frêle, aussi ses paroles la sidéraient.
« Elle a l'air si sûre d'elle, elle n'a aucune peur, c'est fou !
Elle avertirait Mick et irait voir ce qui allait se passer en se tenant cachée derrière un arbre.

Lynn emmena Eilleen chez sa tante. En route, la jeune fille lui dit :

– Paige a l'air très sympathique, je suis contente pour toi que vous puissiez désormais vivre ensemble.
– C'est un peu grâce à toi qui as si bien su parler à Kylie.
– Tu m'as demandé de t'aider, je l'ai fait.
– Oui, merci. Je te tiens au courant pour la personne qui pourrait te faire la thérapie.
– D'accord.

Lorsque Eilleen vit sa tante, elles s'étreignirent.
– Il y a si longtemps qu'on ne s'est pas vu, s'exclama cette dernière.
– Presque 6 mois. Tellement de choses se sont passées depuis.
– Tu t'aies fait couper les cheveux, cette nouvelle coupe te va très bien. Une vraie réussite.
– Merci.

Elles parlèrent un long moment. C'était surtout Eilleen qui s'exprimait. Puis son père arriva pour l'emmener chez lui passer la soirée.

Elle retrouva avec plaisir son petit frère qui se mit à lui raconter toutes les activités qu'il faisait alors qu'elle était encore avec un genou à terre après lui avoir fait un gros bisou.
– C'est très bien Bryan. Je suis très contente pour toi. Bonjour Win.
– Bonjour Eilleen. Votre coiffure vous va très bien.
– Merci.

La soirée se déroula dans une ambiance cordiale et sereine. A un moment donné, Win partit dans la cuisine.
– Je vais aller l'aider, dit Eilleen.

Lorsqu'elle se retrouva face à Win, celle-ci lui toucha le côté du bras tout en lui disant :
– Merci de m'avoir parlé comme vous l'avez fait la dernière fois. Je faisais fausse route et vous m'avez ouvert les yeux. Je vous avais mal jugée et je vous présente mes excuses.

Puis d'ajouter en posant la main sur son ventre :
– Et un grand merci d'avoir suggéré que nous pourrions avoir un autre enfant. C'était une super idée.
– Si vous êtes heureux mon père et vous, alors rien ne peut me faire

plus plaisir. Et votre grossesse est une très bonne nouvelle pour Bryan.

Vers la fin du repas, Eilleen dit :
– J'ai appris à faire du skateboard. C'est très amusant. Peut-être que Bryan pourrait s'y essayer ?

Elle leur montra une photo de ce qu'était un skateboard, car ils ne connaissaient pas.
– Très bonne idée, répondit son père.
– Super, s'exclama Bryan, la prochaine fois que tu viendras, on pourra en faire ensemble.
– Mais c'est qu'il a tout compris, mon petit frère adoré.
– Tu es très belle, Eilleen ma sœur tombée du ciel.

Et ils se serrèrent l'un contre l'autre.

De retour chez sa tante, Eilleen lui raconta son séjour à San Francisco, mais soudain, elle lui déclara :
– Je crois que je suis anormale.
– Mais que racontes-tu. Pourquoi dis-tu une telle chose ?
– Je me demande pourquoi j'ai ce désir d'enfant si fort en moi alors que je n'ai pas encore 17 ans.
– Je suppose que tu te vois avec un père à tes côtés.
– Oui.
– Pendant ton séjour en Europe, as-tu eu l'occasion d'intégrer une famille avec un père, une mère, des enfants ?
– Oui, celle de Greta Thunberg en Suède et celle de Gabriella, mon ancienne coloc italienne à l'académie des arts à Rome.
– Eilleen, la réponse est assez évidente, inconsciemment tu cherches à créer ce que tu n'as pas eu dans ton enfance, un foyer avec un père, une mère et des enfants. Et d'avoir connu ce genre de foyer en Europe a accentué ce désir. Et à travers les maternités dont tu rêves, tu cherches une revanche sur le sort qui t'a privée de ta mère.

Après un silence, sa tante conclut :
– Eilleen, toi, tu n'as rien d'anormal, c'est ce que tu as vécu dans ton enfance qui est anormal.

Alors Eilleen repensa à la fameuse phrase prononcée par Lynn. Si son père biologique s'était battu pour elle, elle aurait eu une enfance normale.

Une fois dans sa chambre, Eilleen s'attela à la rédaction de la lettre à Tyler. Cependant, dès le début, cela s'avéra difficile car elle n'arrivait pas à empêcher ses larmes de couler. Écrire cette lettre était un déchirement pour elle. Tyler lui avait donné tellement de confiance en elle. C'était grâce à lui et à Brit si elle était devenue cette fille si à l'aise dans la vie.
« Tyler, tu ne vas pas aimer le contenu de cette lettre et je m'en excuse à l'avance. Tout est de ma faute, je n'aurais pas dû autoriser que nos corps se touchent et surtout, je n'aurais pas dû montrer ma poitrine ni te permettre de savonner mon dos nu. Depuis ces moments où je t'ai laissé toucher mon corps nu, tout s'est modifié entre nous. Maintenant, nous sommes dans une impasse car toi, tu veux plus et moi, je ne peux pas te donner plus car je fais, selon Lynn, un blocage qui est lié à la tentative de viol. Elle veut que je fasse une thérapie qui durera plusieurs mois et qui n'est pas compatible avec notre relation où tu exprimes de manière pressante des besoins physiques. Mon souhait le plus cher serait de revenir au temps où nous n'échangions que des baisers mais je sais que ce n'est pas possible. Et puis, la vie que tu me proposes à Austin ne me convient pas. Aussi, entre nous, tout est terminé. Je pense que tu as fait une grosse erreur en voulant sortir avec une fille de 16 ans immature. Trouve-toi une jeune femme de ton âge qui saura satisfaire tes besoins physiques qui semblent si importants pour toi.

Sa tante s'inquiéta de l'entendre pleurer aussi elle arrêta là sa rédaction, essayant de se calmer. Il était dur de se dire que tout était fini avec Tyler mais il fallait qu'elle se souvienne qu'elle avait très longtemps considéré qu'il n'était pas fait pour elle, trop beau et trop bien en tout, et que la vie qui se profilait auprès de lui comme vedette de football ne lui convenait pas vraiment.

Elle réussit à dire d'une voix étranglée :

– Ce n'est rien ma tante, je suis juste un peu triste, mais ça va passer.
– Tu sais que je t'aime comme ma fille, tu peux te confier à moi si tu en ressens le besoin.
– Oui, je sais, tu as toujours été ma bonne fée.
– N'hésite pas à venir me voir dans ma chambre si tu ne te sens pas bien.
– Merci ma tante, mais il ne faut pas t'inquiéter, je vais déjà mieux.

Elle rangea la lettre dans son sac à main. De toute façon, avant de l'envoyer, elle voulait évoquer tout ce qui se passait avec Mamie Georgette. Elle ne pouvait pas envoyer la lettre avant de lui avoir parlé de ses soucis.

La guerrière, la combattante

Le lendemain matin, Eilleen présentait le visage chiffonné et les yeux rougis d'une personne qui avait beaucoup pleuré et peu dormi. Sa tante l'observait avec inquiétude, ne l'ayant jamais vue dans cet état. Elle chercha à la rassurer.
– Ce n'est rien, c'est juste un moment difficile à passer. Je vais me rendre jusqu'au parc pour me promener un peu.

Arrivée au parc, elle s'assit sur un banc et attendit. Elle ne ressentait aucune peur mais dans sa tête, elle se répétait en boucle les paroles de Megan :
– Je suis une guerrière, je suis une combattante.

Ils finirent par arriver. Ils étaient quatre, Mick au milieu. Elle observa le Noir. Il était grand et costaud mais il se déplaçait avec lourdeur. Elle savait que sa vivacité et sa rapidité étaient ses principaux atouts. Elle se leva et marcha vers eux sans se presser. Arrivée à une vingtaine de mètres, elle leur dit :
– Vous, les copains de Mick, cette histoire ne vous concerne pas, allez-vous-en. Mick, je suis là pour faire la paix avec toi afin que nous ayons une relation normale, aussi accepte d'oublier tes rêves de vengeance.

Mick éclata de rire.
– Tu peux aller te faire voir avec tes histoires de paix. Tu as eu tort de venir. Ça va être ta fête. Tu vas t'en prendre plein la tête.
– Tu nous as fait déplacer pour ce minuscule avorton, s'exclama le grand Noir.

Il fonça sur elle.
– Tu vas voir l'avorton, ce qu'il va te faire, cria-t-elle en réponse, et elle s'élança à son tour vers lui.

Arrivé presque sur elle, il lança ses deux poings avec violence mais ils ne rencontrèrent que le vide. En s'accroupissant, elle l'avait contourné et lorsqu'il se retourna, la cherchant, une avalanche de coups s'abattit sur lui, pieds, coups de coude, coup de poing. Il eut le tort de relever la tête. Elle sauta en se mettant sur le côté pour donner plus de force à son coup de coude. Le nez explosa. Dans le même mouvement, elle pivota sur elle-même et le poing avec le pouce sorti partit avec force dans l'œil gauche. Ensuite, elle sauta à nouveau et visa les deux yeux puis la pomme d'Adam et le plexus. Enfin, un coup de pied dans les côtes puis un autre dans les parties l'acheva. Il tomba comme une masse, se tenant l'entrejambe, en gémissant.

Tout s'était passé très vite. Elle se tourna alors vers les trois autres en position d'attaque, la tête légèrement baissée, les poings serrés, le regard farouche, déterminée. Mick réagit très vite.
– Il faut foncer sur elle tous les trois ensembles, ainsi elle n'aura aucune chance de s'en sortir.

Eilleen remarqua que les deux autres gars étaient hésitants. Mettant en pratique la règle de base du close combat, elle les attaqua. Coups enchaînés au foie, dans le creux de l'épaule, au cou et à l'œil pour le premier et coup dans l'œil, sur le plexus et dans le creux du cou et les côtes pour le deuxième. Ils s'enfuirent à toutes jambes.
– Alors Mick, te voilà seul maintenant. Tu as encore le choix. On fait la paix ou je te massacre.

Mais Mick était bravache.
– Tu te vantes, tu n'es pas capable de faire ce que tu dis.

Mal lui en prit, une tornade s'abattit sur lui. Dans l'échange, Eilleen prit un coup à la pommette qui lui fit très mal. Elle vacilla mais repartit à l'assaut. Elle s'acharna sur les pommettes de Mick. Celui-ci tomba à terre. Son visage n'était pas beau à voir, très ensanglanté.

Eilleen se pencha sur lui et lui dit d'une voix dure :
– Maintenant, on arrête de plaisanter Mick, Ou tu dis que tu me reconnais comme ta demi-sœur et qu'on fait la paix entre nous ou je vais te faire très mal.

Et elle appuya sur le bas des côtes qu'elle avait frappé deux fois violemment avec son pied. Mick cria.

Surgie de nulle part, Kylie fondit soudain sur elle comme une folle en hurlant :
— Ne le tue pas, ne le tue pas.

Eilleen se releva alors que Kylie se couchait presque sur son frère comme pour le protéger. Elle vit un couple qui observait la scène un peu plus loin et entendit des sirènes qui se rapprochaient très vite.

Une voiture de police se gara tout près d'eux, toute sirène hurlante, une ambulance juste derrière. Deux policiers sortirent et s'approchèrent.
— Que s'est-il passé ici ?
— Sans doute une bande rivale qui a attaqué ces deux gars, répondit Eilleen.

Elle se pencha vers Kylie et lui murmura à l'oreille.
— Je n'allais pas le tuer. C'est mon demi-frère.

Et elle s'éloigna sans se presser.

Elle vit que des hommes en blouse blanche s'occupaient du grand Noir qui ne s'était pas relevé et de Mick. Elle croisa le couple. La femme se cachait derrière l'homme qui la regardait avec un regard terrorisé.

Lorsqu'ils furent près des policiers, ils s'exclamèrent :
— Vous ne l'arrêtez pas ? C'est elle qui les a attaqués, on a tout vu. Ils étaient quatre.
— De qui vous parlez ?
— De la jeune fille là-bas qui s'en va.
— Vous voudriez nous faire croire que cette jeune fille qui est haute comme trois pommes et mince comme un roseau a tabassé quatre individus dont ces deux-là qui sont connus des services de police comme des brutes notoires et pour des faits de violence aggravés ? Allez, circulez s'il vous plaît, vous n'avez rien à faire ici.

Mais l'homme insista.
— Je vous dis la vérité, elle bondissait et tapait avec une rapidité incroyable. Elle ne leur a laissés aucune chance, une vraie tigresse.
— Hum, qu'est-ce qu'on fait ? demanda un des deux policiers à son collègue.

– C'est vrai que j'ai vu qu'elle avait la pommette toute rouge. Si elle les a vraiment dérouillés, ce qui reste à prouver tellement cette possibilité paraît invraisemblable surtout s'ils étaient quatre, ils auront reçu une bonne leçon. On la laisse tranquille.

Une fois son frère dans l'ambulance, Kylie courut jusqu'à chez sa mère le plus vite qu'elle pouvait.
　Elle entra comme une folle et complètement essoufflée dans le salon où se trouvaient Lynn et Paige.
– Mick est à l'hôpital, c'est Eilleen qui l'a massacré.
– Quoi ? Qu'est-ce que tu racontes ?
– Elle voulait qu'ils fassent la paix mais Mick a refusé alors elle s'est acharnée sur son visage, il était en sang. J'ai bien cru qu'elle allait le tuer.
– C'est invraisemblable ce que tu nous racontes. Comment est-ce possible ? Cette fille n'est que douceur et Mick est costaud ! s'exclama Paige.
– J'ai vu la dernière fois comment elle a envoyé deux fois Mick valser. Aussi, je ne suis pas surprise par ce que dit Kylie. Vite, allons à l'hôpital. J'espère que ce n'est pas trop grave pour Mick. Eilleen ne mettra plus jamais les pieds dans cette maison. Depuis qu'elle est apparue, il n'y a que des histoires.

Peu de temps auparavant, la tante d'Eilleen avait appelé Tyler sur son portable. Elle tomba sur la messagerie et laissa un message.
– Tyler, c'est la tante d'Eilleen, il faudrait que vous me rappeliez très vite. Eilleen ne va pas bien du tout. Je suis très inquiète.
　Tyler voyant qu'il avait un message, consulta sa messagerie.
　« Qu'arrive-t-il à Eilleen, se demanda-il.
　Il n'avait cependant pas le temps de rappeler sa tante, il était en pleine préparation d'un match important.

Le drame pour Tyler

Eilleen se trouvait dans le bus qui l'emmenait à Burlington et ruminait. Elle s'en voulait de n'avoir pas du tout anticipé la possibilité que Kylie puisse être présente au parc. Dès lors, celle-ci allait s'empresser à tout raconter à Lynn qui allait la détester et ne plus jamais vouloir lui parler alors qu'elle avait besoin d'elle. Et Mick qui s'était obstiné à ne pas lui dire qu'il acceptait de faire la paix, quelle tête de mule ! Et cette pommette qui la faisait souffrir terriblement. Elle espérait qu'elle n'avait rien de cassé.

Heureusement, les policiers l'avaient laissée tranquille. De toute façon, ce combat avait été loyal, quatre hommes adultes contre une jeune fille !

Quand sa tante avait vu sa pommette toute rouge, elle n'avait pas cherché à mentir.

– Je me suis battue, avait-elle avoué.

Mais elle n'en avait pas dit plus.

Avant qu'elle ne quitte la maison, sa tante l'avait prise par les épaules et, la regardant dans les yeux, avait lancé :

– Tu te crois anormale, tu pleures toute la nuit, après tu vas te battre. Qu'est-ce qui se passe Eilleen ? Je ne te reconnais plus.

– Je traverse une mauvaise passe. Espérons qu'il y aura des jours meilleurs.

– Je l'espère aussi pour toi. Ressaisis-toi.

– Je vais porter plainte contre elle, déclara Lynn d'un ton décidé.
– Je ne suis pas d'accord, lança Kylie. Tout est la faute de Mick. Elle lui a indiqué clairement qu'elle venait pour faire la paix et Mick a refusé.
– Quand même, tu as vu son visage ? Elle s'est acharnée dessus, elle

n'avait pas à le frapper ainsi. Oui, je vais porter plainte contre elle, c'est sûr.

– Écoute, elle a dit à Mick, on fait la paix ou je te massacre et Mick, au lieu d'accepter de faire la paix, l'a provoquée. Oui, tu te vantes, tu n'arriveras jamais à faire ce que tu dis. Alors, elle lui a sauté dessus et voilà le résultat. De toute façon, les flics ont été informés que c'est elle qui lui a donné les coups, un couple de vieux était là qui leur a dit, on a tout vu, elle a tabassé les quatre gars, elle ne leur a laissé aucune chance tellement elle était rapide, vous ne l'arrêtez pas ? Ils ont répondu, on la laisse tranquille.

– Ils étaient quatre contre elle ? s'exclama Paige sidérée.

– Oui, et elle, elle s'est avancée tranquillement au-devant d'eux, comme si de rien n'était, sans montrer aucune peur. Et quand le grand Noir l'a traitée de minuscule avorton, elle a répondu tu vas voir ce qu'il va te faire l'avorton. Elle a sauté et est montée très haut, c'était incroyable, elle lui a mis un grand coup de coude dans le pif, il a explosé et elle a sauté à nouveau, comme si elle avait des ressorts aux pieds, et pan dans les yeux et encore pan sur le cou, le corps et dans les parties. Le gars, tout grand qu'il était, il devait faire dans les 1 mètre 90, il s'est effondré.

– On dirait que tu l'admires, s'écria Lynn, interloquée.

– Oui, je l'admire, elle est ma demi-sœur et elle est fantastique. Je ne connais aucune fille qui soit capable de faire ce qu'elle a fait. Et à la fin, alors que les flics étaient là, et que moi, j'étais au-dessus de Mick, elle s'est penchée calmement vers moi et m'a dit, je n'allais pas le tuer, c'est mon demi-frère et elle est partie sans se presser.

– Elle a dit quoi aux flics ? demanda Mick.

– Ah Mick, tu es réveillé, s'écria sa mère. Comment te sens-tu ?

– Elle a dit que c'était une bande rivale qui vous avait attaqués.

– Bon, si je suis interrogé, je dirai la même chose. En tout cas, elle doit souffrir en ce moment, car je l'ai bien tapée.

– Tu l'a frappée où ? s'inquiéta Lynn.

– A la pommette. J'ai cru qu'elle allait tomber mais non, elle a reculé

sous le coup mais elle est repartie aussitôt à l'attaque. Une vraie furie. A croire que mon coup avait décuplé ses forces.
– Vous êtes impossibles tous les deux, vous êtes pire que chien et chat, s'écria Lynn.
– En tout cas, moi, je l'admire aussi, déclara Paige, car elle a beaucoup de cran. Affronter quatre garçons, c'est insensé.
– Je reconnais qu'elle a du cran, concéda Mick. Cette fille n'a peur de rien. C'en est sidérant.
– Cette fille est ta demi-sœur. Elle me fait penser à un volcan qui entre en éruption, dit Kylie. Si calme et, tout à coup, si déchaînée.
– Bon, je crois avoir compris que je ne devais pas porter plainte contre elle, s'assura Lynn.
Trois voix lui répondirent en même temps :
– Non, surtout pas.

L'autocar était presque arrivé à Burlington lorsque Eilleen reçut un appel de sa tante.
– J'ai une mauvaise nouvelle à t'annoncer. Tyler, lors d'un match, a eu un accident, il est à l'hôpital. Je n'ai pas plus de détail.
Le cœur d'Eilleen se serra.
« Pourvu que ce ne soit pas trop grave, songea-t-elle.
Elle chercha à contacter le club où Tyler jouait. Elle finit par avoir quelqu'un qui lui dit que l'état de Tyler était assez préoccupant. La personne lui donna le nom de l'hôpital où il se trouvait. Eilleen n'hésita pas une seconde, elle devait se rendre à Austin, c'était comme une évidence.
Arrivée à Burlington, elle prit un taxi pour l'aéroport tout en regardant les horaires des différents vols pour Austin. Elle choisit le plus court en temps qui passait par Atlanta mais qui mettait quand même 6 h 40.
A l'aéroport, après avoir réservé son vol, elle essaya d'appeler l'hôpital mais personne ne lui répondit, puis elle appela Mamie Georgette pour lui indiquer qu'elle devait annuler sa venue pour une raison im-

périeuse, mais elle ne lui donna pas la vraie raison, ne voulant pas inquiéter la vieille femme.

A Atlanta, elle avait une 1 h 20 d'escale et un message de Lynn :
– Comment va ta pommette ?

Elle la rappela. Celle-ci fut transparente avec elle. Elle avait failli porter plainte contre elle mais Kylie avait bien pris sa défense. Elle voulait bien renouer des relations avec elle à condition qu'elle promette d'arrêter de frapper Mick. Eilleen trouva ces paroles surréalistes mais en même temps, que Lynn accepte de lui reparler était un soulagement et c'était réconfortant. Elle promit. Ce qu'elle ne savait pas, c'était que Lynn avait fait promettre la même chose à Mick.
– Alors ta pommette ?
– Très douloureuse mais bon, je vais faire avec.
– Fais-la quand même examiner par un médecin. -

A son arrivée à l'hôpital, une mauvaise surprise l'attendait à l'accueil.
– Seuls les membres de sa famille sont autorisés à le voir.
– Je suis sa petite amie. J'ai fait presque 7 heures d'avion pour venir le voir.
– Le règlement, c'est le règlement.

Elle essaya encore de plaider sa cause mais rien n'y fit. Elle était désespérée.

Heureusement, peu de temps après, un coéquipier de Tyler qu'elle connaissait de vue arriva à l'hôpital. Elle lui expliqua le problème. Il s'adressa alors à la personne qui assurait l'accueil d'une voix ferme :
– Je confirme qu'elle est la petite amie du jeune homme qui vient d'être hospitalisé ici dans le coma. Elle est venue de loin pour être à ses côtés, il est donc normal qu'elle puisse le voir. Vous devez faire un geste.

Devant le ton ferme du jeune homme, la personne de l'accueil se montra moins rigide.
– Seul le médecin peut décider de déroger au règlement. Il faut attendre qu'il passe.

Ils s'assirent dans la salle d'attente.

– Que s'est-il passé ? demanda Eilleen.
– Il a tardé à libérer le ballon et les avants lui sont méchamment tombés dessus et il est mal retombé. Je pense qu'il a voulu y aller seul puis il s'est rendu compte qu'il ne passerait pas, il s'est alors retourné pour chercher un partenaire. C'était l'erreur à ne pas faire. Il aurait dû foncer dans les avants adverses pour créer le contact.
– Il lui est déjà arrivé d'y aller seul et de réussir le touchdown.
– Oui, mais là, en face, l'adversaire était très costaud. Je pense que le coach lui a mis trop de pression, ce qui lui a fait commettre une imprudence.

Eilleen se rappela que lors du dernier match auquel elle avait assisté, elle avait trouvé que Tyler prenait trop de risque.

Une longue nuit

Commença un long temps d'attente où le coéquipier de Tyler resta à ses côtés. Forcément, il voulut savoir ce qu'elle s'était faite à la pommette mais elle ne répondit pas à sa question, s'enfermant dans le silence, elle était trop angoissée par l'état de santé de Tyler et par le risque de ne pas pouvoir le voir pour tenir une discussion.

Le médecin finit par arriver.
– Vous vous êtes fait quoi à la pommette ? demanda-t-il d'emblée.
– Ce n'est pas le sujet que je veux évoquer avec vous. J'ai fait quasiment 7 heures d'avion pour être aux côtés de mon petit ami Tyler qui est dans le coma. Il dépend de vous que je puisse le voir.
– Mais qu'en est-il de sa famille ?
– Je ne connais que sa grand-mère qui est âgée. Je ne connais personne d'autre. Je ne crois pas qu'elle saurait se déplacer si loin.
– Nous allons faire un marché tous les deux. Vous me laissez examiner votre pommette en m'expliquant ce qui vous est arrivé et je vous permettrai de rester auprès de votre petit ami.
– Bon, d'accord.
– C'est douloureux ?
– La pommette lance terriblement.
– On va aller la regarder.

Eilleen se retrouva donc dans le cabinet du médecin alors qu'elle ne souhaitait qu'une chose, être au côté de Tyler. Il l'examina avec beaucoup de douceur mais le moindre effleurement lui faisait très mal. Mick l'avait bien touchée !
– Vous avez de la chance, il ne semble pas y avoir de fracture sinon vous auriez dû vous faire opérer car il y aurait eu un risque pour votre œil. Il faudra quand même faire une radio de contrôle pour être

sûr. Il est évident que c'est un coup que vous avez pris. Je peux savoir comment cela vous est arrivé.
– Je n'ai pas de raison de vous mentir. J'ai affronté quatre garçons. J'en ai envoyé deux à l'hôpital et j'ai mis les deux autres en fuite.
– Ouh là, eh bien ! Ce que vous me dites est sidérant. Quelle technique de combat ?
– Close combat.
– Hum ! Comme quoi il faut se méfier des jeunes filles petites et très minces.
– C'est bien que des filles comme moi puissent se faire respecter. Et pour Tyler ?
– Il a subi un traumatisme crânien assez sérieux. Il est dans le coma. Parlez-lui, votre voix, vos paroles peuvent le faire revenir vers nous.

Il l'amena jusqu'à la chambre. Lorsque, après être entrée, elle vit Tyler allongé, immobile, les yeux fermés, son cœur se serra. Elle prit une chaise, la colla contre le lit, saisit une des mains de son boyfriend dans la sienne, la serra, de l'autre, elle commença à lui caresser la joue tout en lui disant :
– Bonjour Tyler, c'est Eilleen. Je suis là, avec toi. Je t'aime mon amour, n'oublie pas que nous avons une vie à accomplir ensemble, reviens vers moi mon chéri. Nous avons une famille à bâtir, des enfants à concevoir. Oui, je t'aime, mon amour, ne me laisse pas seule, reviens vers moi, réveille-toi.

Puis elle pria Dieu.
– Oh mon Dieu, faites en sorte que Tyler sorte du coma, faites en sorte qu'il revienne parmi nous.

Puis :
– Tyler, c'est Eilleen, je t'aime mon amour, il faut que tu reviennes vers moi, j'ai besoin de toi.

Toute la nuit, elle lui parla tout en lui serrant la main et en lui caressant la joue. Quand elle ne lui parlait pas, elle priait, ne songeant pas un seul instant à se reposer.

Mais, sur le matin, malgré sa volonté, elle s'assoupit. C'est l'infirmière en parlant qui la réveilla :

– Ah notre champion est revenu parmi nous.

Effectivement, Tyler avait les yeux ouverts. Il la regarda mais ne prononça aucune parole.
– Mademoiselle, il faut aller vous reposer et nous laisser travailler maintenant. Déjà que vous n'êtes pas de la famille et que vous ne devriez pas être là. Revenez aux heures normales de visite.

Eilleen grinça des dents. On la chassait de la chambre !

Elle fut bien obligée de sortir tout en se faisant la remarque qu'elle ignorait tout de la famille de Tyler en dehors de Mamie Georgette. Elle ne savait même pas s'il avait des frères ou des sœurs.

Alors qu'elle marchait dans la rue à la recherche d'un hôtel, elle ne put s'empêcher de se dire que la situation qu'elle venait de vivre était très frustrante. Elle ne savait pas si c'était ses paroles, sa présence, ses prières qui avaient fait sortir Tyler du coma ou si son coma était finalement assez léger et qu'il en était sorti de lui-même. S'il avait ouvert les yeux pendant qu'elle lui parlait, les choses auraient été claires.

Elle trouva un hôtel pas trop loin de l'hôpital.

Tyler resta deux jours en observation à l'hôpital. Elle en profita pour passer la radio et revoir le médecin.
– Je vous confirme qu'il n'y a pas de fracture à votre pommette. Quant à votre ami, le moment critique est passé. Il est jeune et c'est un sportif, il va s'en sortir. Il faut juste qu'il soit patient et prudent.

Le jeune quarterback fut alors transféré dans une villa avec piscine appartenant au club. Une infirmière était prévue pour assurer le suivi médical.

Pendant ces deux journées, elle n'arriva pas à être une seule fois seule avec Tyler, ses équipiers défilaient pour le voir et l'infirmière la mettait sans ménagement dehors dès l'heure de fin de visite arrivée.

Heureusement, Karl, le jeune homme de l'équipe de foot qui avait été avec elle le premier soir, et qui l'avait prise en sympathie, s'arrangea pour qu'elle soit hébergée à la villa.

Elle avait téléphoné dès le lundi à madame Spencer pour lui expli-

quer la situation et son souhait de rester auprès de son petit ami toute la semaine. Celle-ci se montra réticente à lui accorder une semaine complète d'absence avant de finalement accepter. Il resterait une semaine de cours ensuite.
– Je vais voir pour qu'on vous envoie des synthèses de cours et soyez très assidue la dernière semaine.
– Merci, je vous le promets.

Eilleen téléphona ensuite à Mamie Georgette pour lui expliquer que Tyler avait eu un souci lors d'un match mais qu'il ne fallait pas qu'elle s'inquiète, et à Brit et Shannen pour les informer de son absence.

Elle alla s'acheter quelques affaires tout en découvrant la ville d'Austin qu'elle trouva assez agréable et, ainsi que l'avait souligné Tyler, il y faisait chaud.

Une semaine tout en contraste

Ce ne fut qu'une fois à la villa que Tyler lui demanda pour sa pommette tuméfiée qui était en train de virer au violet, preuve qu'il était encore à demi-inconscient à l'hôpital et qu'il allait mieux. D'ailleurs, il parlait plus.

Sachant qu'il n'aimait pas quand elle lui disait qu'elle ne pouvait pas lui indiquer la cause de son problème, elle inventa une explication.
– J'apprends un sport de combat et j'ai reçu un coup à l'entraînement.
– Un sport de combat toi ? J'ai bien du mal à te croire.
– Si, je t'assure. Tu veux que je te montre ?
– Oui, je serais curieux de voir à quoi ressemble ce fameux sport de combat.

Elle fit une démonstration en prenant Karl comme adversaire et en faisant bien attention à ne pas le toucher.
– Impressionnant, s'exclama Karl. Quelle rapidité ! Quelle précision ! Et tu sautes si haut. Là, il est certain que ton adversaire n'a aucune chance.
– D'accord, concéda Tyler, mais j'ai du mal à croire ton explication car le coup que tu as reçu paraît très violent.
« Oui, Tyler, tu as raison, songea-t-elle, mais je ne peux pas te dire la véritable cause de ce coup, sauf à compliquer très sérieusement la situation.

La première nuit, elle était restée à ses côtés mais sans lui parler, mettant juste sa main sur son bras tout en lui caressant le visage de temps à autre. Toutefois le deuxième jour, il se leva. Il n'alla pas très loin, juste le canapé du salon, mais elle considéra que ces quelques pas étaient un progrès important. Elle dormirait désormais dans sa chambre en fermant la porte à clé d'autant qu'elle avait des synthèses à lire.

Elle restait assez distante avec lui, lui donnant juste de petits baisers sur les lèvres, déçue qu'il ne semblait pas se souvenir des mots qu'elle avait prononcés la nuit où il était dans le coma. De toute façon, il y avait l'infirmière pour s'occuper de lui.

Elle alla s'acheter un maillot de bain boxer, comme celui de Shannen, avec un haut couvrant mais flottant et profita de la piscine. Karl lui montra comment nager le crawl et elle s'y mit sérieusement, nageant souvent pendant plus d'une demi-heure. De toute façon, quand Tyler était seul, il était sur des jeux vidéo. Elle apprit à ce sujet qu'il jouait avec des personnes du monde entier. Cette occupation semblait passionnante car il pouvait y passer une à deux heures.

Tous les soirs, la villa était pleine de monde, les équipiers, des amis à qui elle devait apporter des bières, des amuse-bouches, leur commander des hamburgers.
« Ils me prennent pour une serveuse, se disait-elle, tout en voyant que pour eux, être servi était normal.
– Eilleen, s'il te plaît, apporte-moi une bière.
– Dis, tu peux nous commander deux hamburgers.

Ils ne se rendaient même pas compte du côté très machiste de leur comportement. Et Tyler, qui lui ne buvait pas d'alcool, ne disait rien. Elle pensait qu'il aurait pu dire :
– C'est ma petite amie, allez vous servir vous-même.

Mais non, rien. Certes, il commençait tout juste à se remettre de son traumatisme crânien mais quand même.

Et il y avait des filles également.

Celles-ci la regardaient sans aucune sympathie dans le regard, souvent avec de la commisération, sans doute à cause de sa pommette tuméfiée. Elle entendit un jour une fille dire :
– C'est qui cette gamine ? d'un ton méprisant.

Il paraissait évident que ce n'était pas avec elles qui étaient complètement dans le paraître qu'elle pourrait parler littérature !

Elle pleura plusieurs fois le soir dans sa chambre en ayant le sentiment qu'elle était en train de perdre le Tyler qu'elle avait connu à l'université de Burlington.
Elle eut 17 ans le jeudi sans que Tyler ne lui souhaite son anniversaire. Heureusement, elle reçut des appels de sa tante, de son père, de Lynn

qui, au passage, s'inquiéta de sa pommette, de Mamie Georgette, de Brit, de Shannen et de Laureen. Elle reçut des messages de madame Spencer, de Cathryn, de Joao et de tout le groupe avec lequel elle allait à la messe. Elle fut très sensible à tous ces messages, elle qui avait passé jusqu'à présent tous ses anniversaires sans recevoir aucun message de félicitation.

Elle eut la grande surprise d'entendre tôt le matin à la radio :
– On souhaite un très bon anniversaire à la jeune militante si méritante Eilleen Quingsley qui a 17 ans aujourd'hui.

Peu de temps après, Ash et les parents de ses élèves lui souhaitèrent un bon anniversaire, ce qui lui fit très plaisir. Tyler, cependant, n'écoutait pas la radio, préférant jouer sur ses jeux avec des étrangers. « Peut-être joue-t-il car il est bloqué à la villa, s'était-elle dit. Encore qu'il pourrait lire.

Elle ressentit de la déception qu'Andrew ne lui envoie pas de message mais peut-être ne connaissait-il pas la date de son anniversaire.

Eilleen ne baissait cependant pas les bras, elle était là pour soutenir Tyler, pour l'aider à passer ce mauvais moment, elle ne faillirait pas d'autant que Tyler allait mieux, il s'était mis à nouveau à la regarder d'un regard qu'elle avait appris à connaître. Et Karl, qui semblait plus en mesure de la comprendre que tous les autres joueurs, s'avérait être un précieux soutien.

Elle avait toujours la lettre de rupture dans son sac. Elle avait été tentée de la déchirer puis s'était ravisée devant la tournure des événements.

Comme le vendredi, elle devait revoir le médecin pour sa pommette et faire le point sur l'état de santé de Tyler, elle en profita pour aller visiter le campus de l'université d'Austin. Elle le trouva immense au point d'en être désorientée et eut l'explication en lisant sur un panneau qu'il intégrait neuf universités publiques.
« Comment les étudiants font-ils pour se retrouver dans un campus si étendu ? se demanda-t-elle.

Le médecin, qui avait vu Tyler la veille, la rassura sur son état.

C'était un athlète, il se remettrait rapidement. Il fallait juste qu'il fasse preuve de patience.

– Votre pommette commence à aller mieux. Vous ne ressemblez plus à Quasimodo.
– Qui est-ce ?
– Un personnage du roman Notre-Dame de Paris de Victor Hugo.
– Je suis allée à Paris, j'ai visité la cathédrale Notre-Dame. Je vais tacher de trouver ce roman pour le lire.
– Je plaisantais. Quasimodo est un personnage difforme. Vous faites une très belle Esméralda.

Elle supposa qu'il s'agissait d'un personnage du roman.
– Merci pour le compliment.

A la librairie toute proche, elle eut la chance de trouver le livre qu'elle recherchait. Elle le serra contre son cœur. Paris. Notre-Dame. Que de souvenirs !

En rentrant à la villa, Eilleen fit part de son sentiment à Tyler sur l'université d'Austin.
– Pourquoi ce ne serait pas toi qui viendrais à New York où il y a deux franchises, ou bien pas trop loin ? lui demanda-elle.
– C'est non, d'abord parce que si je change de franchise, il faut que je reparte à zéro et deuxièmement, c'est la femme qui doit suivre l'homme et pas l'inverse.
– Avec tes raisonnements datant du Moyen-Âge, l'égalité entre les hommes et les femmes n'est pas prête d'évoluer aux États-Unis, lui répliqua-t-elle.
– Les théories féministes, c'est bien mais la réalité est que les principaux dirigeants du monde sont des hommes.

« Je constate que le monde hyper macho dans lequel évolue Tyler a déteint sur lui, songea Eilleen.
– Mais vas-tu encore à la messe ?
– Non, je n'ai plus le temps.

Alors elle comprit que le Tyler qu'elle avait connu dans le Vermont, celui-ci qui avait toujours était attentif auprès d'elle, qui avait chanté les cantiques avec elle, qui lui avait même offert une rose, ce Tyler-là n'existait plus. Il avait fait place à un autre Tyler qu'elle ne connaissait pas.

La question sensible des enfants

Un soir, le président de la franchise avait prévu de venir à la villa, une grande soirée festive fut alors organisée. Des extras furent embauchés pour servir.

Parmi tous les invités, l'entraîneur était présent, un homme d'une cinquantaine d'années. Elle s'approcha. Elle voulait lui dire qu'elle considérait qu'il avait mis trop de pression à Tyler mais ne savait pas comment procéder.

Elle choisit une approche indirecte.
– Je me présente, je suis Eilleen Quingsley, je suis la petite amie de Tyler qui ne tarit pas d'éloge sur vous en tant qu'entraîneur.
– Très bien, j'en suis ravi.
– Pourtant, j'ai trouvé que lors du dernier match que j'ai vu de lui, il prenait beaucoup de risques, beaucoup plus qu'avant.

Mais l'homme comprit tout de suite où elle voulait en venir.
– Vous faites quoi dans la vie ?
– Une école des Beaux-Arts.
– Alors, retournez à vos Beaux-Arts et laissez-moi exercer mon métier.

Et il lui tourna le dos et s'en alla plus loin.
« Quel grossier personnage ! pensa-t-elle, assez vexée d'avoir été remise aussi sèchement à sa place.

Elle sortit sur la terrasse pour trouver un peu de calme mais là aussi, il y avait beaucoup de monde qui mangeait, buvait et parlait fort et partout des montagnes de muscles. Forcément, elle, petite et fine, était en complet décalage avec tous les gens qui l'entouraient et se sentait submergée par la grandeur et la masse de certains joueurs.
« Qu'est-ce que je fais là ? se demanda-t-elle.

Elle regarda du côté de Tyler mais il discutait avec le président de la franchise et l'entraîneur. Elle espéra un coup d'œil de sa part la cherchant, mais non.

Karl, à ce moment-là, s'approcha :
– Tu n'as pas l'air très dans ton élément.
– C'est vrai effectivement.
– Tu es encore au lycée ?
– Non, je suis les cours d'une école des Beaux-Arts qui intègre un cycle universitaire à New York.
– Ah, tu es artiste ? demanda-t-il avec de la surprise dans la voix
– Oui, dessin, pastel, aquarelle, acrylique, peinture à l'huile mais j'aime aussi beaucoup la littérature, je fais partie d'un cercle littéraire à TriBeCa.
– Eh bien, je n'en reviens pas.

Elle put alors clairement lire l'interrogation dans le regard de Karl. « Mais que faisait-elle avec Tyler ?

Tyler qui, décidément, ne s'occupait pas beaucoup d'elle, ne cherchant à aucun moment à savoir où elle se trouvait.

Eilleen considéra qu'elle avait assez fait acte de présence d'autant qu'elle avait une note de synthèse à lire et surtout un livre d'un auteur français qu'elle ne connaissait pas, Victor Hugo, dont l'action se situait à Paris, et la mystérieuse Esméralda, qui l'attendaient sur son lit.

Le lendemain matin, elle accepta d'échanger des baisers avec Tyler sur le canapé.

Au début, il fut sage et elle retrouva le plaisir de l'embrasser en lui caressant la joue. Mais assez vite, elle sentit ses mains sur elle. Il essaya de l'attirer contre lui et une main partit vers sa poitrine. Elle se dégagea vivement et se leva d'un bond.
– Tu ne peux pas te contenter de baisers ? lança-t-elle avec irritation.

Puis, pour atténuer sa réaction un peu trop vive, elle précisa :
– De toute façon, l'infirmière va arriver.

Elle se décida à poser la question qui lui tenait à cœur.
– Tyler, comment tu vois les choses pour les enfants ?

D'orage et de ferveur – Le rêve new-yorkais

Celui-ci grimaça, ce qui voulait dire que la question l'embarrassait.
– Écoute, on devra se donner du temps. Une fois qu'on sera vraiment ensemble, je ne vois pas d'enfant avant 5 ou 6 ans, le temps que je monte en puissance, que je sois reconnu comme un bon quarterback.
Après un silence, il précisa sa pensée :
– Tu sais, un enfant, à sa naissance et pendant plusieurs mois, il crie, il hurle, il pleure la nuit, il faut être très présent à ses côtés en se relevant pour le calmer, lui donner son biberon. Ce n'est pas compatible avec la vie d'un sportif de haut niveau. Un sportif, pour qu'il soit performant, a besoin d'un sommeil réparateur, non perturbé par toutes ces manifestations nocturnes du bébé.
– Hum. On dirait que tu t'y connais en bébé.
– Tout le monde sait ce que je viens de te dire. Mais plus tard, oui, je suis d'accord pour que nous ayons des enfants.
A ce moment-là, l'infirmière arriva, interrompant leur discussion.
– Je te laisse avec l'infirmière, je vais nager.

L'après-midi, Eilleen loua un vélo et entreprit de faire une grande balade dans Austin et ses nombreux parcs.
– Dommage que Tyler ne soit pas là, songea-t-elle. Mais l'essentiel est qu'il aille beaucoup mieux. Je vais repartir rassurée.
Le lendemain tôt, elle prenait un avion pour New York. Elle savait qu'en rentrant à la villa, elle y trouverait des montagnes de muscles et des filles aguicheuses et qu'elle allait devoir reprendre son rôle de serveuse.
Elle ne pourrait pas aller dans sa chambre avant longtemps, ne voulant surtout pas laisser penser à toutes ces filles qui la méprisaient qu'il y avait le moindre souci entre Tyler et elle. Elle ne leur donnerait pas ce plaisir, elles auraient été trop contentes.
Elle ne pourrait retrouver Esméralda pour laquelle elle tremblait que très tard dans la soirée. Cet auteur français, Victor Hugo, qu'elle découvrait, était vraiment passionnant. Il fallait qu'elle lise très vite sa biographie et au prochain rendez-vous avec ses amis du cercle littéraire, elle l'évoquerait.

En esprit, elle était déjà à New York, là où elle se sentait si bien, là où était sa vraie vie, ses amies. A l'académie des arts, elle ne rencontrerait aucune montagne de muscles mais des étudiants férus de culture, d'art, des intellectuels avec lesquels elle serait à l'aise.

Un projet de danse sur une plage de rêve

Eilleen retrouva avec plaisir Brit et Shannen. Elle leur expliqua tour à tour, de manière plus explicite, la raison de son absence car, lorsqu'elle avait appelé pour les prévenir, elle n'en avait pas trop dit, indiquant juste qu'elle devait rester un temps à Austin avec Tyler.

Forcément, elle dut fournir des explications pour sa pommette tuméfiée.

A Brit qui connaissait ses démêlés avec son demi-frère, elle lui dit la vérité.
– J'ai provoqué une rencontre avec Mick pour faire la paix, il n'a pas voulu, je l'ai envoyé à l'hôpital mais il a réussi à me toucher.
– Je suppose qu'il n'est pas venu seul.
– Ils étaient quatre.
– Tu es devenue une vraie guerrière, je suis fière de toi mais, bon, ne prends pas trop l'habitude de te battre quand même.

A Shannen, qui ne connaissait pas toute l'histoire, elle se contenta de dire :
– Un grand Noir m'a cherché des noises, je l'ai envoyé à l'hosto mais il a réussi à me frapper avant.

Comme Shannen ouvrait de grands yeux d'étonnement tout en pourtant la main devant sa bouche, elle précisa :
– Ce n'est rien, ce sont des choses qui arrivent. Dis voir, finalement, tu viens ou tu ne viens pas à Rio de Janeiro ?

Quand elle l'avait quittée, Shannen était indécise.
– Écoute, j'ai réfléchi, j'aurais vraiment voulu t'accompagner mais ce voyage m'angoisse trop. Je préfère rester avec Dylan.
« Shannen et ses angoisses ! pensa-t-elle. A moins que certaines choses se précisent avec Dylan.

D'orage et de ferveur – Le rêve new-yorkais

Elle ne chercha cependant pas à être indiscrète. Toutefois, Shannen la surprit totalement en indiquant :
– Et puis, je ne tiens pas à tenir la chandelle entre toi et Joao.

Comme Eilleen ne connaissait pas le sens de cette expression, elle lui demanda de le lui préciser, ce que Shannen fit.
– Euh, je ne vais pas à Rio de Janeiro pour sortir avec Joao qui n'est qu'un ami. Mais, bon, je respecte ta décision.

Eilleen était cependant embêtée, elle ne voulait pas aller seule à Rio. Elle pensa à Ash, elle l'emmenait partout où une marche était organisée, elles avaient déjà dormi deux fois dans la même chambre. Si elle acceptait, il faudrait cependant l'accord de sa mère. Elle alla la voir.

Celle-ci, lorsqu'elle la vit, eut ce commentaire :
– Mon petit bulldozer aurait-elle rencontré un plus gros bulldozer ?
– Quatre plus gros bulldozer.
– Raconte-moi.

Elle lui détailla sa bagarre. Ash voulut qu'elle lui fasse une démonstration de close combat, ce qu'elle fit sous le regard émerveillé de l'adolescente.
– C'est tout simplement incroyable ! Tu es une guerrière alors ?
– C'est vrai que quand je combats, je me mets dans la peau d'une guerrière. Ash, je suis venue te voir car j'ai un grand service à te demander.

Elle lui expliqua le voyage et ce qu'elle attendait d'elle.
– Tu veux m'emmener au Brésil ? Tu souhaites qu'on prenne l'avion ensemble ?
– Oui, on dormirait dans la même chambre, ce qui me rassurerait.
– Mais c'est tout simplement inouï. Je te dis oui tout de suite.
– Il faudra que ta mère soit d'accord.
– Elle le sera, elle a totalement confiance en toi.

Dans le taxi qui la ramenait à l'académie, elle voyait que le chauffeur regardait souvent son visage dans le rétroviseur. Il mourait d'envie de savoir ce qui lui était arrivé. Elle se dit que le lendemain, elle n'allait pas échapper aux questions. Elle décida de dire qu'elle avait heurté une porte vitrée. Personne ne la croirait mais peu seront ceux qui oseraient demander des précisions.

Une fois arrivée à l'académie, elle passa un SMS à Joao, elle souhaitait le voir. Cinq minutes après, ils étaient ensemble. Il ne posa aucune question, il savait, mais eut un geste très étonnant, il lui passa très doucement son pouce sur la pommette.
– Est-ce encore douloureux ?
– Non, plus maintenant.

Il lui parla alors de la capoeira, une danse de combat afro-brésilienne. Il lui montra les mouvements. Dans ces moment-là, Joao était fascinant. Elle se souvint des muscles fins et durs de son torse qu'elle avait caressés à San Francisco et rougit.
– Et toi, fais-moi une démonstration.

« Décidément, se dit-elle, cette demande devient une habitude.

Elle s'exécuta et se rendit compte que depuis qu'elle avait réalisé sa démonstration avec Karl comme partenaire devant Tyler, cette simulation de combat était devenue comme une chorégraphie dans sa tête. Tout s'enchaînait parfaitement.
– Fantastique ! s'exclama le jeune Brésilien. Tu sais ce qu'on va faire sur la plage de Copacabana, on va faire le show, moi avec la capoeira et toi avec ton art martial. Je suis certain qu'on va avoir un grand succès.

Eilleen trouva l'idée particulièrement séduisante. Elle l'informa ensuite pour Ash.
– Pas de souci pour moi. Tu as réfléchi pour le tableau ? Lorsque je serai parti, tu n'auras plus accès à mon acheteur. Il est très attaché à ta peinture, ce serait dommage de manquer une telle occasion.

Elle se dit qu'il avait raison. Avoir un acheteur aussi disponible était sans doute rare.
– Je suis d'accord pour le vendre. Qu'il fasse une offre. Et comme la dernière fois, secret total.
– Tu accepterais de rencontrer mon collectionneur à Rio ? Lui serait très intéressé de faire ta connaissance.

– Je veux bien à condition que tu sois avec moi et que tu ne me laisses jamais seule avec lui.
– Bien sûr, je serai à tes côtés. Encore qu'avec ce que tu viens de me montrer, tu n'as pas grand-chose à craindre.

Dans la chambre, elle montra son nouveau maillot de bain à Shannen.
– Très bon choix. Il est très seyant et te va bien.
– J'ai copié sur toi pour le bas. Il y avait une piscine dans la villa où nous étions avec Tyler. J'en ai bien profité. Dire qu'il y a un an, je ne savais pas nager. C'est Tyler qui m'a appris.

Avant de se coucher, Eilleen relut la lettre de rupture qu'elle avait écrite à Tyler avant son accident. Elle se laissait une nuit de réflexion pour savoir si elle l'envoyait ou si elle la déchirait. Elle devait tellement de chose à Tyler mais était-ce une raison suffisante pour lier son destin à lui d'autant qu'il y avait ce qu'avait dit Lynn à prendre en compte. Si elle n'arrivait pas à vaincre son blocage, comment pourrait-elle avoir des enfants ? Elle ne voulait pas de la solution suggérée par Shannen. Elle voulait un père à ses enfants.
  Le risque dans ce qu'avait dit Tyler était qu'une fois écoulées les 5 ou 6 années, il lui demande d'accepter d'attendre encore 2 ou 3 ans ou plus. Et une telle hypothèse n'était pas envisageable.

Une décision sur un rêve

Eilleen vécut une nuit très agitée et, pour une fois, ce fut Shannen qui essuya de la calmer. Tour à tour, elle combattit le grand Noir, Mick, un dragon, plusieurs personnes au visage caché, elle vit Joao et sa capoeira semblant danser comme un funambule, mais surtout elle se vit avec un enfant dans les bras dans l'atelier d'ébénisterie d'Andrew avec lui à ses côtés !

Au matin, Shannen lui dit :
– Tu m'avais prévenue que tu n'étais pas une coloc de tout repos. Heureusement que d'avoir des nuits agitées ne t'arrive pas souvent car, dans ces cas-là, on ne dort pas beaucoup.
– Je suis désolée Shannen mais quelle nuit !
– Tu as assez souvent été à mes côtés quand j'avais mes angoisses pour que je ne me plaigne pas le jour où c'est toi qui as une nuit agitée.

Et elle lui effleura les lèvres comme le faisait parfois Laureen, comme pour la calmer et sceller leur complicité.

Eilleen fit deux choses ce matin-là avant d'aller en cours où elle ne voulait surtout pas arriver en retard. Elle mit la lettre adressée à Tyler dans le casier courrier départ situé à l'accueil et qui évitait aux étudiants d'avoir à sortir pour aller à la poste. Elle avait complété sa lettre d'un ajout en bas de page :
« Je constate trop d'écart entre ta vie et celle à laquelle j'aspire. Aussi, je te rends ta liberté.

Et sur le bureau de Cathryn, elle laissa un mot avec tous les éléments concernant Ashley pour qu'elle lui fasse faire un passeport en urgence.

En cours, elle se demanda ce qu'elle avait fait. Se décider à quitter Tyler après un rêve alors qu'elle ne connaissait rien d'Andrew à part qu'il était plus âgé qu'elle. Peut-être avait-il une femme, des enfants quelque part. Puis, elle se dit pour se rassurer que si tel avait été le cas, elle les aurait vus dans sa maison. Et il avait toujours été disponible quand elle avait eu besoin de lui.

Malgré ces pensées, elle dut résister à l'envie d'aller reprendre la lettre. Il fallait qu'elle se rappelle le comportement de Tyler samedi matin, incapable de garder ses mains loin de son corps, et ses propos sur les bébés qui pleuraient trop la nuit. Elle comprit que, tant qu'il serait en compétition, le problème se poserait. Autant arrêter tout maintenant.

A la sortie du dernier cours de la matinée, elle ne put s'empêcher d'aller jeter un œil au casier courrier départ. Il était vide. La lettre était partie !

Les dés étaient jetés.

Elle passa ensuite voir Cathryn qui regarda sa pommette mais ne posa aucune question, comme tout le monde ce matin, comme s'ils s'étaient tous donnés le mot : on n'embête pas Eilleen avec sa pommette tuméfiée. Celle-ci l'informa que la demande de passeport était partie. Elle recevrait le document au plus tard jeudi. Rassurée, elle prit en ligne le billet d'avion pour Ashley.

A la fin de ses cours de l'après-midi, elle appela les parents de ses trois autres élèves. Elle voulait les voir avant que cette semaine qui marquait la fin des cours s'achève et donc prendre rendez-vous.

Peu de temps après, elle reçut un appel de son père.

– J'ai vu Mick. Ce n'est pas trop beau à voir. Tu n'y es pas allée de main morte.

– Il m'a touchée aussi.

– C'est ce qu'il a dit. Essayez de faire la paix tous les deux, vous battre comme des chiffonniers et de vous retrouver avec pleins de coups sur le visage et ailleurs ne rime à rien.

– J'ai promis à Lynn que je ne frapperai plus Mick. Je tiendrai ma promesse.

– Parfait. Je préfère entendre ces paroles. Sais-tu que j'ai acheté un skateboard à Bryan ? Il est fou de joie et s'y est déjà mis. Il a l'air doué.
– Je suis très contente que tu aies donné suite à ma suggestion. Actuellement, j'ai ma dernière semaine de cours de l'année universitaire et après, je pars trois semaines. Mais dès mon retour, je viendrai vous voir d'autant que j'ai bien apprécié la soirée que j'ai passée avec vous. Effectivement, Win a beaucoup changé en bien.

Ensuite, elle se rendit dans la chambre de Brit afin qu'elles aillent ensemble voir Megan. Celle-ci examina sa pommette.
– Un médecin l'a vu et a dit qu'il n'y avait pas de fracture.
– Heureusement sinon tu aurais été obligée de te faire opérer. Raconte-moi comment les choses se sont déroulées.

Eilleen obtempéra, indiquant comment elle avait raisonné et quels gestes elle avait exécutés.
– Tu as combattu d'abord avec ta tête, ce qui est bien. Maintenant on va voir les variantes que tu aurais pu utiliser et surtout comment mieux te protéger afin d'éviter de prendre des coups.

Elles travaillèrent pendant presque une heure.
En revenant, Brit lui déclara :
– C'est une bonne chose que tu apprennes à mieux te protéger en cas de combat, mais ce qui serait encore mieux, ce serait de ne pas te battre, en tout cas, de ne pas provoquer de bagarre.

Cette phrase rappela à Eilleen les conseils de Brit concernant Tyler.
– Ne provoque rien, laisse venir.
Elle avait suivi ce conseil à la lettre.
A nouveau, elle se demanda si elle avait pris la bonne décision en rompant avec Tyler. Elle avait vécu tant de moments merveilleux avec lui et surtout, elle lui devait tant. Et sans lui, elle n'aurait pas connu Mamie Georgette, sa Mamie.
Elle se remémora leur première rencontre, lorsque l'orage était rapidement arrivé sur eux alors qu'elle refusait obstinément de monter

dans sa voiture, la peur qu'elle avait ressentie quand les éléments s'étaient déchaînés au-dessus de la Mustang avec les coups de tonnerre qui la faisaient trembler et les éclairs qui les aveuglaient, et la main rassurante de Tyler sur son épaule. Elle se rappelait que son esprit s'était ancré sur cette main et également sur la voix du jeune homme qui cherchait à la rassurer.

Elle avait toujours considéré qu'il lui avait sauvé la vie ou que Dieu l'avait mis sur son chemin dans ce but, car il lui paraissait invraisemblable que la vedette de l'université toujours entourée des plus belles filles, ait pu l'avoir reconnue comme une étudiante d'UVM.

Et malgré cette rencontre improbable qui aurait pu être interprétée comme un signe du destin, d'elle-même, elle mettait fin à sa relation avec Tyler.

Mais voilà, il avait décidé de partir à Austin, très vraisemblablement à cause de Morgan, et plus rien n'avait été pareil. Le Tyler qu'elle avait connu, si attentionné, n'existait plus.

Surtout, elle s'interrogeait, comment allait-il réagir ? Elle redoutait le moment où elle devrait s'expliquer avec lui, car, forcément, il y aurait une explication entre eux, il ne pouvait en être autrement, elle ne pouvait l'ignorer. Mais elle savait également qu'elle ne reviendrait pas sur sa décision.

Une négociation mémorable

La nuit fut plus calme même s'il y eut encore quelques soubresauts qui amenèrent Shannen à tenir la main d'Eilleen tout en lui parlant. Les rôles étaient complètement inversés entre elles, c'était Shannen qui était en soutien et elle l'en remercia car ce soutien lui faisait énormément de bien en ce moment compliqué de sa vie.
– Tu es mon amie donc je suis là pour toi. Rien de plus normal.

La journée passa d'autant plus vite qu'elle enchaîna deux rendez-vous chez des parents d'élèves. Les deux souhaitèrent prolonger le soutien scolaire pendant une année. Elle passa à chaque fois un moment avec l'élève pour le et la féliciter et bien prendre le temps d'échanger.

Elle avait reçu de Lynn le nom, l'adresse et le numéro de téléphone de la personne qu'elle avait sélectionnée pour sa thérapie. Elle l'appela à la fin de ses cours du matin, lui expliquant qu'elle aurait aimé un premier contact dès cette semaine mais après les cours puisqu'elle avait promis d'être assidue. Le rendez-vous fut fixé le jeudi à 19 heures.

Le soir, vers 20 heures, Joao demanda à la voir. Il voulait négocier en direct avec l'acheteur le prix du tableau. Ils s'installèrent dans un des espaces conviviaux et il appela son collectionneur.
– Joao m'a dit que vous acceptiez de me rencontrer lorsque vous serez à Rio, je m'en réjouis à l'avance. Ce sera un grand honneur pour moi. Le tableau que je souhaite vous acheter et, je le sais, le premier tableau que vous avez peint à l'huile. Dès lors, il a une valeur forte. C'est pourquoi je vous en propose 50 000 dollars, ce qui est, vous en avez conscience je pense, une très grosse somme.

Eilleen fut estomaquée par ce montant. Elle était prête à accepter mais Joao lui fit signe que non. Avec la main, il lui fit comprendre qu'elle devait faire monter le prix. Alors, elle se souvint de ce qu'avait dit Brit, ne jamais accepter la première proposition. Pourtant, elle trouvait que celle-ci était déjà très élevée.

Se forçant, elle osa dire :
– Ainsi que vous l'avez souligné, il s'agit de mon premier tableau peint à l'huile, aussi je trouve le prix que vous proposez certes important mais insuffisant.

La négociation débuta alors, 60, 70, 80. A chaque nouvelle proposition, Joao secouait négativement la tête.

« Jusqu'où veut-il aller ? se demanda-t-elle. C'était fou !

Elle sentait un léger malaise la gagner.

A 90 000 dollars, elle sentit sa gorge se serrer et de la sueur apparut sur son front. Elle se dit cependant, pour se rassurer, que son ami brésilien voulait sans doute atteindre le chiffre de 100 000 dollars, ce qui était une somme énorme, quasiment inimaginable !

Cependant, lorsque cette somme fut proposée, il lui fit signe de toujours refuser, de même à 110. A 120 000 dollars, elle lui fit signe qu'elle voulait arrêter, qu'elle n'en pouvait plus. Il lui sourit alors et elle accepta dans la foulée.
– Ce fut une très bonne négociation, lui dit son interlocuteur d'une voix douce. Vous avez été admirable mademoiselle.

Elle comprit brusquement que la négociation, qu'elle vivait si mal, était un jeu pour eux. Que si elle n'avait pas eu lieu, ils en auraient ressenti une grande frustration.

Elle se dit qu'avec cet argent, elle allait pouvoir aider beaucoup associations caritatives. Elle avait déjà fait un don assez important à l'église catholique et à deux structures de charité, elle ferait plus. Et surtout, pour elle, cette somme marquait définitivement son indépendance financière. Elle n'avait pas attendu de lire Simone de Beauvoir, dont elle avait refermé le livre le jour où elle avait lu que l'auteure avait une répugnance de la maternité, ce qui était nié le rôle essentiel de la femme voulu par Dieu, pour comprendre qu'elle était, pour elle comme pour toutes les femmes qui voulaient se sentir un tant soit peu indépendantes, la première condition de la liberté.

Joao souhaitait expédier rapidement le tableau. Il ne voulait pas l'emmener avec eux, le départ était prévu dimanche, car il avait peur qu'il y ait des complications avec le service des douanes.
– Joao, je comprends ta volonté d'aller vite mais madame Spencer m'a bien spécifié de ne pas laisser partir un tableau avant qu'il ne soit payé. J'ai confiance en toi et en ton acheteur mais j'écoute les conseils avisés des adultes. A ton acheteur de payer rapidement.
– Tu as raison.
Elle songea ensuite qu'Ash n'avait sans doute pas de grande valise, elle n'avait cependant pas le temps de se rendre dans un magasin avec elle. Elle acheta la valise en ligne et la fit livrer au domicile de madame Parker. Dans la foulée, elle envoya un message à Ashley pour l'en informer tout en lui disant qu'elle achèterait ce dont elle avait besoin dans les boutiques de l'aéroport.
Elle alla voir Brit ensuite afin de passer un moment avec elle. Elle lui raconta pour le tableau. Celle-ci fit une petite moue.
« Elle aurait sans doute souhaité être consultée, pensa Eilleen.
– Tu as dit qu'un tableau était fait pour être vendu et puis, une fois Joao parti, je n'aurai plus de contact direct avec cet acheteur. Et je t'ai écoutée, je n'ai pas accepté la première offre.
– C'est bien, concéda Brit. Tu as bien mis en œuvre mes conseils.
Après, elle passa voir Gabriella afin de prendre des nouvelles de Roberto. Il arriverait deux jours avant qu'elle ne rentre du Brésil.
« Joao, Roberto, les deux garçons que j'ai embrassés en dehors de Tyler, songea-t-elle.

Avec Shannen qu'elle avait rejointe, elle prépara le voyage en Irlande. Celle-ci avait deux sœurs plus jeunes, Aoife qui avait 11 ans et Niamh qui venait d'avoir 15 ans. Elles avaient beaucoup d'admiration pour leur grande sœur qui avait osé tenter l'aventure à New York.
– Le meilleur moyen de découvrir le Connemara est de le faire en roulotte à cheval. Que dirais-tu de le faire sur deux ou trois jours ? Mes sœurs viendraient avec nous.

– Je trouve cette idée excellente. Je suis partante. J'avoue que je n'ai jamais approché un cheval de ma vie. Ce sera l'occasion.
– On t'indiquera les précautions à prendre mais c'est une chouette expérience. On pourra pêcher la truite et le saumon de rivière et le soir, nous feront un feu de camp pour faire griller les poissons et nous chanterons en s'accompagnant à la guitare. Et puis, on ira boire de la Guinness dans des pubs. La Guinness est une bière très noire, tous les Irlandais en boivent. C'est la boisson nationale. Tu seras obligée d'en boire toi aussi, et après, nous danserons sur des rythmes typiques d'Irlande.
– Quel programme ! Je sens que je vais adorer. Pour la Guinness, je tremperai juste les lèvres pour te faire plaisir.

Elle songea qu'après ce séjour, elle serait allée dans les familles des deux étudiantes avec qui elle avait partagé la chambre. Sauf que Shannen était beaucoup plus qu'une coloc, elle était une amie très chère avec laquelle elle partageait de nombreux secrets.

Toutefois, ni à elle, ni à Brit, elle n'avait parlé de sa rupture avec Tyler. Peut-être parce que dans sa tête, celle-ci n'était pas encore définitive. Elle avait suggéré des solutions pour qu'ils retrouvent l'harmonie. A Tyler, s'il tenait vraiment à elle, de les mettre en œuvre.

L'explication avec Tyler

Il appela une première fois à 9h30. Elle participait à un atelier de peinture et ne répondit pas. Il appela une seconde fois à 10 heures. Elle ne décrocha pas mais lui envoya un SMS :
– Je suis en cours, je t'appelle en fin de matinée.
– Tu pourrais quitter ton cours et m'appeler maintenant, répondit-il. C'est important.
– Non, après ma semaine d'absence, j'ai promis à la responsable de l'académie d'être assidue.

Un peu après 12 h30, se passant de manger, elle l'appela.

Il commença par s'emporter contre Lynn.
– Elle est médecin donc cette Lynn pour décréter que tu dois suivre une thérapie et que celle-ci suppose qu'on se sépare ?
– Tyler, j'ai un problème bien réel. A 17 ans, je devrais être capable d'accepter des choses de toi, afin qu'on évolue sur cette question physique qui est si importante à tes yeux. A 17 ans, je devrais être en mesure de te donner plus de satisfaction, tout en restant pure, or je ne peux pas, je fais un blocage. Sache que j'ai un premier rendez-vous chez la thérapeute. Et si je suis les conseils de Lynn, c'est parce qu'elle est une adulte qui a l'expérience de la vie. N'oublie pas qu'elle est mère de famille et qu'elle a une fille.
– Pourquoi dis-tu 17 ans ?
– Tyler, j'ai fêté mes 17 ans jeudi dernier quand nous étions ensemble à la villa, enfin fêter est un bien grand mot.
– Aie, j'ai complètement zappé cette date. Désolé.
– Je ne t'en veux pas, tu as des circonstances atténuantes après le choc que tu as eu. Il y a aussi la question des enfants. J'ai compris à travers tes propos que tant que tu serais en compétition, un bébé qui

criera et pleurera la nuit, ce ne serait pas possible car il faudra que tu dormes sans contrariété pour récupérer et être en forme.
– Mais ce désir d'enfant si fort, chez une jeune fille de 17 ans, ce n'est pas normal. On a bien le temps. Même à 30 ans, on peut avoir des enfants.
– Je sais, je suis anormale sur ce point. Ma tante dit que je veux reconstituer inconsciemment le foyer que je n'ai pas eu dans mon enfance.
« Bon sang, songea Tyler, la tante d'Eilleen m'avait appelé en me demandant de la rappeler d'urgence et je ne l'ai pas fait.
– Ce que ta tante a dit est effectivement évident. Je suis persuadé que si nous vivions ensemble, ce sentiment disparaîtra et tu accepteras qu'on se donne du temps pour avoir cet enfant.
– A Austin ? Dans une université où on se perd tellement c'est grand, et à servir tes copains ou à te regarder jouer des heures à tes jeux vidéo ? Non Tyler. Je ne veux pas vivre cette vie-là. Tu as pris la franchise la plus éloignée pour fuir Morgan sans penser à moi ni à ta grand-mère. Il y a 7 heures d'avion entre Burlington et Austin plus les deux heures pour aller jusque chez elle. C'est une expédition. Or moi, je veux voir régulièrement Mamie Georgette.
– D'abord, je n'ai pas choisi le Texas pour fuir Morgan mais parce qu'il y a une franchise qui peut m'amener au sommet du sport que j'aime et pour lequel je m'investis depuis ma jeunesse, et je te l'ai déjà dit, je ne quitterai pas Austin pour une autre franchise, et puis, c'est ma grand-mère, ce n'est pas la tienne. A la limite, tu n'as rien à faire avec elle puisqu'elle n'est rien pour toi.

Eilleen encaissa très difficilement le coup et eut du mal à répondre. Comment Tyler pouvait-il être aussi outrancier alors qu'il connaissait les liens forts qui existaient en elle et Mamie Georgette ? Elle finit par dire :
– J'ai bien entendu ce que tu viens de me dire. Je suis très choquée par tes paroles cependant elles sont enregistrées. Mais dis-moi, t'es-tu seulement rendu compte lors de la semaine que j'ai passé à tes côtés en manquant une semaine de cours, à m'inquiéter et à essayer

de te soutenir dans l'épreuve que tu traversais, que j'étais là ? Vois-tu, je ne le pense pas. Je te donne un exemple, tu as bien vu, ou justement tu n'as pas vu car tu ne t'es pas rendu compte que j'étais présente, que tes copains passaient leur temps à me demander de les servir. Tu aurais pu dire en me prenant près de toi, les gars, c'est ma petite amie, ce n'est pas une serveuse, laissez-la tranquille. Tu aurais pu aussi t'abstenir de jouer des heures avec tous ces gens du monde entier pour être un peu plus avec moi, pour discuter avec moi. Or le seul moment où nous avons parlé, ce fut le dernier jour où je t'ai demandé comment tu voyais les choses pour les enfants.
– Mais qu'est-ce que tu racontes ? Bien sûr que je savais que tu étais là. J'ai apprécié ta présence. Bon, c'est vrai que je ne t'ai pas remerciée pour être venue toute la semaine, j'aurais dû le faire. Et puis, mes copains sont habitués à agir ainsi. Je n'allais pas me ridiculiser en leur disant ce que tu viens de dire. Non, ce n'était pas possible.
– Donc ta vision de mon avenir avec toi, c'est ce que j'ai vécu à la villa ? Te soutenir de manière indéfectible tout en te regardant jouer à tes jeux vidéo, en échangeant trois mots dans toute la journée et en servant tes copains qui tous les soirs envahiront notre logement ?
– Ce que tu décris là est quand même très réducteur et nous aurons la nuit pour nous rattraper. Et puis, si tu tiens à moi comme je tiens à toi, l'important est d'être ensemble, qu'importe les conditions.
– Non, Tyler, tu te trompes, ces conditions m'importent beaucoup. Et puis, je veux fonder une famille et tu renvoies à 6 ans, puis après ce sera vraisemblablement encore 3 ans. Je n'attendrai pas ton bon vouloir, je n'attendrai pas si longtemps.
Après un silence, elle ajouta :
– Tyler, fais-toi une raison, entre nous, c'est fini. Nos chemins ont pris des directions opposées et je te l'ai écrit, tu as eu tort de vouloir sortir avec une fille trop jeune et immature. Je te souhaite deux choses, que tu deviennes un grand champion qui connaisse la gloire et que tu trouves une fille aguerrie qui acceptera ce rôle réducteur que j'ai connu à Austin, tout en étant capable de satisfaire tes be-

soins physiques. Une dernière recommandation, ne prends pas trop de risque, joue avec tes receveurs. Bonne chance Tyler. Adieu.

Et elle coupa l'appel avec la ferme intention de ne plus jamais parler avec lui. Elle était effondrée. Tyler venait de la crucifier en refusant de faire la moindre concession, la sacrifiant à l'autel de ses ambitions.

Il essaya de la rappeler mais elle refusa l'appel.

Afin d'essayer de se calmer, elle se rendit dans le jardin intérieur de l'académie, pleura sur le Tyler qu'elle avait connu à l'université du Vermont qui lui avait apporté tant de force, tant de choses positives à un moment important pour elle, mais qui avait disparu pour faire face à un garçon qui lui tenait des propos très durs comme ce qu'il avait dit concernant Mamie Georgette ou les bébés. A chaque fois qu'il prononçait un mot négatif sur eux, c'était comme si elle recevait une gifle.

Puis elle pensa à Andrew.

Lui n'était pas égoïste, lui était attentif à ce qu'elle ressentait. Et puis, Andrew était un artiste en son genre et entre artistes, ils se comprenaient. Elle avait aussi le sentiment qu'il respectait l'opinion de la femme, cette égalité entre les hommes et les femmes qui lui était chère, qu'il n'avait pas les réflexes machistes qu'avait trop souvent Tyler.

Mais arriverait-elle à le convaincre de casser ce pacte qui existait entre lui et Tyler pour leur offrir un avenir en commun ? Selon elle, dès lors où elle avait rompu avec Tyler, ce pacte, n'avait plus lieu d'être.

Elle l'espérait de tout son cœur. Elle ne pourrait cependant pas voir Andrew avant son retour de Suède. Le temps allait lui paraître long jusqu'à ce moment.

Un Tyler qui s'interroge

Eilleen eut du mal à rester concentrée pendant l'après-midi, se repassant en boucle la discussion qu'elle avait eue avec Tyler.

A la fin des cours, elle rejoignit Cathryn. Elle voulait voir Jill pour la féliciter et l'encourager à poursuivre ses efforts. Elle avait vu avec plaisir que l'adolescente était beaucoup plus sûre d'elle désormais, sûrement parce que son père s'occupait d'elle.

Dans l'appartement, elle croisa Alison qui avait toujours un comportement méprisant vis à vis d'elle. Elle décida de mettre les choses au point.

– Pourquoi me regardes-tu ainsi, avec cet air pas très sympathique ? demanda-t-elle.

– Seules les filles qui font du sport sont équilibrées et méritent ma considération, rétorqua la sœur de Jill.

– Pour ta gouverne, je fais du sport. Il m'arrive régulièrement de faire une demi-heure de natation et je pratique un sport de combat qui est très violent. Je vais te montrer.

Et elle se mit en position, la tête légèrement baissées, les poings serrés, l'air farouche. Alison crut alors qu'elle voulait la frapper et, en reculant, heurta un fauteuil ce qui lui fit perdre l'équilibre. Elle se retrouva sur les fesses, ce qui fit rire Jill. Eilleen s'exclama :

– Mais voyons, Alison, je ne voulais pas te frapper, une telle idée ne me serait jamais venue à l'esprit. Je voulais juste te montrer la position qu'on prend quand on veut combattre un adversaire.

Elle lui tendit la main pour l'aider à se relever, main que cette dernière accepta.

– Tu as pris un air si farouche, si déterminé, tu m'as fait peur. J'ai vraiment cru que tu allais m'attaquer.

– Alison, je n'ai aucune raison de t'attaquer. Je voulais juste te dé-

montrer que moi aussi, je fais du sport et, qu'à ce titre, je méritais ta considération.
– Euh, tu as ma considération, pas de problème.
Et elle s'éloigna rapidement.
« Pourquoi je recherche l'estime d'Alison qui m'a toujours snobé ? se demanda Eilleen.

Cependant, la réponse lui parut évidente. Elle était en plein doute et avait besoin de s'accrocher à toutes les branches possibles. Car elle, une jeune fille qui venait juste d'avoir 17 ans, qui ne connaissait pas grand-chose de la vie, se permettait de rompre avec le garçon qui avait été la vedette de l'université du Vermont et avec lequel toutes les filles rêvaient de sortir. Était-elle trop exigeante comme semblait le dire Tyler ? Avait-elle eu tort de suivre la recommandation de Lynn ?

Elle essaya de chasser ce questionnement afin de se concentrer sur le bon moment qu'elle passait avec Jill qui était en train de devenir une adolescente très agréable, à l'image d'Ashley.

D'ailleurs Cathryn, quand elle la ramena à l'académie, le lui fit remarquer.
– Non seulement vous avez parfaitement assumé votre rôle sur le plan pédagogique, permettant à Jill de passer dans la classe supérieure, mais vous lui avez fait également énormément de bien pour son développement personnel. Le résultat est très visible.
– J'en suis contente pour elle. Jill est vraiment une adolescente très attachante. Je peux évoquer de nombreux sujets avec elle.

De retour à l'académie, Eilleen alla voir Shannen afin de se confier à elle. Elle ne pouvait pas garder ce qui lui arrivait pour elle toute seule et elle lui raconta tout. Elle dit.
– Je n'avais jamais imaginé une telle situation. Pour moi, Tyler, c'était pour toute la vie.

Shannen trouva choquant que Lynn lui ait enjoint de rompre avec Tyler et lui déclara :
– Il n'est pas illogique, alors que tu viens juste d'avoir 17 ans, que

tu aies de l'appréhension face à l'inconnu que constitue pour toi une relation avec un garçon. Pour le coup, c'est Tyler qui veut aller trop vite, ne comprenant pas, semble-t-il, que tu es encore très jeune et que tu as besoin de temps.

Elle réfléchit un moment avant de lui donner son conseil.
– Écoute ce que je vais te dire. Considère que rien n'est définitif mais surtout oublie un peu Tyler. Tu vas partir en vacances, profite-en et tu referas le point lorsque tu reviendras à New York. Tu verras sans doute plus clair en toi à ce moment-là.
– Oui, tu as raison. Merci Shannen de tes conseils si précieux que je vais suivre.

Tyler était sonné. Pour la première fois de sa vie, une fille le quittait. Et en plus une fille de 16 ans, enfin 17 maintenant. Une fille dont il était épris depuis le premier jour où il l'avait vue. Il ne comprenait pas trop ce qui avait pu se passer, ou plutôt si, une femme avait mal conseillé Eilleen et celle-ci avait suivi comme un petit mouton.

Il décida d'appeler la tante d'Eilleen.
– Vous m'aviez laissé un message. Je reconnais que j'ai tardé à vous rappeler.
– Vous voulez savoir pourquoi je me suis inquiétée pour Eilleen ? Mais d'abord, vous, comment allez-vous ?
– J'ai eu un traumatisme crânien mais rien de très grave. Il faut juste que je sois patient avant de reprendre le sport.
– Dès qu'ils m'ont appelée, j'ai prévenu Eilleen. Je suppose qu'elle est venue vous voir.
– Oui, elle est venue.

Ce fut alors qu'il se souvint que la première personne qu'il avait vue en se réveillant était Eilleen. Elle lui tenait la main. Mais l'infirmière l'avait fait sortir rapidement et, après, il avait oublié ce moment.
– Comment se fait-il qu'on vous ait appelée vous et qui ?
– Votre club sportif. Ils ne savaient pas qui appeler. Ils ont pris votre portable et ils ont appelé la dernière personne qui vous avait appelé.
– C'est surprenant. Et alors, l'objet de votre appel ?

– Eilleen a pleuré quasiment toute la nuit. Je ne savais pas ce qu'elle avait et quand je le lui demandais, elle répondait, je suis juste un peu triste ma tante, mais il ne faut pas t'inquiéter. Et la veille, elle m'a dit qu'elle pensait être anormale d'avoir ce désir d'enfant si jeune. Elle vous en a sans doute parlé.
– Oui, elle a évoqué le sujet. Je lui ai répondu que je souhaitais attendre 5 ou 6 ans à partir du moment où nous serons ensemble.
– Mais vous avez évoqué une raison qui justifie d'attendre tout ce temps ?
– Oui, bien sûr. Je lui ai dit qu'un bébé criait et pleurait la nuit, qu'il fallait se relever très souvent et que ce n'était pas compatible avec un sportif de haut niveau qui doit avoir des nuits calmes pour être performant.
– Et comment a-t-elle réagi ?

Mais Tyler ne répondit pas.
– Et l'ecchymose à la pommette, d'où vient-elle ? demanda-t-il.

La tante d'Eilleen considéra que cette question ne concernait pas Tyler aussi décida-t-elle de mentir.
– Elle l'avait déjà en arrivant. Elle ne m'a fourni aucune explication à son sujet.

Elle sentait du désarroi dans la voix du jeune homme.
– Que se passe-t-il Tyler ?
– Eilleen a mis fin à notre relation. Elle m'a écrit une lettre pour me le dire et quand on s'est appelé, elle a refusé de revenir sur sa position. Mais ce qui arrive est la faute de Lynn qui lui a dit de rompre avec moi et elle, elle a suivi comme un petit mouton.

« Voici donc la cause des larmes d'Eilleen, songea-t-elle. Elle a écrit sa lettre cette nuit-là. Se séparer d'un garçon comme Tyler doit être une décision très difficile à prendre, un vrai déchirement pour elle.
– Vous ne pourriez pas l'appeler pour qu'elle revienne sur sa décision ?
– Je veux bien l'appeler afin qu'elle m'explique les raisons de sa décision et qu'on en discute, mais Tyler, Eilleen n'est pas un petit mouton, je peux affirmer que c'est une jeune fille qui a une vraie personnalité. Que vous puissiez dire une telle chose d'elle démontre vous n'avez

pas vraiment compris qui était Eilleen. Et puis vous avez des positions très opposées sur les enfants qui est un sujet très important pour elle. Aussi, je ne pense pas qu'elle change d'avis. Mais je vais quand même discuter avec elle, je vous le promets. Au revoir Tyler.

Tyler se mit à réfléchir aux propos de la tante d'Eilleen. Il avait bien vu qu'il y avait deux lettres. De toute évidence, la première assez longue, avait été écrite la nuit où Eilleen avait tant pleuré, donc avant son accident, et l'autre, courte, après son séjour à Austin.

Il se fit la remarque que la tante d'Eilleen avait raison, il la connaissait mal. Elle avait des exigences qu'il ne comprenait pas toujours. Pour lui, les choses étaient simples, une fille éprise d'un garçon ne souhaitait qu'une chose, être en permanence à ses côtés et tout faire pour lui faire plaisir, satisfaisant ses désirs sans état d'âme. Tout le contraire d'Eilleen en sorte. Et elle était particulièrement horripilante avec son désir d'enfant.

Il s'assoupit légèrement et, dans son demi-sommeil, crut se souvenir d'une voix dans la nuit, une voix qui l'implorait et prononçait des mots surprenants, des je t'aime, des mon amour, mon chéri, mots qu'il n'avait, pour sa part, jamais prononcés. Mais d'où venait cette voix ? Était-elle réelle, avait-elle vraiment existé pour prononcer ces mots incroyables ? Une voix qui le tirait vers la lumière. Était-ce possible ou cette voix était-elle issue de son imagination ?

Il essayait de forcer sa mémoire, d'identifier à qui appartenait cette voix lointaine, quand et où elle avait pu lui parler. Il eut le sentiment qu'il était important qu'il se souvienne. Pourquoi était-ce si difficile de se rappeler ? Il ressentait une sorte de fatigue mentale et l'effort demandé s'avéra finalement trop important, il renonça.

Peu de temps après, l'infirmière arriva. C'était une belle jeune femme d'une trentaine d'années, grande, très épanouie. Après avoir terminé de lui prendre sa tension, son pouls, de vérifier sa vision, de lui demander s'il n'avait pas ressenti de vertiges, puis de le faire marcher sur une ligne droite la tête levée, elle lui demanda :

D'orage et de ferveur – Le rêve new-yorkais

– Votre petite amie est repartie ?
– Oui, elle est étudiante à New York, elle avait encore des cours à suivre.
– Je vous avoue que je me suis demandée ce qu'un beau jeune homme comme vous faisait avec une fille si jeune, dont il est visible qu'elle est complètement innocente et immature.
– Euh, c'est que je me suis épris d'elle, répliqua Tyler qui fut quand même frappé par l'emploi du mot immature qu'avait aussi utilisé Eilleen dans sa lettre.
– Je suis presque certaine qu'elle est encore vierge. Excusez-moi de vous poser une question aussi indiscrète mais comment faites-vous pour satisfaire vos besoins physiques, tout à fait normaux chez un jeune homme de votre âge, avec elle ?
– C'est-à-dire que cette question ne regarde que nous.
– Je vous ai surpris la dernière fois quand vous échangiez des baisers. Dès que vous avez approché vos mains de son corps et que vous avez essayé de la serrer contre vous, elle s'est levée comme une furie en criant : tu ne peux pas te contenter de baisers ! Quand même, à votre âge, se contenter de baisers, ce n'est pas possible. C'est même complètement impossible. Quelle frustration vous devez ressentir ! Et je peux vous affirmer que vous n'obtiendrez rien d'elle. Elle est complètement coincée la pauvre petite. Elle est trop jeune, il faut la laisser grandir.

Là encore les paroles de l'infirmière raisonnèrent comme en écho à celles d'Eilleen lorsqu'elle avait dit qu'elle faisait un blocage.

L'infirmière se recula afin qu'il puisse bien voir son physique.
– Vous savez qu'il est important pour votre guérison que vous ayez une sexualité épanouie. Les frustrations rentrées sont très mauvaises pour la santé.

Puis, se penchant vers lui tout en lui mettant la main sur la nuque :
– Je peux vous aider à avoir cette sexualité épanouie. Cette possibilité entre dans le rôle d'une infirmière zélée, et je suis très zélée et je suis bien certaine que ce sera extrêmement plaisant vu le corps que vous avez.

Il sentait son parfum affriolant et avait une vue sans pareille sur sa superbe poitrine, bien provocante, que le décolleté plongeant laissait voir avec générosité.

Soudain, la main de la femme se posa sur sa cuisse. Il ne fit rien pour l'ôter.

– Alors, tenté par l'expérience ? lui susurra-t-elle à l'oreille.

Comme il ne disait rien, subjugué, elle se pencha vers ses lèvres et murmura :

– Qui ne dit rien, consent.

Sa bouche pulpeuse s'empara de ses lèvres alors que sa main remontait plus haut sur la jambe du jeune homme.

L'avis important de la tante d'Eilleen

En plein cours, le lendemain vers 9h30, le portable d'Eilleen vibra. Elle regarda discrètement le numéro qui s'affichait, inconnu. A la pause, elle rappela :
– Eilleen Quingsley, vous m'avez appelée tout à l'heure.
– Oui, bonjour. Je suis monsieur Wilson, votre conseiller bancaire.
– Bonjour, vous m'appelez pour quelle raison ? Il y a un problème ? Faites vite, mon prochain cours est dans quatre minutes.
– Je m'interrogeais sur la provenance des sommes importantes qui arrivent sur votre compte.
– Je suis artiste-peintre. Les sommes correspondent à la vente de tableaux. Le dernier tableau s'est vendu 50 000 dollars mais je les ai reversés à la personne qui a servi de modèle.
– D'accord, très bien mais euh, vous êtes jeune pour être artiste-peintre non ?
– Y aurait-il un âge minimum légal pour devenir artiste-peintre ?
– Non, bien sûr que non.
– Vous m'appelez pour quelle raison ?
– Nous avons reçu un virement de 120 000 dollars en provenance du Brésil.
– J'attendais ce virement. Pour votre information, c'est la même personne, un collectionneur brésilien, qui a versé les 45 000 dollars ainsi que les 50 000 dollars. Vous avez accepté les premiers versements sans sourciller, pourquoi y aurait-il un problème sur celui-là ?
– C'est juste qu'il s'agit d'une grosse somme.
– Je n'y peux rien si cet acheteur est prêt à payer un tel prix pour avoir dans sa collection un de mes tableaux.
– Non, bien sûr. Cependant, ce serait une bonne chose que nous nous rencontrions.

– Je voudrais bien mais ce sera difficile. J'ai des cours jusqu'à la fin de la semaine et dimanche, je pars pour Rio de Janeiro puis ce sera l'Irlande et après la Suède. Mais je vous promets de prendre rendez-vous à mon retour. En attendant, je vous remercie de bien vouloir mettre les 120 000 dollars sur mon compte. Excusez-moi, mais je dois y aller. Au revoir.

Juste avant que le cours ne commence, elle envoya un SMS à Joao. « Le paiement pour le tableau est arrivé. Tu pourras venir le prendre à 12h15 chez Brit.

Peu après, elle reçut un SMS de sa tante qui lui demandait de l'appeler à la fin de ses cours mais comme elle devait aller chez la psychologue après ses cours du soir, elle préféra l'appeler après avoir vu Joao.

Dès ses cours du matin terminés, elle se rendit chez Brit et mit le tableau dans un emballage protecteur, Brit en ayant plusieurs. Lorsque Joao arriva, elle sortit à moitié le tableau afin qu'il puisse vérifier que c'était bien le bon et le lui donna.

– Tu vois que mon acheteur est réglo, commenta le jeune Brésilien.
– Oui, effectivement. Je reconnais qu'il n'y a jamais eu de problème avec lui sur ce plan-là. Dis-voir, pour dimanche, je propose qu'on parte en taxi de l'académie et qu'on passe prendre Ashley à Brooklyn avant de partir à l'aéroport. Je ferai attendre un peu le taxi car je devrai saluer sa mère.
– Je viendrai avec toi.
– Oh, très bien ainsi je lui dirai que c'est dans ta famille que nous serons accueilles. C'est la première fois que Ash quittera sa mère plusieurs jours, et pour se rendre dans un pays étranger en plus, il faut la rassurer.

Après, elle appela sa tante. Celle-ci lui raconta son entretien avec Tyler.
– Quand il t'a qualifiée de petit mouton, j'ai lui ai dit, non, Tyler, vous ne pouvez pas tenir de tels propos qui démontrent que vous connaissez mal Eilleen. Explique-moi les raisons qui t'ont poussée à quitter Tyler.

– Je vais être très simple, la vie que me propose Tyler au Texas ne me convient pas. C'est une vie à son service et au service de ses copains où la femme ne peux avoir aucun épanouissement. Et bien sûr pas d'enfant. Je n'ai pas envie de vivre à 6 heures d'avion des personnes qui me sont chères dans une prison dorée. Le Tyler que j'ai vu vivre au Texas n'a plus rien à voir avec le Tyler que j'ai connu dans le Vermont. Et puis, il a des besoins physiques que je suis incapable de satisfaire. Donc j'ai considéré qu'il valait mieux qu'on se sépare.
– Ta décision n'a rien à voir avec ce que t'a dit l'ex-épouse de ton père alors ?
– Ce que m'a dit Lynn m'a aidé à franchir le pas mais les raisons de ma rupture sont claires, je ne suis pas une serveuse au service de Tyler et de ses copains. Je veux que le garçon avec qui je sors soit attentif à mes souhaits et ne passe pas son temps à jouer à des jeux vidéo en oubliant que j'existe. Et je n'attendrai pas le bon vouloir de Tyler pour avoir des enfants.

Après un silence, Eilleen ajouta :
– La question que je me pose quand même est : est-ce que je ne suis pas trop exigeante ?
– A mon sens, c'est bien de te rendre compte maintenant, alors que toi et Tyler vous ne sortez ensemble que depuis quelques mois, que la vie qu'il te propose ne te convient pas, et d'en tirer les conséquences, plutôt que de t'enfermer dans une relation où tu vas souffrir et où tu ne ressentiras que des frustrations qui, un jour, feront que tu te sépareras de lui, mais alors dans la douleur car vous aurez eu deux, trois ans ou plus de vie commune.
– Donc tu approuves ma décision de rompre avec Tyler ?
– Oui, je l'approuve. Aujourd'hui, la femme n'est plus au service de l'homme. Elle a le droit de choisir sa vie, la vie qui lui permettra de s'épanouir. A toi de trouver l'homme qui te convient.
– Je l'ai trouvé mais je ne sais pas s'il va accepter que nous ayons une relation. D'ailleurs, je ne sais même pas s'il est libre même si je ne l'ai jamais vu avec une femme. J'ai quand même une question à te

poser par rapport à lui. Il est plus âgé que moi, il doit avoir 27/28 ans. Est-ce que selon toi c'est un problème ?

– Non, ce n'est pas un problème. Peut-être même est-ce ce qu'il te faut, un homme qui a plus d'expérience, plus de maturité, qui a moins la fougue de la première jeunesse comme Tyler, sachant mieux se maîtriser, mieux contrôler ses pulsions. Il faut qu'il apprenne à te connaître et je ne doute pas un seul instant qu'il saura voir en toi la jeune femme merveilleuse que tu es et qu'il ne désirera qu'une chose, vivre avec toi.

– Je l'espère aussi. Mais il me connaît déjà, c'est avec lui que j'ai passé mon premier nouvel an en dehors de l'institution religieuse et ce fut vraiment très bien. Merci ma tante, ma bonne fée, de tes conseils et de me soutenir comme tu le fais. C'est important pour moi.

Eilleen était réconfortée par le soutien de sa tante surtout après que celle-ci ait parlé avec Tyler. L'heure avait cependant tourné et elle eut à peine le temps de manger un sandwich au pain de mie, de passer au secrétariat récupérer le passeport d'Ashley avant d'arriver juste à l'heure à son cours.

Une première séance de thérapie

La femme avait une quarantaine d'années et portait de grosses lunettes et son regard était perçant. Elle semblait lire en vous. Eilleen en fut intimidée. Avant d'entrer, elle avait lu la plaque : Alyssa Graham, psychologue. Elle avait regardé le sens du mot sur internet. « Un psychologue est une personne à votre écoute, qui cherchera avec vous la solution à vos problèmes.

Cette définition l'avait rassurée, mais la psychologue moins.
– Détendez-vous, je suis là pour vous aider. Dites-moi votre âge et ce que vous faites actuellement.
– Je viens d'avoir 17 ans et j'ai validé ma première année universitaire à l'académie des arts à New York. Je suis également artiste-peintre.
– Mais euh, sans doute artiste-peintre débutante vu votre âge.
– C'est sûr que je ne maîtrise pas totalement mon art, j'ai encore besoin de conseils, mais je vends déjà des tableaux.
– D'accord mais pour que je me situe, le dernier tableau que vous avez vendu, il est parti à combien ?
– Excusez-moi mais je n'ai pas trop envie de répondre à votre question. Je ne suis pas venue vous voir pour parler peinture ou prix de vente de mes toiles.
– Vous avez raison, bien répondu. Une personne m'a appelée pour me prévenir de votre venue et pour m'indiquer que vous faisiez un blocage sur le plan sexuel qui pourrait être lié à une tentative de viol que vous avez subie. Nous allons évoquer ces sujets. Mais avant, parlez-moi de votre enfance.

Eilleen s'exécuta, indiquant les grandes lignes de son enfance. Une fois qu'elle eut terminé, la femme demanda :
– Vous aviez des amies à l'institution religieuse ?

– Non, car nous n'avions pas le droit de parler plus de cinq minutes à une autre fille.
– Et vous avez respecté cette règle ?
– Oui, bien sûr. J'ai toujours respecté toutes les règles imposées par l'institution religieuse.
– Je suppose qu'il y avait des douches collectives à l'institut. Rien de particulier à signaler de ce côté-là ?
– Personnellement, je me tournais pour que les filles ne voient que mon dos. J'ai toujours été pudique.
– Est-ce qu'il s'est passé quelque chose de particulier à l'institution ? Vous n'avez jamais ressenti une attirance pour une autre pensionnaire ?
– Non, rien de particulier à signaler et avec les pensionnaires, comme on ne pouvait pas se parler, on se connaissait à peine et je passai beaucoup de temps à étudier, ce qui m'a permis d'être en avance de deux classes. Il y avait bien ces sorties dans ce que j'appelais le monde extérieur deux fois par an mais je n'ai jamais parlé longtemps avec une fille en particulier. Nous étions tellement habituées à cette règle de ne pas se parler plus de cinq minutes que nous continuions à l'appliquer.

Elle narra ensuite le court temps chez monsieur Quingsley puis chez sa tante et ses débuts à l'université UVM du Vermont.
– C'est ma cousine qui m'a appris ce qui se passait entre un homme et une femme lorsqu'ils ont une relation amoureuse, je n'étais pas au courant.
– Alors que vous aviez 16 ans !
– Oui, mais ce n'était pas les sœurs qui allaient parler d'un sujet qu'elles ne connaissaient pas.
– Alors qu'au collège, dès la première année, donc vers 11/12 ans, les élèves ont droit à des cours d'éducation sexuelle.

La psychologue lui demanda ensuite de détailler son agression, ce qu'elle fit.
– Mon agresseur est devenu fou car il n'arrivait pas à desserrer mes jambes. Il m'a frappé, m'a menacé de me crever les yeux, de couper

la pointe des seins et de planter son couteau dans le bas de mon ventre. Il a appuyé la lame de son couteau sur mon œil en me demandant de le supplier, ce que je n'ai pas fait même si je savais qu'en refusant de céder, j'allais sans doute mourir.

Après un silence, la femme lui dit :
– J'ai déjà entendu des témoignages poignants, mais comme le vôtre, rarement. Vous avez vécu là une rude épreuve. Mais, de ce que vous me dites, je constate qu'à aucun moment votre agresseur a baissé son pantalon.
– Non, c'est vrai. Il bataillait contre moi qui résistais, c'était une lutte poussée à l'extrême.
– Ce que je voulais dire c'est que vous n'avez pas été choquée par une vision de ses attributs qui aurait alors était forcément très traumatisante.
– Je comprends ce que vous voulez dire.
– Quel est votre rapport à la nudité ?
– Au début, très difficile. Maintenant, après avoir fréquenté une plage de naturistes et m'être retrouvée nue dans un sauna avec d'autres personnes, je dirai que mon rapport à la nudité s'est normalisé. En atelier de peinture, j'ai eu à peindre une jeune femme et un jeune homme nus sans ressentir ce sentiment de panique que j'avais eu auparavant.
– Vous avez un petit ami ?
– Oui, enfin j'avais, je viens de rompre.
– C'est vous qui avez rompu ?
– Oui. Pour diverses raisons.
– Alors, comment se passait cette relation ?
– Au début, elle était parfaite. Mon petit ami respectait les limites que j'avais imposées. Puis, il est devenu exigeant, et je n'ai plus aimé car je passais mon temps à bloquer ses mains. Un jour, je me suis rapprochée de lui et j'ai senti cette chose dure. J'ai été très surprise car je pensais que l'homme et la femme devaient être nus pour qu'une telle chose arrive. J'avoue que ce contact m'a choquée. Mais je précise que ce n'est pas pour cette raison que j'ai rompu avec lui. Par contre, c'est pour ce comportement que j'ai eu, incapable d'accepter qu'il y ait une

progression sur le volet physique entre nous, choquée par ce contact, que je suis venue vous voir car je pense que je fais un blocage.
– J'entends bien votre demande. Je constate d'abord que vous êtes encore très jeune, je préciserai une belle jeune fille gracile qui a du caractère. Vous m'avez bien remise à ma place tout à l'heure pour l'histoire des tableaux alors qu'au départ j'ai bien vu que je vous impressionnais. Et puis rompre de vous-même avec votre ami à tout juste 17 ans, ce n'est pas commun. Et je n'évoque pas la force de caractère et le cran dont vous avez fait preuve face à cet individu qui vous voulait du mal. Cependant, vous n'avez pas eu l'éducation à la sexualité qu'ont les jeunes filles et vous n'avez connu la mixité garçon-fille que tardivement. Ce retard que vous avez pris ne peut s'effacer d'un coup de baguette magique. Il faut du temps pour le combler.

Après un silence, la psychologue ajouta :
– Il est clair que vous n'avez pas subi de traumatisme sexuel lié à votre agression. Aussi, je risque de vous décevoir en vous disant que je ne peux pas grand-chose pour vous. Il faut vous laisser le temps de vous construire, de prendre de l'assurance dans le domaine sexuel. L'idéal serait que vous rencontriez un garçon qui vous laisse découvrir son corps à votre rythme, tout en douceur.
« Ce que Shannen est en train de faire avec Dylan, songea-t-elle.
– A la limite, je peux affirmer que lorsque votre petit ami essayait de toucher votre corps, vous le viviez comme une agression. Vous n'avez pas à culpabiliser. C'est lui qui n'a pas compris qu'il allait beaucoup trop vite pour vous. Je n'aime pas trop interférer dans la vie privée de mes patients, mais je pense que vous avez bien fait de le quitter.

Après un moment de réflexion, la femme déclara :
– Je viens de me dire que je peux quand même vous aider en vous faisant l'éducation à la sexualité que vous n'avez pas eue. C'est assez vaste. Je vous expliquerai le corps avec des planches descriptives, la procréation, comment se protéger des maladies sexuellement transmissibles et de nombreux autres sujets. Ainsi, vous serez sur un pied d'égalité avec les jeunes filles de votre âge. Qu'en dites-vous ?

– Oui, tout à fait d'accord. Ce que je veux, c'est être une fille normale même si j'ai bien conscience que je n'ai pas eu une enfance normale.
Un autre rendez-vous fut donc pris.

Eilleen était satisfaite de son entretien avec la psychologue et contente de ne pas avoir eu à évoquer ce qui c'était passé avec Laureen puis Shannen, non pas qu'elle en eut honte, ces instants étaient trop beaux, trop sublimes pour en éprouver une quelconque honte, mais ils faisaient partie de son jardin secret, elle souhaitait les garder pour elle.

Les états d'âmes et les doutes d'Eilleen

Eilleen trouvait réconfortant que sa tante et la psychologue aient approuvé son choix de rompre avec Tyler. Cependant, cette décision restait douloureuse pour elle. Pouvait-elle espérer un miracle ? Que Tyler décide de s'engager avec une franchise de New York par exemple ! Quel plaisir elle prendrait à lui faire découvrir son New York et ils pourraient aller à la messe à la cathédrale St Patrick, celle de 7 heures du matin ou celle du soir afin de retrouver ces moments magnifiques qu'ils avaient vécus dans l'église de Burlington lorsqu'ils avaient chanté les cantiques ensemble.

La balle était dans le camp de Tyler car elle n'irait pas s'exiler à Austin, loin, si loin de sa famille et de sa Mamie. Malgré les propos très clairs de Tyler sur le sujet, elle entretenait un mince espoir.

D'avoir pensé à la messe lui fit se décider d'aller se confesser dès le lendemain matin. A son retour à l'académie, elle mangea un peu puis rejoignit la chambre qu'elle partageait avec Shannen. Celle-ci était avec Dylan, les parents de ce dernier étant venus la chercher. Elle prit son bloc de dessin. Elle voulait laisser courir son imagination mais ce fut Tyler qui s'imposa dans ses pensées, Tyler à la messe avec elle, tous les deux se donnant la main, Tyler quarterback, Tyler se baignant avec elle au lac Champlain, Tyler faisant des exercices, torse nu, comme elle l'avait surpris une fois, chez Mamie Georgette. Alors, elle s'installa devant le chevalet et entreprit de peindre un tableau à l'acrylique en se basant sur les quatre dessins qu'elle avait réalisés.

Quand la jeune Irlandaise rentra de son escapade, elle trouva sa jeune amie en train de peindre. Eilleen lui fit un sourire avant de replonger dans sa peinture, l'incitant à passer du bon côté du chevalet. Elle observa un moment le tableau avant de demander :

D'orage et de ferveur – Le rêve new-yorkais

– C'est ton petit ami ?
– C'est le Tyler du Vermont, celui qui était très attentif à tout ce qui me touchait, qui m'offrait des roses, pas le Tyler du Texas qui, quand je lui suggère qu'il pourrait venir jouer pour une franchise à New York ou dans ses environs, me répond, ce sont les femmes qui doivent suivre les hommes, pas l'inverse. Il ne veut pas comprendre que j'ai été privée d'affection jusqu'à mes 15 ans révolus et mon entrée à l'université. Après, je l'ai connu lui, puis sa grand-mère, il y a eu Brit, Laureen, et ensuite mon père, Bryan, Lynn. Ils habitent tous le Vermont ou le New Hampshire. Je peux te garantir que je ne vais pas me priver d'eux pour un Tyler qui me regarde à peine, trop occupé à d'autres choses.
– Il est beau garçon et, tel que tu le peins, c'est un athlète avec un superbe corps, taille fine, large d'épaule, musclé mais pas trop, et quelle planche d'abdo. Un corps sculpté à faire pâmer n'importe quelle femme.
– Tu as raison. Toutes les filles disaient à l'université du Vermont qu'il avait un corps de rêve. J'aurais mieux fait de m'en tenir à mon premier jugement, que Tyler était trop bien pour moi, et de n'accepter aucun rendez-vous.
– Vous avez eu de bons moments quand même.
– Oui c'est vrai mais il m'a aussi fait beaucoup de peine quand il m'a dit avec son manque de tact habituel qu'il avait été avec d'autres filles pendant ses dix jours de silence, et j'ai pleuré toute la nuit tellement j'avais mal lorsque j'ai écrit la lettre de rupture. Et puis, il a eu des paroles cruelles après mon séjour à Austin alors que j'étais là pour le soutenir dans son épreuve, pour l'aider à aller mieux. Il a dit que je n'avais aucune raison d'aller voir sa grand-mère car je n'étais rien pour elle alors que nous éprouvons une très forte affection l'une pour l'autre et qu'il le sait. Et quand je lui ai fait remarquer que ses copains me considéraient comme une serveuse et qu'il pourrait me prendre près de lui en leur disant qu'ils aillent se servir eux-mêmes, il m'a répondu que s'il leur faisait cette remarque, il se ridiculiserait. Résultat, nous n'étions jamais l'un près de l'autre puisque je passais

mon temps à servir ses coéquipiers alors que je suis allée à Austin exprès pour être auprès de lui.
– Eilleen, c'est fini, tu as rompu avec lui, oublie-le.
Cependant, en regardant la toile, elle ajouta :
– Si tu passes ton temps à peindre Tyler sous toutes les coutures, c'est sûr que tu ne risques pas de l'oublier.
– Je peins les moments heureux mais j'ai presque fini. Et après, tu me raconteras ta soirée. Tu as raison, il faut que je me sorte Tyler de la tête et le meilleur moyen, c'est de t'écouter.
Dix minutes après, elle lança :
– J'ai fini. Je t'écoute.
– Dès que je suis arrivée chez les parents de Dylan, ceux-ci se sont éclipsés pour nous laisser entre jeunes, ses deux sœurs, Dylan et moi. Ils nous avaient préparé des club sandwich et de la citronnade. Après avoir mangé, nous avons fait des jeux puis un karaoké et après les deux sœurs sont parties dans leur chambre et nous avons pu échanger des baisers Dylan et moi. C'était bien. Il est toujours très prévenant, jamais un geste ou une parole déplacé. J'ai passé une bonne soirée. Ses parents sont très gentils, ses sœurs très amusantes. J'apprécie énormément cette immersion dans une famille américaine.
– Dylan est comme Tyler était avant de partir au Texas.
Shannen fit une moue et agita son doigt.
– Je vais te mettre à l'amende. Chaque fois que tu prononceras le nom de Tyler, tu devras mettre 20 dollars dans une tirelire.
– Tu as raison, je ne dois plus prononcer le nom de Tyler d'autant que c'est moi qui ai rompu. Il faut que j'assume mes décisions. Je suis très heureuse pour toi que tu aies trouvé un garçon qui corresponde parfaitement à tes aspirations.
– C'est grâce à toi.
– Et pour quelle raison ?
– Si tu n'avais pas eu ce geste incroyable de générosité de me donner ces 50 000 dollars, nous ne serions jamais allées au Sheraton.
– C'est vrai. La vie nous réserve parfois ce genre de hasard heureux. Brit, un jour, a prononcé des paroles sur mon enfance qui m'ont fait

mal. J'avais les larmes aux yeux, je serrais les poings, elle s'en est aperçue, alors, pour se rattraper de ses paroles maladroites, elle m'a proposé de m'emmener à son cours de dessin. Et c'est ainsi que j'ai découvert le dessin puis après, la peinture car je n'avais jamais eu l'occasion auparavant d'aborder ces matières. Et grâce à ces cours qui se faisaient avec une professeure très compétente, j'ai pu progresser et intégrer l'académie des arts. Un enchaînement heureux partant de paroles malheureuses. Parle-moi de tes parents et de tes sœurs.
– Mon père est charpentier, pendant une époque il a été charpentier de marine, il construisait des bateaux en bois, puis il a décidé de venir s'installer dans le Connemara. Ma mère gère des chambres d'hôte, elle en a huit. Ils s'aiment toujours comme au premier jour. C'est formidable à voir. Aoife est très espiègle, c'est un bout en train. Niamh est assez réservée, timide et rêveuse. Je pense que ta présence lui fera du bien.
– Nous n'avons pas une grande différence d'âge.
– Mais toi, tu fais preuve de tellement d'assurance. Être capable de faire un discours devant le parlement européen, de répondre à des interviews, de faire un exposé sur ton voyage en Europe devant plus de soixante personnes, ce n'est pas donné à tout le monde. Et tu es très ouverte aux autres, toujours souriante, tu es comme un soleil. Je suis contente d'être ton amie.
– Moi aussi, Shannen, je suis contente d'être ton amie. Et je sens que je vais beaucoup aimer être dans ta famille.

Quand le père Stanley voyait arriver Eilleen, il disait invariablement :
– Qu'avez-vous encore fait comme turpitudes ?
Mais il souriait en prononçant ces paroles car il savait à l'avance que ce qui paraissait important aux yeux de la jeune fille n'était en fait pas bien grave. Il avait été marié, avait eu des enfants avant de se consacrer à Dieu en devant prêtre. Il avait une vision de la vie différente de celle d'un jeune prêtre et il s'étonnait, tout en étant admiratif, qu'une jeune fille, certes encore jeune, veuille rester pure. Elles étaient assez rares dans ce cas.

D'orage et de ferveur – Le rêve new-yorkais

Eilleen évoqua sa découverte du plaisir, tout en précisant que son amie Laureen voulait qu'elle soit moins innocente. Or elle souffrait d'être trop innocente. Elle avait voulu partager cette découverte avec son amie Shannen car elle avait trouvé que ce qu'elle avait vécu avec Laureen était beau. Elle considérait, même si affirmer une telle chose paraissait présomptueux de sa part, que le péché commencerait si elle renouvelait cette expérience, ce qui n'était pas son intention.
– Je ne peux pas vous suivre dans votre raisonnement. Mais ce qui est fait est fait. Recommencer serait indéniablement un grave péché.
La seconde partie de la confession allait poser au prêtre beaucoup plus de difficulté car la jeune fille posait des questions insolites.
– Est-ce qu'avoir des exigences envers la personne qu'on est censé aimer et épouser n'est pas un manque d'humilité ?
– Tout doit se résoudre dans un dialogue constructif entre les deux personnes qui s'aiment afin que les points de vue se rapprochent.
– Mais justement, s'il n'y a pas de dialogue constructif et de rapprochement ? Si les personnes restent sur des positions diamétralement opposées ?
– Il faut que chacun fasse un pas vers l'autre, c'est la seule solution et pour y arriver, il ne faut surtout pas se braquer mais au contraire, chercher toujours à maintenir le dialogue.
– Est-ce que la bible promeut l'égalité homme-femme ?
– Dans la bible, il est écrit que la femme doit obéir à son époux. Mais je note que lorsqu'un homme et une femme s'unissent, ils ont les mêmes obligations l'un envers l'autre. L'égalité entre les époux se retrouve donc dans les liens sacrés du mariage. Est-ce important pour vous ?
– Oui, pour moi, c'est très important.
– Tout doit se faire dans le dialogue. Il convient de ne pas prendre de positions trop arrêtées afin que ce dialogue reste possible.
– J'entends ce que vous dites. Je voudrais vous parler de quelque chose que j'ai vécu.
Elle lui raconta sa nuit auprès de Tyler alors qu'il était dans le coma.

D'orage et de ferveur – Le rêve new-yorkais

– Je me suis endormie au mauvais moment et lorsque l'infirmière m'a réveillée en parlant, mon petit ami avait les yeux ouverts aussi je ne sais pas s'il est sorti du coma de lui-même ou grâce à mes prières, mes mots forts, mes gestes aussi.
– Les choses sont pourtant claires. Vous avez prié avec beaucoup de ferveur et Dieu a entendu votre prière. Quand on a la foi, quand on croit en Dieu, on ne doute jamais de son action positive.
– Merci mon père d'avoir chassé mes doutes.

Les adieux d'Eilleen

Vers midi, Eilleen aida Brit à trier et à préparer ses toiles en vue d'une exposition dans une galerie d'art début juillet, la deuxième pour son amie, preuve que sa peinture était appréciée. En milieu d'après-midi, elle se retrouva dans le bureau de madame Spencer. Celle-ci avait souhaité avoir un entretien avec elle.
– D'abord, comment va votre petit ami ?
　La jeune fille décida de cacher à la responsable de l'académie qu'elle avait rompu avec Tyler. Malgré tout l'estime qu'elle avait pour elle, sa vie sentimentale ne la concernait pas.
– Il est sorti rapidement du coma dans lequel il était plongé. J'ai pu constater juste avant de le quitter qu'il allait nettement mieux.
– Très bien. Concernant l'académie, je pense que si vous n'aviez pas eu cette absence de 18 jours, vous auriez été première de votre promotion. Les synthèses ne peuvent remplacer une présence aux cours.
– Peut-être, nul ne peut le dire. Personnellement, je n'avais pas pour ambition de terminer première de ma promotion, l'important pour moi était de réussir cette première année universitaire et je ne pourrai jamais regretter mon voyage en Europe.
– Bien sûr, je comprends parfaitement. Il s'agissait d'une chance unique qu'il fallait saisir. Êtes-vous satisfaite de votre partie d'année à l'académie ?
– Mon petit ami m'avait fait remarquer que le niveau de l'université du Vermont n'était pas très élevé. Je suis donc contente d'avoir pu intégrer une université qui ait un bon niveau. Sur le volet artistique, j'ai appris énormément de choses. Je me sens plus sûre de moi. Mes professeurs sont formidables. Ils voient toujours les éléments qui peuvent être améliorés, ce qui me permet de progresser. Et puis, l'ordinateur portable a montré toute son utilité, ne serait-ce que quand

j'étais en Europe. Et j'ai appris trois langues grâce à la présence des étudiants étrangers qui sont, pour moi, une vraie richesse. Alors, oui, je suis très satisfaite de cette partie d'année à l'académie des arts.
– Je suis contente de vous entendre citer tous ces éléments positifs et je salue votre enthousiasme.
– Il y a un autre élément dont je ne vous remercierai jamais assez, c'est le crédit pour les vêtements et les chaussures. Lorsque je suis arrivée à l'académie, je n'avais pas beaucoup d'habits et une seule paire de chaussures. Je me rends compte avec le recul que c'était très peu. Et puis, j'ai apprécié surtout que vous ayez dit que ce crédit pouvait continuer malgré l'argent perçu pour la vente du tableau. Je vous remercie du fond du cœur pour tout.
– Personne ne sait de quoi sera fait la vie demain c'est pourquoi, vous qui êtes jeune, j'ai préféré vous laisser l'argent de la vente des tableaux puisqu'il y a aussi l'argent de la vente à l'académie du tableau à quatre mains.
– C'est vrai, vous avez raison. Je voudrais évoquer un autre sujet. Tous les ans, l'ONU organise en novembre ou début décembre une conférence sur le changement climatique. Ils appellent cette réunion COP. L'an dernier, la COP 24 a eu lieu à Katowice en Pologne, elle a réuni 196 pays, des ONG, des syndicats, des entreprises. Greta Thunberg y est intervenue avec un discours visant la responsabilité des adultes. Cette année, la COP 25 devait avoir lieu au Brésil mais le nouveau président, Jair Bolsonaro, a des positions sur le climat qui rendent impossibles sa tenue dans ce pays, cependant, elle aura bien lieu et Greta sera présente. J'aimerais y participer à ses côtés.
– Vous avez la légitimité pour être présente à cet événement avec toutes les marches pour le climat auxquelles vous participez, les interviews que vous donnez pour sensibiliser le public. Et vous avez démontré lors de votre voyage en Europe tout votre sérieux dans la lecture des synthèses. Vous avez donc mon accord.

Après, elle décida d'appeler Tyler afin d'avoir de ses nouvelles. Peut-

être était-ce suite à son entretien avec le prêtre, mais elle souhaitait renouer le dialogue avec lui.
– Que me vaut cet appel ? demanda-t-il.
– Je viens m'inquiéter de ta santé Tyler. Il m'importe de savoir comment tu vas.
– Merci de t'en préoccuper. Je vais beaucoup mieux. Dans 8 à 10 jours, je pourrai reprendre la musculation. Après, tout devrait s'enchaîner assez vite. Par contre, la reprise à la compétition ne pourra pas se faire avant un mois et demi, si j'ai le feu vert des médecins.
– Ne brûle surtout pas les étapes. Tu as été dans le coma, aussi suis bien les recommandations des médecins.
– C'est bien mon intention. Ta tante t'a appelée ?
– Oui, elle m'a dit que tu m'avais traitée de petit mouton. J'apprécie modérément. C'est vrai que j'écoute les conseils des adultes, ce qui ne veut pas dire que je n'ai pas mon propre jugement. Ainsi, je peux te l'affirmer, c'est moi seule qui ai décidé de rompre avec toi. Et ma tante approuve ma décision te concernant, donc si tu comptais sur elle pour me faire revenir dessus, c'est raté. Pour ton information, j'ai commencé ma thérapie et la psychologue approuve aussi ma décision de rompre avec toi. Elle considère que tu t'es mal comporté avec moi car tu n'as pas tenu compte de mon âge. Voilà, tout est dit. Porte-toi bien Tyler et sois prudent.

Et elle raccrocha.

Après coup, Eilleen avait eu du remord. Se faire traiter de petit mouton ne faisait pas plaisir mais ce n'était pas la peine d'en rajouter. Elle envoya un SMS à Tyler.
– Excuse-moi d'avoir été agressive. Je voulais juste m'assurer que tu allais mieux.

Tyler se contenta de répondre :
– D'accord.
« Il aurait pu éventuellement s'excuser lui aussi de n'avoir pas été très sympathique avec moi, pensa-t-elle.

Mais il apparaissait bien que ce n'était définitivement pas dans ses habitudes.

Cependant, elle était rassurée qu'il aille mieux.

Elle décida de mettre en œuvre les conseils de Shannen, ne plus penser qu'à ses vacances, qu'à l'instant présent et oublier Tyler. Leur relation avait été un beau rêve qui s'était transformé en cauchemar. De toute façon, elle avait toujours considéré que Tyler était trop bien pour elle. Donc elle lui disait adieu sans vraiment avoir trop de regret.

Une page se tournait pour elle. Elle allait devoir désormais apprendre à vivre sans Tyler.

Édition : BoD · Books on Demand, 31 avenue Saint-Rémy,
57600 Forbach, bod@bod.fr
Impression : Libri Plureos GmbH, Friedensallee 273,
22763 Hamburg (Allemagne)

Dépôt légal : Avril 2025